3. 매혹과 전율

내 마음의 집시 | 239 |

내 마음의 오로라 | 263 |

시의 매혹과 진실 | 297 |

불안과 치욕과 치유 | 311 |

현대시와 공감 | 322 |

4. 열정과 논리

비평의 열정과 지성의 논리 / 장경렬 | 339 |

평생을 읽고 쓰고 생각하다 / 김윤식 | 353 |

정명의 정신/ 김용직 | 366 |

1

●

서정의 온도

구체성이라는 고전적 명제의 회복

1. 불확정의 상황과 관념화의 경향

　　최근 몇 년간 우리나라는 격동의 시간을 보냈다. 2014년 4월 세월호가 침몰하여 300명 이상의 인명이 희생되는 참사가 발생했다. 사고의 원인 구명, 선체의 수색 및 인양, 사건의 진상 규명 등을 둘러싸고 2년이 넘는 갈등과 혼란의 과정을 겪었다. 2016년 10월 최순실 사건이 터지면서 대규모의 촛불 집회가 이어졌고, 12월 9일에 국회 탄핵소추안이 가결되고 2017년 3월 10일 헌법재판소가 탄핵을 인용함으로써 헌정 사상 처음으로 대통령이 파면되었다. 정치 판도가 격동하면서 2017년 5월 9일 대통령 선거에 의해 새로운 대통령이 선출되었고 개혁 정책이 시행되는 단계에 있다. 한국 사회가 혼란에 빠져 있던 이 시기에 북한은 세 차례의 핵 실험과 다수의 미사일 시험 발사를 감행하여 국제적 위기감을 고조했다. 그런 가운데 북한이 참가하여 남한과 공동 입장하는 평창올림픽 개최를 앞두고 있다. 여러 가지 점에서 우리의 미래는 무어라 예측하기 어려운 불확정의 상황에 놓여 있다.

　이러한 일련의 사태를 보는 국민들의 시각은 조금씩 다르다. 문학이 현실의 삶 속에서 용출되는 것이라면 우리가 거쳐온 사회적 격변과 갈등이 어떻게 문학의 소재가 되고 창작의 동력이 될 수 있는지 성찰해 볼 만하다. 반영과 재현에 치중하는 소설과 달리 정서의 용해를 통해 내면의 표출을 생명으로 삼는 시의 경우 이러한 현실의 맥락이 즉각적으로 반영되지 않고 일정한 변형의 과정을 거쳐 작품으로 표현되는 것이 일반적이다. 시적 표현은 어느 정도의 시간적 정서적 여과 과정을 거쳐 언어로 정착되기 때문이다. 그렇기 때문에 일련의 시 작품을 '촛불혁명 이후의 시'라든가, '세월호 이후의 시'라는 명칭으로 묶어서 처리하는 것은 바람직한 일이 아니다. 현재의 국면에서 시가 어떠한 창조 작업을 하고 창조의 결과가 어떠한 의의와 효과를 지니는지 시간을 두고 섬세하게 파악하는 자세가 필요하다. 그런 점에서 시야를 넓혀 2000년 이후 우리 시의 변화를 먼저 조감하는 일이 필요할 것 같다.

문화적 사회적 상황의 변화로 인해 2000년 이후 등단한 시인들은 그 전의 시인들과 상당한 차별성을 드러냈다. 그들은 서정과 현실의 경계선을 허물면서 파격의 언어와 도발적인 상상으로 기존의 형식을 전복하는 양상을 펼쳐냈다. 기존의 시가 지키던 단정한 서정의 표출이 약화되고, 현실의 고민을 드러내야 한다는 사회적 중압감에서도 벗어나, 가벼운 어조로 자신의 내면을 풀어놓는 시가 양산되었다. 거침없는 욕설, 사나운 비속어가 직설적으로 사용되고, 일상의 화법을 비튼 복합적 담화 형식을 활용하여 막힌 벽을 뚫으려는 과격한 몸부림을 보여주었다. 그 시들은 시적 주체의 자리를 희석하여 타자로서의 '나'를 설정하고 그 '나'도 여러 개의 단자로 분화된 양상을 보여주었다. 이러한 변화에 경이감을 느낀 한 평론가는 이들의 시에 '미래파'라는 명칭을 붙이기도 했다.

그러나 시간이 흐른 후 다시 검토해 보면 이 새로움이라는 것이 절대적인 것이 아니라 주관적인 시각에 의해 고안된 것임을 알 수 있다. 한때 집단적 움직임처럼 보였던 그 현상은 시간이 지나면서 각기 다른 양태로 굴절되어 갔다. 진정으로 자신의 시를 쓰려는 시인들이 새로움이라는 관념에 매달리지 않고 감정의 진실, 시선의 진실을 향해 나아갔기 때문이다. 지난 10여 년 동안 전개된 여러 흐름을 관통하면서 젊은 시인들은 정치 사회적 변화와 세상의 추문 사이에서 자신의 진정한 길을 찾으려는 노력을 기울였다. 그들은 새로움이라는 관념에 휩쓸리지 않고 관찰과 성찰과 모색의 시간을 보냈고 그 성과가 작품으로 산출되기 시작했다. 소통의 단절을 우려하던 단계에서도 벗어나 이제는 동시대적 삶에 대한 공감이 중요한 과제로 부각되는 상황이다.

그럼에도 불구하고 최근의 시단이 관념화의 경향을 보인다는 점을 지적하지 않을 수 없다. 관념화란 무엇인가? 다양하고 다변적인 내면의 움직임을 지나치게 단순화해서 몇 마디 언어로 요약하려 하는 것, 내면에 출렁이는 사색과 감정의 덩어리들을 무리하게 논리화하거나 단선적 의미로 변형시키는 것이 바로 관념화의 경향이다. 사회의 혼돈에서 야기되는 슬픔을 한정된 발화로 상투화하여 유사한 담론을 반복하는 것도 관념화에 속한다. 앞에서 우리 사회는 앞날이 보이지 않는 불확정의 상태에 있다는 말을 했다. 현실이라는 대상은 언어로 포착되지 않는 모호함을 본질로 삼는 것인지도 모른다. 그렇다면 그 이질감과 모호함, 차별성, 비규정성을 그대로 드러내는 것이 더 진실한 행위일 수 있다. 관념화의 상투성에서 벗어나려면 계속해서 현상에 대한 질문을 던지고 질문을 통해 새로운 시야를 얻으려는 노력을 펼쳐야 한다. 슬픔, 권태, 절망, 공포의 언어를 반복하는 것은 매우 수준 낮은 관념화의 상투적 경향이다.

어떻게 보면 반복성이야말로 관념화의 가장 두드러진 징후일지 모른다. 질문과 성찰을 통해 상투성에서 벗어나느냐 유사한 정서의 언어를 반복하여 자기도 모르게 관념화의 늪에 잠기느냐 하는 문제 앞에서 시인들은 진지한 자기 성찰의 시간을 가져야 한다. 이것은 우리 시의 앞날을 좌우할 매우 중요한 사안이다. 나는 최근에 간행된 네 시인의 시집을 중심으로 이 문제를 검토해 보려 한다. 주제가 이러하니만큼 나의 논조가 비판적 자세를 취할 수밖에 없을 것 같다.

2. 환상의 서정적 배치

이병률은 서글프면서도 아름다운 고립의 노래를 줄기차게 엮어 왔다. 그의 시는 대중과의 동화를 거부하고 자발적 고독의 자리를 지키려는 자세를 단호하게 드러냈다. 그가 슬픔을 무릅쓰고 혼자의 자리에 서려는 것은 그것이 비록 남루하고 초라한 자리일지라도 그곳에서 마음의 안식을 얻을 수 있기 때문이다. 그의 시에 자책과 자멸의 시어가 많이 나오지만 그것이 안일한 낙담으로 가라앉지 않은 것은 인간이 나아가고자 했던 눈부신 초월의 지점에 대한 동경을 내포하기 때문이다. 모든 것이 끊기는 좌절 속에서도 한번 맛보았던 탈주의 황금빛 쾌감을 잊지 않으려는 기억의 악력을 그의 시는 지니고 있다. 그의 시가 보여주는 언어와 감성의 아름다움은 고독이 소통으로 이어질 수 있음을 알려주는 유력한 증거물이다. 자폐적 불통의 언어로 자신의 고독을 과장하는 젊은 시인들 중에서 그는 유려하게 심미적 시어와 감성의 미학에 몰두해 왔다. 그래서 그의 시가 홀로 있어 슬픈 사람에게 위안을 주고 혼자의 자리에서 벗어나려는 사람에게 힘을 준다고 언급한 바 있다.

그러한 그가 『바다는 잘 있습니다』(문학과지성사, 2017. 9)라는 개성적인 표제의 시집을 냈다. 『눈사람 여관』(문학과지성사, 2013. 9)에 이은 다섯 번째 시집이다. "바다는 잘 있습니다"라고 말하면 많은 것이 평안할 것 같은 느낌을 받는다. 바다가 잘 있고 하늘도 잘 있고 세상만사가 잘 있다는 말이 이어질 것 같다. 그래서인지 이 시집을 채우고 있는 것은 긍정적인 환상의 연쇄다. 환상이 환상을 낳으면서 별의 상징을 통해 세계의 신비로움을 높이는 우아한 상상의 연속이다. 시인의 융합의 상상력은 자연과 인간이 숨을 나누고 손길을 마주잡는 긍정적인 화합의 정경을 만들어낸다. 모든 것이 충돌하고 파열하는 우리 사회의 현실의 맥락에서 보자면 어떤 동화 속 나라의 환상적인 장면을 구성한 것 같다.

오늘도 새벽에 들어왔습니다
일일이 별들을 둘러보고 오느라구요

하늘 맨 꼭대기에 올라가
아래를 내려다볼 때면
압정처럼 박아놓은 별의 뾰족한 뒤통수만 보인다고
내가 전에 말했던가요

오늘도 새벽에게 나를 업어다달라고 하여
첫 별의 불꽃에서부터 끝 별의 생각까지 그어놓은
큰 별의 가슴팍으로부터 작은 별의 멍까지 이어놓은
헐렁해진 실들을 하나하나 매주었습니다

오늘은 별을 두 개 묻었고
별을 두 개 캐냈다고 적어두려 합니다

참 돌아오던 길에는
많이 자란 달의 손톱을 조금 바짝 깎아주었습니다

「살림」 전문

이 시의 화자는 그전에 이병률 시에 등장하던 화자와 사뭇 이질적이다. 전의 화자는 이 세상에 존재하는 고독한 자아의 분신이요 대변인이었다. 그러나 이 시의 화자는 피터 팬처럼 우주에 기거하며 공간 이동도 자유자재로 하는 존재다. 가족과 사회에 거리를 두고 아이의 위치에 머물려고 한다는 피터 팬 증후군을 연상시키는 화자다. 물론 시는 허구의 산물이요 상상력의 건축물이기 때문에 이러한 동화적 상상이 우리 삶의 삭막함이라든가 무미건조함을 완화하는 역할을 할 수 있다. 몽환적 상상을 통해 삶의 황막함을 상쇄하는 기능도 할 수 있다. 그러나 이러한 화자가 여러 시에서 주도적 역할을 하는 것은 분명히 문제가 있다.

화자는 "오늘도 새벽에 들어왔습니다"라고 자연스럽게 말했다. 새벽에 들어오는 것이 하루 이틀의 일이 아니라 늘 반복되는 상황이라는 점을 말한 것이다. 그렇게 새벽에 들어오는 이유는 "일일이 별들을 둘러보고" 오기 때문이라고 한다. 여기서 '별'이 단순한 하늘의 사물이 아니라 상징적 의미를 지닌 대상이라는 점은 쉽게 파악할 수 있다. 편하게 말해서 순수의 상징이라고 할 수 있다. 사리사욕 없이 순수하게 빛나는 별들을 둘러보고 오느라고 늘 새벽에 들어오는 사람이 있다면 그의 심성은 그지없이 맑을 것이다. 그것을 부정할 사람은 세상에 없다. 문제는 이러한 사람이 우리 주위에 존재하는가 하는 점이다. 시인의 상상 속에는 존재하지만 실존하지 않는다면 그 인물은 분명 관념 속의 존재다.

그 인물은 하늘 꼭대기에 올라가 내려다보이는 별들의 뒤통수를 보기도 한다. 새벽의 어깨에 업혀 천공으로 올라가 모든 별의 이모저모를 다 파악하고 별들의 하나하나의 이음새까지 빈틈없이 매만져 준다고 했다. 그는 천공 성좌의 관리자요 보호자요 응시자다. "큰 별의 가슴팍으로부터 작은 별의 멍까지" 모든 별의 존재 양태를 전부 관장하는 세심한 관찰자다. 오래된 별은 어디에 묻기도 하고 새로 태어날 별은 어딘가에서 캐내기도 하는 운명의 관리자다. 어디에 묻고 어디에서 캐어내는지는 화자가 밝히지 않았기에 알 수가 없다. 마지막 시행에 시인은 화룡점정의 운필을 가해 "많이 자란 달의 손톱을 조금 바짝 깎아주었습니다"라고 언급하여 신비로운 상상의 마무리를 지었다. 이렇게 되면 화자는 별이라는 천진한 사물을 보살피고 키우며 평생을 관장하는 자애로운 어머니 같은 존재가 된다.

이러한 상상이 그 나름의 가치가 있고 세상의 황폐함에 대처하는 의미 있는 상관물이라는 사실을 결코 부정하지 않는다. 그러나 이러한 상상은 아름답기는 하지만 현실의 맥락이 제거되어 있기 때문에 세상의 압력에 맞설 힘이 없다. 내용 없는 사유는 공허하고 개념 없는 직관은 맹목이라는 칸트의 유명한 명제에 빗대어 말하면, 현실의 맥락이 희석된 상상은 공허하고 이성적 성찰이 결여된 직관은 맹목이다. 경험과 이성이 결합할 때 힘 있는 상상이 탄생한다. 이 양자 중 하나가 결여된 형태는 힘을 발휘하지 못한다.

시에 표현된 몽환적 상상은 진공의 상태에 머물러 있는 법이 없다. 시의 상상은 언어로 구성된 것이기에 어떤 회로를 통해서라도 현실의 양태와 관련을 맺게 된다. 그것은 이병률의 다음 시구에서 확인된다.

멍이 드는 관계가 있습니다
멍이 나가는 관계가 있습니다

저기 보이는 저 첫 별은
잠시 후면 이 호수에 당도해
홀로 남은 채로 멍이 퍼지고 있는 한 사람을 끌어줄 것입니다

「호수」 부분

이 구절은 시인이 배치한 환상의 서정이 인간 세상에 의미 있는 기능을 맡을 수 있다는 메시지를 전하는 듯하다. "멍이 드는 관계"란 아픔과 상처가 생기는 관계요 "멍이 나가는 관계"란 아픔과 상처가 치유되는 관계다. 멍이 들고 나가는 것으로 아픔을 표현한 화법도 동화적 순진성을 나타내지만, 그보다 더 동화적인 것은 첫 별이 호수에 당도해 "홀로 남은 채로 멍이 퍼지고 있는 한 사람을 끌어줄 것"이라는 상상이다. 아무리 별이 순

수한 것이라 하더라도 호수에 다가와 사람을 비추기만 하면 세상의 아픔과 상처가 그렇게 쉽게 사라지는 것일까? 순수의 치유력이 그렇게 강한 것이라면 세상이 이렇게 아픔에 얼룩지는 일은 없었을 것이다. 내면의 복잡한 고뇌를 표현해 온 시인이 세상의 구조를 이렇게 단순하게 사유하는 것은 안타까운 일이다. 삶을 깊이 바라보고 충실히 사유하지 않고 관념으로 조망했기 때문이다. 긴장하지 않은 상태에서 관념에 마음을 맡기면 이러한 난경에 부딪친다.

3. 익명의 아픔, 결박된 슬픔

2017년도 백석문학상 수상작으로 신용목의 시집 『누군가가 누군가를 부르면 내가 돌아보았다』(창비, 2017. 7)가 선정되었다. 심사평에 의하면 이 시집은 "시대현실을 관통하는 가운데 타자에 대한 깊이 있는 사유와 자유로운 언어적 모험을 감행함으로써 '세월호 이후의 시'가 다다른 일단의 성취를 보여준다는 평가"를 받았다. 일반적으로 심사평의 언술이 칭송의 어구로 미화되는 경우가 많아서 이 평가의 정확성을 따질 당위성은 없지만, 그래도 "시대현실을 관통"한다든가, "타자에 대한 깊이 있는 사유", "세월호 이후 시의 성취"라는 말의 의미는 신중하게 점검해 볼 필요가 있다. 타자에 대한 깊은 사유를 통해 시대현실을 관통하여 세월호 이후 시의 성취를 보였다면 그것은 중요한 역사적 의미를 지니기 때문이다.

시인은 수상소감에서 겸손한 태도로 "어떤 당위"가 아니라 "어떤 '불편'과 '불안'이 시인을 쓰게 한다"라고 말했다. 그의 시에 관한 한 이 솔직한 고백이 사실에 부합하는 것 같다. 그는 현실과 타자에 대한 자신의 불편하고 불안한 심사를 시로 표현한 것이다. '불편'과 불안의 정서는 그의 시집을 슬픔과 아픔의 이미지로 가득 차게 했다. 시집 어디에서건 강한 터치로

덧칠된 슬픔의 색조를 만날 수 있다. 시에 슬픔이 표현된다고 해서 문제될 것은 없다. 시에 노출된 과잉의 슬픔을 현실과 삶에 대한 시인의 진지한 사유의 결과로 이해하는 긍정적인 평설을 많이 대할 수 있었다.

잤던 잠을 또 잤다.

모래처럼 하얗게 쏟아지는 잠이었다.

누구의 이름이든
부르면,
그가 나타날 것 같은 모래밭이었다. 잠은 어떻게 그 많은 모래를 다 옮겨왔을까?

멀리서부터 모래를 털며 걸어오는 사람을 보았다.
모래로 부서지는 이름을 보았다.
가까워지면,

누가 누군지 알 수 없었다.

누군가의 해변이 끝없이 펼쳐져 있었다.
잤던 잠을 또 잤다.

꿨던 꿈을 또 꾸며 파도 소리를 듣고 있었다. 파도는 언제부터 내 몸의 모래를 다 가져갔을까?

누군가가 누군가를 부르면,

내가 돌아보았다.

누군가가 누군가를 부르지 않아도
나는 돌아보았다.

「모래시계」 전문

이 시에는 화자의 불안한 내면이 짙게 투사되어 있다. "잤던 잠을 또 잤다"는 말은 계속 잠을 잤다는 뜻이지만, 그렇게 잠에 빠져들게 했던 현실의 암울함을 역으로 드러낸다. 그것은 한편으로 현실의 불안 때문에 아무런 잠도 이루지 못했다는 말로도 들린다. 그래서 "모래처럼 하얗게 쏟아지는 잠"도 밤을 하얗게 새웠다는 말처럼 들린다. 모래처럼 하얗게 쏟아지는 잠 속에서 화자가 누구의 이름을 부르면 그가 누구이든 눈앞에 나타날 것 같은 착각을 갖는다. 이 착각은 어디서 온 것일까? 그것은 심사평의 언급처럼 타자에 대한 관심에서 온 것일 수 있다. 타자에 대한 사유가 있기에 누구의 이름을 부르면 그가 나타날 것 같은 예감을 갖는 것이다. 그런데 그 대상은 잠이 옮겨오는 모래처럼 모래로 부서지는 이름이고, 가까워지면 누가누군지 알 수 없고, 모래가 실어오는 잠처럼 파도 소리 따라 흩어지고 명멸한다고 했다. 끝없는 잠 속에서 끝없는 꿈을 꾼 화자는 "파도는 언제부터 내 몸의 모래를 다 가져갔을까?"라는 의문을 갖는다. 이 느닷없는 질문의 의미는 무엇일까? 모래처럼 하얗게 잠이 쏟아졌는데 잠이 모래를 다 옮겨왔고, 끝없이 펼쳐진 해변에 잠과 꿈이 반복되었는데, 파도가 언제부터 내 몸의 모래를 다 가져갔는가를 묻는다면, 잠과 꿈과 모래와 내 몸은 도대체 어떠한 관계로 연결되는 것일까? 잠과 꿈과 모래와 내 몸은 추상의 연결선으로 이어진 것이다.

이 시에서 중요한 것은, 누군가의 실체를 확인할 수는 없지만 "누군가가 누군가를 부르면" 내가 돌아보았고, "누군가가 누군가를 부르지 않아도" 내가 돌아보았다는 사실이다. 이것을 타자에 대한 관심과 사유의 표현이라고 할 수 있겠지만, 그 누군가가 누구인지 끝내 밝히지 않았고 모래와 잠과 꿈과 파도의 관계도 뚜렷이 드러나지 않았다면, 이것은 관념적인 상상이다. 시라는 양식이 모호성의 경향을 지니지만, 상상과 사유의 내용마저 모호하게 남아야 한다는 뜻은 아니다. 언어와 표현의 몽롱함 속에 의미의 개연성을 남겨야 시가 성립하는 것이다. 확정되지 않는 추상적 관념어의 연쇄로 이어진 시는 뛰어난 시라고 말하기 어렵다.

　그의 다른 시에도 많은 익명의 존재들이 등장한다. "아무도 모르는 곳으로 흘러가고 싶었지"(「목소리가 사라진 노래를 부르고 싶었지」), "백미러 속에서 누군가 달려오고 있었다"(「우리 모두의 마술」), "태어났던 것들이 태어나고 죽었던 것들이 죽는 것을 보곤 합니다"(「지나가다, 지나가지 않는」), "어딘지 모를 오늘을 날아가다 그만, 사랑이 무엇인지 잊어버리고"(「노랑에서 빨강」) 등 여기 제시된 익명의 타자와 불확정의 시간에 대해 명확한 대답을 요구할 권리가 우리에게는 없다. 시인은 자신의 불명료한 내면을 그렇게 표현했을 뿐이다. 그러나 우리는 여전히 누군가가 누구이며, 아무도 모르는 그곳이 어디인지, 어딘지 모를 오늘이 언제인지 알고 싶은 충동을 갖는다. 그것이 제대로 파악될 때 우리는 비로소 깊은 공감을 얻을 수 있기 때문이다. 그것이 실현될 때까지 시간이 필요하다. 그것은 구체성을 위한 탐구와 성찰의 시간이다. 엘리엇의 말대로 천 번 파괴하고 천 번 창조할 시간이 필요한 것이다. 관찰의 섬세함과 경험의 육화와 정신의 숙련이 필요하다. 관념화와의 싸움이 필요하다.

4. 장소에 대한 사랑과 동질감의 확인

　서효인의 『여수』(문학과지성사, 2017. 2)는 2017년 제25회 대산문학상 수상작이다. 서효인은 36세의 나이에 대산문학상 수상자가 되었다. 역대 시 부문 수상자 중 가장 젊은 나이인데 이 시집을 읽어 보면 그럴 만한 가치가 충분히 있음을 이해할 수 있다. 그것은 바로 구체성을 동반한 시적 표현의 중량감 때문이다. 이 시집의 작품들이 거의 다 공간을 소재로 삼는데 그 공간들은 대한민국 지도 안에 있는 구체적인 행정 구역의 이름들이다. 시인은 그 공간에 역사로서의 공적 사건과 체험으로서의 사적 시간을 겹

처 넣는다. 공적 사건과 사적 체험이 만나 빛을 발함으로써 그 정적인 지
명은 생기를 얻어 살아 움직이며 삶의 생생한 현장으로 작동한다. 이 과정
은 물질과 물질이 만나 새롭게 변화하는 화학 반응을 연상시킨다.

박물관에는 총을 겨누는 일본인과
총을 바라보는 조선인이 있었다.
일본인에게는 이제 손가락을 편 갓난아이가 있었고
한국인에게는 몸이 우그러진 노모가 있었다
총과 눈 사이를 채우던 바람
횟집 주차장으로 바뀌어버린 옛 건물의 그림자
위협적인 사투리
메워버린 갯벌

정원은 일본식이었다
통로가 좁은 도서관처럼 잎사귀는 정갈하게 자리를 지켰다
후박나무가 나타났고, 아름드리 그늘에서
갓난아이와 촌로가 서로에게 말을 건넨다
서로의 입에서 나던 지난 끼니의 냄새
유달산 아래 서툰 등산객처럼 엎드려 있는 작은 살림들
비린 젓과 정미소
버려진 방직 공장과 죽 한 그릇

일본인과 한국인은 죽어 지금 없다
목포역에 내리면 어떤 냄새가 달려든다
할머니는 어린 내 손을 잡고 역전에 나가 무화과를 샀었다
나는 아무 곳에서나 오줌을 누었다
오줌을 흩뿌리던 마파지의 바람
외지인이 없던 장례식장의 벽
바다가 몰고 온 바람에서는 잔뜩 웅크린 냄새가 있다
그것들이 몸을 편다
목포에 온 것이다

촌로가
아이를 안고
천천히 일어선다

「목포」 전문

목포의 과거와 현재가 몇 개의 정경과 냄새와 소리로 섞여 펼쳐진다. 일제 강점기 3·1운동 때 목포에도 만세 운동이 일어나, 총을 겨누는 일본인 순사와 총에 맞는 조선인 백성이 있었을 것이다. 박물관 전시실에 그때의 사진이 남아 보존 자료로 걸려 있는 것 같다. 실제로 존재했던 사실을 제시한 다음에 시인은 자신의 상상을 사실처럼 덧붙였다. "이제 손가락을 편 갓난아이"와 "몸이 우그러진 노모"는 시인의 상상의 소산이다. 그러나 그것은 인간의 현실에서 사실로 인지될 수 있는 상상이다. 인명을 살상하는 일본인과 총에 희생되는 조선인이라는 상반된 자리에 인간적 연민의 디테일이 배치되었다. 사람을 죽이는 일본인에게는 갓 태어난 아기가 있고 총에 맞을 처지의 조선인에게는 돌보아야 할 노모가 있다. 서로 다른 처지에서 서로 다른 행동을 하는 두 사람을 대비적으로 설정한 시인의 상상력에 새로움이 있고 인간을 바라보는 시선의 날카로움이 있다. 몇십 년의 세월이 꿈같이 흘러, 그 장면이 찍힌 건물은 사라지고 그 인물들 역시 세상을 떠났지만, 그러한 인간사의 우여곡절은 지금도 지속되고 있다. 위협적인 사투리도 그대로 남아 있고 메워버린 갯벌도 증거물처럼 남아 있다.

모든 것이 사라지고 변한 지금, 옛날 그 사건이 벌어졌음직한 후박나무 그늘 사이에서 갓난아이와 촌로가 서로 말을 건넨다고 했다. 물론 이것도 상상의 장면이다. 그러나 그들이 실제로 만나 마음의 교류를 나눈다면 그런 교분 사이에 그들이 먹는 음식의 맛과 냄새가 느껴질 수 있을 것이다. 시대는 바뀌어도 생활의 동정은 유구하여, 목포역전의 무화과 냄새도 나고 마파지의 오줌냄새도 나고 바다에서 풍겨오는 갯냄새도 날 것이다. 그 냄새와 체취 속에 목포의 삶이 담겨 있다. 목포의 아픈 역사도, 삶의 애환도 결국은 그 냄새 안에 실려 있다. "촌로가/아이를 안고/천천히 일어선다"는 상상은, 혹은 실제의 장면은, 과거의 역사가 목포의 기류 안에 고스란히 담겨 있고 대립의 아픔까지도 다 포용할 정도로 시간의 정화가 일어났음을 암시한다. 그 아이가 자신의 부모를 살해한 일본인의 아이일지라도 촌로의 태도는 변함이 없을 것이다. "유달산 아래 서툰 등산객처럼 엎드려 있는 작은 살림들"을 배경으로 목포라는 구체적 생활공간이 삶의 진한 냄새로 역사와 시간을 감싸 안을 수 있음을 시인은 표현했다. 관찰과 경험과 사색의 응축 속에 이런 성취가 탄생한 것이다.

역사와 생활의 공간인 목포가 그러하다면 근거 없이 새롭게 형성된 생활공간은 어떠한가?

엊그제 동창 하나가 자살했다는 소식을 들은 이 남자는 5만 원과 10만 원을 두고서 친구의 처자식을 떠올린다. 눈이 두 개, 코가 하나, 콧구멍은 두 개. 그는 오른손을 들어 왼쪽 눈을 비빈다. 검은 넥타이를 매는 이 남자는 한때 찬비를 부러 맞으며 어깨 위로 모락모락 올라오는 연기를 자랑하기도 했었다. 향이 거의 꺼져간다. 친구는 지폐 속 인물처럼 비쩍 말랐다. 남자는 한때 동창의 같은 반 친구였다. 동창의 어린 아들이 향을 갈아 끼운다. 동창과 이 남자는 학교 뒷골목에서 담배 한 개비 나눠 피우다 걸려 필터처럼 잘근잘근 맞은 적이 있다. 아이는 겁먹은 두꺼비처럼 엎드려 매를 기다리던 친구의 얼굴을 닮았다. 절과 절 사이에, 자동차 가격과 아파트 시세를 알아보던 이 남자는 그 어떤 것도 쉽게 얻을 수 없다는 사실을 알게 된다. 남자는 멍하게 종이컵을 바라본다. 동창은 자살했다. 자살하는 얼굴 또한 눈이 두 개, 코가 하나, 입이 하나. 5만 원? 10만 원? 지금 마른세수를 하면서 제 얼굴을 할퀴는 이 남자는 한때 친구가 있었다. 흡연실에는 자살한 친구와 친구의 아들이 맞담배를 피우고 있다. 낄낄 웃는다. 없는 얼굴처럼. 동창이 어깨에 팔을 얹고 씩 웃는다. 이 남자는 친구 따라 분당으로, 곧.

「분당」 전문

뛰어난 디테일로 상황을 절묘하게 묘파한 이 시는 생활 서술시의 압권이다. 비극적 사건을 서술하면서도 유머의 화법을 적절히 배치했다. 비극적 사건은 현실이고 헛된 웃음은 비극을 비극으로 인식하지 못하는 전도된 삶에서 발생한다. 자살한 친구의 부고를 두고 부의금 5만 원과 10만 원 사이에서 고민하는 화자는 천 원권 화폐의 주인공 이황처럼 비적 말랐다. 삶이 고달픈 것이다. 그에게도 한때는 일부러 비를 맞으며 거리를 걷던 낭만적인 청춘 시절이 있었다. 그러나 이제는 세상에서 "그 어떤 것도 쉽게 얻을 수 없다는 사실을" 잘 아는 왜소한 소시민이다. 분향소에서 향을 갈아 끼우는 친구의 어린 아들을 보고 친구와 몰래 담배를 나누어 피우던 옛일을 떠올린다. 그 아들의 모습이 담배 피우다 걸려 "겁먹은 두꺼비처럼 엎드려 매를 기다리던 친구의 얼굴을 닮았다"고 했다. 자살한 친구나 친구의 아들이나 친구의 죽음 앞에 문상하는 자신이나 예측할 수 없는 삶 앞에 불안해하는 것은 마찬가지다.

화자가 세상을 떠나면 그에게도 눈 둘 달리고 코 하나 달린 여느 친구들이 또 문상을 올 것이다. 그러나 그들은 과연 친구인가? "한때 친구가 있었다."라는 말은 그들 사이의 이질감, 비친화감을 강하게 드러낸다. 세상에 소외되어 힘없는 존재로 살아가는 것은 차이가 없지만, 그들은 하나가 아니다. 동창이라고 어깨에 팔을 얹고 씩 웃으며 친구 따라 강남 아니라 분당 간다고 지금은 웃지만 그들의 표면석 동질감은 강한 고립감에 바탕을 두고 있다. 그러나 그들이 세상과 겉돌면서 막막한 공간을 아프게 살아가는 공동운명체인 것은 사실이다. 비극과 희극의 교차 속에 이 시는 소외된 존재들의 기묘한 동질성을 일깨운다.

그런 점에서 이 시집은, 여수에서 대전을 거쳐 서울에 이르고 다시 서울에서 인천을 거쳐 진주 마산에 가도 결국은 어디나 하나라는 묘한 동질감을 확인케 한다. 우리가 배달의 민족이라고 힘주어 외치지 않아도 한반도 남반부를 빠져 나갈 수 없는 공동운명체임을 자각하게 한다. 그리하여 "이

도시를 사랑할 수밖에 없음을" 깨닫게 하며, "표정이 울상인 너를 사랑하게" 되는 "무서운 사랑이 시작"(「여수」)됨을 일깨운다. 이것이 이 시의 구체성이 지닌 힘이다. 전국 각처 요소요소에서 "근성 있게 잘 살고 있"(「이모를 찾아서」)는 우리 모두의 힘이다. 이 시는 그런 삶에 대한 애정과 희망을 갖게 한다.

5. 구체성의 힘

2011년 『조선일보』 신춘문예로 등단한 신철규는 매우 어른스러운 당선 소감을 써서 뜻있는 독자들에게 깊은 인상을 남겼다. 문장이 길지만 인용해 보겠다.

나의 상처가 타인에게 상처를 줄 수 있는 면죄부가 되지는 않는다. 우리는 상처받지 않기 위해 타인에게 상처를 주지만, 그렇다고 해서 자신의 상처가 지워지지는 않는다. 우리가 증오해야 할 대상은 상처받은 사람도, 상처받지 않은 사람도 아니다. 지금도 여전히 자신의 상처를 지우기 위해 타인을 벼랑 끝으로 내모는 자들이다.

타인은 언제나 나의 시야에서 멀어진다. 나를 타인의 자리에 놓지 않을 때, 타인의 눈빛과 목소리에 집중하지 않을 때, '소통'은 거짓과 위선이 될 수밖에 없다. 자신의 결핍을 받아들이고 자신을 조금씩 버리는 것이 용기라고 생각한다. 나의 구원만큼 타인의 구원도 중요함을 깨닫는 것이 사랑이라고 생각한다. 내가 바라보는 현실이 세계의 전부가 아니라고 생각하는 '위대한 거절'을 실천할 수 있을 때, 비로소 우리는 아이에서 진정한 어른이 된다. 그러나, "언제나 아이처럼 울 것."

우리는 이 글에서, 타인이 나의 시야에서 언제나 멀어지지만 나를 타인의 자리에 놓고 타인의 눈빛과 목소리에 집중하겠다는 의지를 읽을 수 있다. 그러면서도 내가 바라보는 현실이 세계의 전부가 아니라는 지성적 유보 의식을 내보인 점이 믿음직스럽다. 그는 세계를 성찰하면서 타인을 이해하겠다는 의지를 밝힌 것이다. 타인에 대한 지향성은 첫 시집 『지구만큼 슬펐다고 한다』(문학동네, 2017. 7)의 '시인의 말'에도 투명하게 진술된다. 그는 자신의 생각을 매우 뚜렷하게 구체적으로 드러내는 시인이다. "절벽 끝에 서 있는 사람을 잠깐 뒤돌아보게 하는 것, 다만 반걸음이라도 뒤로 물러서게 하는 것, 그것이 시일 것이라고 오래 생각했다. 숨을 곳도 없이 길바닥에서 울고 있는 사람들이 더는 생겨나지 않는 세상이 언젠가는 와야 한다는 믿음을 버리지 않겠다."라고 말했다. 이 얼마나 오랜만에 대하는 공리적 담론인가? 이러한 생각을 믿음이라고 말하는 시인의 육성에 든든한 믿음이 생긴다.

신철규의 첫 시집은, 21세기에 들어와 파격과 전복으로 이어져 온 젊은 시단의 기류에 시의 정도를 보여줌으로써 신생의 변곡점을 제시한, 중요한 의미를 지닌 작업이다. 그는 「소행성」에서 "우리는 금세 등을 맞대고 있다가도 조금씩 가까워지려는 입술이 된다."라고 썼다. 등단 소감이나 시집 출간 소감의 말과 부합하는 내용이다. 소박한 위안의 말로 가득한 이 시를 시인은 "우리는 마주보며 서로의 지나간 죄에 밑줄을 긋는다."로 끝맺었다. 이 시구에 담긴 깊은 자의식과 미세한 떨림을 우리는 의미 있게 감촉한다. 문제는 이러한 담론이 앞의 사례에서 보는 것처럼 추상의 차원에서 나온 것인가 하는 점이다. 이 의문은 그의 작품이 스스로 밝혀줄 것이다.

　　허공을 쓸며
　　손바닥 하나가 떨어진다
　　술래는 플라타너스 나무에 기대어 주문을 외운다

　　잡혀온 아이는 한 손은 술래에게 맡기고
　　소금 기둥이 된 아이들에게 손사래를 친다

술래가 고개를 돌릴 때 아이들은 숨을 멈춘다

자신이 만든 그림자 속으로 몸을 던지는 낙엽들
벼랑 끝에서는 아래를 보지 말 것

마지막까지 살아남은 아이가 빠르게 주문을 외우고 있는 술래의 등뒤
에 다가간다

낙엽 하나가
술래의 머리 위에 내려앉는다
술래는 주문을 다 외우고도 뒤돌아보지 않는다

아이들이 술래의 등을 껴안는다

「술래는 등을 돌리고」 전문

우리는 이 시에서 시인의 예민한 자의식이 깊은 관찰과 섬세한 사색에서
우러난 것임을 파악할 수 있다. 첫 행에서 플라타너스 잎이 떨어지는 장면을
"허공을 쓸며/손바닥 하나가 떨어진다"라고 표현했다. '손바닥'은 아이들이
술래잡기 하는 장면에서 연상되었을 것이다. 손바닥 모양의 플라타너스 잎
이 떨어지는 장면을 "허공을 쓸며" 떨어진다고 할 정도로 그의 감각은 예민
하다. 무정물인 낙엽의 하강을 허공을 쓸며 떨어지는 손바닥으로 표현하는
사람은 연민과 사랑으로 세상을 바라보는 사람이다. 그것은 현상에 대한 구
체적인 관찰과 사색에서 비롯된 것이다. 머릿속 관념의 상상이라면 허공을
쓸며 떨어지는 손바닥의 이미지가 떠오르지 않았을 것이다.

플라타너스 잎의 손바닥 이미지는 술래잡기 하는 아이들의 손으로 이어
진다. 잡혀온 아이가 한 손을 술래에게 잡힌 채 또 한 손을 아이들에게 흔
드는 장면은 애처로운 연민의 감정을 일으킨다. "소금 기둥이 된 아이들"
이라는 시어에서 이 아이들이 단순한 아이가 아니라 인간 세상의 환유라

는 점이 암시된다. 아이들이 숨을 멈추자 낙엽도 자신의 그림자 속으로 몸을 감춘다. 모두 술래에게 잡히지 않으려고 최대한 안간힘을 쓰는 것이다. 이것이 우리들이 벌이는 삶의 가녀린 동작이기 때문에 애처로움은 부가된다. 술래도 술래의 역할을 하고 있을 뿐 아이들을 잡아 벼랑으로 밀어 넣으려는 악의를 가진 존재는 아니다. 자신의 역할이 술래기 때문에 그것을 하고 있을 따름이다. 술래에게서 몸을 숨긴 아이들이 낙엽이라면 술래도 언젠가는 낙엽이 될 것이다.

낙엽 하나가 술래의 머리 위에 내려와 앉고 술래는 주문을 끝내고도 뒤돌아보지 않는다고 했다. 그러자 아이들이 술래의 등을 껴안는다고 했다. 이러한 장면은 물론 현실에서 일어나는 것은 아니다. 머리로 그린 상상의 장면이다. 그러나 앞에 전개된 상황 때문에 우리는 이런 장면이 실제로 일어날 수 있다고 받아들인다. 손바닥 하나가 허공을 쓸며 떨어진다면 이런 일도 충분히 일어날 수 있을 것이다. 시적 문맥 속에서 그 개연성을 충분히 인정할 수 있다는 뜻이다. 그렇기 때문에 이 시의 상황이 관념의 소산이라는 생각은 들지 않는다. 그것은 현실에 바탕을 둔 시인의 상상의 소산이다. 몽환이 아닌 상상력의 작용이다.

세월호 참사를 두고 많은 시가 쓰였다. 앞의 신용목의 시도 세월호 참사 이후의 걷잡을 수 없는 비탄을 시로 표현했을 것이다. 다만 슬픔이 반복되고 관념적으로 상징화되어 언술의 대상이 모호하게 처리되었을 뿐이다. 신철규는 세월호 관련 시도 매우 구체적으로 표현했다.

　　슬픔의 과적 때문에 우리는 가라앉았다
　　슬픔이 한쪽으로 치우쳐 이 세계는 비틀거렸다

　　신의 이름을 부르고 싶었지만 그것이 일반명사인지 고유명사인지 알
　수 없어 포기했다
　　기도를 하던 두 손엔 검은 물이 가득 고였다

가만히 있으면 죽는다
최대한 가만히 있으려고 할수록 몸에 힘이 들어갔다
나는 딱딱해지고 있었다

해변에 맨발로 서 있던 유가족
맨살로 닿을 수 없는 거리가 그들을 얼어붙게 만들었다
죽을 때까지 악몽을 꾸어야 하는 사람들의 뒷모습
학살은 모든 사람들이 동시에 꾸는 악몽 같은 것

손가락과 발가락까지 피가 돌지 않고
눈이 심장과 바로 연결된 것처럼 쿵쾅거렸다

모든 것이 가만히 있는 곳이 지옥이다
꽃도 나무도 시들지 않고 살아 있는 곳
별이 움직이지 않고 가만히 멈춰서 못처럼 박혀 있는 곳
죽은 마음, 죽은 손가락, 죽은 눈동자

위로받아야 할 사람과 위로할 사람이 한 사람이라면
우리에게 남은 것은 기도밖에 없는 것인가

우리는 떠올라야 한다
우리는 기어올라야 한다
누구도 우리를 끌어올리지 않는다

가을이 멀었는데 온통 국화다
가을이 지난 지가 언젠데 국화 향이 이 세계를 덮고 있다
컴컴한 방에 검은 비닐봉지를 쓰고 앉아 있는 것처럼 숨이 막힌다
꿈속에서도 공기가 희박했다

해변은 제단이 되었다
바다 가운데 강철로 된 검은 허파가 떠 있었다

「검은 방」 전문

이 시에는 추상이 없다. 첫 행부터 끝 행까지 모든 시행은 상황의 구체성을 드러낸다. 그러면서도 그 구체적 진술은 서술로 구성되지 않고 비유와 상징으로 구성되었다. 시적 언술이기 때문이다. 시적인 비유를 구사하면서도 상황의 구체성을 살리는 방법. 그것이 시를 제대로 쓰는 방법이다. 신철규는 그러한 능력을 갖춘 드문 시인의 하나다. 그는 "슬픔의 과적 때문에 우리는 가라앉았다"고 말했다. 그렇다 세월호가 가라앉은 것은 배 안에 남았다가 탈출의 기회를 잃은 희생자들의 슬픔의 무게로 가라앉은 것이며 그것을 지켜본 수많은 사람들의 슬픔의 무게로 가라앉은 것이다. 그 슬픔에는 가해자도 없고 피해자도 없다. 그들의 죽음이 슬픈 것이요 그 죽음을 속수무책 지켜본 우리 모두가 슬픈 것이다. 이처럼 세월호 참사의 본질을 명쾌히 집약한 시구는 없다. 세월호의 침몰을 볼 때는 국민 모두가 슬퍼하고 일심동체였는데 시간이 지나자 산 자와 죽은 자로 갈라져 이해관계가 얽히면서 세상이 요동쳤다. 그러니 이 시의 첫 두 행은 세월호 참사의 본질과 그 후의 혼란까지를 감싸 안는 복합적 명구가 된다. 이것이 정밀한 관찰과 깊은 사색에서 도출된 구체성의 표현이다.

다음에 이어지는 모든 시구들이 상황의 구체성을 연이어 드러낸다. 기도를 하던 두 손에 가득 고인 검은 물, 가만히 있어도 몸에 힘을 주어도 결국 딱딱해지는 몸, 맨발로 서서 악몽에 몸부림치는 유가족, 쿵쾅거리는 사람들의 동요와 분노, 처절한 죽음 앞에 기도 외에는 선택할 것이 없는 사람들의 절망, 결국 그 지옥에서 자신을 끌어올릴 수 있는 것은 자신밖에 없다는 자각, 이러한 구체적인 사유와 표현을 통해 마지막 도달한 곳은 "강철로 된 검은 허파"의 자리다. "해변은 검은 제단이 되었다"고 시인은 썼다. 팽목항을 가 본 사람이라면 이 시행의 폭발적 구체성을 한눈에 파악할 수 있을 것이다. 해변이 검은 제단이 되었다고 말은 못해도 그 비슷한 느낌은 누구든 받았을 것이다. 그러나 강철로 된 검은 허파를 떠올릴 수 있는 사람은 거의 없다.

물에 잠기면 허파가 기능을 상실한다. 캄캄한 물속에서 숨이 멈추었으니 정지된 허파는 검은 허파일 것이다. 세월호가 쇠붙이로 만들어진 것이니 강철이 연상될 만하고 강철처럼 견고하여 넘을 수 없는 경계로 버텨선 죽음이니 강철로 된 검은 허파라 해도 되리라. 그러면서도 그것이 강철로 된 검은 허파였다면 죽음의 바다에서도 살아남았을 것이라는 또 하나의 상상을 하게 된다. 강철은 죽음의 냉엄함을 상기시키면서도 죽음을 넘어서는 의지의 강인함을 동시에 연상시키기 때문이다. 우리는 강철이 갖는 이중의 의미에서 오히려 비유의 절묘함을 깨닫는다. 세월호는 지금 견인되었지만 우리 기억의 강인함 속에 "강철로 된 검은 허파"로 바다 위에 떠 있고 거기서 숨진 영령들도 모두 그렇게 바다 위에 떠 있다. 그러니 신철규는 "강철로 된 검은 허파"의 구체적 이미지 하나로 한국시사의 바다 위에 자기 자리를 굳건히 세울 수 있게 되었다. 이것이 구체적인 시적 비유, 표현이 갖는 힘이다.

여기까지 네 시인의 작품을 거칠게 점묘하며 시에서 관념화가 갖는 폐단을 점검하고 구체성이 갖는 의의를 살펴보았다. 이러한 논의는 누구의 시를 비판하고 누구의 시를 상찬하기 위한 것이 아니다. 우리 시단의 전반적 흐름 속에서 우수한 성취를 보인 사례와 그렇게 된 동인을 살펴본 것이다. 창조의 표면과 이면의 관계를 점검해 본 것이다. 작품을 바라본 시각은 지극히 상식적이고 고전적인 규범이다. 그러나 그 규범 안에 시의 성패를 가르는 중요한 요소가 있음을 자각해야 할 것이다. 섬세한 관찰과 진실한 체험과 깊은 성찰이 시 창작의 중요한 기틀이 된다는 고전적 명제를 다시 한 번 진지하게 돌아보아야 할 시점에 우리가 서 있다. 이 사안에 대해 전면적인 반성과 성찰을 할 필요가 있다.

감각의 긴장, 정신의 극점

- 송재학의 시

1. 추억의 잔상

송재학은 30년 넘게 자신의 시 문법을 개척해 왔다. 그만큼 개성적인 의장意匠과 문채文彩를 오래도록 유지하는 시인은 흔치 않다. 시를 읽으면 송재학의 시라는 것을 금방 알 수 있을 정도로 그의 화법은 독특하다. 노련한 장인이 만든 전각이나 날염捺染 작품을 대하듯 대상을 섬세하게 수공하여 그것을 자신의 것으로 창조하는 기법을 그의 시에서 만날 수 있다. 다른 많은 시인들의 경우와 마찬가지로 시 창조에 동원되는 방법은 관찰과 사색이다. 그러나 관찰과 사색을 시로 풀어내는 방식이 남과 다른데, 그것은 '감각의 긴장'이다. 여기서 말하는 '감각'은 '정신'을 포함한 감각이고 '긴장'은 이완과 안식을 얻기 위한 긴장이다.

이 말의 내포를 제대로 설명하기 위해서는 많은 논의가 필요하다. 짧게 의미의 윤곽만 드러내면 이렇다. 그의 시의 발상은 사물의 외관에서 출발한다. 그러나 시인은 사물을 묘사하고 사유하는 데 머물지 않는다. 대상의 외관을 심도 있게 묘파하면서 그러한 외형의 천착을 통해 언제나 정신의 단면을 탐색한다. 대상을 묘사한다는 점에서 그의 필법은 대상과 감각 사이의 긴장에 의존하지만 어떤 형태로든 마음의 각성에 이르려 한다는 점에서 긴장의 해소를 통한 위안의 지평을 지향한다.

지난 한 달간 그의 시집들을 다시 읽으며 마음 안팎으로의 순행과 편력을 했다. 아홉 권의 시집을 펼쳐놓으면 변화와 불변의 수로가 넘실댄다. 미세한 파문 하나하나에 눈길을 멈추지 않고 물의 흐름에 동승하여 풍경 너머의 풍속을 엿보려 했다. 그의 시에 일상적 생활의 단면을 편하게 드러낸 작품은 거의 없다. 오욕칠정을 가진 사람들이 빚어내는 자질구레한 삶에도 별 관심이 없다. 그는 감각과 정신의 긴장을 통해 예술품 완성에 몰두하는 미학주의자다. 그가 간행한 시집의 목록은 다음과 같다.(작품을 인용할 때 제목 뒤에 붙인 숫자는 아래 열거한 시집의 순번을 가리킨다.)

1. 『얼음시집』, 문학과지성사, 1988. 11.
2. 『살레시오네 집』, 세계사, 1992. 5.
3. 『푸른빛과 싸우다』, 문학과지성사, 1994. 5.
4. 『그가 내 얼굴을 만지네』, 민음사, 1997. 3.
5. 『기억들』, 세계사, 2001. 1.
6. 『진흙 얼굴』, 랜덤하우스중앙, 2005. 6.
7. 『내간체를 얻다』, 문학동네, 2011. 1.
8. 『날짜들』, 서정시학, 2013. 8.
9. 『검은색』, 문학과지성사, 2015. 10.

이 중 내 마음에 가장 정감 있게 다가오는 것은 『기억들』이고, 시인의 실험적 탐구가 빛을 발하는 것은 『내간체를 얻다』이다. 『기억들』이 간행된 것은 우리의 나이 40대 중반. 감각의 긴장으로 창조한 미학주의의 완성품들이 동갑의 내 마음에 짙은 공감의 파문을 일으켜 같은 의식의 자장으로 나를 이끌었다. 그것은 마음의 수면에 깊은 잔상을 남겼다. 나는 다음과 같은 글을 썼다.

그는 분명 자신보다는 세계에 관심이 있다. 그런데 그 세계는 사람이 살아가는 세계가 아니라 밖에 그냥 존재하는 세계, 시인 자신의 표현에 의하면 아직 황무지로 남아 있는 세계다. 시인이 모든 감각을 동원하여 보고, 만지고, 듣고, 냄새 맡을 황무지, 모래로 덮인 미지의 공간을 감각을 매개로 탐사하여 자신에게 친근한 인식의 공간으로 바꾸어가는 것, 이것이 그의 시 작업이다. 시인은 저 멀리 타자로 있는, 다시 말하여 황무지로 있는, 자연과 인생의 모든 것을 감각을 도구로 탐색하여 자신의 영역으로 끌어들임으로써 '몽리면적蒙利面積'을 넓혀간다. 시인이 감각에 의존하는 이유는 몸의 감각이 가장 정직하고 확실하기 때문이다. 무의미한 타자를 유의미한 내면으로 만들기 위해서는 감각적 접촉의 과정이 필요하다. 그래서 그는 닭의 볏이나 흰뺨검둥오리, 산벚나무 같은 자연물은 물론이고 신문지 위의 노숙자, 링에 오른 복서, 시인 이하석, 심지어 자기 자신까지 감각의 대상으로 놓고 탐색한다. 이 각각의 대상들이 이루는 거대한 황무지를 하나하나 개간하여 옥토로 일구어 간 작업이 이 시집이다. 그 탐색의 극점에 「닭, 극채색 볏」이 놓여 있다. 닭의 볏을 "좁아터진 뇌수에 담지 못할 정신이 극채색과 맞물려/톱니바퀴 모양으로 바깥에 맺힌 것", "떨림에 매달은 추錘", "빠져나가고 싶지 않은 감옥"으로 인식한 사람이 그 외에 누가 있겠는가? 그것은 단순한 이미지가 아니라 자기 손으로 일군 황무지의 옥토다.

(『문학사상』, 2002. 1)

2. 초기 시의 변화와 새로운 리듬의 창조

그의 시의 변화는 세 번째 시집 『푸른빛과 싸우다』 이후 두드러지게 나타난다. 정효구는 첫 두 시집과 세 번째 시집의 차이를 "인식하는 자의 고뇌"와 "성찰하는 자의 지혜"(『몽상의 시학』, 민음사, 1998)라는 말로 간명하게 대비했다. 어둠의 이면을 투시하며 고통의 육성을 분사하던 에너지가 언어의 매듭을 통해 명상과 성찰로 기울고 있음을 지적한 것이다. 그의 초기 시의 경향에 대해서는 재능에 비해 생애가 짧았던 탁월한 비평가 김양헌

이 다음과 같이 설명한 바 있다.

　　끝 모를 병의 심연까지 담궜다가 꺼낸 격렬한 수사, 격렬함이 거느리는
이미지의 중층 구조, 켜켜로 쌓인 이미지의 지층이 스스로의 무게를 견디
지 못하고 폭발하면서 온갖 파편들이 튀어오르고 뭉개지는 순간 폭풍우처
럼 거세게 내면세계로 끌려드는 언어의 회오리. 시적 대상들은 노을처럼
붉게 타오르는 그의 가슴속 깊이 자리한 용광로에 녹아들어 뒤틀려버린다.
이 용광로를 거치고도 온전히 자신을 유지하는 대상은 거의 없다. 대상의
존재를 규정하는 지시적 의미의 명사들은 들끓는 동사와 검붉은 형용사의
격랑에 휩쓸려 치명상을 입는다. 명사들의 정적인 풍광은 사라지고, 동사
들의 역동적인 힘에 짓눌린 일그러진 시공간이 시의 전면에 배치되는 것
이다.

(『그가 내 얼굴을 만지네』, 해설)

　　이 설명은 첫 시집의 세계를 요약한 것이지만 첫 시집의 "합종연횡으로
뒤얽힌 언어의 춘추전국"의 격렬함이 두 번째 시집에서 더 강화된다고 하
였으니 두 시집의 공통된 경향으로 읽어도 무방할 것이다. 시인 자신도 격
렬한 이미지 분사에서 벗어나려고 마음먹은 듯 세 번째 시집 끝에 다음
시를 배치했다.

1

　　나는 바다를 달래려 합니다 어리석은 줄 알면서 해 뜨는 바다를 급히
보러 왔습니다 영산홍이 꽃피어 며칠을 대신 버텨주기도 했습니다 그 붉
은 꽃이 시들기 전 도망치듯 이곳에 오고야 말았습니다 영산홍 밖에 나오
면 무엇도 감추지 못할 것이 분명합니다 마음의 온갖 것들과 저 아래 시
퍼런 바다는 같은 수평선에서 시작된 아우성임을 깨닫습니다 내 격렬함을
통과하던 영산홍의 만개도 그와 다르지 않습니다

2

　　영산홍 가득 핀 세상이란 얼마나 답답합니까 가장 붉은 꽃 한 송이 꺾

어 화병에 꽂았습니다, 아닙니다 이 꽃은 역시 제 붉음이란 운명 사이에 휩싸여야 합니다 그것은 영산홍의 오랜 비밀입니다

「격렬함을 감추다」(3) 전문

이 시에 두 가지 마음의 흐름이 부딪치고 있다. 시퍼렇게 아우성치는 격렬한 바다, 거기서 벗어나 평온을 찾고자 하는 마음, 이 둘이 길항하며 긴장의 대립을 이룬다. 송재학의 다른 시들처럼 이 시도 그것을 명료하게 드러내지 않는다. 그럴 수밖에 없는 것이 그러한 심경의 움직임 자체가 모호하여 명료한 표명이 불가능하기 때문이다. 시퍼런 바다의 격렬한 아우성과 유사한 형상이 영산홍이 붉게 핀 만개의 장면이다. 그것 역시 시퍼런 바다처럼 시인의 마음을 심하게 흔들었다. 그는 만개한 영산홍에 힘입어 며칠을 버티다가 꽃이 시들기 전 바다로 도망치듯 왔다고 고백했다. 만개한 영산홍, 시퍼런 바다, 격렬하게 요동치는 자신의 마음은 등질적이다. 그것이 "같은 수평선에서 시작된 아우성임"을 깨달았다고 고백했다. 이러한 깨달음 다음에 시인은 어떤 상태에 이른 것일까?

1과 2로 구분된 이 시의 단락은 시상의 흐름을 분절한다. 1은 자신의 행동과 내면의 고백에 해당하고, 2는 그러한 내력에 대한 자신의 반성을 담은 것이다. "영산홍 가득 핀 세상이란 얼마나 답답합니까"라고 스스로 물었다. 격렬함이 다발적으로 합종연횡하여 자아를 압박하는 것은 견디기 힘든 일이다. 그것은 답답함과 지루함을 야기한다. 그 대안에 해당하는 것이 붉은 꽃 한 송이를 꺾어 화병에 꽂는 일이다. 그러나 그것 역시 격렬함에서 벗어나는 본질적 대안은 될 수 없다. 화병에 꽂은 꽃은 바로 시들기 때문이다. 그것이 격렬함 대신 선택한 회피적 대안의 운명이다. 영산홍은 붉게 피어나는 자신의 생명 공간 안에 놓여야 영산홍이고 바다는 시퍼런 아우성 안에 자리해야 바다다. 이것이 사물의 운명이다. 그것은 사물의

"오랜 비밀"이기도 하다.

그렇다면 그러한 사물을 인식하고 수용하는 시인 자신의 운명과 비밀은 무엇인가? 이 질문 안에 세 번째 시집의 변화를 알려주는 새로운 전언이 담겨 있다. 그는 자신의 내면과 거리를 두고 마음의 움직임까지도 사물처럼 관찰하고 사유하려 한다. 내면의 폭풍을 격렬하게 반영하는 이미지 구성에서 내면을 관찰하고 사유하여 감추어진 의미를 탐색하는 관조의 자세로 전환된다는 것을 은밀하게 암시한 것이다. 이 내밀한 전언에 해당하는 작품이 세 번째 시집 맨 앞에 놓여 있다. 이 시는 이미지를 통해 우회적으로 암시되던 아버지를 등신대로 제시했다. 이것은 개인사의 노출을 절제하던 그에게 분명 이채로운 일이다.

> 돌아가신 아버지를 소래 포구의
> 난전에서 본다, 벌써 귀밑이 희끗한
> 늙은 사람과 젊은 새댁이 지나간다
> 아버지는 서른여덟에
> 위암으로 돌아가셨다 지난날
> 장사를 하느라 흥해와 일광을 돌아다니며 얻은
> 병이라 하지만 아버지는 언제부턴가
> 소래에 오고 싶어하셨다
> 아니 소래의 두꺼운 시간과 마주한 뻘과 협궤 쪽에 기대어 산
> 새치 많던 아버지, 바닷물이 밀려나가는
> 일몰 끝에서 그이는 젊은 여자가 따르는
> 소주를 마신다, 그이의 손이 은밀히 보듬는
> 그 여자의 배추 살결이
> 소래 바다에 떠밀린다
> 내 낡은 구두 뒤축을 떠받치는 협궤 너머
> 아버지는 젊은 여자와 산다

「소래 바다는」(3) 전문

소래 포구 난전에서 아버지의 환영을 보았다. 아버지가 세상을 떠난 나이와 같은 시점에 이른 시인이기에 아버지가 더욱 선명한 영상으로 떠올랐을 것이다. 아버지나 아들이나 시간의 두께를 피하지 못하고 지내는 것, 갯벌과 협궤에 갇혀 사는 것, 일몰 끝에 허전함을 느끼는 것, 낡은 구두 뒤축이 바다에 떠밀리듯 낭패감을 느끼는 것은 마찬가지다. 모두 세상 밖을 겉도는 슬픈 존재들이다. 이 시에는 격렬함이 없고 아버지에 대한 관조와 자신에 대한 명상이 있다. 이 근거리의 자기 인식이 격렬함에서 벗어나고자 하는 정신의 움직임에서 비롯된 것은 분명하다.

이 시집에 그가 최근에 뚜렷하게 관심을 보이는 검은색에 대한 지향이 조심스럽게 모습을 드러낸다. 이것도 격렬함을 감추려는 정신의 흐름과 관련된 동향이다. 그의 삶을 간섭하다 문득 사라지는 「주전」의 '검은빛', 죽은 사람의 기억과 함께 떠오른 「죽은 이들도 바라보는 바다」의 '검은 옷'이 그것이다. 푸른빛과 싸우고 검은 빛에 이르려는 것도 관조와 명상으로 가는 경로를 암시한다.

그는 여러 시편에서 다양한 유형의 음악을 청취하고 학습하여 자신만의 리듬을 개척하려는 시도를 벌이고 있음을 암시했다. 몇 년의 탐구가 결집되었을 때 그는 우리말의 음감을 살린 아름다운 리듬을 창조했다. 감각의 문을 활짝 열고 언어의 리듬을 충분히 음미하며 다음 시를 조용히 음송할 필요가 있다.

다 팽개치고 넉장거리로 눕고 싶다면
꽃핀 산벚나무의 솔개그늘로 가라
빗줄기가 먼저 꽂히겠지만
마음 구부리면 빈틈이 생기리라
어딘들 곱립든 군식구가 없겠니
그곳에도 두 가닥 기차 레일 같은 운명을 종일 햇빛이 달구어내지
먼저 온 사람은 나무둥치에 파묻혀 편지를 읽는다

풍경風磬이 소리내는 건 산벚나무도 속삭일 수 있다네
달빛이나 바람이 도와주지만
올해 더욱 가난해진 산벚나무가家

울어라 울어라, 꽃핀 산벚나무가 씻어내는 아우성
봄비가 준비된 밤이다

「산벚나무가 씻어낸다」(5) 전문

산벚나무는 벚나무보다 더 높이 자라기 때문에 그 아래 작은 규모의 솔개그늘을 만들 수 있다. 작은 그늘이라 네 활개를 펴고 넉장거리로 눕기에는 적당치 않지만 꽃이 피고 잎이 무성해지는 계절이라면 그만한 그늘이어도 몸을 눕히기에는 그렇게 부족치 않다. '곱립들다'라는 말은 뱃속이 비어서 시장기를 느낀다는 뜻이다. '넉장거리'라는 말은 만사를 팽개치고 제멋대로 눕는 장면과 잘 어울리는데 "곱립든 군식구"와 대조되어 의미의 긴장을 조성한다. 이 시의 리듬 안에 배치된 의미의 맥락은 대체로 다음과 같이 파악된다.

솔개그늘이 좁아 빗줄기가 몸에 꽂힐 만한데 몸보다 마음을 구부려 빈틈을 만들면 봄날의 빗줄기쯤이야 피할 수 있을 것이다. 어쩔 수 없이 남의 집에 빌붙어 사는 굶주린 군식구처럼 솔개그늘에 들어앉을 수밖에 없다. 산벚나무 주변에 종일 햇빛이 비쳐 마치 기차 레일처럼 펼쳐진 산길을 따갑게 달구고 있다. 그래도 누군가는 나무둥치에 파묻혀 편지를 읽고 바람이 불면 산벚나무에도 풍경 소리 같은 나뭇잎의 속삭임이 들린다. 주위의 도움에도 불구하고 산벚나무 가족은 매년 초라해져 올해는 더욱 가난한 모습이다. 그래도 산벚나무는 꽃을 활짝 피워 세상의 아우성을 씻어내는 봄밤의 울음소리를 멀리 퍼뜨리는 듯하다. 울어라 울어라 우레 소리를 내는 산벚나무를 따라 봄비가 내릴 것 같다.

자연 경관에서 우러난 마음의 형상을 시인은 이러한 리듬으로 표현했다. 리듬 안에 숨 쉬는 감각과 의미의 움직임이 그가 비밀스럽게 탐구하는 정신의 극점으로 우리를 인도한다.

3. 사물이 스스로 말하는 방식

앞에서 시인의 부친이 나오는 가족사 관련 시편을 소개했는데, 그 시와 대비를 이루는 가족 관련 작품이 있다. 아버지를 회상할 때는 애증과 회한이 엇갈리지만, 외할머니의 추억에는 사랑과 연민이 아롱진다.

> 외할머니에게 남은 걱정이 있다면
> 사그랑이 몸뿐
> 꽃의 색깔이 잎과 같은 초록색인 천남성은
> 외할머니의 남은 것 중 몸에 가장 가깝지만
> 그 몸이 더 맑다
> 비 그친 하늘가에서 팔십 년을 보냈다면,
> 옆구리에 패일 찬샘처럼
> 잎이 변해 깔때기같이 길게 구부러진 초록 꽃잎은
> 이제 뻣뻣해지는 손이나 발이 생각해내는 젊은 살결처럼
> 저 피안에서나 다시 사용할 노잣돈처럼
> 숨은 노래를 다시 감추고 있다, 그 노래는
> 초록 꽃잎 안의 노란색 암술, 놀랍게도
> 꽃이름은 별의 이름, 알고 보면
> 잎이나 꽃이나 초록인 것처럼
> 외할머니는 사십년 전 내 어릴 적에도 할머니였다

「천남성이라는 풀」(5) 전문

시인은 할머니를 보고 천남성을 떠올리고 천남성을 보고 할머니를 생각한다. 그 둘의 관련성은 몸체의 동질성에 있다. 외할머니는 팔십이 되어 운신이 힘들게 된 몸이 걱정이다. 천남성의 깊게 패인 곡선의 줄기는 사그랑이로 주저앉을 할머니의 몸을 연상시킨다. 줄기 사이로 깔때기같이 길게 구부러진 꽃잎 역시 노인의 굽은 몸을 연상시킨다. 잎과 꽃이 온통 초록색이어서 맑은 기운을 드러내는 느낌이 다를 뿐이다. 천남성의 초록 꽃잎은 노년의 노쇠한 손발과 대조되는 젊은 살결 같기도 하고 저승에서 사용할 노잣돈을 은밀하게 감추고 있는 모습 같기도 하다.

꽃의 이름은 남쪽 하늘의 별이라는 신비로운 이름이다. 외할머니도 남쪽 하늘의 별로 오를 수 있을까? 외할머니의 몸은 점점 사그라지는데 천남성은 여전히 초록의 불꽃을 밝히고 있다. 그러나 외할머니와 천남성의 공통점이 존재한다. 천남성의 잎과 꽃이 같은 초록색이듯 외할머니도 사십 년 전이나 지금이나 나에게는 같은 할머니라는 점이다. 그 할머니가 세상을 떠났을 때 시인은 참았던 슬픔의 눈물을 한꺼번에 쏟는다. 위의 시로부터 십년 후의 일이다.

> 눈물이 말라버렸다 너무 오래 눈물을 사용했다 물푸레나무 저수지의 바닥이 간당간당, 물푸레나뭇잎도 건조하다 일생의 눈물 양이 일정하다면 이제부터 울음은 눈물 없는 외톨이가 아니겠는가 외할머니 상가에서도 내 울음은 소리만 있었다 어린 날 울긋불긋 금호장터에서 외할머니 손을 놓치고 엄청 울었다 그 울음이 오십 년쯤 장기저축되어 지금 외할머니 주검에 헌정된 것을 이제야 알겠다 그 잔나비 울음이야 얼마나 맑으랴 내 어린 날의 절명 눈물이었으니

「눈물」(7) 전문

외할머니의 추억은 죽음 앞에서 되살아난다. 좀처럼 드러내지 않는 개인사가 모습을 드러낼 때 감상은 배제된다. 어린 날의 솟구치던 눈물이 외

할머니의 순명 앞에 소리만 남은 울음으로 되살아날 뿐이다. 오십 년의 격차를 뛰어넘어 그는 두 상황을 동시에 관찰하고 사색한다. 육친의 사별 앞에서도 감각의 긴장을 통해 정신의 극점을 지향하는 시인의 자세를 그는 결코 버리지 않는다. 정신의 극지를 탐색하는 도정에 소리 없는 노래와 애매한 미묘함과 긴장의 팽팽함이 즐비하게 놓여 있다. 천남성 초록 잎사귀처럼 무성한 사물의 형색을 모두 거쳐야 그가 추구하는 시의 본령에 이를 수 있다. 시인이 사물의 의미를 탐색하는 것이 아니라 사물의 의미가 시인을 부르고 탐사한다. 시인은 사물이 빚어내는 소리와 모양에 맞추어 그 형색을 기록할 뿐이다.

여름 내내 비워두었던 방의 창문은
막 산산조각나고 있는 초록 거울로 바뀌는 중이다
방충망 전체에 번진 담쟁이덩굴은
거울 파편의 섬광을 빌려 단숨에 나에게 왔다
눈초리가 매섭다
햇빛이 담쟁이 잎새들을 손도장처럼 누르면서
다물지 못하는 상처인 양 아프게 했다
이 방에서 멀긴 했지만 내 육체에도 담쟁이가
기어들어온 흔적은 있다
딱딱하게 굳은 머릿속을 휘젓다가
결국 반죽도 하지 못하고 사라졌다
담쟁이 초록 잎새들은
죄다 담수어의 주둥이를 가졌기에
내 울대를 피해 빈방으로 건너갔던 것이다
어둔 곳에서 오래 헤엄치다
고요의 지느러미가 생겼던 것이다
나는 지금 막 부서지고 흩어지는 초록 거울 앞이다
물고기 주둥이를 만지고픈 늦여름이다

「민물고기 주둥이」(6) 전문

이 시에 설정된 상황을 이해하기는 어렵지 않다. 이 시는 여러 가지 사물의 형상을 배치해 놓았는데, 사물이 스스로 이야기하는 회로를 따라가면 시인의 마음을 엿볼 수 있다. 여름내 비워두었던 방에 들어서자 창문 방충망에 붙어 있는 초록의 무성한 담쟁이덩굴이 눈에 들어온다. 갑자기 마주친 초록의 유리창이 준 경이감을 시인은 "막 산산조각나고 있는 초록 거울"로 표현했다. 그것도 'A는 B다'라고 단정하지 않고 "바뀌는 중이다"라고 말했다. "바뀌는 중이다"라는 과정의 어감은 "막 산산조각나고 있는"이라는 진행의 어법과 상응한다. 그것은 바로 지금 눈앞에서 벌어지는 사건의 현장감을 담아낸다.

다음에는 담쟁이덩굴과 관련된 자신의 육체의 내력을 말했다. 생각해 보니 자신이 거처하는 방 주위에도 담쟁이가 기어들어온 적이 있었다. 그러나 그때는 담쟁이를 받아들일 마음의 준비가 되어 있지 않았다. 그것을 "담쟁이 초록 잎새들은/죄다 담수어의 주둥이를 가졌기에" 자신을 피해 빈 방으로 건너갔다고 적었다. 담쟁이 잎새의 뾰족한 부분을 통해 물속을 헤엄치는 담수어의 민감하고 섬약한 생명력을 연상한 것이다. 시인은, 자신이 순수한 자연 형상을 받아들일 준비가 안 되었기에 그 초록빛 생명체들이 자신을 피해 이동했다고 생각했다. 처음에 제시된 "막 산산조각나고 있는 초록 거울"은 고요의 지느러미로 헤엄치는 담수어 떼로 변형된다.

끝부분에 나오는 "지금 막 부서지고 흩어지는 초록 거울"은 고정된 담쟁이 형상이 아니라 지느러미로 헤엄치는 담수어 떼들의 몸놀림이다. 이러한 장면을 대하고 시인은 비로소 "물고기 주둥이를 만지고픈" 충동을 갖게 된다. 이 시에 나타난 사물의 전이과정은 독특하다. '담쟁이덩굴'이 '산산조각나는 초록 거울'이 되고, 그 '뾰족한 잎새'는 다시 '담수어의 주둥이'로 변형된다. 사물이 자신의 이미지를 통해 시인을 호명한다. 시의 화자는 뒤늦게 나타나 '담수어 주둥이'를 만지고 싶다고 말한다. 그것도 "만지고픈 늦여름이다"라고 간접적인 화법을 구사한다. 사물의 이미지가 스스로 말하기 때문에 시의 화자 '나'가 고정되어 있지 않다. 창문 방충망에 붙어 있는 담쟁이를 바라보고 어떤 느낌을 갖는 사람이라면 누구든 이 시의 '나'가 될 수 있다. 사물이 말하는 내용을 화자 '나'가 다양한 형상으로 기록하고 표현한 것이다.

이 시의 화법이 복잡하고 이해하기 어려운 것은 사물 자체가 그런 속성을 안고 있기 때문이다. 사물의 운명이 시의 화법을 좌우한다. 뜻밖에 사물이 자신의 모습을 명쾌하게 드러낼 때 시의 구도도 담백한 영상을 취하게 된다.

> 나 할 말조차 앗기면 모슬포에 누우리라
> 뭍으로 가지 않고 물길 따라 모슬포 고요가 되리
> 슬픔이 손 벋어 가리킨 곳
> 모슬포 길들은 비명을 숨긴 커브여서
> 집들은 파도 뒤에서 글썽인다네
> 햇빛마저 희고 캄캄하여 해안은
> 늙은 말의 등뼈보다 더 휘어졌네
> 내 지루한 하루들은 저 먼 뭍에서 따로 진행되고
> 나만 홀로 빠져나와 모슬포처럼 격해지는 것
> 두 눈은 등대 불빛에 빌려 주고
> 가끔 포구에 밀려드는 눈설레 앞세워 격렬비도의
> 상처까지 생각하리라

「모슬포 가는 까닭」(4) 전문

이 시를 읽고 시인이 의도적으로 쉽게 쓴 작품이라고 오해하면 곤란하다. 그가 본 풍경이, 그가 관찰하고 사색한 대상이, 모슬포 해안이라는 그 시점의 사물이, 그에 부합하는 감각의 긴장과 정신의 지평을 이렇게 드러낸 것이다. 감각의 긴장과 정신의 극점을 탐색하는 여정은 사물의 운명에서 비롯된다. 송재학은 모슬포 주변의 해안 풍경에서 자신의 내면을 드러낼 수 있는 서정의 실마리를 찾아 그것을 탐구해 간 것이다. 모슬포의 고요가 말을 잃게 하고 거기서 슬픔을 감지하고 슬픔과 고요의 여울 속에서 자신의 위상을 재점검하고 상처의 내면을 들여다보게 되는 것이다. 이로써 우리는 송재학 시에 다가가는 비밀의 열쇠 하나를 획득한 셈이다. 이 열쇠를 방편으로 삼아 그의 시의 독창적 발상과 화법을 탐사하기 위해서는 더 많은 예화와 설명이 필요하다.

4. 고요와 정신의 극점

그의 첫 시집 『얼음시집』 1부에 「얼음시」 연작 다섯 편이 실려 있는데, 그 세 번째 작품 「얼음시 3」은 '다산 생각'이라는 부제를 달고 있다. 첫 시집의 작품들은 다양한 실험을 시도했는데, 이 작품은 12개의 각주가 달려 있고 각주의 내용이 시 본문보다 길다. 그는 다산의 저술과 관련 자료를 깊이 읽고 거기서 얻은 지식과 감상을 종횡으로 엮어 한 편의 시를 구성한 것이다. 요컨대 다산의 글과 삶과 시대가 서정의 축으로 작용하여 시상의 회로가 연결되고 작품이 탄생한 것이다. 이와 유사한 시법이 활용된 짧은 작품을 인용해 보겠다.

땅의 이름은 누란이다, 사막 가운데 세월을 거쳐온 강물 흐르고 검은 부리 새들이 종일 탑을 쪼으며 호수는 꿈 같은 푸른 비단을 펼쳤다 사람들은 양을 몰거나 모래소금을 찾고 은고기를 잡았다 아이는 서쪽의 파미르 고원에 널린 노을 바라보며, 이윽고 늙은이는 굽은 등 펴고 모래에 묻힌다 오랜 바람 짧은 노래는 그 땅의 물이나 소금이다 지는 노을 검은 거울 품으며 여인은 죽어도 지아비의 머리칼에 드러눕는다 죽음은 전쟁과 일식으로도 오지만 누란에서 죽음은 노래가 되는 것, 혹은 독풀을 머금고

사치한 비단을 두를 때 자신은 누란의 운명에 보태진다는 가열함이 있다
지금 모래무덤 파면 누란은 호박琥珀이나 옛 노래 몇 절로 고여 있다 사람
들이 선선鄯善 땅으로 옮긴 뒤 언젠가는 돌아가야 할 땅이란 뜻에 누란의
슬픔이 있다. 그 땅의 이름은 누란이다

「누란에의 기억」(1) 전문

　그는 십여 차례 지속된 실크로드 여행을 통해 누란 소재 작품을 많이
산출했다. 그러나 첫 시집에서 누란 소재 시는 이 작품이 유일하다. 그는
고등학교 때 파키스탄 훈자 마을의 사진을 보고 실크로드 여행을 꿈꾸었
다고 한다. 그의 실크로드 여행이 시작된 것이 1995년부터라고 하니[1] 이
시는 여행 이전에 황량한 사막에 대한 특별한 동경에서 착상된 작품이다.
그런 점에서 이 시도 누란이라는 대상의 운명이 서정의 축으로 작용하여
구성된 작품이라고 할 수 있다.

　그는 왜 누란에 경도된 것일까? 왜 황무지의 유적에 관심을 기울인 것
일까? 사막, 모래, 죽음, 운명, 슬픔 등의 시어가 젊은 그의 가슴을 흔들
었을 것이다. "사람들이 선선鄯善 땅으로 옮긴 뒤 언젠가는 돌아가야 할 땅
이란 뜻에 누란의 슬픔이 있다."라는 구절이 환기하는 아쉬움과 미련과 회
한이 그의 정서의 고삐를 당겼을 것이다. 그로부터 30년의 시간이 지나도
언젠가는 돌아가야 한나는 뜻이 암시하는 슬픔의 견인력은 여전하다. 대
상에서 감각과 정신의 긴장이 우러나는 시법은 바뀌지 않았다. 다음 작품
은 아홉 번째 시집 『검은 빛』에 들어 있다.

　단항리 해안, 기억이 끌고 온
　섬이 도착했다
　인기척도 노櫓도 없다

---

1) 송재학, 『삶과 꿈의 길, 실크로드』, 아침책상, 2013, 5~19쪽.

눈감은 머리만 도착했다
미농지 얇은 섬은 아직 치자꽃 머금고 있다
슬픔이 없는 눈물이 있듯
치자나무 바래어 낮달이 쉬이 머물렀다
초분의 시렁이 실린 섬이기에
흑백이며 풍화가 아직 진행 중이다
코발트 입김을 토해내는 단항리 바다 위
꽃받침 없는 꽃봉오리
아직 피지 못한 꽃잎의 섬이 있다
오늘 나의 허묘를 얻었다
눈물 글썽이는 바다,
온종일 바다는 진흙 연못처럼 고요하다

「단항리 해안」(9) 전문

　단항리는 경상남도 남해군 창선면에 있다고 한다. 단항리 해안 바다 위에 떠 있는 고즈넉한 섬을 하나 본 것이다. 자신이 예전에 보았던 섬을 찾아왔다고 하지 않고 "기억이 끌고/온 섬이 도착했다"고 썼다. 기억이 스스로 섬을 끌고 와 해안에 도착시켰다고 한 것이니 자신은 객체로 가만히 있고 기억과 섬이 주체가 되어 화자를 찾은 것이다. 그 섬은 다음 행에서 "눈감은 머리"로 전환된다. 미농지와 치자꽃과 치자나무와 낮달은 파키스탄 훈자 마을의 살구빛을 연상시킨다. 초분의 시렁도 흑백으로 풍화가 시작된 섬의 사막화에 기여한다. 이질적인 것은 "코발트 입김을 토해내는 단항리 바다"다. 바다의 푸른색이 입김을 토해낸다고 동적으로 표현하여 생동감을 부여한 것이 이채롭다. 모든 것이 정지의 형상인데 바다의 푸른빛만 동적인 형상으로 돌출한다. 무채색의 배경에 유채색의 바다가 깔린 형국이다.
　섬도 개화가 정지된 꽃봉오리 모습인데 꽃받침 없이 꽃잎만 달린 형태다. "피지 못한 꽃잎"은 앞에 나온 "슬픔이 없는 눈물"과 호응한다. 그러한 미완의 형상, 결여의 진행형으로 꽃잎이 머물러 있다. 그 꽃잎 같은 섬에 자신의 '허묘'를 둔다고 했다. 초분의 시렁에 빈 묘를 하나 얹는다는 뜻일까? 코발트 입김을 토해내던 채색의 바다가 눈물 글썽이는 무채색의 바다로 전환할 때 시인의 시선도 마침표를 찍는다. 무광의 적막에 어울리는 형상은 "진흙 연못"이다. 흑백의 단색으로 풍화가 진행 중인 정지 상태의 적막을 시인은 움직임이 없는 진흙 연못으로 표현했다. 출렁임 없는 점토질의 고요에 시인의 시선이 집중된 것이다.

그가 지향하는 것은 고요의 극점이다. 그는 감각의 긴장 속에서 정신의 극점을 추구한다. 극지의 꼭짓점에 놓인 것이 움직임 없는 점토질의 고요다. 그는 고요를 예리하게 감각하며 거기서 정신의 완성을 체험하려 한다. 이것은 자신의 미학적 정점에 도달하려는 정밀한 상승의 동작이다. 그는 고요의 극점에서 발견되는 정신의 완벽한 상승, 어떤 정점을 향해 침착한 전진의 보행을 계속하고 있다.

'관계'의 행로와 진심의 길
- 정희성의 시

1. 관계에 대한 관심

　　　　　　다산 정약용은 시대를 슬퍼하지 않으면 시가 아니며,
옳은 것을 권장하고 그른 것을 비판하는 뜻이 없으면 시가 아니라 했다.
정희성은 이 가르침을 좇아 40여 년 여일하게 올바른 시의 경지를 추구하
는 데 마음을 바쳐 왔다. 시속을 개탄하되 제대로 된 말을 찾아 그것을 드
러내려 했으며, 언어의 응숭깊은 울림을 통해 발언의 취지가 더욱 넓게
퍼지도록 힘썼다. 이 둘이 균형을 잃는 일은 그의 시의 이력에 거의 등장
하지 않는다. 몰려오는 광풍에 맞서 죽창을 휘두르거나 광포한 억압에 내
몰려 절망의 넋두리를 토해내는 일은 그의 시 창작 마당에서 찾기 어렵다.
혁명을 외치는 시는 쓴 적이 없지만 세상의 변혁을 위해 애쓰다가 소슬하
게 세상을 떠난 이들을 추모하는 시는 여러 편 썼다. 그 작품들은 삶이 지
닌 진실의 표현으로 감동을 준다. 정희성은 진실한 삶이 자아낸 마음의 파
문을 언어로 표현한 것이다. 그때에도 시어의 적절성과 말의 울림을 세심
하게 살펴 작품을 구성하는 태도를 굳게 지킨다. 나는 이 점이 정희성 시

의 중요한 미덕임을 강조하고 싶다.

정희성의 시집 『그리운 나무』(창비, 2013. 10)의 표제작 「그리운 나무」를 읽은 사람은 "아, 나이가 들면 이렇게 시가 담백해 지는구나." 하고 생각할지 모른다. 그 시와 더불어 다음 시를 읽은 사람은 한 사람이 생의 절실한 고비를 넘으면 세상살이의 비밀이 이렇게 투명하게 비치는 것인가 하고 다시 놀랄지 모른다.

> 암 수술 받고 병원 문을 나서다 보니
> 골목 한켠으로 영안실이 눈에 들어오고
> 아직 살아 있는 사람들의 내일을 위해
> 인쇄소는 새해 달력을 찍느라 분주하다
> 생각느니, 죽음과 삶의 경계는 무엇인가
> 후미진 세월 모퉁이에서 몰래 만나
> 입 맞추듯 서로 피를 빠는 이 황홀경!

「근황 ― 2009년 12월 15일의 기록」 전문

시인의 연보에 의하면, 2009년 12월 7일 신장암 진단을 받고 왼쪽 신장 일부를 적출하였고, 보름 후인 12월 23일 암 조직의 잔존 가능성을 없애기 위해 왼쪽 신장을 온전히 제거하는 2차 수술을 받았다고 한다. 그렇다면 위의 시는 첫 번째 수술을 받고 퇴원할 때 쓴 것이다. 세상의 모든 병 중 암이 가장 난치에 속한다는 것을 모르는 사람이 없고 그 병의 진단을 받은 이상 아무리 조기 치료를 받은 경우라 하더라도 불안하지 않을 사람은 없다. 그런데 시인은 생사가 오가는 문턱에서 '세월의 황홀경'을 이야기하고 있다. 이것은 일반인들이 쉽게 이해하기 어려운 대목이다. 세상을 대하는 눈이 간절하면 이러한 경지에 이르는 것일까? 이 시의 해석은 여러 가지 각도에서 행해질 수 있다.

시인이 목격한 황홀경은 무엇인가? 암 수술을 받고 퇴원하는 시인의 눈에 죽음의 세계로 들어가는 문과 삶의 세계로 향한 움직임이 함께 들어온다. 영안실은 영안실대로 드나드는 사람으로 붐비었을 것이다. 죽음의 행렬은 쉬지 않고 이어지는데 그것과는 아무 상관없다는 듯 새해 달력을 찍는 인쇄소는 분주하다. 죽음의 세계와 삶의 세계는 이렇게 따로 노는 듯하다. 이것은 범박한 일상인의 시선이다. 죽음의 문턱에 다가설 만한 체험을 한 사람은 죽음과 삶을 하나로 본다. 하나로 볼뿐더러 그 둘의 만남을 황홀경으로 인식한다. 죽음의 고비에서 다시 삶을 체험하는 사람은 생의 단면 하나하나가 분부시게 다가온다는 생각이다. 이것을 교과서적으로 말하면, "죽음은 삶을 통해 경건해지고 삶은 죽음을 통해 더욱 윤기를 얻는다." 정도의 뜻이 될 것이다.

그러나 "입 맞추듯 서로 피를 빠는 이 황홀경!"은 그러한 산문적 진술을 훨씬 넘어서는 내포의 무한 자장磁場 속에 놓여 있다. 더군다나 그 황홀경의 탄생은 "후미진 세월 모퉁이에서 몰래 만나"는 데서 이루어진다. 보통 사람들이 볼 수 없는 후미진 세월 모퉁이에서 생과 사가 만나는 것인가, 생과 생이 만나는 것인가? 생과 사가 만나 서로의 피를 흡입한다면 죽음과 삶이 상대를 통해 더욱 공고해진다는 앞의 해석과 같은 것이다. 생과 생이 만난다면 어떠한 해석이 가능한가? "아직 살아 있는 사람들의 내일"과 그들을 위해 분주히 새해 달력을 찍는 생활의 현장인 인쇄소 이 둘의 만남 역시 뜨거운 생명의 충동으로 서로의 피를 빠는 황홀한 생동감을 안겨줄 것이다. 삶의 공간은 이처럼 황홀한 생명감으로 병원 문을 나선 시인의 눈에 밀려들었을 것이다.

이러한 두 가지 해석 중 어느 하나를 택할 필요는 없다. 그리고 가만히 생각해 보면 그 두 해석 역시 종국에는 하나로 합쳐지는 한 뿌리의 두 가닥일 뿐이다. 중요한 것은 시인이 '관계'의 문제에 관심을 가진다는 점이다. 죽음과 삶의 관계, 삶과 삶의 관계, 존재와 존재의 관계를 시인은 눈여겨보고 있다. 「그리운 나무」도 마찬가지다.

나무는 그리워하는 나무에게로 갈 수 없어
애틋한 그 마음 가지로 벋어
멀리서 사모하는 나무를 가리키는 기라
사랑하는 나무에게로 갈 수 없어
나무는 저리도 속절없이 꽃이 피고
벌 나비 불러 그 맘 대신 전하는 기라
아, 나무는 그리운 나무가 있어 바람이 불고
바람 불어 그 향기 실어 날려 보내는 기라

「그리운 나무」 전문

　여기 두 나무가 있다. 두 나무는 하나가 하나를 연모하는 관계에 있다. 그럴 때 어떠한 행동을 보이는가? 가지를 벋고, 꽃을 피우고, 벌 나비를 불러 날게 하고, 바람을 불러 향기를 전한다. 이것이 한 존재가 다른 존재에게 관계를 맺고자 할 때 보이는 행위다. 여기에는 또 하나의 관계 축이 있다. 그 두 나무를 바라보는 화자의 시선이다. 시인과 나무가 또 하나의 관계 축을 형성한다. 사실 시인은 나무에 자신의 사유를 투영하여 그리움의 감정을 표현한 것이다. 그렇다 해도 세상의 모든 존재를 이러한 관계의 시선으로 보면 세상은 문득 찬란하게 다가온다. 무정한 관계의 유정한 인식은 세상을 더욱 황홀하게 바꾸어 보여준다. "후미진 세월 모퉁이에서 몰래 만나/입 맞추듯 서로 피를 빠는 이 황홀경"은 나무와 나무의 관계에서도, 나무와 시인의 관계에서도, 세상의 모든 물상을 대하는 주체의 시선에도 솟아오른다. 세상의 황홀함은 존재들의 관계를 새롭게 인식함으로써 탄생한다! 지금까지 전개된 정희성 시의 일관된 마음의 흐름이 이쪽으로 관류한 것일까? 이 생각이 사실에 가까움을 밝혀 공감을 얻으려면 역사적 접근이 필요할 것이다.

2. 역사에서 현실로의 이행

첫 시집 『답청』(샘터사, 1974. 10) 맨 끝에 「변신」이 실려 있다. 이 작품은 1970년도 『동아일보』 신춘문예 당선작이다. 시인 스스로 고전적이라고 평한 바 있는, 그리고 그 고전적 상상력에서 벗어나 시대의 모순과 고통 속으로 나아가기 위해 부정하려 했던 상징적 데뷔작이다. 이 작품은 원래 8연으로 되어 있었는데 내용과 시행이 조정되어 7연으로 개작된 형태로 시집에 수록되었다. 심사위원 김현승은 "대하와 같이 시상 전개의 폭이 넓고 방분한데다가 아무런 기존 유형에도 얽매이지 않은 자기류의 표현 수법이 장점으로 지적되었다"고 썼다. 방분한 시상 전개와 개성적인 표현 수법으로 이루어진 이 장편 등단작은 어떠한 특색을 보이는가?

20대 중반의 젊은 시인은 처음부터 죽음의 얼굴을 이야기하고 있다. 시인은 고전의 숲을 지나온 강물 위에 일렁이는 낡은 얼굴들이 누구의 얼굴인지 물으면서 역사의 강물 위에 죽음과 삶을 거듭해 온 선조들의 고난의 의미를 탐구하려는 자세를 보인다. 역사의 장강대하에 명멸한 선조들의 넋은 "눈물이 나도록 슬픈 상징"이라는 말로 압축된다. 수난의 역사를 돌아보는 시선은 당연히 4·19의 비극으로 이어지고 미완의 혁명에 대한 미련은 당대 현실의 암울함을 암시하는 시행으로 마무리된다. 역사를 통해 현실을 이야기하려는 작품답게, 박재삼의 시와 송욱의 시가 원용되고, 구약 「시편」과 「청산별곡」과 「젊은 예술가의 초상」의 일절이 차용된다. 이러한 파노라마적 조감 속에 시인이 보여주고자 한 것은 역사의 강물 위에 놓인 우리들의 위상과 꿈이다. 여러 번 반복되는 '우리'라는 호칭은 이 시가 '나'의 개인적 서정을 노래하는 데 초점이 놓인 것이 아니라 '나'와 '너'의 관계로 이어진 '우리'의 공동사에 관심을 두고 있음을 단적으로 드러낸다. 그리고 그 '우리'는 지금 이 시대에 독단적으로 돌출된 집단이 아니라 역사의 흐름과 밀접한 관계를 맺고 있는 생의 실체로서의 공동체다. 이를 통해 정희성이 그의 등단작으로부터 나와 너의 관계, 역사와 공동체의 관계에 깊은 관심을 갖고 시인으로 출발했음을 분명히 확인할 수 있다.

제2시집 『저문 강에 삽을 씻고』(창작과비평사, 1978. 11)를 간행하면서 정희성은 『답청』의 세계를 부정하고 싶다고 고백하면서 현실 속에서 고통받는 사람들의 슬픔을 노래함으로써 역사의 발전에 기여하고 싶은 의지를 드러냈다. 그러나 첫 시집의 「항아리」, 「비」, 「바람에게」, 「불망기」 등의 작품에 담겨 있는 저항의식은 중요한 의미를 지닌다. 특히 「불망기」는 현실적 상황 인식이 역사의식과 결합되어 뚜렷한 육성으로 표출된 중요한 작품이다. 이 시에는 일제강점기로부터 1970년대에 이르는 역사가 압축되어 있다. 70년대의 현실이 우연히 정착된 것이 아니라 한국 근대사의 파행성 속에 인과적 연쇄에 의해 형성된 것임을 분명히 드러내고 있다. 민중이 주인으로 살지 못하고 노예로 살 수밖에 없는 역사적 요인의 변곡점을 찾으려는 노력을 시로 표현한 것이다. 모두가 노예로 살던 식민지 시대에서 동족끼리 피 흘린 전쟁의 참화, 4·19의 죽음의 시련을 거쳐 도달한 70년대의 현실은 붙잡혀 간 시인의 넋두리와 그가 돌아오지 못하는 시대의 불안감이 유령처럼 떠도는 상황이다. 이런 부정적 상황에서도 시인은 자신이 추구하는 바가 '자유'임을 분명히 새겨놓고 있다. 70년대의 억압적 정치 상황을 구체적으로 드러내면서 그 상황의 역사적 과정을 깊이 있게 성찰한 것이다.

정희성은 역사적 성찰의 연장선상에서 현실이라는 구체적 영역에서 시의 질료를 찾는 태도를 보인다. 그는 지식인의 자리에서 노동자 농민을 노래하기도 했지만 아예 노동자를 화자로 설정해 현실의 모순과 인물의 고통을 형상화하려 했다. 이것 역시 현실과 자아의 '관계' 속에서 시의 행로를 찾으려는 시도다. 남성 노동자를 화자로 설정한 「저문 강에 삽을 씻고」, 「쇠를 치면서」, 「언 땅을 파며」 등 일련의 작품, 여성 노동자를 설정한 「어머니, 그 사슴은 어찌 되었을까요」, 탄광 노동자의 아내를 화자로 설정한 「석탄」 등은 모두 70년대 사회 문제의 중핵을 이루는 노동 문제를 전면으로 다룬 작품들이다. 이들 시편에 등장한 노동자 화자의 설정은 나와 타자의 거리감을 가능한 한 단축시키면서 타인의 고통을 자신의 삶으로 환치하려는 지식인 시인의 충정 어린 노력의 소산이다.

> 흐르는 것이 물뿐이랴
> 우리가 저와 같아서
> 강변에 나가 삽을 씻으며
> 거기 슬픔도 퍼다 버린다
> 일이 끝나 저물어
> 스스로 깊어 가는 강을 보며
> 쭈그려 앉아 담배나 피우고
> 나는 돌아갈 뿐이다
> 삽자루에 맡긴 한 생애가
> 이렇게 저물고, 저물어서
> 샛강바닥 썩은 물에
> 달이 뜨는구나
> 우리가 저와 같아서
> 흐르는 물에 삽을 씻고
> 먹을 것 없는 사람들의 마을로
> 다시 어두워 돌아가야 한다

「저문 강에 삽을 씻고」 전문

이 시의 화자는 농민이거나 일용 노동자일 것이다. 시인 자신은 하루 일을 끝내고 강변에서 삽을 씻는 농민을 소재로 했다고 언급한 바 있다. 농민으로 볼 때 시의 끝에 나오는 "먹을 것 없는 사람들의 마을"의 의미가 더 실감 있게 다가오며, "삽자루에 맡긴 한 생애가" 저문다는 구절에서도 농민의 삶이 자연스럽게 연상된다. 비평가들이 이 시의 화자에게서 선비의 목소리가 들리는 듯하다고 지적하기도 했지만, 중요한 것은 지식인 시인이 노동자·농민의 입장에서 그들의 삶과 생활감정을 드러내려 했다는 사실이다. 역지사지의 방법론 속에 놓인 이 '관계'의 맥락을 우리는 중시할 필요가 있다. 이것이 등단 초기부터 현재까지 정희성 시학을 이끌어 온 기본 동력이기 때문이다.

첫 행에 나오는 "흐르는 것이 물뿐이랴"라는 말에는 세상 모든 것이 시간에 따라 흐르고 변해간다는 의식이 담겨 있다. 이 구절은 인간사의 보편적 실상을 간략하게 요약한 것이기도 하다. 그리고 이 말 속에도 인간과 인간, 더 나아가 인간과 자연을 관계 속에 관찰하고 수용하려는 시인의 정신이 담겨 있다. 70년대 이후 산업화가 급속도로 전개되면서 농민들의 삶은 서글픈 소외의 길을 걷게 되었다. 하루 일을 끝내고 강물에 삽을 씻으며 거기 슬픔도 흘려보낼 수밖에 없는 처지가 된 것이다. 강물에 삽을 씻는 일이 매일 되풀이되듯이 슬픔을 퍼다 버리는 일도 반복될 수밖에 없다.

6행에 나오는 "스스로 깊어 가는 강"이란 구절은 시간의 흐름에 개인의 삶을 맡기는 체념의 지혜를 투사한 말이다. 강물이 모든 것을 감싸 안고 흘러 스스로 깊어지듯이 우리들도 삶의 아픔을 감내하며 살아가다 보면 세상을 제대로 살 수 있는 지혜의 눈이 열릴지 모른다는 생각이 여기 담겨 있다. 앞에서 "쭈그려 앉아 담배나 피우고/나는 돌아갈 뿐이다"라고 말했지만 "스스로 깊어 가는 강을 보며"라는 구절 때문에 화자가 실의에 잠기고 끝나는 것이 아님을 알게 된다. 이러한 마음의 변화가 있기 때문에 "샛강바닥 썩은 물에/달이 뜨는구나"라는 구절이 나올 수 있다. 표면적으로는 날이 저물고 자신의 생애도 덧없이 저물어서 어둠 속에 잠기는 것 같지만 샛강 썩은 물 위에도 달이 떠 만물을 골고루 비추는 것이다.

"우리가 저와 같아서"라는 구절은 이 시에 두 번 반복된다. 2행의 그 구절은 물의 흐름을 통해 생의 아픈 경로를 그대로 수용하는 모습을 보여주며, 끝부분에 다시 나오는 시행은 '썩은 물에 뜨는 달'의 이미지를 통해 아픔을 극복하려는 자세를 나타낸다. 비록 상실과 좌절로 이렇게 한 생애가 저문다 하더라도 썩은 물에도 달이 뜨는 것처럼 우리는 다시 흐르는 물에 삽을 씻고 우리의 마을로 돌아가야 하는 것이다. 오늘 달이 뜨고 내일 또 달이 뜨듯이 오늘의 노동 다음에는 내일의 노동이 있다. "샛강바닥 썩은 물"처럼 보이는 희망 없는 세상이지만 우리의 삶은 흐르는 물처럼 그렇게 이어져야 한다.

그러나 현실의 국면이 실제로 암담하기 때문에 돌아가는 화자의 모습이 밝을 수는 없다. 사람들이 사는 가난한 마을로 "다시 어두워 돌아가야 한다"는 구절의 '다시 어두워'라는 말은 현실의 실체를 사실적으로 인식한 데서 나온 정직한 발성이다. 우리가 돌아가야 할 현실의 모습은 어둡지만 우리가 돌아갈 곳은 정작 그곳밖에 없다. 이것은 1970년대 후반 노동자 계층의 실상을 정확히 이해한 데서 나온 시인의 뼈아픈 고백이다. 나와 타인, 나와 현실의 관계를 충실히 파악하려고 노력할수록 현실의 모순과 비극성은 더 크게 부각될 수밖에 없었던 것이다.

3. 일상적 차원의 관계망

정희성의 세 번째 시집이 간행된 것은 그로부터 13년 후다. 1980년 이후 전개된 살벌하고 가혹한 현실이 그의 관계의 사유에 심각한 혼란을 불러일으켰을 것이고 그는 시를 어떻게 써야 할지 갈피를 잡기 힘들었을 것이다. 『한 그리움이 다른 그리움에게』(창작과비평사, 1991. 4)의 표제작 「한 그리움이 다른 그리움에게」가 발표된 것은 1979년이고 그 시는 『저문 강에 삽을 씻고』의 자장에 포함되는 작품이다. 1980년 광주항쟁 이후 전개된 유신체제보다 더한 억압의 상황 속에서 그는 어떠한 관계 양상을 시로 끌어들여야 할지 모르는 참담한 시간을 보내야 했다. 그는 혁명 전사가 아니었고 도전적인 저항 시인도 아니었다. 그렇다고 현실의 모순에 눈감고

자연의 아름다움을 노래할 수 있는 시인도 아니었다. 이 시기 그의 고민을
가장 잘 드러낸 시는 다음 작품일 것이다.

오늘처럼 눈보라가 치는 날이면
겨울바다가 보고 싶다는
아내의 말을 떠올리며
나는 원고를 들고 마포길을 걸어
제 이름도 빼앗긴 출판사로 간다
낯익은 이 길이 왠지 낯설어지고
싸우듯 뺨을 부비듯 휘몰아치는 눈보라 속에서
나는 눈시울이 뜨겁구나
시는 아무래도 내 아내가 써야 할는지도 모른다
나의 눈에는 아름다움이 온전히
아름다움으로 보이지가 않는다
박종철군의 죽음이 보도된 신문을 펼쳐 들며
이 참담한 시대에
시를 쓴다는 것이 무엇일까를 생각한다
살아 남기 위하여 죽어 있는 나의 영혼
싸움도 사랑도 아닌 나의 일상이
지금 마포 강변에 떨어져
누구의 발길에 채이고 있을까
단 한번, 빛나는 사랑을 위해
아아 가뭇없이 사라지는
저 눈물겨운 눈발 눈발 눈발

「눈보라 속에서」 전문

저문 강에 삽을 씻고 가난한 마을로 돌아가던 노동자의 목소리는 이제
사라졌다. 샛강 썩은 물에 뜨던 달도 없고 눈보라 날리는 겨울의 낭만도
잊은 지 오래다. "어느 겨울인들/우리들의 사랑을 춥게 하리"(「한 그리움이

다른 그리움에게」)라던 희망의 기다림도 버티기 힘든 지경이 되었다. "아름다움이 온전히 아름다움으로 보이지가 않는" 절박한 죽음의 현실 앞에 시인은 "시를 쓴다는 것이 무엇일까를 생각"하는 것이다. 등단 이후 십여 년의 시작 경력 동안 그는 시와 삶의 관계를 늘 생각하며 시를 써 왔다. 이제 그 관계의 축을 어디 놓아야 할지, 도대체 인간과 현실의 관계, 시와 삶의 관계라는 것이 존재하기는 하는 것인지 갈피를 잡을 수 없는 지경이 된 것이다. 단적으로 진술된 "살아 남기 위하여 죽어 있는 나의 영혼"이 시인이 인식한 자신의 모습이다. 이렇게 비겁하고 비참한 형상으로 자신을 인식하는 한 관계의 시선을 유지하기는 어렵다. 한번 빛나다 가뭇없이 사라지는 눈발이 오히려 자신보다 더 긍정적인 대상으로 다가오는 것이다.

이것은 시인의 위기임에 틀림없다. 유신 치하에도 균형을 유지하던 그의 관계의 시학은 심각한 자기반성과 시련의 과정을 거치면서 암중모색의 시간을 갖는다. 그러는 사이 외부 상황도 변하여 다양한 변화의 분절점이 출현한다. 시간이 지나면서 억압적인 정치권력도 물러나고 점진적인 민주화 과정이 진행되었다. 그는 다시 한 번 그의 시의 출발점이었던 관계의 시학을 점검하고 반추한다. 그러는 사이 10년의 세월이 흘러 그의 네 번째 시집 『시를 찾아서』(창작과비평사, 2001. 6)가 출간된다. 그 시집에 수록된 「첫 고백」은 그가 새롭게 터득한 관계의 시학이 어떠한 것인지 그 윤곽을 보여준다.

> 오십 평생 살아오는 동안
> 삼십년이 넘게 군사독재 속에 지내오면서
> 너무나 많은 사람들을 증오하다보니
> 사람 꼴도 말이 아니고
> 이제는 내 자신도 미워져서
> 무엇보다 그것이 괴로워 견딜 수 없다고
> 신부님 앞에 가서 고백했더니

신부님이 집에 가서 주기도문 열 번을 외우라고 했다

그래서 나는 어린애 같은 마음이 되어
그냥 그대로 했다

「첫 고백」 전문

'첫 고백'이라고 했으니 이것은 그의 새로운 출발을 암시한다. 비판이든 저항이든 인간과 인간이 증오의 관계로 맺어지면 그것은 자기를 망치고 타인도 망친다. 어린애 같은 마음으로 돌아가 아무 선입견 없이 순연한 눈길로 세상을 볼 때 진정한 인간의 관계가 회복된다. 그는 진정한 인간의 관계를 제대로 파악하기 위해 세상에 오염되지 않은 가장 낮은 단계로 내려가고자 하는 것이다.

현실 속에 어떻게 살 것인가를 모색하던 시인은 이제는 시가 무엇이며 시가 어떻게 쓰여져야 하는가를 자문한다. 탐색의 지평은 여전히 삶의 현장과 연결되어 있지만, 그 어법은 분명 타지마할 사원을 순례하는 구도자처럼 묵언 정진의 자세를 취한다. 그만큼 말이 줄어들고, 행간의 침묵에 비중을 두고, 여백의 빈 터에 몸을 기댄다. 이러한 변화가 일어난 것은 세상이 달라졌기 때문이다. "저항은 어떤 이들에겐 밥이 되었고/또 어떤 사람들에게는 권력이 되었지만/우리 같은 얼간이들은 저항마저 빼앗겼다"(「세상이 달라졌다」)는 그의 발언은 저간의 사정을 압축적으로 드러낸다. 시인은 현재의 상황을 "세상은 한결 고요해졌다"로 요약한다. 고요해진 세상에서 그가 할 일은, 또 하고 싶은 일은, 시를 찾는 순례의 길에 오르는 일이다.

표제작인 「시를 찾아서」는 순례의 한 단면을 제시해 준다. 시詩라는 말에 절 사寺 자가 들어 있으니 시는 어떤 깨달음에 이르는 구도 행위와 관련이 있을 것이다. 그러나 어떤 깨달음을 얻는 것보다는 잎과 꽃이 어긋나는 상사화처럼 "닿을 수 없는 그리움"을 간직하는 것, 이르지 못하지만 끝없이 정진하는 것, 그래서 '끝없이 저잣거리 걸으며' 불도를 탐구하는 우바이(재가 여신도)의 자세를 갖는 것이 곧 시 쓰는 일이 아니겠느냐고 생각한다. 이런 생각에 의해 그는 "말하는 법을 새로 배워야겠다"(「말」)고 마음먹는다. 그가 새로 터득한 시법은 어린애처럼 말을 간소화하는 것이고 대상을 천진하게 바라보는 일이다.

「민지의 꽃」을 보면 시인은 그것을 강원도 산골에 사는 제자의 다섯 살배기 딸 민지의 순정한 마음에서 배운다. 잡초에 불과한 풀꽃들에게 아침마다 인사하고 물을 주는 어린 소녀의 천진성이 바로 천지귀신을 감동시키는 시라는 것이다. 그 천진성이 바로 마음에 자리 잡은 절이고 그 절을 천진한 언어로 드러내는 것이 시다. 이것이 시대의 전변 속에 시인이 터득한 새로운 관계의 윤리다.

4. 진실과 진심의 길

다섯 번째 시집 『돌아다보면 문득』(창비, 2008. 8)은 대체로 『시를 찾아서』의 연장선상에 놓여 있다. 시선은 더욱 일상의 차원으로 낮게 내려와 자아와 타자가 어떠한 관계에 놓이는가를 성찰한다. 때로 현실에 대한 발언도 나오고 자신에 대한 자책도 더러 나오지만, 어린애 같은 간소한 말로 대상을 천진하게 대하자는 자세는 지속되고 있다. 그가 추구하는 천진성과 간소성은 자아와 세계의 관계에 대한 섬세한 돌아봄에 기초를 둔 것이다. 그는 어떤 경우도 현실과의 관계를 놓치지 않는다. "스스로 세상 밖에 나앉았다고 생각했으나 진실로 세상일을 잊은 적이 없다"(「시인의 말」)는 그의 말은 조금도 과장이 아니다. 일상의 차원에서 행해지는 관계 성찰은 예컨대 다음과 같은 어법으로 나타난다.

평생 아이들 자라는 것만 보다가
퇴임하고 들어앉은 나에게
허구한 날 방구들만 지고 있으면 어떡하냐고
아내가 불쑥 내민 호미 한 자루
하느님, 나는 손톱 밑에 흙을 묻혀본 적 없고
상추 한잎 이웃과 나눈 일이 없습니다
아내가 얻어놓은 작은 밭이랑에
어떻게 아이들을 심을까요
내 서툰 호미질이
어린 상추싹을 다치게 할까 걱정입니다

「작은 밭」 전문

　이 시에는 두 부류의 아이들이 나온다. 정년퇴직까지 학교에서 가르친 아이들이 있고 아내의 텃밭에 심어야 할 상추 씨앗 아이들이 있다. 전자는 그에게 익숙한 아이들이고 후자는 낯선 아이들이다. 그러나 그 둘을 똑같이 아이들이라고 지칭하는 것으로 보아 시인이 친근함을 느끼는 관계에 있는 것은 차이가 없다. 시인은 스스로 "손톱 밑에 흙을 묻혀본 적 없고 상추 한잎 이웃과 나눈 일이 없"다고 썼지만 이것은 새로운 관계를 열어가기 위해 지금까지의 자신의 관계 양상을 일부러 부정적으로 낮추어 말한 것이다. 평가절하의 자기 판단은 새로운 관계를 열기 위한 방편적 어법이다. 요컨대 시인은 정년 이후의 새로운 관계를 즐겁게 모색하고 있다.
　"내 서툰 호미질이 어린 상추싹을 다치게 할까 걱정"이라는 시인의 우려는 어린 삭추싹과 새로운 관계를 맺으려는 희망의 표현이기도 하다. 그리고 이 우려와 희망의 이중적 엇갈림은 지금까지 지켜온 시인의 삶의 방식이 어떠한 것인가를 우리에게 알려주는 역할을 한다. 그는 작은 것도 이웃과 나누려 애써 왔으며 어떻게든 자신의 행동이 타자에게 피해를 주지 않도록 노력해 온 사람이다. 이러한 일상적 차원의 관계 파악은 조용하고 낮은 음색으로 우리에게 삶의 깨우침을 전해 준다. 지금까지 어떻게 살아왔는가 하는 반성의 지평으로 우리를 이끈다. 잔잔하고 부드러운 그의 시는 어떤 웅변적 발언보다도 우리의 삶에 깊은 자취를 남긴다. 요컨대 그의 시가 우리의 삶과 새로운 관계를 형성하는 것이다.

여섯 번째 시집 『그리운 나무』에는 간결하고 짧은 시들이 더 많아졌다. 그의 네 번째 시집 『시를 찾아서』의 「민지의 꽃에」 나온 민지라는 아이는 그때 다섯 살이라고 했다. 민지는 산기슭에 돋아난 잡풀들에게 아침 일찍 물을 주며 잘 잤냐고 인사를 한다. "그게 뭔데 거기다 물을 주니?"라는 시인의 물음에 민지는 아주 당연하다는 듯 "꽃이야"라고 간단히 대답한다. 민지에게는 그것이 무가치한 잡풀이 아니라 소중한 "꽃"이다. 우리 모두 "꽃이야"라고 말해 보자. 이 말에서 시가 솟아나는 것을 느낄 수 있을 것이다. 시대를 슬퍼하고 시속을 개탄하는 시의 근원이 여기에 있음을 안다면, 정희성의 다음 시에서 울려오는 말의 힘을 충분히 감득할 수 있을 것이다.

전깃줄 위에 새들이 앉아 있다
어린아이가 그걸 보고서
금세 눈물이 그렁그렁해지더니만
"내려와아, 위험해애"

「교감」 전문

시는 어디서 오는가? 바로 여기서 온다. 전깃줄 위에 앉은 새들을 보고 위험하니 내려오라고 눈물짓는 아이가 바로 시인이다. 요즘 같은 스마트한 세상에 그런 아이가 어디에 있느냐고? 우리가 몰라 그러지 그런 마음을 가진 사람들이 많이 있다. 시인은 몇 번이나 우리가 사는 세상을 "경박천박한 세상"이라고 개탄했지만, 그래도 이 세상이 아름다운 것은 어린이의 마음을 가진 시인이 많기 때문이라고도 했다. "우리나라가 아름다운 것은 시인이 정치꾼보다 많기 때문"이며 시인들은 "밥을 굶으면서도 아름다움을 찾아 나선 사람들"(「우리나라가 아름다운 것은」)이기 때문이다. 그 사람들은 세상을 단순하게 보고, 본 것을 단순하게 말하려 한다. 민지의 "꽃이야"라는 말이 시가 되는 경지, "내려와아, 위험해애"가 시가 되는 자리를 찾으려 한다. 그래서 형식은 간결해지고 말은 소박해진다.

> 찬 이슬 내렸으니 상강霜降이 머지않다
> 귀뚜라미 울음소리 벽 사이에 들리겠네
> 지금쯤 벼 이삭 누렇게 익었으리
> 아, 바라만 보아도 배부를 황금 벌판!
> 허기진 내 사람아, 어서 거기 가야지

「한로寒露」전문

이 시의 형식은 칠언절구 같은 전형적인 기승전결의 4단 구성이다. 이러한 4단 구성 형식이 애용되고 친화감을 주는 것은 인간의 인식 구조가 이렇게 구성되어 있기 때문이다. 이 시는 5행으로 되어 있지만, 의미의 단락으로는 3, 4행이 묶이기 때문에, 4단 구성에 해당한다. 이 시가 시적 광채를 얻는 것은 4단 구성의 틀 위에 신묘하게 배치된 언어의 짜임과 호응 때문이다. "찬 이슬"과 "상강"이 이루는 소리의 조응, "벽 사이에"라는 말이 환기하는 두툼한 부피 감각, 누렇게 익은 벼 이삭과 바라만 보아도 배부른 포만감의 대응, "배부를" 뒤에 이어지는 "허기진"의 논리적 인과 맥락 등은 이 시의 간결한 형식을 넓은 황금벌판의 공간 영역으로 확대시킨다.

> 이제 다 내려놓고
> 단순하게 살고 싶네
> 콩댐을 한 장판방
> 머리맡엔 목침 하나

몸 이긴 마음이
어디 있을까
창호지에 들이치는
싸락눈 소리

「한거寒居」 전문

8행으로 되어 있는 전형적인 4단 구성의 작품이다. 이 시에는 "콩댐"이라는 시어가 의미를 끌어 모으는 자장 역할을 한다. 단순하게 살고 싶다는 화자의 소망을 한 단어로 압축해 보여주는 것이 "콩댐"이다. 요즘 젊은 사람들은 전혀 모를 이 말은 옛날 누르튀튀한 장판방에서 살아본 사람이라야 그 아우라를 반추할 수 있다. 장판을 깐 다음 장판의 손상을 막고 윤기를 내기 위해 콩을 갈아서 들기름에 섞어 표면에 발랐다. 편하게 '니스'('바니시'가 맞는 외래어라 한다)를 사다 바르기도 했지만, 니스의 역한 냄새를 피하고 돈도 아끼려고 콩댐을 했다. 콩댐을 한 장판방은 누릿한 냄새가 나고 반질한 표면에 콩 찌끼가 남아서 오돌오돌 했다. 지금 생각하면 정말로 친환경적인 마무리 방법이고 효율적인 재활용 사례이기는 하지만 궁색한 생활 형편을 드러내는 일이기도 했다. 정말 다 내려놓고 단순하게 살고 싶은 사람이라면 마땅히 콩댐을 한 장판방에 뒹굴어야 제격일 것이고 머리맡엔 목침 하나만 있으면 그만일 것이다.

"몸 이긴 마음"이란 무엇일까? 몸은 나른하나 마음은 싱싱한 경우를 생각할 수 있을 터인데, 그런 사례는 없다고 했으니 몸과 마음은 같이 간다는 뜻이리라. 몸이 추우면 마음도 춥고 몸이 넉넉하면 마음도 그렇다. 그런데 "몸 이긴 마음이/어디 있을까"라는 구절은 몸의 한거寒居를 마음도 따를 수밖에 없다는 말이면서 또 한편으로는 마음이 몸의 한거를 이겨내는 경우도 있을지 모르겠다는 작은 가능성과 희망을 암시하는 구절 같기도 하다. 4단 구성의 전轉에 해당하는 이 구절은 의미의 미묘한 변곡점을 형성한다. 그 다음에 배치된 "창호지에 들이치는/싸락눈 소리"는 몸과 마음의 관계를 이어받아 창호지와 싸락눈의 관계로 환치하는 상징적 결구다. 몸은 창호지처럼 연약하고 싸락눈은 추위를 몰고 오지만, 몸이 처한 상황이 단순해지면 마음도 그것을 단순하게 받아들일 수 있을까.

전과 결에 해당하는 이 두 구 때문에 이 시는 그윽하면서도 광휘로운 시의 원광을 두른다. 이 두 구 사이의 묘미를 감득해야 시를 제대로 아는 사람이라 할 수 있을 것이다. 얇은 창호지에 싸락눈이 떨어져 소리를 낸다. 곧 매서운 추위가 몰려올 것 같다. 몸이 먼저 그 장면을 가까이 감촉할 것이다. 겨우 콩댐을 한 장판방에 땔감도 별로 없을 것 같은데 목침 하나로 추위를 감당할 수 있을까? 시인은 창호지를 들이치는 싸락눈 소리를 들으며 "몸 이긴 마음이/어디 있을까"를 생각했다. 이 생각의 초점을 한 군데 고정시키지 말고 시의 제목인 '한거'의 의미 속에 많은 것을 상상해 보는 것이 좋을 것이다.

시는 번거로운 것들을 내려놓고 가장 단순하고 천진한 상태를 향해 소슬하게 귀의해 가는 데서 빚어지는 것이다. 진심을 잃지 않아야 사람의 마음을 울리는 시가 나온다고 했다. 진심에서 우러난 시는 천진한 마음의 살결을 그대로 드러낸다. 천의무봉이라는 말의 뜻처럼 억지로 봉합한 자국이 없는 것이다. 시어의 선택과 연결이 지극히 자연스러워 그 자리에 그 말이 놓인 것이 필연인 것 같은 느낌을 준다. 적재적소에 시어가 배치되니 말 하나만 바꾸어도 시 전체의 균형이 흔들린다. 좋은 시는 그런 아스라한 자리에 올라선다.

하나의 관계망은 또 다른 관계망으로 연쇄작용을 일으키며 생의 드넓은 지평으로 우리를 인도하는 놀라운 작용을 수행한다. 닿을 수 없는 그리움을 마음 깊이 간직하고, 이르지 못하지만 끝없이 정진하는 구도의 자세는 비단 시 쓰는 일에만 필요한 것이 아니다. 이 세상을 사는 우리 모두가 나누어 가져야 할 행동과 실천의 규범이다.

암암한 절망에서 은총의 하늘까지

– 김남조의 시

1. 밤과 어둠의 인식

일제 36년의 압박에서 벗어난 삼천리강토는 해방과 동시에 삼팔선을 분기점으로 두 동강이 났다. 그로부터 5년 후 육이오가 터지자 삼천리금수강산은 불바다가 되었다. 이때 김남조는 대학 4학년이었다. 졸업식은 그 이듬해 3월 임시수도 부산에서 진행되었다. 전쟁 중이었기 때문에 삼분의 일에도 못 미치는 인원만 참석했다. 내일이 보이지 않는 전쟁의 포연 속에서 시인은 시를 쓸 수밖에 없었고 출판사에 넘긴 원고가 시집으로 나온 것은 1953년 1월이었다. 아직 전쟁이 완전히 끝난 것은 아니지만 그래도 폭음은 가라앉은 피난지 부산의 혹한 속에서 첫 시집 『목숨』을 가슴에 품은 스물여섯의 젊은 시인은 냉엄한 추위보다 더 뼈를 저리게 하는 실존의 가혹한 고뇌 앞에 영도다리 난간을 부여잡고 깊은 절망의 시간을 보내야 했다. 인간이란 무엇이며 인간에게 허여된 목숨이란 무엇인가? 내일의 운명을 예측할 수 없는 살벌한 상황에서 가랑잎보다 가볍게 부서지는 인간 군상의 무상한 부침浮沈을 떠올리며 연약한 자아는 참담하지만 정직한 고백의 육성을 다음과 같이 토로했다.

　　아직 목숨을 목숨이라 할 수 있는가
　　꼭 눈을 뽑힌 것처럼 불쌍한
　　산과 가축과 정든 장독까지

　　누구 가랑잎 아닌 사람이 없고
　　누구 살고 싶지 않은 사람이 없는
　　불붙은 서울에서
　　금방 오무려 연꽃처럼 죽어갈 지구를 붙잡고
　　살면서 배운 가장 욕심 없는
　　기도를 올렸습니다.

　　반만 년 유구한 세월에
　　가슴 틀어박고
　　매아미처럼 목태우다 태우다 끝내 헛되이 숨겨간
　　이 모두 하늘이 낸 선천의 벌족罰族이더라도
　　돌멩이처럼 어느 산야에고 굴러
　　그래도 죽지만 않는
　　목숨이 갖고 싶었습니다.

　　　　　　　　　　　　　　　　　「목숨」 전문1)

　　이 시는 생활이나 생명이 아니라 생존에 대한 이야기를 하고 있다. 그것
도 인간으로서의 생존이 아니라 가랑잎이나 돌멩이 같은 상태라 하더라도
그저 존재만이라도 유지하고 싶은 본능적 소망을 제시했다. 이처럼 절박
한 기도를 올리게 된 것은 생존 자체가 위협받는 가혹한 살육의 현장에

---

1) 김남조의 시는 처음 시집에 수록된 작품이 시선집이나 전집에 수록될 때마다 여러 차
　례 개작되었다. 이 글의 시의 인용은 『김남조 시 전집』(국학자료원, 2005. 1)과 그 이후
　출간 시집의 표기를 따른다.

인간이 놓여 있었기 때문이다. "꼭 눈을 뽑힌 것처럼"이라는 시구는 포격에 일그러진 전쟁의 참상을 정곡으로 표현한 명구다. '눈'은 생명체에게 가장 소중한 장기다. 눈이 있어야 대상을 볼 수 있고 상대방 역시 눈으로 나를 바라보게 된다. 그런데 만일 어떤 사람의 눈이 뽑혀 있다면 그것처럼 참혹한 모습은 달리 없을 것이다. 아름다운 초록빛을 보여주던 산도 포격을 맞아 눈이 뽑힌 듯 흉한 얼룩을 드러내고 가축도 피 흘린 채 쓰러지고 "정든 장독"도 폐허가 되었다. "정든 장독"이란 시구에는 여성 특유의 생활 감각이 투영되어 있다. 여성들이 가족을 위해 생명과 관련된 음식을 관리하는 장소가 부엌과 장독이기 때문이다.

불타는 서울, 가랑잎처럼 쓰러지는 사람들을 보면 지구도 한낱 연꽃처럼 사그라질 것 같은 불안감이 인다. 제발 목숨만은 지키게 해 달라고 올리는 기도는 인간으로서 가장 절박한 기도다. 그렇기에 그것은 "살면서 배운 가장 욕심 없는 기도"에 해당한다. 더 나은 어떤 상태를 기대하는 것이 아니라 생존 그 자체의 유지를 소망하는 것이기에 가장 욕심 없는 기도라는 말이 적실하다. 죄 많은 존재건 구원받지 못할 존재건 그 무엇이 되더라도 "그래도 죽지만 않는 목숨"을 유지하고 싶은 것이 눈 뽑힌 폐허의 공간에서 인간이 올릴 수 있는 가장 간절한 기원이었다.

전쟁의 참상은 시인의 영혼에 깊은 상처를 남겼다. 생의 본질은 어둠이며 인간은 언제든 눈이 뽑힐 수 있다는 불안감이 영혼 한 귀퉁이에 자리잡게 되었다. 인간의 소중한 모든 것이 사라져가는 "검은 상복 같은 밤"을 지나기 위해서는 다함없는 "인욕의 윤리"(「어둠」)를 실천해야 했다. 바닥을 모르는 어둠의 인식이 시인의 자아를 고독에 잠기게 하는 것은 당연한 일이다. 어둠의 고독 속에서 인간이 살아남고 또 살아가기 위해서는, 어둠에서 벗어날 수 있으리라는 믿음을 지녀야 하며, 무언가를 이루려는 소망이 있어야 하고, 소망의 실천을 위한 사랑이 있어야 한다. 믿음과 소망과 사랑 중에 그중에 제일이 사랑이라는 찬송의 뜻을 의미 이전에 본능으로 받아들이게 한 충격의 자극제가 바로 육이오 전쟁이다. 눈이 뽑힌 듯한 암흑의 시대를 거치면서 시인은 믿음과 소망과 사랑을 지킬 수밖에 없었다. 그것이 암흑의 고독에서 그를 구원해 주는 영적 은사恩賜였기 때문이다. 그의 많은 사랑 시편의 정신적 기원이 여기에 있다.

2. 신의 지문이 담긴 눈꽃

눈이 뽑힌 듯한 폐허, 검은 상복 같은 밤의 시대를 지나 생의 지평이 조금씩 확대되자 "인습의 사막" "애상의 마을" 저편에 불 켜지듯 환히 눈부신 눈꽃의 공간이 열린다. 이러한 환한 공간이 그의 시에 모습을 드러낸 것은 몇 년의 세월이 지난 후다.

여긴 외로운 인습의 사막인데
그나마 별빛을 피해 나무그늘에 울던
애상의 마을인데
불 켜지듯 환히 눈도 부셔라
흰 눈이여

신의 지문이 찍혔을까
도무지 무구한 백자의 살결에
수정의 차가움만이
겹겹이 적시며 있느니

이러한 날 솔바람 이우는 산골
얼어붙은 옹달샘을 찾아가면 거기
잃어버린 이의 얼굴이 비쳐있기나 할까
서성이며 머뭇거리는
고독한 영혼……

부디 한바다의 밀물을 닮아
무거운 수심으로 다져져라 빌기에
목숨을 제물 삼았었거니
가라앉은 비탄을 새삼 흔들지 말아얄 걸
아아 눈뿌리 타는 더운 눈물을 뿌리면
설화는 거두어
하늘에 다시 피리라

「설화雪花」(『나무와 바람』, 1958) 전문

　그동안 시인은 결혼도 하고 대학의 전임교수가 되었으며 딸도 낳았다. 은총의 시간이 폐허의 상처를 조금은 가려 주었을 것이다. 이제 비로소 시인은 "신의 지문"이 찍힌 것 같은 "무구한 백자의 살결"을 감지할 수 있다. 아직은 "수정의 차가움"이 온화한 접촉을 막고 있긴 하지만 "돌멩이"와 "가랑잎"의 지대를 지나 솔바람 이우는 순수의 공간으로 갈 수 있는 마음의 문이 열렸다. 순수의 공간으로 가는 자아의 몸짓을 "서성이며 머뭇거리는/고독한 영혼"이라 표현한 것도 적실한 수사다. 우주선 타고 날아가듯 절망에서 희망으로 직선 비행하는 일은 인간 세상에는 없다. 서성이며 머뭇거리는 망설임의 시간이 언제나 있는 법이다. 그러나 시인은 적어도 환한 눈꽃의 공간으로 가는 길의 문을 연 것이고 그 첫걸음도 떼었다.

　이러한 단계에 이르는 것이 결코 쉬운 일이 아니다. 거의 목숨을 제물 삼아 생의 비탄과 절망을 한바다의 깊은 수심에 간신히 가라앉히고서야 겨우 희망의 문을 열 수 있다. 언제 다시 그 암흑의 심연이 솟아오를지 알 수 없는 일이다. 그리 되지 않기를 비는 시인의 기도는 절실하다. "눈뿌리 타는 더운 눈물을 뿌리면"이라고 시인은 썼다. 소망의 간절함이 눈 뿌리를 태우는 눈물을 흘릴 정도로 강화되어 있는 것이다. 간신히 절망을 잠재워 한바다 깊은 곳에 수장시켰으니 신의 모습을 담은 이 눈꽃이 오래 머물렀으면 좋겠다. 비록 지상에서는 녹아 없어진다 하더라도 하늘에 설화가 다시 피어나기를 시인은 기원한다. 모처럼 얻은 마음의 안식을 계속 유지하고 싶은 소망을 표현한 것이다.

긍정의 사유, 안식의 소망은 신의 창조물이라 할 수 있는 순수무구한 아가의 모습에서 촉발된 것이기도 하다. 그의 아름다운 시 「아가에게」가 나온 것이 그 증거다. 그는 아가를 두고 "햇빛은 아가의 손님입니다"라고 말한다. "아가는 평화의 동산"이요 "기쁨의 시내"요 "엄마의 등불"이라고 했다. 아가는 어느 이방에서 지상에 온 구원의 존재다. 그러기에 지상의 말로는 아가의 이름을 부를 수 없고 어떠한 이름도 붙일 수 없다. 남루한 현실과 무관해 보이는 어린 생명의 탄생을 통해 삶의 폐허를 넘어설 수 있는 힘을 얻은 것이다. 생명의 출산과 양육은 신이 여성에게만 허락한 최고의 은총이다. 이 은총의 의미를 최대치로 수용한 시인은 목숨을 제물 삼아 비탄과 절망을 해저의 심연에 가라앉히고 신의 지문이 담긴 눈꽃의 아름다움을 생의 의미로 받아들이고자 한다. 이것을 시인의 축복이라 부르지 않으면 무엇이라 부르겠는가?

3. 은총과 섭리의 발견

"검은 상복 같은 밤"과 "외로운 인습의 사막"을 체험한 시인이 "서성이며 머뭇거리는 고독한 영혼"의 단계를 거쳐 "나도 혼자가 아니다"라는 깨달음을 얻기까지 20년의 세월이 필요했다. 그러한 깨달음의 매개 역할을 한 것은 순수의 표상인 '눈'을 통해서다.

　겨울 나무와 바람
　머리채 긴 바람들은 투명한 빨래처럼

진종일 가지 끝에 걸려
나무도 바람도
혼자가 아닌 게 된다

혼자는 아니다
누구도 혼자는 아니다
나도 아니다
실상 하늘 아래 외톨이로 서 보는 날도
하늘만은 함께 있어 주지 않던가

삶은 언제나
은총의 돌층계의 어디쯤이다
사랑도 매양
섭리의 자갈밭의 어디쯤이다

이적진 말로써 풀던 마음
말없이 삭이고
얼마 더 너그러워져서 이 생명을 살자
황송한 축연이라 알고
한 세상을 누리자

새해의 눈시울이
순수의 얼음꽃 승천한 눈물들이
다시 땅 위에 떨구이는
백설을 담고 온다

「설일雪日」(『설일』, 1971) 전문

　여기 헐벗은 겨울나무가 있고 나무를 스치는 바람이 있다. 그 전에는 나무는 나무고 바람은 바람이었는데 새로운 인식의 눈으로 보니 바람과 나무가 친한 벗처럼 어깨동무하고 있는 모습이 보인다. 나무도 바람도 혼자

가 아니다. 그런 눈으로 자신을 돌아보니 "하늘 아래 외톨이로 서 보는 날
도/하늘만은 함께 있어 주지 않던가"라는 인식에 도달한다. 세상에 외톨이
는 없는 것이다. 모든 것을 잃고 오직 생존의 유지만 간절히 원하던 극악
한 어둠의 시절에도 외톨이는 없었다. 눈 뽑힌 세상을 지켜보던 둥근 하늘
이 있지 않던가?

　그러나 이러한 깨달음이 쉽게 얻어지는 것이 아니다. "나를 가르치는 건
/언제나 시간"(「겨울 바다」)이라는 깨달음을 얻기 위해서는 끄덕이며 끄덕이
며 겨울 바다에 서 있는 인고의 시간이 필요하다. 마음의 아픔을 말없이
삭이는 너그러움을 갖기 위해서는 뼈저린 고독의 터널을 통과해야 한다.
겨울 하늘이 베푸는 백설의 "황송한 축연"을 보며 시인은 오랫동안 자신이
숙제로 지녀 온 두 가지 질문에 대한 해답을 마련한다. "삶은 언제나/은총
의 돌층계의 어디쯤이다/사랑도 매양/섭리의 자갈밭의 어디쯤이다"가 그것
이다. 세상을 진지하게 살아온 사람에게 삶과 사랑은 감당하기 힘든 고역
과 같다. 돌층계를 오르는 것처럼 힘들고 자갈밭을 디디는 것처럼 고생스
러운 것이 삶이고 사랑이다. 그러나 그러한 고행의 과정은 말 그대로 과정
에 불과하다. 고행의 끝에서 은총을 배우고 고통의 끝에서 섭리를 깨닫게
된다. 이것이 삶이고 사랑이다. 이 은총과 섭리의 수용이 없다면 사람이
어떻게 생을 영위하며 어떻게 사랑을 이어 가겠는가?

　삭막한 겨울 나뭇가지를 흔드는 바람이 있기에 나무는 자신의 존재를
확인한다. 자갈밭을 구르는 고행의 과정이 없다면 사랑의 성취는 얼마나
무의미한 것일까? 돌층계와 자갈밭을 거칠 때 삶의 의미가 더욱 절실해지
고 사랑은 더욱 감미로운 것이 된다. 세상 누구도 혼자가 아니다. 그리고
영원히 이어지는 돌층계와 자갈밭도 없다. 지금 가장 가혹한 상황에 놓여
있다 하더라도 언젠가는 그 가혹함이 끝나고 고통의 상처조차 과거의 기
억만으로 남는다. 그것이 인간에게 베푸는 신의 은총이요 섭리라는 것을
시간이 지난 다음에 깨닫게 된다. 그러한 깨달음의 한 단서라도 미리 알고

있다면 돌층계와 자갈밭을 디디는 것이 조금은 수월할 것이다. 그런 점에서 이 시는 우리 마음의 양식으로 깊이 새겨둘 만하다.

이제 시인은 눈으로 보고 마음으로 대한 모든 것에서 은총과 섭리를 찾으려 한다. 가을이면 가을, 겨울이면 겨울, 추위면 추위까지 모든 것을 자신의 내면으로 받아들이려 한다. 목숨을 제물 삼아 생의 비탄과 고뇌에서 벗어나려 했던 그의 소망이 이루어진 것이다. 세상 모든 것을 긍정의 눈으로 바라보게 되자 그의 시 중 가장 낭만적인 한 편의 시가 탄생한다.

바람 부네
바람 가는 데 세상 끝까지
바람 따라 나도 갈래

햇빛이야 청과靑果 연한 과육에
수태를 시키지만
바람은 과원 변두리나 슬슬 돌며
외로운 휘파람이나마
될지 말지 하는 걸

이 세상 담길 곳 없는 이는
전생이 바람이던 게야
바람이 의관衣冠 쓰고 나들이 온 게지

바람이 좋아
바람끼리 휘이휘이 가는 게 좋아
헤어져도 먼저 가 기다리는 게
제일 좋아

바람 불며
바람 따라 나도 갈래
바람 가는 데 멀리멀리 가서

바람의 색시나 될래

「바람」(『동행』, 1976) 전문

시인은 바람의 무심, 무욕, 무아를 닮으려 한다. 바람은 아무 자취 없이 불어와 어떠한 흔적도 남기지 않는다. 세상 저 끝에서 이 끝까지 안 가는 곳이 없다. 어디에도 걸림이 없는 완전한 자유의 표상이 바람이다. 햇빛은 청과 과육을 살찌우는 변화를 일으키지만 바람은 아무 작용을 하지 않는다. "과원 변두리나 슬슬 돌며/외로운 휘파람이나마/될지 말지 하는" 무위의 존재가 바람이다. 그렇게 이 세상에 걸림이 없는, 아무데도 담길 곳 없는, 어디에도 담기지 않는 존재가 있다면 그 사람은 바람의 환생이라 할 만하다. "바람이 의관 쓰고 나들이 온 게지"라는 표현은 참으로 멋지다. 바람처럼 텅 빈 삶을 실천하는 사람은 전생의 바람이 사람의 의관을 쓰고 이 세상에 잠시 나들이를 온 것이라는 뜻이다. 의관을 썼다는 말은 여성보다 남성에게 어울리는 말이다. 시인은 바람을 남성으로 인식하고 "바람의 색시"가 되겠다고 했다.

시인은 바람에게 자신이 바라는 덕성 하나를 투사했다. 그것은 "헤어져도 먼저 가 기다리는" 것이다. 헤어져도 다시 만날 수 있을뿐더러 먼저 가서 올 사람을 기다린다는 사실이 무엇보다 좋은 것이다. 우리 인생은 헤어지면 그만인데, 바람은 헤어져도 먼저 가서 나를 기다린다. 이러니 바람의 색시가 되겠다는 생각이 아니 나올 리 없다. 바람의 색시가 되어 온 세상을 돌아다니며 온갖 구경을 하지만 어디에도 집착하지 않고, 헤어져도 어딘가 가면 바람 사내가 먼저 와 기다리고 있다면 그 나들이는 얼마나 평화로울 것인가? 시인의 평화의 사상이 이 시에 잘 투영되어 있다.

4. 화평의 미학

시인은 평화의 사상을 더욱 정갈하게 완성하려 노력한다. 그렇게 해서 빚어진 그의 평화 선언은 다음과 같이 낮고 아름다운 목소리로 울려온다. 우리는 이 시에서 새로운 화평의 미학을 발견한다.

신을 위하여
아름다운 세상을.
보이지 않는 깊고 높은 것
그 확신을 위하여
아름다운 세상을.

사람을 위하여
사람들의 마음을 위하여
고독한 의지와 사랑
준령의 등반을 위하여
아름다운 세상을.

생명 있는 모든 것을
먹이고 기르는 자연을 위하여
죽은 후에도 영원히 안아 주는
대지를 위하여
땅의 남편인 하늘을 위하여
아름다운 세상을.

태어날 아기들과
미래의 동식물을 위하여
이름 없는 거
잊혀진 거
미지의 것을 위하여

가급적 다수를 위하여
그러고 보니 모든 걸 위하여
아름다운 세상을.

「아름다운 세상」(『바람세례』, 1988) 전문

　이 시에 나오는 말과 그 말에 담긴 생각은 참으로 아름답다. 따뜻한 온천물이 마른 땅에 스며들 듯 짧고 간결한 시어들이 많은 생각의 갈피를 열어 준다. 오랜 묵상과 정련이 없으면 나올 수 없는 시, 묵도의 숙성이 없으면 나올 수 없는 시가 바로 이 작품이다. "신"의 다른 의미가 "보이지 않는 깊고 높은 것"일 텐데 그 다음에 "그 확신을 위하여"라는 말을 넣음으로써 신에 대한 믿음을 인간의 일로 환치시킨 시어 배치는 참으로 절묘하다. "고독한 의지와 사랑" 다음에 나오는 "준령의 등반을 위하여"는 어떠한가? 우리가 살아가는 일이 고독한 의지와 사랑으로 준령을 넘어야 하는 일임을 일깨워주는, 그것이 삶의 본질이고 우리 모두 그런 마음을 가져야 한다고 조용히 속삭이는 시인의 음성에 우리는 위안을 얻는다. 이렇게 그윽하고 자연스러운 소망의 어법에는 어떤 작위나 강박의 그림자가 없다. 마음 깊은 곳에서 우러나는 종교적 상상력이 서정적으로 승화되어 공감의 무늬를 자아낸다.
　"생명 있는 모든 것을/먹이고 기르는 자연", "죽은 후에도 영원히 안아 주는/대지", "땅의 남편인 하늘" 등은 우리가 매일 대하는 평범한 대상을 신의 은총으로 변화시키는 황금의 시행들이다. 이 시행들을 통해 생명 있는 모든 것을 먹이고 기르는 자연 속에 우리가 살고 있으며, 죽은 후에도 영원히 안아 주는 대지를 디디고 숨 쉬고 있고, 세상 만물을 생산하는 대지 어머니와 대지를 비추는 하늘 아버지 사이에 우리가 움직이고 있음을 깨닫는다. 이 깨달음이 어찌 작은 것이겠는가? 우리에게는 태어날 아기들이 있고 그 아기들과 똑같은 가치를 가지고 태어날 미래의 동식물이 있다.

인간과 자연을 하나로 보는 시각도 축복 어린 깨달음이다. "이름 없는 거/잊혀진 거/미지의 것"의 나열은 우리가 무시하고 지나쳤던 그 많은 이름 없는 존재들, 기억 저편으로 사라진 존재들, 미지의 많은 존재들이 저마다 손을 들고 일어서는 장면을 떠오르게 한다. 그 모든 것이 우리와 다름 없는 신의 창조물이고 세상의 주인이다. 그래서 우리는 아름다운 세상을 지키고 남겨야 한다.

누구를 위해? "가급적 다수를 위하여." 그렇다. "가급적"이란 말에 담긴 겸허가 가슴을 뜨겁게 한다. 어떻게 세상 만물을 위해 우리가 살겠는가? 가급적 다수를 위해 사는 것도 힘든 일이 아닌가? 그러나 개개의 사람들이 가급적 다수를 위해 산다면 그것은 결국 "모든 걸 위하여" 사는 일이 된다. "그러고 보니"는 겸허가 준 깨달음을 그대로 표현한 말이다. 신에서 출발하여 사람으로 이어지고, 사람이 생명 있는 모든 것으로, 그것은 다시 태어날 아기들과 동식물로, 그것은 다시 "가급적 다수를 위하여/그러고 보니 모든 걸 위하여"로 이어지는 연쇄의 과정은 마음의 인과율에 호응하는 감동을 준다. 이것은 신이 주는 축복의 은사, 영성의 깊이에서 우러나는 소망의 잠언과 같다.

그는 자신의 노쇠와 고역 속에서도 타인을 생각한다. 사람만이 아니라 자연과 식물과 무생물도 생각한다. 모두 사랑으로 끌어안아야 할 동등한 신의 피조물이기 때문이다. 한 그루 나무에도 거기 둥지를 튼 새가 있고 거기서 양식을 찾는 곤충이 있다. 나무와 새와 곤충은 서로 의지하고 서로 살려야 할 공생의 존재들이다. 그들의 허파와 심장의 쉬지 않는 움직임을 생각하면 늘 숙연해진다. 생명은 그렇게 숭엄한 것이다. 생명 지니고 사는 일의 각별한 소중함을 모든 생명 가진 존재들이 공유한다면 세상은 참으로 아름다울 것이다.

나의 주님
때때로 제 골수에
얼음 용액을 따르시니
이 추위로
시 쓰나이다

사람은 길을 찾는
미혹의 한 생이오니
이 어설픔으로
시 쓰나이다

이웃을 제 몸처럼
사랑하라 이르시나이까
사랑은 하되
필연 상처 입히는
허물과 회한으로
시 쓰나이다

날빛 같은 날에도
먹장 같은 날에도
아가들 태어남이 숙연하옵고
이것만은
늘 잠깨어 반짝이는
모든 아름다움에의 민감성
이 하나로 재주도 없이
한평생 시 쓰나이다

「시와 더불어」(『영혼과 가슴』, 2004) 전문

시인은 시를 쓰는 내력을 고백한다. 시는 언제 나오는가? 신이 나에게
따뜻한 생명의 물을 부어줄 때 시가 나오는 것이 아니라, 얼음 용액을 골

수에 따를 때, 사무친 추위의 고행 속에 시가 나온다. 사랑이 충만할 때 시가 나오는 것이 아니라 사랑이 제대로 오고가지 못한 회한과 상처에서 시가 탄생한다. 사람은 평생 옳은 길을 찾아 헤매는 미혹한 존재이니 그 어설픈 엇갈림 속에 시가 나온다. 굳이 시를 쓰지 않아도 좋겠으나 그래도 시를 쓸 수밖에 없는 것은, 먹장 같은 일상의 암울 속에서도 그지없이 순한 아기들이 태어나고 새로운 생명들이 투사하는 아름다움의 파장이 여전히 반짝이기 때문이다. 생명의 파동과 아름다움을 증언하는 시를 쓰지 않을 수 없는 것이다. 그에게는 종교적 상상력의 발현이 시 창조의 원천이며 평생 지속해야 할 소명의 과업이다. 소명의 과업은 정해졌으니 종교적 상상력을 서정적으로 승화하여 많은 사람들의 가슴에 은총의 촛불을 밝히고 섭리의 샘물을 흐르게 하는 것이 과제다. 종교적 영성의 서정적 승화, 이것이 시인의 중요한 관심사가 되었다.

5. 영성의 육화

그는 현재 아흔을 넘긴 노시인이다. 그가 86세에 간행한 『심장이 아프다』에 자신의 위상을 다음과 같이 간결하게 표현한 바 있다. 이 간결한 형식은 바순(basoon)의 낮은 음색을 연상시킨다. 그것은 낮고 깊은 곳에서 울려나오는 침묵의 음악이다.

　　나는 노병입니다
　　태어나면서 입대하여
　　최고령 병사 되었습니다
　　이젠 허리 굽어지고
　　머릿결 하얗게 세었으나
　　퇴역명단에 이름 나붙지 않았으니

여전히 현역 병사입니다

나의 병무는 삶입니다

「노병(『심장이 아프다』, 2013)」 전문

이 시에서 말한 대로 그는 최고령 병사지만, 여전히 현역이고, 병무인 삶을 충실히 이행하여 그것을 시로 표현하고 있다. 그런데 고령의 병무에 종사할수록 그의 관심은 종교적 영성과 노년의 예지에 더 많이 기울어진다. 그의 어법은 성서의 잠언처럼 간결한데 그 안에 많은 것을 포용하는 함축의 깊이를 거느린다. 그 포용의 심도는 종교적 영성의 깊이에서 온다. 다음 작품은 그의 신앙의 깊이를 촛불처럼 밝고 샘물처럼 맑게 드러낸다.

당신은 누구십니까
데레사 수녀가 주님께 여쭈었다
나는 데레사의 예수입니다
당신은 누구십니까
주께서 나직이 물으셨다
저는 예수님의 데레사입니다

그날도
보통만큼의 빛과 공기가
자욱했다

「보통날」(앞의 책) 전문

매우 단순한 구조로 되어 있는 이 작품의 시어 하나하나는 깊은 묵상의 울림을 갖고 있다. 데레사 수녀가 주님께 여쭈었고, 주께서 나직이 물으셨다는 두 시행의 담백한 단어 선택은 참으로 정갈하다. 우리는 주님께 여쭙고 주님은 우리에게 물으신다. 그것이 주님과 데레사의 관계이고 주님과 인간의 관계다. "나는 데레사의 예수입니다"라는 주님의 말씀은 기독교의 본질을 극명히 압축한다. 예수는 모든 존재에게 평등하고 영원하고 완전한 구세주다. 데레사의 예수는 모든 피조물의 예수다. 그 이상, 그 이하, 그 외의 다른 무엇은 없다. 마찬가지로 데레사는 예수님의 데레사일 뿐이다. 주님의 은총 속에 복음을 전하고 주님이 시키신 일을 충실히 행했으니 예수님의 데레사이다. 데레사 수녀처럼 주님의 뜻대로 충실히 행한 사람은 모두 예수님의 성도이다.

　기독교의 진수를 이처럼 간명하게 짧은 시로 표현한 작품은 보기 드물다. 이렇게 빛나는 진실을 담담하게 말한 후 시인은 "그날도/보통만큼의 빛과 공기가/자욱했다"고 적었다. 진리는 보통날 보통사람들 속에 편재해 있는 것이지 어느 먼 신비의 이향異鄕에 존재하는 것이 아니다. 복음은 언제 어디서나 평등하고 영원하며 완전하다. 그리하여 이 시의 구조도 완전하다. 이 외에 무슨 다른 말이 필요하겠는가?

　　　"내가 아프다"고 심장이 말했으나
　　　고요가 성숙되지 못해 그 음성 아슴했다
　　　한참 후일에
　　　"내가 아프다 아주 많이"라고
　　　심장이 말할 때
　　　고요가 성숙되었기에
　　　이를 알아들었다

　　　심장이 말한다
　　　교향곡의 음표들처럼
　　　한 곡의 장중한 음악 안에
　　　심장은
　　　화살에 꿰뚫린 아픔으로 녹아들어

저마다의 음계와 음색이 된다고
그러나 심연의 연주여서
고요해야만이 들린다고

심장이 이런 말도 한다
그리움과 회한과 궁핍과 고통 등이
사람의 일상이며
이것이 바수어져 물 되고
증류수 되기까지
아프고 아프면서 삶의 예물로
바쳐진다고
그리고 삶은 진실로
이만한 가치라고

「심장이 아프다」(앞의 책) 전문

　　인간의 영성에 관심을 가진 사람이라면 이 시의 어조에 차분하게 젖어 들어 묵상할 필요가 있다. 시어 하나하나의 울림을 새겨들을 필요가 있다. 그러면 거기서 얻어지는 생의 진실이 자신의 예물이 될 것이다. 이 시는 진실로 그러한 가치를 지닌다. 고요해야 심장의 소리를 들을 수 있는 것처럼 고요해야 시의 은혜를 입을 수 있다. 소란한 세상에 익숙한 우리들은 심장의 아프다는 말을 듣지 못한다. 영성의 속삭임에도 귀를 기울이지 않는다. 그러나 자신의 심연으로 깊이 가라앉아 미묘한 음색의 아름다움을 감지할 때 비로소 육체의 아픔도 인식된다.

　　우리들은 살면서 그리움, 회한, 궁핍, 고통 등 여러 가지 괴로운 일을 겪는다. 그것과 만날 때는 괴로움에 압도되어 생의 섭리를 자각하지 못한다. 고통 속을 헤맬 뿐이다. 그러나 시간이 가면 그 아픔들이 앙금으로 가라앉아 투명한 증류수가 된다는 사실을 깨닫게 된다. 아픔이 증류수가 되기까지 오랜 견인과 묵상의 과정이 필요하다. 그런 정화의 과정을 거칠 때

비로소 우리는 귀중한 생의 예물에 접하게 된다. 그 예물이 무엇이고 어떠한 작용을 하는지는 사람에 따라 각자 다를 것이다. 그러나 정화의 과정을 거치면서 우리가 성숙해지고 조금 더 높아지며 영원한 그 무엇에 조금 더 다가서게 된다는 사실은 변함이 없다. 위의 시는 심장의 병환을 겪으며 시인이 묵상한 바를 조심스럽게 언어로 나타냈다. 예사롭지 않은 깨달음이어서 말을 극히 절제하여 비밀스러운 음계와 음표가 울려나오도록 배치했다.

사람 하나
나의 심장 안에서 산다
착오로 방문한
우주의 여행자였으리
아질하게 감당이 어려운
이 손님에게
나는
머무르라 했고
나 사는 동안
떠나지 말라고도 했다

그 다음엔
눈 내리듯 춥고
겸손한 소망 하나가
보호자 없이
태어났다

「심장 안의 사람」(『충만한 사랑』, 2017) 전문

시인은 얼마 전 중요한 수술을 받았고 그 이후에도 시간의 흐름은 그의 거동을 조금씩 불편하게 하는 방향으로 이동하고 있다. 그러나 육체의 노쇠에도 정신은 더욱 맑아지고 기도는 더욱 정갈해진다. 삶과 죽음의 경계에 놓인 미혹이라든가 그 고비에 선 약자의 동요 같은 데에서 그는 벗어나 있다. 육체의 질병과 쇠약조차 섭리와 은총의 손길로 쓰다듬는 서정적 승화가 있을 뿐이다.

그는 자신의 심장에 손님이 방문했다고 보고 그와 대화를 나눈다. 그분이 어떠한 분인지는 분명히 밝히지 않았다. "착오로 방문한 우주의 여행자"라고도 했고, "감당이 어려운 손님"이라고도 했다. 그런데 시인은 그분께 머무르라 했고 "나 사는 동안/떠나지 말라고도 했다." 그분은 도대체 누구인가? 중요한 것은 그렇게 그분과 함께 지내고자 마음먹은 후 새로운 소망이 태어났다는 것이다. "눈 내리듯 춥고"라는 시행으로 볼 때 그 사이에 견뎌야 할 몸의 시련이 있었던 듯하다. 그러나 "눈"의 이미지는 그것이 견디어낼 만한 시련임을 암시해 준다. 새로 지닌 소망은 대단한 것이 아니라 "겸손한" 것이라 했다. 그 소망은 "보호자 없이/태어났다"고 했다. 소망과 관련된 언어적 진술은 모호하지만 우리는 전후의 맥락으로 그 소망의 외피를 상상할 수 있다. 관념의 표백이 아니라 마음으로 느끼고 마음에서 우러난 서정의 언어이기에 우리는 마음의 울림으로 그 느낌을 받아들인다. 누구의 보살핌도 받지 않고 자생적으로 태어난 소망. 그 소망 탄생의 계기가 된 것은 심장에 방문한 손님 때문이다. 손님이 왔기에 소망이 탄생한 것이다.

우리는 손님의 방문과 소망의 탄생에 안심한다. 시인 역시 그러한 따스한 안도감으로 이 시를 썼을 것이다. 그러한 느낌을 우리는 시의 언어에서 감지한다. 분명히 죽음과 삶에 대한 종교적 사유에서 나온 시이기는 한데 그 의미의 맥락은 끝없는 명상으로 우리를 유도한다. 이것이 바로 시적 발화가 갖는 힘이다. 종교적 상상력이 서정적인 승화의 과정을 거쳤기에 우리는 이 시를 계속 읊조리며 의미의 비밀을 탐색하게 된다. 비밀의 의미를 탐색하는 순례의 행로가 시작되는 것이다. 일찍이 만해 선사는 그 비밀의 행로를 이렇게 표현했다. "그 비밀은 소리 없는 메아리와 같아서 표현할 수가 없습니다."(한용운, 「비밀」) 표현할 수 없는 것을 표현할 때 시가 탄생한다.

가랑잎이나 돌멩이처럼 내동댕이쳐진 상황에서 "그래도 죽지만 않는 목숨이 갖고 싶었"던 이 시인에게서 이러한 평화와 영성의 사상이 펼쳐질 수 있었던 것은 분명 신의 은총임에 틀림없다. 그러나 그 은총을 온몸으로 받아들여 시로 승화한 것은 전적으로 시인의 몫이다. 신앙에 충실한 기독교인은 많지만 신앙을 삶의 예지로 바꾸어 이렇게 따스하고 감동적인 시로 표현하는 사람은 드물다. 그 모든 능력 또한 신에게서 온 것이겠지만 비평가는 이것을 인간의 일로 설명해야 할 소임을 지닌 존재다. 나는 가능한 한 격식에서 벗어나 그 소임의 작은 부분을 실천하고자 했다.

경건한 아름다움의 소슬한 행로
- 김종철의 시

1. 이상과 현실의 두 축

　　김종철 시인의 등단작 「재봉」에는 경건한 아름다움이
있다. 나는 이 글에서 그 경건한 아름다움의 기원과 그것이 벋어나간 46
년간의 행로를 간략하게 살펴보려 한다. 김종철 시인이 진정으로 바라고
소망하고 사랑했던 것이 무엇인가를 찾아보려 한다. 극빈에서 부호의 자
리까지 오르내린 영욕의 삶 속에서 오로지 시를 통해 그가 진정으로 이루
려고 한 바가 무엇인지를 알아보려 한다. 떠난 자는 말이 없으나 그가 남
긴 시들은 끝없이 이야기를 건넨다. 인간이 이룬 일 중에 영원한 것은 없
지만 그래도 문학이 시공을 초월하여 그 울림과 외침을 오래 전한다고 한
다. 그의 죽음을 생각하면 눈물이 앞서지만, 절제하는 마음으로 그의 시를
다시 읽고 이 글을 쓴다.

　유년기에 부산에 새까맣게 몰려든 피난민들을 구경하고 초등학교 2학년
때 갑자기 부친을 여읜, 조숙하고 예민한 소년 김종철은 중학교 2학년 때
가톨릭에 입교하여 영세를 받았다. 세례명 아우구스티노는 빈한한 처지에

놓인 그의 공허한 마음을 달래주는 든든한 조력자의 역할을 했을 것이다. 그때 이후 글쓰기에 재능을 보여 부산 경남 일대의 백일장을 석권했다. 그가 보인 문학적 재능과 종교적 신앙심은 초장동 산동네의 남루한 삶의 그늘을 가려주고 그의 정신을 성장시키는 동력이 되었을 것이다.

그것은 또한 가난 속에 그의 학업을 계속하게 해 준 유력한 자원이기도 했다. 그의 모친이 그를 임신했을 때 아이를 떼려고 진한 조선간장을 몇 사발이나 들이켰던 것은 가난 때문이었다. 그런 형편이니 문예장학생으로 고등학교에 진학하지 않았다면 학업을 지속하기 어려웠을지 모른다. 그의 대학 진학도 문학적 재능 때문에 가능했다. 1968년『한국일보』신춘문예에「재봉」이 당선됨으로써 서라벌예대에 문예장학특대생으로 입학할 수 있었다. 2년 뒤 가명으로 서울신문 신춘문예에 다시 응모하여 당선된 것도 그와 유사한 사정이 있었을 것이다. 여하튼 그의 시「재봉」은 청년 김종철을 시인으로 정립시킨 기념비적인 작품이자 그가 지향하는 내면의 이상이 무엇인가를 암시해주는 시금석과 같은 작품이다.

> 사시사철 눈 오는 겨울의 은은한 베틀 소리가 들리는
> 아내의 나라에는
> 집집마다 아직 태어나지 않은 마을의 하늘과 아이들이 쉬고 있다.
> 마른가지의 난동의 빨간 열매가 수실로 뜨이는
> 눈 나린 이 겨울날
> 나무들은 신의 아내들이 짠 은빛의 털옷을 입고
> 저마다 깊은 내부의 겨울바다로 한없이 잦아들고
> 아내가 뜨는 바늘귀의 고요의 가봉假縫,
> 털실을 잣는 아내의 손은
> 천사에게 주문받은 아이들의 전 생애의 옷을 짜고 있다.
> 설레이는 신의 겨울,
> 그 길고 먼 복도를 지내나와
> 사시사철 눈 오는 겨울의 은은한 베틀 소리가 들리는

아내의 나라,
아내가 소요하는 회잉懷孕의 고요 안에
아직 풀지 않은 올의 하늘을 안고
눈부신 장미의 아이들이 노래하고 있다.
아직 우리가 눈뜨지 않고 지내며
어머니의 나라에서 누워 듣던 우뢰가
지금 새로 우리를 설레게 하고 있다.
눈이 와서 나무들마저 의식儀式의 옷을 입고
축복받는 날.
아이들이 지껄이는 미래의 낱말들이
살아서 부활하는 직조의 방에 누워
내 동상의 귀는 영원한 꿈의 재단,
이 겨울날 조요로운 아내의 재봉 일을 엿듣고 있다.

「재봉」 전문

우리는 이 시에서 두 가지 특징적인 요소를 추출할 수 있다. 그것은 표현의 탐미성과 순정한 상상력이다. 그는 경제적 빈곤에서 벗어나지 못한 60년대의 어두운 현실에서 눈을 돌려 어느 신비로운 창조의 공간을 상상해 냈다. 눈 오는 겨울을 배경으로 은은한 베틀 소리가 사시사철 들리는 이 시의 정경은 매우 아늑하고 정겨운 느낌을 전달한다. "베틀 소리"는 이 시의 주제이자 아내의 창조 삭업인 새봉과 연결되어 시적 호응을 이루는 이미지가 된다. 이 시에 묘사되는 공간은 어느 특정한 현실의 장소를 지시하지 않는다. 그것은 무한과 영원으로 규정되는 신비의 영역이다. 그 공간에서 펼쳐지는 장면들은 남루한 현실에서는 결코 볼 수 없는 경이로운 상상의 세계다. 20세의 청년이 그의 내면에 간직된 이상의 공간을 원숙한 언어로 직조해 낸 것도 분명 경이로운 일이다.

"신의 아내들이 짠 은빛의 털옷", "아직 풀지 않은 올의 하늘", "미래의 낱말들이 살아서 부활하는 직조의 방"은 그가 걸어온 현실의 거리에서는 목격할 수 없는 꿈의 세계다. 서양 나라에서 온 총천연색 그림 속에 인각된 천상의 공간, 혹은 종교적 구원의 약속을 받아 갈 수 있는 초월의 공간. 이 감미롭고 신비로운 공간에 대한 지향이 그의 내면에 자리 잡고 있었다. 그렇지 않았다면 이런 시가 나올 수 없다. 경건한 아름다움에 대한 동경이 그를 성장시키고 살지게 한 것이다. 이 공간에 기대어 묵상의 기도를 올리자 그의 등단도 대학 입학도 자연스럽게 이루어졌다.

그 이후 그가 체험한 현실은 어떠했던가? 대학에 들어가 터득한 문학의 세계는 이러한 아늑함을 보장해 주었는가? 눈부신 회잉의 아침을 선사해 주었는가? 현실은 여전히 막막하고 어두웠고 삶은 척박했다. 가난은 그 가혹한 손아귀를 거두지 않았다. 그의 두 번째 신춘문예 당선작 「바다 변주곡」에 나오는 "퍼어렇게 찍혀 넘어간/절망의 바다에/처음과 끝의 믿음이 꺾어지고"라는 구절은 그가 겪은 현실의 좌절감을 암시해 준다. 당선 자진 취소 종용까지 받았던 그는 학업과 창작을 중단하고 군에 입대했다. 월남전에 자원하여 베트남에 갔고 그때 참혹한 죽음을 목격하고 고엽제에 노출되었다고 나중에 시로 썼다.

군복무를 마친 그의 내면은 환멸과 저항의 의식이 팽배했다. 인간성이 유린된 황폐한 현실에 대한 고발은 「서울의 유서」로, 전쟁의 비정함에 대한 날카로운 반감은 「죽음의 둔주곡」으로 표출되었다. "나는 베트남에 가서 인간의 신음소리를 더 똑똑히 들었다"는 부제를 단 「죽음의 둔주곡」은 아홉 개의 시로 연결된 200행의 장시다. 그 시에는 전쟁의 잔인성, 인간 심리의 절박감과 공포감, 죽음에 따른 폐허의식 등이 복잡하게 얽혀 있다. 그러면서도 거기에는 구원의 가능성으로서 여인과의 사랑과 어머니에 대한 사랑이 기독교적 차원에서 형상화되어 있다. 이런 의미에서 「재봉」과 「서울의 유서」·「죽음의 둔주곡」은 그의 초기 시의 의식을 지배한 두 축을 대변하는 작품이라 할 수 있다. 이것은 그의 이상과 현실의 괴리를 상징하는 것이기도 하다.

2. 인간 존재에 대한 명상

시인으로 뿌리를 내리고 시작 활동을 지속하는 과정에도 이상적 초월과 현실적 좌절은 여전히 그의 시를 이끄는 두 축으로 작용했다. 가톨릭 신앙에 바탕을 둔 형이상학적 성찰의 정신은 이 두 축의 결합을 희망했을 것이다. 그는 철학이나 종교의 영적인 탐구를 통해서 두 축의 통합을 시도해보았다. 그래서 그는 시간의 문제에 관심을 가졌다. 그의 세례명의 기원인 성 아우구스티누스는 일찍이 시간에 관심을 갖고 시간에 대한 명상과 성찰을 기록으로 남겼다. 그는 과거, 현재, 미래라는 시간을 인간 의식의 지속 현상으로 파악하여, 과거라는 시간이 있는 것이 아니라 과거에 대한 기억이 있을 뿐이며, 미래라는 시간이 있는 것이 아니라 미래에 대한 기대가 있을 뿐이라는 해석을 했다. 현재도 의식의 지속선상에 놓이기 때문에 어느 한 순간을 직시할 수 없다고 주장했다. 그는 시간의 본질을 하나님의 영원성에 귀속되는 것으로 규정했다. 하나님의 창조는 시간의 흐름 속에 이루어진 것이 아니고, 창조에 의해 시간이 형성된 것이라고 보았다. 창조주는 시간을 초월하여 영원하며, 피조물인 인간은 시간의 끊임없는 흐름 속에 가변적인 의식을 가질 수밖에 없다는 것이다.

김종철 시인은 성 아우구스티누스의 이러한 시간관에 관심을 갖고 인간의 삶을 시간의 흐름 속에 포착하려 했다. 그는 자신의 시에 인간의 삶에 대한 시간적 성찰을 담아 표현했다. '못'에 대한 형이상학적 탐구 이전에 그는 이미 이런 성향을 지니고 있었다.

> 그렇다, 오늘이 그날이다
> 우리가 태어나고 죽고 슬퍼하고
> 눈물짓는 그날이다
> 사랑하고 기도하고 축복받는 그날이다

오늘이 어저께의 어깨를 뛰어넘고
내일의 문 앞에 당도했을 때
우리는 꿈만 꾸었었다
오늘이 그날임을 알지 못했다

나를 거둬 가는 그날인 줄을
내 낟알을 털어 골라 두는 그날인 줄을
나를 넣고 물을 부어 밥솥에 끓이는 그날인 줄을
나를 숟가락으로 떠먹으며 씹는
그날인 줄을 알지 못했다
그리하여 어떤 이는 소리 내어 울고
어떤 이는 술 마시며 욕질하고
어떤 이는 무릎 꿇고 연도하는 그날인 줄을

언제 우리가 오늘 이외의 다른 날을 살았더냐
어째서 없는 내일을 보려 하였더냐
어제는 오늘의 껍질이요 내일은 오늘의 오늘이다
모든 것이 오늘 함께
팔짱 끼고 가는 것이 보이지 않느냐
오늘이 그날이다

「오늘이 그날이다」 전문

어느 먼 과거에 우리의 운명이 창조된 것이 아니며, 어느 먼 미래에 우리의 심판이 정해진 것이 아니다. 오늘이 우리가 창조된 날이며 오늘이 우리의 심판의 날이다. '오늘'밖에 없는 것이다. 그러니 오늘을 충실하게 사는 것이 피조물인 인간에게는 가장 합당한 일이다. 오늘 술 마시고 욕질하다가 내일 심판받는 것이 아니다. 오늘의 일로 오늘 심판받는 것이다. 좌고우면 할 것 없이 바로 오늘 결판난다는 산뜻한 논리는 못의 상징과 유사하다. 못의 상징은 어느 날 갑자기 솟아난 것이 아니라 이런 배경에 의해 점진적으로 형성된 것이다. 오늘을 통해 존재의 정면을 투시하려 한 그의 의식은 못을 통한 존재의 성찰로 전환된다. 그러한 묵상과 자성의 시간 속에 「못에 관한 명상」 연작이 창작되었다.

마흔다섯 아침 불현듯 보이는 게 있어 보니
어디 하나 성한 곳 없이 못들이 박혀 있었다
깜짝 놀라 손을 펴 보니
아직도 시퍼런 못 하나 남아 있었다
아, 내 사는 법이 못 박는 일뿐이었다니!

「사는 법―못에 관한 명상 6」 전문

이 시는 "인간은 못이다"라는 명제의 선언이다. "상처 없는 영혼이 어디 있으랴"라고 노래한 시인이 랭보라면 "못 자국 없는 인간이 어디 있으랴" 또는 "못 아닌 인간이 어디 있으랴"라고 노래한 시인은 김종철이다. 못과 망치는 늘 붙어 다니는 법이니 인간은 못을 치는 망치이기도 하고 망치에 박히는 못이기도 하다. 인간은 고통을 주고받는 존재이며 상처를 서로 확인하는 존재다. 고통과 상처가 있으면 그것을 덜어내거나 거기서 벗어나기 위해 노력하는 존재가 또한 인간이다. 박힌 못 없이 살 수는 없지만 못을 계속 빼려고 하는 존재가 인간이며, 못이 박혔던 상처를 지우려고 평생 노력하는 존재가 인간이다. 인간의 몸과 마음에서 못을 발견할 수 있는 존재도 인간이다. 그래서 시인은 "나의 망치질 소리는/살아 있다는 슬픈 축복입니다"(「눈물의 방」)라고 노래했다. 여기서 김종철 시인의 존재 탐구는 새로운 국면으로 접어든다.

"태양 아래 새로운 것이 없다"고 『전도서』 1장 9절에 기록되어 있다. 사람들이 새롭게 만들었다고 하지만 그것은 이미 오래전에 있었던 것이며 사람들이 새롭게 이룩한 것이 아니라는 뜻이다. 김종철 시인이 '못'의 주제를 탐구한다고 하는데 그것 역시 어느 날 문득 솟아난 것이 아니다. 그의 초기 작품에 이미 그 싹이 조용하게 자라고 있었다. 가령 그의 초기 시 「야성野性」에 나오는 "온 집안의 황폐한 지병들은/어둠 저쪽에서 **못질된**/몇 개의 눈물 위에 골격을 드러내고"라든가, 「겨울 변신기」에 나오는 "파랗게 떨고 있는 당신의 지난 상처를 **못질하고**/잘 손질된 은화의 세례를 쩔렁이며/매일 밤 유다처럼 한 잔의 포도주로 목젖을 식히고/목매다는 시늉을 했다" 같은 구절에 못의 이미지가 뚜렷이 나타나 있다.

이 못의 이미지는 부정적 상황에 얽매여 자유롭게 움직이지 못하는 동결과 구속의 정황을 환기한다. 시인은 '못질'에서 환기되는 금속성의 유폐감을 활용하여 생명의 자유를 억압하는 상황의 냉엄함과 비정함을 드러내려 한 것이다. 못의 이미지는 여기만이 아니라 그의 초기 시 여러 편에 다양한 형상으로 산포되어 나타난다. 그러한 시행을 눈에 띄는 대로 찾아보면 다음과 같다.

> 위생병 위생병 위생병인 내가 절망을 핀셋으로 끄집어낼 때
> 그대는 더 많은 파멸과 비탄을 삼켰다
>
> 「죽음의 둔주곡 ― 4곡」에서

> 당신의 마른 구원의 눈썹이
> 정글 속 가시보다 모질고 독한 것을
> (중략)
> 나를 뚫고 산을 뚫고 망우리를 뚫었습니다
> 나는 혀가 아리도록 김치를 씹었습니다
>
> 「죽음의 둔주곡 ― 8곡」에서

그대의 마른 아픔은
서울의 복부에 말뚝을 박고
나는 그대의 가랑이에 숨겨 놓았던
산고産苦의 아이가 된다

「서울의 불임不姙」에서

떨어져 나간 언어의 잔뼈마다
의식의 핀을 꽂고
개인의 균형을 비끄러매요
나의 바른쪽 눈알에
정확히 들어와 앉아 있는 나사의 구조를
비집고, 비틀거리며 나가는 그의 질서

「시각의 나사 속에서」에서

  20대에 발표한 이들 시편에 나오는 '핀셋', '가시', '말뚝', '핀', '나사' 등
의 시어들은 어떤 대상에 구멍을 내어 그것을 고정시키거나 속에 있는 무
엇인가를 뽑아내는 역할을 한다. 그리고 이 시어들은 황폐함, 파열, 비탄,
모질고 독함, 아픔, 분해 등의 어사와 연결되면서 자아의 고뇌와 개인의
상처를 드러내는 표지물로 작용한다. 그런 점에서 이러한 시어와 이미지
들은 그의 40대 이후의 시에 나오는 못과 상동하는 의미 내용을 지닌다.
따라서 그의 못 시편은 어느 날 우연히 출현한 것이 아니라 그의 초기 시
부터 이어져오던 존재 탐구의 경향이 '못'이라는 구체적이고 상징적인 사
물로 집약되어 시적 형상성을 획득한 것임을 알 수 있다.
  "인간은 못이다"라는 명제가 일반론이라면 "나는 못이다"라는 명제는 개
체론이다. 일반론을 해결하기 위해서는 개별적 사실부터 검증을 해야 한
다. 말하자면 인간 일반이나 타인을 보는 시선이 자기 자신의 문제로 회귀
되어야 한다. 자신이 태어난 자리, 지금까지 살아온 내력, 희로애락의 사

연들, 현재 처한 정신의 위상 등을 살펴보고 자신의 본모습을 확인할 때 비로소 인간이란 무엇이며 삶이란 무엇인가에 대해 미약한 결론이라도 내릴 수 있는 것이다. 「못에 관한 명상」 중 과거 회상시편, 그리고 어린 시절을 소재로 한 「초또마을 시편」 연작은 그런 탐색의 과정을 보여주는 작품들이다. 그런데 나를 찾는다는 것, 자신의 실체를 확인한다는 것은 그리 간단한 문제가 아니다. "인간이 무엇이며 삶이란 무엇인가"라는 문제가 어려운 것 이상으로 "나라는 존재는 무엇인가"라는 문제도 대답하기 곤란한 난처한 문제다. 내가 가장 잘 안다고 생각하는 '나'가 때로는 낯선 타인처럼 느껴질 때가 있다. 다음의 시는 그러한 경험을 형상화한 것이다.

> 네가 무서워
> 무작정 도망만 다녔다
> 늘 한 발짝 앞서 일어나고
> 꿈속에서도 멀리 떨어져 있기 위해
> 빨리빨리 걸었다
> 이제 나이 들고 사는 데 지쳐
> 네가 잡아먹든 말든
> 천천히 걷고 천천히 숨고 천천히 숨쉬었다
> "네가 잡아먹든 말든"
> 너도 늙었는지 천천히 따라왔고
> 천천히 생각해 주는 것 같았다
> 그래 이제는 네가 누군지 보고 싶었다
> 너·를·보·기·위·해
> 오늘 처음으로 뒤돌아보았다
> 한평생 그토록 무서워 달아났던 내가!
> 오, 내 뒤로 숨는
> 비겁하게 등을 돌리는 너는?
>
> 「네가 무서워―못에 관한 명상 15」 전문

타인에 대한 서술처럼 되어 있는 이 시의 '너'는 자기 자신의 분신에 해당한다. 이상이 거울에 비친 자신의 또 다른 모습을 "거울 속의 나"라고 지칭했듯이 시인은 자신이 확인하고자 하지만 모습을 드러내지 않는 자신의 숨은 실체를 '너'라고 지칭했다. 그런데 네가 왜 무서운가? 분명 자신의 모습이기는 한데 그 정체를 알 수 없다면 그것이야말로 두려운 대상이 될 것이다. 타인을 모른다고 할 때는 남이니까 모른다고 생각하면 된다. 그러나 내 마음대로 움직이는 나 자신을 내가 모른다고 하는 것은 사실은 두려운 일이다. 자기가 무엇인지 모르고 살아간다면 살아 있는 이 몸뚱이는 도대체 무엇이란 말인가? 김종철은 이렇게 못이라는 소재를 설정하여 자신과 존재를 탐구하는 철학적 주제에 발을 들여 놓았다. 인간 모두가 지닌 원죄의 심연을 못으로 상징하기도 하고, 하나님을 제대로 영접하여 섬기지 못하는 자신의 나태함을 못으로 참회하기도 하면서 인간사의 어두운 국면을 고발하고 종교적 구원의 길로 향하는 도정을 시로 표현했다.

3. 일상의 기쁨과 어머니의 상징성

존재 탐구라는 힘든 여정을 펼쳐가면서 그는 한편으로 일상의 단면을 많은 시에 표현했다. 심각한 주제만으로 시 목록을 채우려면 일상생활은 포기해야 할지 모른다. 그는 생활인이었기에 삶의 희로애락을 수시로 시로 표현했다. 등단작 「재봉」에서 경건한 아름다움의 이상향을 시로 펼쳐 보인 바 있듯이, 현실에서 직접 대할 수 없는 이상향의 탐구, 신비로운 회잉의 아침을 기다리는 소망은 그것대로 지속되어 왔다. 깨달음의 경지라는 것이 반드시 존재 탐구의 힘겨운 길을 거쳐서 오는 것만이 아니며 깨달음에 대한 집착을 내려놓을 때 진정한 평안이 찾아올 수 있다. 다음의 시는 그러한 평범한 깨달음의 한 국면을 보여준다.

꽃이 지고 있습니다
한 스무 해쯤 꽃 진 자리에
그냥 살았으면 좋겠습니다
세상일 마음 같진 않지만
깨달음 없이 산다는 게
얼마나 축복받은 일인가 알게 되었습니다

한순간 깨침에 꽃 피었다
가진 것 다 잃어버린
저기 저, 발가숭이 봄!
쯧쯧
혀끝에서 먼저 낙화합니다

「봄날은 간다」 전문

깨달음 없이 사는 게 오히려 축복임을 알게 된다면 저 힘겨운 탐구의
행로로부터 잠시 벗어나도 좋을 것 같다. 세상일을 애써 탐구하는 것보다
는 다가오는 모든 것을 순리로 받아들일 때 여유와 축복이 느껴지기도 한
다. 봄에 핀 꽃은 때가 되면 저절로 떨어진다. 그것은 자연의 순리이기에
안타까워 할 일이 아니다. 봄꽃처럼 그렇게 스스로를 버릴 줄 안다면 삶의
무게도 훨씬 가벼워질 것이다. 시인은 봄꽃이 떨어지는 정경에서 이러한
세상의 이치를 감지한 것이다. 삶이 무엇이고 인간 존재가 무엇이냐를 따
지기 이전에 있는 그대로 세상을 보는 것. 이것이 사실은 우리에게 평안을
안겨 준다. 이러한 각성은 그가 철학적 탐구로 나아가기 훨씬 전에 가족끼
리 주고받은 편안한 감정의 교류에서 얻어졌던 것이기도 하다.

아내는 외출하고
어린 두 딸과 잠시 빈 방을 채우며 뒹굴다가
그들이 눈을 붙이는 사이

적막 같은 비가 한줄기 쏟아진다
두 딸년의 잠든 눈썹 사이로 건너뛰는 빗줄기
나는 적막이 되고
유리창 끝에 매달리고
한 방울의 물이 우리를 밖으로 내다놓는다
한 방울의 물이 또 다른 한 방울의 물과 어울리는 동안
우리 집의 모든 물은 적막같이 돌아눕고
어울릴 수 없는 한 방울의 물만이
창턱을 괴고
외출한 한 방울의 물소리에 귀를 기울이고 있다

「아내는 외출하고」 전문

이 시는 아내가 외출했을 때 느끼는 일상의 적막감을 바탕으로 가족이 어떤 것인가를 감성적으로 표현한 작품이다. 아내가 없는 쓸쓸한 시간의 여울을 가로질러 자기들끼리 노는 두 아이들, 그것으로 인해 다시 환기되는 적막한 소외감, 소외감 때문에 더욱 따스하게 부각되는 가족끼리의 정겨움과 아내에 대한 자상한 기다림 등 일상에서 감지되는 편안한 느낌을 소박하게 그려냈다. 유리창에 떨어지는 빗방울을 보면서 인간의 개별적 존재성을 물방울 하나씩으로 생각했다. 결국은 고립된 하나의 물방울인데 그 물방울들이 어울려 하나의 물을 이루고 다시 각자 떨어져 하나의 물방울로 남아 외로움을 느끼는 상태를 표현한 것이다. 존재 탐구의 심각성에서 잠시 벗어나 가족의 화합을 표현하면서도 인간이란 결국 고립된 하나의 물방울일 수밖에 없다는 사유가 작용하고 있다. 일상인의 관점에서 가족을 생각하면서도 자신의 외로운 존재감을 같이 표현한 독특한 작품이다. 자수성가한 김종철 시인의 입장에서 보자면 이러한 물방울끼리의 어울림을 통해 가족의 평화로운 화합을 소망하는 것도 중요한 일이었을 것이다.

그의 시에서 가장 중요한 상징성을 지니고 등장하는 대상은 어머니다. 자신의 삶이 불행하다고 느낄 때, 자신의 삶이 더 높은 차원으로 상승해야 한다고 생각할 때, 인간 존재의 근원을 통찰하려 할 때, 어머니가 지속적으로 그의 시에 등장한다. 시간의 흐름을 좇아 전개되는 인간 삶의 모순과 실상을 탐색하는 야심적인 기획 작품 「오늘이 그날이다」 연작이나 「만나는 법」 같은 시에도 어머니가 등장하여 삶과 죽음을 매개하는 중요한 역할을 한다. 어머니는 그의 시에 종교적 경건성만을 부여하는 것이 아니라 생의 터전 전체를 관장하는 존재로 자리 잡는다. 심지어 오십 가까이 되어 아내의 몸을 더듬는 불안한 순간에도 어머니가 떠오른다.

> 아내도 오십을 바라본다
> 이제 아내 몸 구석구석 더듬기에도
> 소녀경처럼
> 페이지가 잘 넘어가지 않는다
> 어떤 때는 파본破本처럼 어머니가 나온다
> 나이 마흔에 과부가 되셨던 어머니가
> 아내 옆에 파본처럼 따라 눕는다
> 아내가 나를 길들이는 동안
> 어머니는 동정녀처럼 얼굴을 붉히고,
> 오르가슴 없이 내가 태어났던 자국을
> 아내는 숨긴다
> 그때마다 나는 배꼽에서 태어났다는
> 유년 시절 어머니의 말씀을
> 참 바르며 넘긴 제5장 임어편
> 갈피에 몰래 꽂아 두었다

「파본처럼—소녀경 시편3」 전문

남자가 『소녀경』을 보는 것은 시드는 정력이 보강될 수 있는 길을 찾고

자 함이지 성의 본질을 파악하려 함이 아니다. 정력이 넘치고 남아도는 젊은 시절에는 『소녀경』 따위를 볼 필요가 없다. 사람들은 『소녀경』을 통해 성을 관장하는 존재가 되고 싶어 하지만 실제로는 성에 얽매인 노예가 되고 만다. 정말 성의 주인이 되고 싶으면 『소녀경』 따위를 떨쳐 버리고 성에서 해방되어야 한다. 김종철 시인은 아내와 어머니를 대등하게 봄으로써 성에서 해방되어 대자유를 얻었다. 아내를 통해 어머니를 보고 어머니를 통해 아내를 확인한다는 것은 아내와 어머니를 대등하게 사랑하게 되었음을 의미한다. 그럴 때 아내는 성애의 대상이 아니라 생명 창조의 신비를 간직한 보물이 된다. 아이는 어머니의 배꼽에서 태어난다는 유년 시절의 말을 그대로 받아들여 아내의 몸을 어머니와 같은 생명 창조의 공간으로 감싸 안을 때 구질구질한 세속의 성에서 해방되어 자유의 세계로 해탈하는 순간이 온다. 시인은 어머니의 말씀을 완전히 육화하지는 못하고 책의 갈피에 '몰래' 꽂아 두었다고 했으니 완전한 해방에 이른 것은 아니다. 그러나 아내의 몸을 새롭게 볼 수 있는 언덕에는 올라섰으니 그러한 깨달음의 눈길을 갖게 된 것만도 대단한 것이다. 이처럼 대상을 새롭게 볼 수 있도록 도와주는 존재가 어머니다.

4. 죽음의 형이상학

가족의 울타리 안에서 그는 평범한 가장이지만, 중학교 때부터 시를 써 온 시인이기에 존재 탐구의 작업은 멈출 수가 없었다. 그가 삶의 경계를 벗어난 지금 돌이켜 보니, 그는 죽음에 대해서도 이미 깊은 존재론적 성찰을 제시해 놓았음을 발견하게 된다. 시인은 고도의 직관으로 자신의 죽음을 예비하고 죽음에 대한 명명을 수행하는 존재인지 모른다.

등신불을 보았다

살아서도 산 적 없고

죽어서도 죽은 적 없는 그를 만났다

그가 없는 빈 몸에

오늘은 떠돌이가 들어와

평생을 살다 간다

「등신불—등신불 시편 1」 전문

　이 시는 읽을수록 삶과 죽음의 의미를 곱씹어 보게 한다. 도대체 산다는
것은 무엇이며 죽는다는 것은 무엇인가? 진정한 나는 어디로 숨어 버리고
떠돌이나 허깨비가 들어와 내 대신 살고 가는 것이 생이 아닌가? 산다고
하지만 취생몽사의 처지이니 진정으로 살았다 할 수 없고, 죽었다 하지만
죽음 다음의 경로를 알 수 없으니 죽었다 하기도 어렵다. 앞에서 본 그의
시 「오늘이 그날이다」처럼 모든 것이 오늘에 달렸다면 오늘 있는 것은 산
것이고 오늘 없는 것은 죽었다 할 수 있으리라. 그러나 오고 가는 것 자체
가 한갓 망상이라면 죽음과 삶을 나누는 것 또한 부질없으리라. 이 짧은
시는 삶과 죽음이라는 존재론적 문제에 대해 많은 생각을 일으킨다. 그런
의미에서 앞의 「사는 법—못에 관한 명상 6」과 함께 가장 상징성이 높은
시라고 할 수 있다.
　정상적으로 살아 있는 사람이 죽음을 명상할 때 위와 같은 시가 쓰여지
는 것은 가능한 일이다. 그러나 죽음의 기한을 선고받아 삶의 시간을 유예
하고 있는 사람은 위와 같은 자신 있는 발언은 쉽게 하지 못할 것이다. 앞

에서 본 「봄날은 간다」나 「아내는 외출하고」의 경우에도 자신이 떨어진 꽃이 아니고 외출한 물방울이 아닐 때 그런 시가 나올 수 있는 것이다. 이제 스스로 지는 꽃, 외출한 물방울이 될 처지라면 어떠한 시를 쓸 수 있을까? 그런 의미에서 김종철 시인이 중병에 걸려 앞날을 알 수 없는 상황에 처했을 때 쓴 다음 시는 그 미묘한 뜻으로 우리 가슴을 계속 흔들어 삶과 죽음에 대해, 그리고 삶의 경계에 선 사람이 죽음을 바라보는 슬픔과 의연함에 대해 거듭 생각하고 또 생각하게 한다.

> 애월아, 하면
> 달로 뜬 애월
> 물고기 풍경에 이우는 애월
> 젖고 또 젖으며 기다린
> 모두가 파도가 되어버린
> 먼 훗날,
> 수줍게 고개숙인 너는 떠나고
> 기차를 기다린다
> 기적을 울리는 바다를 기다린다
> 일생에 단 한번
> 차표를 끊는 바다 기차역
> 나의 애월은,

「애월」 전문

　죽음을 예감하는 사람이 쓴 시로서 이처럼 담담하여 오히려 가슴을 저리게 하는 시도 별로 없을 것이다. "일생에 단 한번/차표를 끊는" "나의 애월"은 우리가 피해갈 수 없는 죽음의 종착지다. 그런데 그는 그 지점을 제주 바닷가의 명승지 애월涯月로 설정했다. 비극적 아름다움의 음영을 지닌, 물가의 달이라는 뜻의 애월. 「재봉」에서 보았던 경건한 아름다움이 느껴지는 장소요 그러한 어감의 시어다. 그런데 그 비극적 아름다움의 장소로 가는 차표는 일생에 단 한 번 끊는 것이다. 여기에 생의 모순이 있고 그 비밀을 아무렇지도 않은 듯 읊조리는 데 이 시의 대단한 내공이 있다. "기적을 울리는 바다를 기다리다" 비로소 차표를 끊는 곳이라고 했다. 젖고 젖으며 기다리다 모두가 파도가 되어 버린 먼 훗날 가게 될 그곳이 애월이라는 것이다. 우리가 일생에 딱 한 번 가게 될 애월이 이토록 신비롭고 아름다운 슬픔의 장소라니! 우리도 죽음의 날에 그곳을 떠올릴 수 있을까?

그는 자신의 투병 생활의 체험을 살려 산문 「내가 진실로 사랑하는 것은」과 7편의 신작(『시인동네』, 2014. 봄호)을 발표했다. 그의 산문 「내가 진실로 사랑하는 것은」은 감동적인 한 편의 산문시다. 사람이 절박한 고비에 이르면 모든 수식이 없어지고 이렇게 담백한 글이 나오는 것인가! 죽음의 선고를 받고 백척간두에 서면 가슴을 울리는 명구들이 창조되는 것인가? 천하의 득음을 위해 스스로 맹목을 취했다는 극단적 선택의 사례가 떠올랐다. "'그분'이 잠복한 것임을 눈치챘다", "죽으러 나가는 퇴원도 있다는 걸 처음 알았다", "죽기도 전에 이미 존재하지 않는 자신을 보는 일도 고통이었다", "기도문은 나날이 더 가난해졌다. 짧은 단문으로, 그리고 단 한 줄에 이르렀다. 나는 외쳤다. 주여, 살려주소서!", 이러한 문장들은 그렇게 쉽게 나올 수 있는 것이 아니다. 나는 이 문장을 보며 한 인간의 정신이 극한의 상황에 처했을 때 얼마나 예민해지고 심원해질 수 있는가를 이해하게 되었다.

여러 편의 시에서 죽음과 삶 사이를 왕래하며 번민과 슬픔과 자책의 심경을 펼쳐 내던 시인은 "하심下心"에 대해 생각한다. 그것을 담은 시 「산행」은 죽음을 앞둔 시인의 심경을 담담하게 표현하고 있어 깊은 감동을 준다.

아내가 앞서고
나는 뒤따라 오르다

무릎이 좋지 않은 아내는
연신 뒤돌아보며 조심해서 오라고 한다
아내에게 업힌 좁은 산길
하루아침 중환자 된 나는
살아 있는 모든 것을 연민하며
마음 놓고 울 수 있는 곳을
눈여겨 살폈다

앙상한 나무를 마주칠 때는
고엽제 때문일 거라고
월남 참전을 원망하던 아내
영문도 모르고 뒤집어쓴
고엽제는 오늘만 벌써 두 번째다

정상이 가까워질수록
비탈에 선 나무 같은 노인네들
북망산을 하나씩 껴안고 오르고
나보다 오래 살 사람들만 모여드는
정상을 우리는 외면하고
내가 앞서며 하산의 지팡이가 되었다
하산에서 다시 하심下心까지는 내 몫이다

「산행」 전문

　무릎이 좋지 않은 아내가 남편을 위해 앞장을 서서 산을 오른다. 연신 뒤돌아보며 남편에게 조심하라고 당부한다. 아내가 어머니이고 시인은 어머니 등에 업힌 아이와 같다. 올라가는 길의 모든 것이 안쓰럽게 다가올 것이다. 시인은 언제 울고 싶을 때 혼자 올라와 울 수 있을 곳을 눈여겨 보아둔다. 그것도 이해가 되는 일이다. 정상에 가까워 오니 "비탈에 선 나무 같은 노인네들"이 많이 보이는데, 저승에 갈 날이 얼마 남지 않은 것처럼 보이는 그들도 가만히 생각해 보니 "나보다 오래 살 사람들"이다. 여기서 시인의 슬픔과 연민은 더 커졌을 것이다. 시인은 정상을 앞두고 내려가는 길을 택했다. "하산의 지팡이"가 된 시인이 이제는 앞서 길을 잡았다. 마지막 결심처럼 시인은 "하산에서 다시 하심까지는 내 몫이다"라는 단호한 시행 하나로 마무리를 지었다. 생각해 보면 생의 절정을 체험하는 것과 생의 절망을 체험하는 것이 다르지 않은 것 같다. 이런 시를 쓸 수 있는 사람은 생의 절망을 생의 절정으로 치환한 사람일 것이다.

그는 마지막 차표를 끊어 애월로 갔고 우리도 언젠가는 그곳으로 가는 차표를 끊게 될 것이다. 그렇게 생각하면 그의 죽음도 아름다워 보이고 우리의 삶과 그의 죽음의 간격에도 아름다운 달빛이 가득 고여 있는 것 같아 슬픔이 가신다. 이것이 진정한 시가 주는 위안이리라. 그리하여 그가 유작으로 남긴 다음 작품을 보면, 그의 시작 반세기가 대단한 정신의 저력으로 이어진 것이며, 그 정신의 힘이 죽음의 억센 악력 속에서도 굴하지 않고 시의 광휘로 당당히 퍼져나간 것임을 이해하게 된다.

몸과 마음을 버려야만 비로소 머물 수 있는 곳
아내의 따뜻한 손에 이끌려
용인 천주교공원묘지와 시안에도 들렀다
내 생의 마지막 투병하는데
절두산 부활의 집을 계약했다고 한다
신혼 초 살림 장만하듯 아내와 반겼다

절두산은 성지순례로 가족과 들렀던 곳
낮은 나에게도 지상의 집을 사랑으로 주셨다
머리가 없는
목 잘린 순교의 산
오, 나도 드디어 못 하나를 얻었다
무두정無頭釘

부활의 집 지하 3층에서
망자와 함께 이제사 천상의 집 지으리라

───── 2014년 6월 22일 오후 7시 22분
연세 암병동에서

「절두산 부활의 집」전문

자신의 몸을 떠돌이가 살다간 등신불이라고 생각지 않는다면 이와 같은 시가 나오지 않았을 것이다. 진실로 몸과 마음을 버려야 나올 수 있는 시다. 그런 의미에서 김종철은 시를 지은 시인이 아니라 시를 실천한 시인이다. 애월로 떠나는 마지막 뱃고동이 울릴 때 그는 이 시를 썼다. 절두산 부활의 집, 작은 유택을 "신혼 초 살림 장만하듯 아내와 반겼다"고 했다. 갓 결혼한 기분으로 평생 아내를 사랑한 시인의 마음이 손끝에 만져지는 듯하다. 신자들이 목 잘려 순교한 곳에 자신도 집을 얻어 들어가니 스스로 "무두정無頭頂"이라 했다. 「무두정에 대하여」에서 "박힌 몸이 돌출되지 않고 묻히므로/크게 거슬리지 않는다"고 썼다. 시인은 예언자라 했으니 앞날을 내다본 것일까? 절두산 성지에 못 하나를 얻어 부활의 집에 들어가니 망자들과 함께 "천상의 집 지으리라"고 했다. 이 말은 자신에게 하는 말이 아니라 지상에 남는 사람들에게 하는 위안의 말이다. 그는 마지막 작품에서도 사람들에 대한 사랑을 놓지 않았다. 생의 마지막 순간까지 시인의 자리를 지킬 수 있었던 것은 하늘의 축복에 예술가의 의지가 결합한 결과였을 것이다.

시조 미학의 불교적 회통會通
– 조오현의 시조

1. 서정 시조의 출발

시인마다 시인이 된 내력이 각기 다를 것이다. 조오현 시인은 왜 시를 쓰기 시작했을까? 한때 동가식서가숙하던 친구가 기고만장한 문학청년이 되어 찾아와 잘났다고 너스레를 떨기에 나라고 시를 못 쓰겠느냐는 생각이 들어 시를 쓰기 시작했다고[1] 그는 가볍게 얘기했지만, 설사 그렇게 썼다고 해도, 시가 좋고 시 쓰는 것이 마음에 들어서 쓴 것은 부정할 수 없는 사실일 것이다. 더군다나 시험 삼아 써본 「할미꽃」이 신춘문예 최종심에 올랐다는 말을 듣고 그 다음에는 작심하고 시조 짓기에 전념하는 자세를 가졌다고 하니, 거기에는 분명 시를 통해 무엇인가를 나타내려는 표현의 동기와 의욕이 약동하고 있었던 것이다. 하룻밤 내내 공을 들여 썼다는 「할미꽃」을 위시하여 『시조문학』 첫 추천작(1966. 9) 「종연사終緣詞」, 초기작 「봄」 등에 어머니의 사별에 대한 회한이 나타나는 것으로 보아 처음에는 그의 가슴에 응어리진 감정의 타래를 풀어보려는 마음에서

---

1) 신경림·조오현, 『열흘간의 만남』, 아름다운 인연, 2004, 262쪽.

시를 쓰기 시작했으리라 추측해 본다.

그런데 참으로 놀라운 것은, 아무리 시조 짓기에 몰입하여 집중적인 독학의 기간을 보냈다 하더라도, 본격적인 문학 수업이나 문학 활동을 가진 바 없는 불가의 한 승려가 삼십대 중반의 나이에 쓴 시조로서는 그 정서와 율격과 표현이 매우 정교하고 조화롭게 엮여져 있다는 사실이다. 그의 초기 시조는 백수 정완영의 흐름을 따르면서도 불가에서 체득한 시인 특유의 사유가 빛을 발하여 조오현만의 서정적 윤기를 농밀하게 드러내고 있다. 앞서 말한 「할미꽃」은 그의 첫 시집 『심우도尋牛圖』(한국문학사, 1979) 첫머리에 실려 있다.

> 이른 봄 양지 밭에 나물 캐던 울 어머니
> 곱다시 다듬어도 검은 머리 희시더니
> 이제는 한 줌의 귀토歸土 서러움도 잠드시고
>
> 이 봄 다 가도록 기다림에 지친 삶을
> 삼삼이 눈 감으면 떠오르는 임의 양자樣子
> 그 모정 잊었던 날의 아, 허리 굽은 꽃이여.
>
> 하늘 아래 손을 모아 씨앗처럼 받은 가난
> 긴 긴 날 배고픈들 그게 무슨 죄입니까
> 적막산 돌아온 봄을 고개 숙는 할미꽃.

「할미꽃」 전문[2]

이 시조에서 '할미꽃'은 허리 굽혀 나물 캐던 어머니의 모습과 가난 때문에 어머니와 헤어져야 했던 아들의 고개 숙인 모습을 함께 나타낸다. 그

---

2) 조오현 시인의 작품 제목과 표기는 시집에 따라 조금씩 다르다. 그의 작품을 집대성한 『적멸을 위하여-조오현문학전집』(문학사상, 2012)의 제목과 표기를 따라 인용한다.

것은 둘째 수 종장 "그 모정 잊었던 날의/아, 허리 굽은 꽃이여"에서 확인된다. 무덤가에 핀 할미꽃은 세월의 흐름을 따라 희어진 어머니의 머릿결과 이른 봄부터 밭일에 매달리시던 굽은 등과 서러운 생을 한 줌 흙으로마친 어머니의 회한을 암시한다. "허리 굽은 꽃" 모양을 통해 그러한 어머니의 모습을 나타낸 것인데, 동시에 그것은 "모정 잊었던 날", 즉 모정을잊고 지낸 화자 자신의 굴곡진 세월과 무정한 마음을 환기한다. 그러니까 "그 모정 잊었던 날의/아, 허리 굽은 꽃이여"는 객체인 어머니의 모습과주체인 화자의 심정을 동시에 나타내는 절묘한 표현이다.

이러한 표현상의 특색은 "하늘 아래 손을 모아 씨앗처럼 받은 가난"에서다시 발견된다. 시골에서 갖가지 노동을 하며 줄기찬 노력을 하는 것은 가난에서 벗어나기 위해 하늘 아래 손을 모아 기도를 하는 것처럼 간절한행동이다. 그러나 그런 간절한 노력에도 불구하고 자신이 받은 것은 '가난'이라는 씨앗이다. 가난의 씨앗을 받았기에 가난에서 벗어날 수가 없는 것이다. 가난의 숙명적 굴레를 표현하는 데 '씨앗'처럼 적절한 비유는 없다.씨앗은 할미꽃을 피워내는 동인이자 가난을 형성하는 동력이다. 그러므로가난의 씨앗에서 피어난 배고픔이라는 열매는 당연한 것이지 죄스러운 결과는 아니다. 어머니와의 이별도 가난과 배고픔 때문이었을 텐데 그러한애달픈 사연을 다 포괄하는 것이 바로 할미꽃의 이미지다. 할미꽃은 그 많은 사연을 다 이해한다는 듯 저절로 고개를 숙이고 피어 있다. 셋째 수 종장 "봄을"과 "고개 숙는"의 문법적 파격은 이 대목의 상징성을 더욱 상승시킨다. 어머니는 귀토로 잠들어 있지만 해마다 봄은 오고, 그 텅 빈 적막한공간에 스스로 고개 숙인 할미꽃이 피는 것이다. 할미꽃은 어머니의 아픈마음이자 아들의 애절한 심정이다.

이 시조는 할미꽃이라는 대중적인 소재를 택했음에도 불구하고 색다른어법을 구사함으로써 진부함을 떨쳐 버리고 서정적 윤기를 얻는 데 성공했다. 이러한 시어 선택과 리듬 구사의 묘미는 거의 천부적인 감수성과 집중적인 수련에서 온 것이다. 그의 시적 감성은 전통적인 시조 형식과 우아한 조화를 이루고 있다. 시조의 전통적 형식미를 그대로 지키면서도 조금도 진부하다는 생각이 들지 않는다. 서정과 형식의 우아한 조화는 다음 시에서 더욱 격조 높은 상태로 완성된다.

> 비슬산 굽잇길을 누가3) 돌아가는 걸까
> 나무들 세월 벗고 구름 비껴 섰는 골을
> 푸드득 하늘 가르며 까투리가 나는 걸까.
>
> 거문고 줄 아니어도 밟고 가면 운韻 들릴까
> 끊일 듯 이어진 길 이어질 듯 끊인 연緣을
> 싸락눈 매운 향기가 옷자락에 지는 걸까.
> 절은 또 먹물 입고 눈을 감고 앉았을까
> 만첩첩萬疊疊 두루 적막 비워 둬도 좋을 것을
> 지금쯤 멧새 한 마리 깃 떨구고 가는 걸까.

「비슬산 가는 길」 전문

우선 이 시에 반복되는 어미 'ㄹ까'의 음악성에 주목할 필요가 있다. 이 말은 지금 언급되는 내용이 사실일 수도 있고 아닐 수도 있다는 미정의 상태를 나타낸다. "비슬산 굽잇길을 누가 돌아가는 걸까"라는 시행은 누가 돌아가는 것인지 아닌지 확정할 수 없음을 나타낸다. 이 말은 누가 돌아가도 좋고 그러지 않아도 좋다는 자유로운 마음의 방임을 나타낸다. 모든 것을 독자의 상상에 맡기겠다는 탈속의 선언이기도 하다. 누가 가도 좋고 가지 않아도 좋은 그 길은 "나무들 세월 벗고 구름 비껴 섰는 골" 사이로 나 있다. 나무들은 세월의 자취를 다 벗어버리고 하늘의 구름도 저 멀리 비껴

---

3) 『적멸을 위하여』에는 "스님 돌아가는 걸까"로 되어 있지만 다른 선집에 "누가 돌아가는 걸까"로 되어 있고 비슬산 시비에도 이렇게 새겨져 있어 "누가"로 적는다.

서 있는 그런 탈속의 산길을 누군가가 돌아가고 있는 것이다.

그 적적한 탈속의 길을 걸으면 그 길이 거문고 줄로 만든 길이 아니라 하더라도 거문고 줄 퉁기는 소리가 들릴 것 같다. 그 소리는 우연히 나는 것이 아니라 우리가 모르는 인연의 미묘한 실에 연결되어 울린다. 끊일 듯 이어지고 이어질 듯 끊어진 인생의 길을 우리는 걷고 있다. 그러나 우리는 그 인연의 실이 어떻게 연결되어 있는지 알 수 없다. 그저 만나고 헤어지는 삶의 운행이 인연에 의해 이루어진다고 믿을 뿐이다. 그러한 인연의 길목에 "싸락눈 매운 향기가 옷자락에 지는" 상황을 연상했다. 싸락눈에 향기가 있을 리 없지만, 시인은 "싸락눈 매운 향기"라고 했다. 왜 싸락눈이 매운 향기를 지녔다는 것일까? 싸락눈의 향기가 맵다기보다는 우리가 지나온 인생의 곡절이 그만큼 맵다는 뜻이리라. 삶의 굽잇길이 맵다는 뜻인 것이다. 그렇게 알싸한 향을 맡으며 우리는 삶의 길을 걷고 있다.

이러한 삶의 곡절에 아랑곳하지 않고 절은 아무 일도 없다는 듯 태연히 버티고 있다. "절은 또 먹물 입고 눈을 감고 앉았을까"라는 구절은 산중의 절과 절에서 수도하는 승려를 함께 언급한 것 같다. 절도 고요하고 절집에 사는 사람들도 아무 미동이 없다. 첩첩 산중에 움직임이 없으니 나는 것은 까투리요 들리는 것은 멧새의 날갯짓 소리뿐. 깊은 산중에는 적막만이 가득하다. 이렇게 소리 없고 움직임 없는 깊은 산의 모습은 속세의 집착에서 벗어난 진여眞如의 세계를 보여주는 듯하다. 그런 점에서 이 시는 산중의 적막한 정취를 드러내면서 또 한편으로는 불가에서 추구하는 청정한 마음의 경지를 나타낸 것이라고 해석할 수 있다.

2. 개성적 미학의 추구

연시조를 통해 감정의 곡절을 표현한 조오현은 단시조를 통해 서정의 정점을 표현하는 시도를 벌였다. 불교의 선적 직관을 토양으로 삼아 단시조의 압축성을 추구하는 독자적인 경지를 개척한 것이다. 여기에는 시인의 탁월한 압축적 언어 구사력이 큰 힘을 발휘했다. 「절간 이야기 18」을 보면 소동파의 유명한 글귀 "溪聲便是廣長舌 山色豈非淸淨身"을 번역한 구절이 나온다. 우리는 흔히 이 문장을 "시냇물 소리는 바로 부처님의 설법이며, 산 빛은 부처님의 청정한 법신이 아닌가."라고 번역한다. 그러나 이 시에서는 "산색은 그대로가 법신/물소리는 그대로가 설법"이라고 축약해 번역했다. 나는 이 구절에 대한 많은 번역을 보았지만 이렇게 짧고도 딱 들어맞는 번역은 처음 대한다. 원문의 시냇물과 산 빛은 앞뒤의 순서를 바꾸어야 논리에 들어맞는다. 부처가 먼저 나오고 설법이 나중에 나와야 사리에 맞는다. 조오현의 단출한 번역이 요체를 얻은 것이다. 이러한 압축적 언어 기법을 동원하여 단시조의 미학적 완결성을 추구하였다.

하늘은 저만큼 높고
바다는 이만큼 깊고

하루해 잠기는 수평
꽃구름이 물드는데

닫힐 듯 열리는 천문天門
아, 동녘 달이 또 돋는다.

「일월」 전문

이 시조에 낯선 말이라고는 '천문' 하나밖에 없다. 단순하고 쉬운 우리 말을 구사하여 하늘과 바다의 무한하고 무량한 공간성과 노을이 물드는 수평선의 아름답고도 아쉬운 경관, 다시 하늘 문이 열려 달이 돋아 오르는 정취를 표현했다. 그뿐 아니라 하나가 가면 다시 하나가 오는 자연의 섭리도 드러나 있다. 이 시는 우주 공간의 무량무변함에 대한 심오한 성찰로 우리를 이끌고 있다. 단순한 시어, 간결한 형식으로 이러한 서정적 아름다움과 심오한 인식을 전달한다는 것은 결코 쉬운 일이 아니다. 이것을 단형 시조 미학의 탁월한 성취로 기록해야 옳을 것이다.

단시조의 압축미로 가는 과정에 조오현은 몇 가지의 형식적 실험을 병행했다. 평범한 평서문 서술체를 시조에 도입하기도 하고 의성어만으로 한 수의 시조를 구성하는 방법을 취하기도 했다. 전자의 예는 "파아란 빛깔이다 노오란 빛깔이다/빠알간 빛깔이다 시커먼 빛깔이다"(「빛의 파문」) 같은 대목을 말하며, 후자의 예는 "히히히 호호호호/으히히히 으허허허//하하하 으하하하/으이으이 이흐흐흐//껄껄껄 으아으아이/우후후후 후이이"(「인우구망人牛俱忘 - 심우도 8」) 같은 구절을 말한다. 이러한 형식의 변화는 기존 시조의 틀에서 벗어나 보려는 실험 정신의 소산이다. 이러한 실험 정신은 다음과 같은 난해한 작품을 낳기도 했다.

어그러뜨리다 어그러뜨리다 어그러뜨리다
어스름 달밤 조개류 젓갈류 어스름 달밤 조개류 젓갈류
그렇다 찐 음식이다 오늘 저녁 고두밥이다

　　　　　　　　　　　　　「쇠뿔에 걸린 어스름 달빛」 전문

쇠뿔에 걸린 어스름 달빛과 이 작품의 언술이 어떻게 부합하는지를 알려면 한참 머리를 굴려야 한다. 그만큼 이 시조는 시적 대상과 비유적 형상이 지극히 자의적인 상태로 벌어져 있다. 초장의 "어그러뜨리다"란 말의 반복에는 그러한 말소리와 뜻의 어긋남을 강조하려는 의도가 담겨 있는 것 같다. 「빛의 파문」이나 「심우도 8」 등은 형식의 변화를 도모하기는 했지만 시조의 율격을 넘어서지는 않았다. 그러나 위 시조의 초장과 중장은 시조의 정형성을 깨트리고 있다. 제목의 뜻으로 볼 때 쇠뿔 너머로 보이는 어스름한 달빛에서 연상되는 여러 가지 음식의 형상을 나열한 것으로 짐작된다. "조개류"와 "젓갈류", "찐 음식"과 "고두밥"은 의미가 연결되지만, "조개류"와 "고두밥"은 거리가 멀다. 더군다나 그 음식이 "어스름 달밤"과 이어지기는 더욱 어렵다. 쇠뿔에 걸린 어스름 달빛이 조개류 젓갈류 같은 것으로 보이다가 찐 음식이나 고두밥으로 보이는 변화를 나타낸 것이 아닐까 짐작할 뿐이다.

이러한 실험적 변이를 시도하면서도 그는 시조의 전통적 율격 내에서 시조의 압축미를 집약하여 표현하는 단시조의 창작에 많은 성과를 보였다.

죽음이 바스락바스락 밟히는 늦가을 오후
개울물 반석에 앉아 이마를 짚어본다
어머니 가신 후로는 듣지 못한 다듬이소리

「춤 그리고 법뢰法雷」 전문

잉어도 피라미도 다 살았던 봇도랑
맑은 물 흘러들지 않고 더러운 물만 흘러들어
기세를 잡은 미꾸라지놈들
용트림할 만한 오늘

「오늘」 전문

울지 못하는 나무 울지 못하는 새
앉아 있는 그림 한 장

아니면
얼어붙던 밤섬

그것도 아니라 하면 울음큰새 그 재채기

「2007 서울의 밤」 전문

첫 번째 시조는 전통적 율격을 비교적 충실히 지킨 작품이다. '법뢰'란 우레가 치듯 정신을 번쩍 깨어나게 하는 선사의 깨우침을 말한다. 이 작품도 앞의 시조처럼 제목과 내용이 거리를 두고 있다. 법뢰는 이해가 가는데 여기 왜 '춤'이 붙은 것일까? 실제 작품의 내용은 정밀하고 침중해서 우레나 춤과는 연결되지 않는다. 잘 마른 낙엽이 발에 밟히듯 죽음이 바스락바스락 밟힌다고 했다. 그만큼 죽음 가까이 다가와 민감하고 친근하게 죽음을 느끼는 것이다. 이만큼 죽음이 가까이 느껴지면 죽음과 어깨동무하고 잘 놀 수도 있을 것 같다. 그렇게 죽음을 나뭇잎 만지듯 가볍게 만지게 된 시점이 '늦가을 오후'다. 계절이 끝나가고 하루가 끝나가는 마무리의 시간이다. 그때 시인은 이마를 짚고 새로운 명상에 잠긴다. 명상 속에 떠오른 것은 대오각성의 영상이 아니라 어머니가 내시던 다듬이소리다. 이 다듬이소리는 시인만이 아는 것이라 다른 사람은 알 수 없다. 그만이 알고 있는 추억의 소리를 죽음의 가랑잎 옆에서 듣게 된다는 것은 매우 독특한 인상을 창조한다. 특히 춤이나 법뢰 같은 역동적 심상과 대조되는 정밀미는 미묘한 신비감을 조성한다.

둘째 시조는 잉어도 피라미도 사라진 봇도랑이다. 봇도랑은 보의 문을 통해 물이 흘러들고 나가는 법인데 이 도랑에는 맑은 물이 흘러들지 않고 더러운 물만 흘러든다. 그렇다면 이것은 생명을 보존하는 봇도랑의 기능을 상실한 것이다. 그런데 그 더러운 물에도 서식하는 생물이 있다. 미꾸라지는 흙탕물에서 오히려 기세를 펴며 크게 자신을 터뜨릴 준비를 하고 있다. 더러운 물에는 더러운 물대로 상승하는 생명의 기상이 있는 것이다. 이러한 자연의 이치를 역시 매우 정밀한 어법으로 드러냈다.

세 번째 시조는 전통적 율격에서 많이 벗어났다. 시조의 율격으로 읽으면 "울지 못하는 나무/울지 못하는 새/앉아 있는/그림 한 장//아니면/얼어붙던/밤/섬//그것도/아니라 하면/울음큰새/그 재채기"로 읽게 되어 초장과 중장에 파격이 있고 종장은 시조 형식을 잘 지키고 있다. 처음에는 침묵의 그림이 제시되었다. 그림 자체가 소리가 없는데 울지 못하는 나무에 앉아 있는 울지 못하는 새를 설정했다. 침묵의 극치다. 그러한 정적의 장면도 정적답지 않다면 얼어붙던 밤섬을 떠올려 보자. "얼어붙는 밤섬"이 아니라 "얼어붙던 밤섬"이라 했다. 과거에 있었던 동결의 심상을 통해 정적을 강화하려는 시도다. 그것도 정적답지 못하다면 "울음큰새 그 재채기"를 상상해 보자. 울지 못하는 새가 아니라 울음소리 큰 새가 나왔고 그 새의 재채기가 나왔다. 이것은 현실에서 볼 수 없는 불가능한 상황이다. 불가능한 것이기에 오히려 뚜렷한 적막의 표상이 될 수 있다. 이러한 비논리의 이미지를 통해 시조의 간결한 압축미를 극대화하는 미학적 실험을 그는 추구한 것이다. 이러한 특징은 그가 몸담고 있는 불교의 선적 사유에 연결된다.

3. 시조 미학과 불교 정신의 결속

시조를 쓰되 시조의 간결성 미학을 유지하면서 불교적 사유를 포함시킨다면 어떤 작품이 나올 수 있을까? 단시조의 간결성을 유지하면서 불교적 사유를 표현하는 방법과 연시조의 서술성 속에 불교적 사유를 내포하는 방법이 있을 것이다. 이 두 가지 중 연시조의 형식적 여유로움 속에 불교적 사유를 담아내는 것이 편안한 방법이 될 것이다. 「재 한 줌」, 「산창을 열면」 등이 그러한 유형에 속한다.

「재 한 줌」은 도반의 다비식에 참여하여 자신의 사후를 잠시 생각해 본 작품이다. 영욕의 세월도 한 줌 흙으로 가라앉고 유골을 담은 부도도 세월이 지나면 길가에 버려진 상태로 남게 된다. 육신의 삶은 결국 재 한 줌으로 남는 것이다. 세상이 이토록 허망한 것이기에 생의 표면에 쓸데없이 집착할 필요가 없다. 이 시조는 이렇게 공空의 단면을 담담하게 표현했다.

여기에 비해 「산창을 열면」은 화엄경에서 얘기한 화엄 세상이 산중에 이미 다 펼쳐져 있다는 진면목의 깨달음을 표현했다. 이러 저리 옮겨 다니는 새들의 날갯짓과 울음소리가 화엄의 표현이요 풀잎과 풀벌레와 짐승들의 움직임이 모두 화엄의 화현이다. 그야말로 "산색은 그대로가 법신/물소리는 그대로가 설법"인 것이다. 자연의 모든 소리와 빛깔과 움직임은 화엄세계의 실상을, 그 진공묘유眞空妙有를 이미 다 드러내고 있다. 그러니 화엄경을 따로 읽을 것이 아니라 자연 속에서 화엄세계를 대하면 된다. 화엄세계를 드러내는 것이 어찌 산중 자연뿐이겠는가? 처처재불處處在佛이라 하였으니 갑남을녀들이 몸 굴리고 사는 인간 세상 어디든 진여眞如의 경지 아닌 것이 없다. 사람들이 오가는 인사동 바닥에도 무영수無影樹가 자라고 있다. 무영수란 말로 표현할 수 없는 깨달음의 경지를 말한다. 진공묘유와 같은 말이다.

다음 시조는 단시조의 간결성 속에 불교적 사유를 압축 표현한 작품이다.

> 서울 인사동 사거리
> 한 그루 키 큰 무영수
>
> 뿌리는 밤하늘로
> 가지들은 땅으로 뻗었다
>
> 오로지 떡잎 하나로
> 우주를 다 덮고 있다.

「된바람의 말」 전문

인사동 사거리에 키 큰 나무가 실제로 있고 없고는 이 시와 별 관계가 없다. 다만 인사동이 사람들이 많이 모이는 곳이라는 점은 의미가 있다. 요컨대 인사동은 사람들이 붐비는 곳이지 나무를 관상하는 장소가 아니다. 그런데 시인은 인사동 네거리에서 키 큰 무영수를 보았다. 무영수란 깨달음의 상징이다. 세상 어디든 깨달은 부처의 화신이 존재한다. 세상은 그대로가 법신이요 개별 현상은 그대로가 설법인 것이다. 무영수의 모습은 현실의 나무와 거꾸로 되어 있다. 뿌리는 하늘로, 가지는 땅으로 벋어 있다. 떡잎은 땅속의 씨앗이 움터서 최초로 나오는 잎을 말한다. 키 큰 나무에 떡잎이 있을 리 없다. 그런데 시인은 이 무영수가 떡잎 하나로 우주를 다 덮고 있다고 했다. 그림자가 없는 나무이니 이 나무가 못할 일이 없을 것이다. 작은 떡잎 하나로도 우주를 다 덮고 있으니 세상의 모든 이치가 그 안에 다 들어 있음을 짐작할 수 있다.

차 마시고 술 마시며 정신없이 돌아다니는 인사동 거리에도 깨달음의 자리가 엄연히 존재하며 그 깨달음은 우주의 이치에 관통해 있다는 것. 진여眞如의 세계가 따로 있는 것이 아니라 인사동 사거리라는 망념妄念의 세계 속에 다 들어 있다는 것이 이 시의 전언이다. 진리를 어디 다른 곳에서 찾을 필요가 없다. 산중 명찰에만 진리가 있는 것이 아니요 극락정토에만 열반이 있는 것이 아니다. 떡잎 하나로 우주를 다 덮고 밤하늘로 뿌리를 뻗친 나무는, 그러나, 그림자가 없다. 그런 나무가 인사동 사거리에 있다. 우리는 망집에 사로잡혀 그 나무를 보지 못한다. 작은 떡잎만도 못한 내 자신이 대단하다는 어리석음에 사로잡혀 헛된 것을 탐내고 그것을 차지하지 못해서 화를 낸다. 불교에서 삼독三毒이라고 하는, 탐貪 진瞋 치痴가 그것이다. 자기 자신을 바로 보지 못하는 어리석음으로 인하여 탐내고 성내는 그릇된 태도를 보이는 것이다. 이 세 가지 그릇된 마음에서 벗어나 자신의 바른 마음을 제대로 보기만 하면 그 떡잎은 우주를 덮고 뿌리는 하늘과 통한다.

이처럼 이 시조는 단시조의 간결한 형식 속에 불교의 깊은 진리를 담아냈다. 가람과 노산 이후 창작된 숱한 현대시조 중에 이런 유형의 시조는 거의 없다. 이런 시조는 조오현 시인만이 개척하였다. 그것은 시조의 서정성 추구에서 천부의 재능을 보이고 시조의 압축 미학을 집중적으로 추구하는 한편 불교적 수행에 정통했기에 가능한 일이다. 이 셋이 결합되어 조오현만이 쓸 수 있는 독특한 불교 시조의 미학을 창안하고 수립했다. 그 미학의 두 측면을 다음 시조에서 엿볼 수 있다.

　　강물도 없는 강물 흘러가게 해 놓고
　　강물도 없는 강물 범람하게 해 놓고
　　강물도 없는 강물에 떠내려가는 뗏목다리

「부처」 전문

　　한나절은 숲 속에서
　　새 울음소리를 듣고

　　반나절은 바닷가에서
　　해조음 소리를 듣습니다

　　언제쯤 내 울음소리를
　　내가 듣게 되겠습니까.

「산일山日 3」 전문

　「부처」라는 작품도 일상의 어법을 뒤집어엎는 데서 시작한다. 강물도 없는 강물이 어떻게 흐른단 말인가? 그러나 그림자 없는 나무가 있듯 강물 없는 강물도 있다. 대단치 않은 내가 대단하다고 착각하고 사는 것이 우리의 삶인데 강물 없는 강물이 왜 없단 말인가? 우리가 사는 이 세계가 강물 없는 강물이다. 아무 것도 흐르는 것이 없는데 강물이 흐른다고 착각하고, 본래 그 흐름이 없는 것인데도 강물이 범람한다고 아우성을 친다. 본래 없는 강물이기에 강물을 건너는 뗏목다리도 필요가 없다. 우리가 설치해 놓은 뗏목다리는 알고 보면 헛것이다. 그런데 강물이 범람한다고 하고 뗏목다리도 떠내려간다고 한다. 이것은 실상이 아니라 허상이다. 눈에 보이는 현상계는 꿈이요 허깨비요 물거품이요 그림자요, 이슬 같고 번갯불 같은 것이다(如夢幻泡影 如露亦如電 ─『금강반야바라밀경』). 이것을 깨달은 분이 '부처'요 이것을 우리에게 일러준 분이 '부처'다.

「산일山日 3」은 앞에서 언급한 연시조 「산창을 열면」과 관련된 작품이다. 화엄경을 읽다 천지자연을 보니 화엄 세계가 그대로 펼쳐져 있다고 노래한 것이 「산창을 열면」이었다. 백담사에 있으면 한나절 숲 속에서 새 울음소리를 들을 수 있고 낙산사에 있으면 반나절 바닷가에서 해조음 소리를 들을 수 있다. 여기까지는 누구든 쓸 수 있는 구절이다. 종장에 내 울음소리가 나오자 이 시는 자연 정취를 다룬 시에서 불교적 구도를 나타낸 시로 상승한다. 자연에서 나는 모든 소리가 법음이고 설법이다. 그것은 화엄 세계에서 들리는 진리의 속삭임이다. 그것을 모르는 것은 인사동 나무가 무영수인 줄 모르고 우리가 부처 될 존재인 것을 모르는 것과 같다. 새 울음소리를 듣고 해조음 소리를 듣듯 우리 몸 안에서 저절로 울려나오는 소리를 들을 수 있다면 우리는 스스로 무영수가 되어 작은 떡잎 하나로도 우주와 하나가 될 수 있다. 그때에는 강물도 없는 강물에 뗏목다리도 필요 없고 우리 몸이 재 한 줌으로 날아간다 해도 조금도 아쉬울 것이 없다. 아무 것도 남길 것이 없고 남을 것도 없으니 그림자 없는 나무일밖에.

이러한 구도의 자세에서 '나'라는 존재에 대한 재인식이 시작된다. 어리석은 마음에서 벗어나려면 우선 '나'에 대한 망집에서 벗어나야 한다. 모든 것이 마음에 의해 만들어지는 것(一切唯心造)이요, 모든 존재에는 고정 불변의 실체가 없다(諸法無我). 그런데도 우리는 어리석게 이 '나'에 집착하여 탐내고 성내며 살고 있다. 여기서 '나'를 버리는 독특한 작법이 탄생한다.

그것을 말하기 전에 그가 지니고 있는 또 하나의 인간주의적 면모를 말하고 넘어가겠다. 이것은 그의 산문시 연작 「절간 이야기」와 연결되는 사항이다.

동해안 대포
한 늙은 어부는

바다에 가면 바다
절에 가면 절이 되고

그 삶이 어디로 가나
파도라 해요

「무설설無說說 2」 전문

그날 저녁은 유별나게 물이 붉다붉다 싶더니만
밀물 때나 썰물 때나 파도 위에 떠 살던
그 늙은 어부가 그만 다음날은 보이지 않데.

「인천만 낙조」 전문

　이 두 편의 시조에는 앞의 시조에는 보이지 않던 일반인의 모습이 나타나 있다. 동해안 대포항의 어부나 인천만의 어부나 살아가는 방식은 비슷했을 것이다. 밀물 때나 썰물 때나 바다 위에서 파도와 겨루며 어부의 일을 했을 것이고 절에 오면 마음을 바쳐 불공을 올리고 합장했을 것이다. "바다에 가면 바다/절에 가면 절이 되고"만큼 어부의 삶을 압축적으로 표현한 구절을 우리 시에서 찾기 힘들다. 여기서도 조오현이 독창적으로 이룩한 단시조 압축미의 탁월한 성과를 확인할 수 있다. "그 삶이 어디로 가나/파도라 해요"도 우리네 삶의 실상을 짧으면서도 정확하게 표현한 구절이다. 그런데 파도 위에 살던 그 늙은 어부가 다음 날은 보이지 않게 되었다. 이것이 어부에게만 일어나는 일이겠는가? 이것 또한 우리네 삶의 실상 그대로다. 사회생활을 하는 이 시대 대다수의 사람들이 회사에 가면 회사가 되고 집에 오면 집이 되고 어디에 가건 그 삶이 파도이며, 밀물 때나 썰물 때나 파도 위에 떠 있다가 어느 날 간다는 말도 못 남기고 생활의 공간에서 사라지게 되는 것이다.

그러니까 이 두 편의 시는 어부의 생활을 다룬 것이 아니라 우리들 일반인의 삶의 실상을 간략하게 요약 표현한 것이다. 이러한 것이 우리의 삶이라면 도대체 그 삶이란 무엇이며, 삶을 영위해 가는 인간이란 어떠한 존재이며, 인간은 이 세상을 어떻게 살아가야 하는 것인가? 조오현 시인은 자신이 몸담고 있는 불법에 의지하여 삶과 존재에 대한 질문에 스스로 답하는 몇 편의 시조를 발표했다. 그것은 '나'라는 존재를 새롭게 파악하려는 고심 어린 탐구에서 나온 것이다.

4. '나'를 버리고 '나'를 찾는 수행

앞에서 본 「산일 3」에서 시인은 새 울음소리와 해조음 소리에 견주어 "언제쯤 내 울음소리를/내가 듣게 되겠습니까"라고 물었다. 이 시구에는 '내'라는 말이 두 번 나온다. 내 울음소리를 남이 먼저 들을 수는 있다. 그러나 진정 필요한 것은 내가 직접 내 울음소리를 듣는 것이다. '누가 나에게 맞는 내 이름을 불러주는 것'은 그다지 큰 의미가 없다. 그것은 그가 본나의 허상이기 때문이다. 내가 나의 실상을 제대로 인식해야 파도의 삶에서 제 자리를 찾고, "강물도 없는 강물에 떠내려가는 뗏목다리"를 제대로 수습할 수 있다. 내가 나의 진정한 소리를 들어야 하는 것이다. 시인이 본 '나'는 어떤 존재인가?

> 남산 위에 올라가 지는 해 바라보았더니
> 서울은 검붉은 물거품이 부걱부걱거리는 늪
> 이 내 몸 그 늪의 개구리밥 한 잎에 붙은 좀거머리더라
>
> 「이 내 몸」 전문[4]

이 시의 내용은 앞에서 본 「일월」의 자연 정경과 사뭇 다르고, 검붉은 늪에 대한 인식도 「오늘」의 용트림할 것 같던 미꾸라지 떼의 인식과는 다르다. 지는 해가 떠오르는 달로 연결되는 것이 아니라 지는 해는 그냥 지는 해일 뿐이고, 검붉은 물거품이 부걱거리는 늪은 그냥 부패한 오수汚水의 공간일 뿐이다. 그 부패한 늪에 개구리밥이 한 잎 떠 있고 거머리 중에서도 지극히 작은 좀거머리가 붙어 있다. 그 좀거머리가 바로 자신의 몸이라는 것이다. 이러한 자기 비하는 계속해서 벌레의 형상으로 재창조된다.

무금선원에 앉아
내가 나를 바라보니

기는 벌레 한 마리가
몸을 폈다 오그렸다가

온갖 것 다 갉아먹으며
배설하고
알을 슬기도 한다.

「내가 나를 바라보니」 전문

이제는 번잡한 서울의 남산이 배경이 아니라 청정도량 백담사의 무금선원이다. 무금선원에서 수행 정진하는 자신의 모습이 벌레라는 것이다. 자신이 활동하는 모습도 기는 벌레가 몸을 폈다 오므렸다 하는 모습 그대로라는 것이다. 이렇게 구체화한 자신의 벌레 형상은 자신을 객관화시켜 놓고 비하하고 부정해서 다시 새롭게 인식하려는 변증의 과정이다. 벌레처럼 온갖 것을 다 갉아먹고 먹은 다음에는 배설도 한다. 먹고 배설하는 것

---

4) 이 작품은 『적멸을 위하여』에 수록되지 않아서 『아득한 성자』(시학, 2007)에서 인용하였다.

은 모든 생명 가진 존재의 가장 기본적인 활동이다. 거기다 그 벌레는 알을 슬기도 한다. 그 알은 무엇일까? 그가 이룩한 만해마을, 혹은 무금선원, 혹은 만해기념사업, 혹은 문학 불교 관련 계획 등 많은 일들이 포함될 수 있을 터인데 그 모두가 벌레인 자신이 슬어 놓은 알이라는 것이다. 알을 슬면 거기서 또 벌레가 생겨날 것이다. 알이라는 독특한 발상은 다음 시에서 먹이의 발상으로 옮겨간다.

삶의 즐거움 모르는 놈이
죽음의 즐거움을 알겠느냐

어차피 한 마리
기는 벌레가 아니더냐

이다음 숲에서 사는
새의 먹이로 가야겠다.

「적멸을 위하여」 전문

시인은 인생의 희로애락을 떠난 승려의 처지까지 부정해 버렸다. 자신은 삶의 즐거움을 모르고 그러기에 죽음의 즐거움은 더욱 모른다는 것이다. 자신은 바닥을 기어 다니는 한 마리 벌레일 뿐이다. 삶과 죽음의 즐거움을 모르는 처지니 무엇을 선택한다는 것도 성립될 수 없다. 그러니 이대로 기어 다니고 있으면 건너편 숲에 사는 새가 날아와 나를 먹이로 삼을 수 있을 것이다. 새의 먹이가 된다는 것은 불교적으로 말하면 자비의 행위이고 중생제도의 보살행이다. 이것은 단순히 알을 슬어 어떤 자취를 남기는 것보다 더 적극적인 행위다. 그런데 그는 아무것도 아니라는 듯 다음 숲에 사는 새의 먹이로 가야겠다고 말했다. 이것은 오랜 수행 정진에서 나올 수 있는 발언이다. 사회에 매달려 있는 속인이 이런 말을 했다면 만인이 웃었을 것이다. 시인은 자신의 수행과 참구를 기반으로 철저한 자기 부정을 감행한 것이다.

> 나아갈 길이 없다 물러설 길도 없다
> 둘러봐야 사방은 허공 끝없는 낭떠러지
> 우습다
> 내 평생 헤매어 찾아온 곳이 절벽이라니
>
> 끝내 삶도 죽음도 내던져야 할 이 절벽에
> 마냥 어지러이 떠다니는 아지랑이들
> 우습다
> 내 평생 붙잡고 살아온 것이 아지랑이더란 말이냐

「아지랑이」 전문

이 시를 수행과 참구로 보낸 조오현 스님의 발성으로 받아들이면 안 된다. 신문 인터뷰 같은 데서는 자신의 일생이 이렇게 허망하게 느껴졌다고 얘기했지만 그것은 중생제도의 차원에서 그렇게 방편을 보였을 뿐이다. 부처님이 세상을 떠난 것도 중생에게 갈앙하는 마음을 일으키기 위한 방편이었다. 스스로의 삶이 아지랑이라고 말할 때에는 자신을 포함한 많은 사람들이 삶의 허망함을 재인식하기를 바라는 방편적 의도가 담겨 있다. 알고 보면 우리들 자신이 나아갈 길도 물러설 길도 없는 낭떠러지 벼랑에 서 있는 존재다. 설사 지금 그렇게 느끼지 않는다 하더라도 살다보면 그런 궁지에 이를 때가 반드시 있게 된다.

산다는 것은 낭떠러지 벼랑에 간신히 매달려 있는 형국이다. 세상의 단 맛에 취해 자신의 처지를 잊고 있을 뿐이다. 우리의 존재는 바로 그 절벽에 아른대는 아지랑이에 불과하다. 우리가 어떻게 삶과 죽음의 의미를 알겠는가? 그야말로 한 치 앞을 못 보는 막막한 상태에 있는 것이 우리 처지가 아닌가? 내 평생 붙잡고 살아온 것이 아지랑이라는 말을 제대로 인식할 때 삶의 전환이 오고 새로운 각성이 생긴다. 싯다르타의 출가와 고행과 용맹정진이 바로 거기서 비롯된 것이다. 이 시는 허무와 절망의 어법을 빌려 일반인들에게 삶의 각성을 촉구한 작품이다. 시인 스스로도 이러한 시의 창작을 통해 또 다른 차원의 깨달음에 이르렀을 것이다. 그러한 새로운 깨달음의 한 측면이 다음 시에 담겨 있다.

하루라는 오늘
오늘이라는 이 하루에

뜨는 해도 다 보고
지는 해도 다 보았다고

더 이상 더 볼 것 없다고
알 까고 죽는 하루살이 떼

죽을 때가 지났는데도
나는 살아 있지만
그 어느 날 그 하루도 산 것 같지 않고 보면

천년을 산다고 해도
성자는
아득한 하루살이 떼

「아득한 성자」 전문

모든 생명은 평등한 가치를 지닌다. 특히 불가에서는 사람이나 하루살이나 차이가 없다고 생각한다. 사람의 수명은 각기 다르고 언제 자기 생명이 다할지 아는 사람은 아무도 없다. 죽을 때가 되었는데도 안 죽는다고 생각하는 사람도 있고 죽을 때가 안 되었는데 느닷없이 죽는 사람도 있다. 그런데 하루살이는 정확히 하루 동안에 자신이 할 일을 다 마치고 깨끗이 생을 마감한다. 뜨는 해도 보고 지는 해도 보았으니 자신의 생에 더 이상 미련이 없는 것이다. 그러나 사람은 팔십 년을 살건 구십 년을 살건 자신의 생에 미련을 버리지 못하고, 오래 산다고 해도 정말 잘 산다는 느낌을 갖고 사는 사람은 거의 없다. 설사 천년을 산다고 해도 불안하고 불만족하고 앞길이 아득한 것은 마찬가지일 것이다. 그러니 진정한 성자는 하루살이가 아닌가? 그러면 여기 왜 '아득한'이라는 말이 들어갔는가? 사람이 도저히 따르지 못할 아득한 위치에 있다는 것을 표현한 것이다.

위의 두 편의 시조는 이러한 주제도 독특하지만, 이 두 편의 작품이 주제와 절묘하게 호응하는 활달한 어법을 구사하고 있다는 점이 중요하다. 「아지랑이」의 '우습다'라는 탄식조 시어의 반복이라든가, 독백을 하듯 터져 나오는 자연스러운 호흡의 어조는 시를 짓는다는 작위성을 완전히 떨쳐버리고 가까운 이웃의 솔직한 고백을 듣는 듯한 효과를 자아낸다. 「아득한 성자」의 경우도 "하루라는 오늘/오늘이라는 이 하루에"라는 반복의 어구가 삶에 대한 우리의 인식을 돌이켜보게 하는 효능을 갖는다. 우리는 매일 오늘이라는 하루를 보내는데 그 하루라는 의미와 오늘이라는 의미를 제대로 새기지 않고 건성으로 보낸 것이 사실이기 때문이다. 또 첫째 수 종장에 "알 까고 죽는 하루살이 떼"라는 표현도 미련 없이 생을 마치는 하루살이의 명료한 태도를 보여주는 것 같아서 인상적이다. 다른 것 아무 것도 하지 않고 그저 알 까고 죽으면 그뿐이라는 인상을 우리에게 전달한다.

그뿐 아니라 이 두 편의 작품이 시조의 전통 율격을 시상의 흐름에 맞게 변화시켜 사용하고 있다는 점도 주목을 요한다. 어떤 사람은 이 두 작품이 시조가 아니라고 생각하는데 내가 보기에는 분명히 시조 작품이다. 자유시처럼 보이는 「아지랑이」의 둘째 수도 "끝내/삶도 죽음도/내던져야 할/이 절벽에//마냥/어지러이/떠다니는/아지랑이들//우습다/내 평생 붙잡고 살아온 것이

//아지랑이더란/말이냐"로 네 마디 형식으로 율독이 되며, 「아득한 성자」 역시 "죽을 때가/지났는데도/나는 살아/있지만//그 어느 날/그 하루도/산 것 같지/않고 보면//천년을/산다고 해도/성자는 아득한/하루살이 때"로 네 마디 율독이 가능하기 때문이다. 그런 점에서 볼 때 이 두 작품 역시 불교적 인식을 현대 시조의 미학으로 융합한 뛰어난 성취에 해당한다.

5. 산문시와 경허鏡虛 선사의 영향

여기에서는 조오현의 산문시의 특징에 대해 간단히 이야기하겠다. 앞에서 본 시조 중 「무설설 2」와 「인천만 낙조」에 일하며 사는 어부의 모습이 등장했다. 그 어부는 파도 위를 살면서도 절에 오면 절이 되던 순박한 사람이다. 밀물 때나 썰물 때나 변함없이 일하던 그 어부는 어느 하루 간다는 말도 없이 사라졌다. 절벽 끝에 밀려왔으면서도 생의 집착에서 벗어나지 못한 세상 사람보다 그 어부는 하루살이에 훨씬 가까이 다가간 사람이다. 절간에서 거짓 수도를 하는 사람보다 속세에서 자신의 일에 충실한 일꾼들이 어느 의미에서는 더 진실한 수도자일지 모른다. 그는 첫 시집의 서문에서 경허鏡虛 선사의 영향을 받았음을 암시하면서 "동대문시장 그 주변 구로동 공단 또는 막노동판 이니면 생선비린내가 물씬 번지는 어촌주막 그런 곳에 가 있을 때만이 경허를 만날 수 있었다"고 말했다. 그러한 노동하는 서민들에 대한 공감이 그의 산문 연작시 「절간 이야기」에 짙게 배어 있다.

그의 산문 연작시의 꼭짓점에 「어미」라는 작품이 놓여 있다. 이 작품은 어미 소와 그 소가 낳은 목매기(아직 코뚜레를 꿰지 않고 목에 고삐를 맨 송아지)의 이야기를 담은 것이다. 제목 아래 "콩트시 掌篇詩"라는 각주가 달려 있다. 이야기를 담은 시라는 뜻이다. 어미 소가 새끼를 낳고 젖도 제대로 떼

지 못한 상황에서 팔리게 되고 목매기는 어미를 잃고 울다가 어미 소가 하던 일을 대물림 받아 고된 노역에 시달리고 어미 소가 된 다음에는 다시 자신의 목매기와 헤어져 도살장으로 향하게 된다는 이야기다. 이 시에는 그의 마음속에 담겨 있는 어머니에 대한 애절한 사연이 깃들어 있는 것 같다. 여기서 중요하게 파악되는 것은 나약한 생명에 대한 다함없는 연민의 감정이다. 그것은 동대문시장이나 구로공단에서 보았던 가난한 일꾼들의 삶에 대한 반응과 통하는 내용이다. 이와 연관된 '일꾼 보살'들의 삶이 그의 산문시에 많이 담겨 있다.

「절간 이야기 7」에는 저 유명한 관계灌溪 선사의 보행 입적에 대한 이야기가 나온다. 관계 선사는 임제 선사의 제자로 역대 조사들의 입적 사례를 이야기하다가 앉아서 죽는 것, 서서 죽는 것, 거꾸로 서서 죽는 것, 다 신통치 않다고 하며, 걸어가다가 입적했다는 스님이다. 이 일화를 늙은 부목 처사에게 말했더니 그가 "뻐드렁니를 다 내어놓고" 하는 말이 "살아보니 이 세상에서 제일로 즐겁고 좋은 날은 아무래도 죽는 날이 될 것 같더이." 하고 빙긋이 웃더라는 것이다. 비록 절에서 땔나무나 거두어들이고 잡일을 거드는 사람이지만, 사는 날이 아니라 죽는 날이 가장 신나는 날이 될 것이라고 했으니, 그는 깨달음을 얻은 사람이다. 소박한 마음으로 일만 하며 사는 보살 중에 깨달은 도인이 있다는 뜻이다.

「절간 이야기 8」에도 평생 불상을 조성한 석수의 이야기가 나온다. 평생 돌을 깎고 다듬어 뛰어난 불상을 많이 조성해 온 그이건만 말년에 이르러 자신의 노력을 전부 헛것으로 돌리며 자연의 돌들이 원래 모두 부처고 보살의 형상인 것을 모르고 헛되게 먹물과 징을 올려붙였다고 한탄하더라는 것이다. 이 사람 역시 평생 불상 조성에 전념하다가 한 소식 깨친 선지식에 해당하는 인물이다.

「절간 이야기 12」에는 아내의 제삿날까지 포기하고 쇳일에만 전념한 늙은 대장장이가 나오고, 「절간 이야기 15」에는 6·25 때 공비들의 절간 방화를 막고 빈 절을 보수하여 도량을 지킨 촌 노인이 나온다. 「절간 이야기 17」에는 어로에 종사한 지 30년이 지나자 노와 상앗대를 다 내던진 늙은 어부가 나온다. 그는 당연히 노스님도 자기처럼 산을 버리고 지낼 것이라고 생각했다는 것이다. 「절간 이야기 19」에는 부산 자갈치 어시장에 민정시찰을 나간 설봉雪峰 스님이 자갈치 아줌마와 나눈 정겹고도 진솔한 대화가 나온다.

「절간 이야기 22」에는 이 산문 연작시의 하이라이트에 해당하는, 40년 동안 일을 해 온 염장이 처사의 이야기가 나온다. 그는 모든 시신을 차별 없이 정성을 다해 염을 해 왔는데 죄를 많이 진 것 같은 시신은 편안하게 살았을 시신보다 오히려 더 정이 가고 연민이 생겨 더 정성껏 염을 하게 된다고 이야기한다. 그러면서 그것도 결국은 자신의 마음을 편하게 하려는 행동일지 모른다고 겸손해 한다. 이 염장이 노인의 말과 생각은 보살의 경지 바로 그대로다. 보살과 부처가 어디 다른 곳에 있는 것이 아니라 바로 우리 주변에, 그것도 가난하고 무식해 보이는 속세의 일꾼들 사이에 엄연히 존재한다는 것이다. 그들이 곧 법신이고 그들의 말이 곧 법문이다. 조선조 말의 위대한 선승 경허 선사의 가르침이 바로 그것이었다.

주제의 특성과 함께 그것을 표현하는 방법의 측면에서 볼 때 이 산문시들의 두드러진 특징은 구수한 경상도 사투리의 입담을 날것 그대로의 감각으로 시에 수용하고 있다는 점이다. 생의 밑바탕에서 우러나오는 구수한 입담은 시에 담긴 이야기의 진실을 거의 가공하지 않은 상태로 생생하게 전달하는 역할을 한다.

> 니가 공부꾼 같으마 들오리 떼 울음이 강물에 남아있다 커겠으나 니는
> 공부꾼이 아니니 저 아래 돌다리 밑으로 떠내려가는 부처를 보고 오너라.
> 니가 보고 듣는 세계도 무진장하지만 니가 보지도 듣지도 못하는 세계도
> 무진장하다카는 것을 알고 싶으마… 쯧. 쯧. 쯧.
> 「절간 이야기 16」 부분

둘째 미누리 아이가 여태 태기가 없다캐도… 잠이 안 온다캐도요 둘째 놈 제대 만기제대하고 취직하마 시님 은공 갚을끼라캐도요 그마 시님이 곡차 한 잔 자시고요 칠성님게 달덩이 머스마 하나 점지하라카소 약소하다캐도 행편 안 그렇교? (중략)

아즈매 보살! 요새 송아지 새끼 한 마리 값이 얼마인 줄 알고 캅니꺼? 모르고 캅니꺼? 도야지 새끼도 물 좋은 놈은 몇 만 원 한다 카는데에 이것 가지고 머스마 값이 되겠니꺼?

「절간 이야기 19」 부분

여기서 보는 것처럼 경상도 사투리는 화자의 진정성과 진솔성을 드러내면서 이야기 속으로 독자를 끌어들이는 역할을 한다. 그러면서 그것은 불교적 진실을 유머를 통해 재미있게 전달하는 활력소의 역할도 한다. 그뿐 아니라 미학적 측면에서는 김소월과 김영랑, 백석, 서정주, 박목월로 이어져 온 방언의 시적 수용이라는 중요한 문학사적 사실에 새로운 연결 고리를 잇는 역할도 수행한 것이다. 투박해 보이는 경상도 서민층의 사투리를 시에 끌어들임으로써 주변의 언어가 서정시의 중심으로 상승하는 문학적 변환을 이룩했다. 이것은 그가 보여주려고 한 '일꾼 부처론'의 주제와도 일맥상통하는 문학적 성취다.

여기까지의 논의를 통하여 조오현의 시조가 서정성의 집중적 추구에서 시작하여 개성적 미학을 창조한 과정, 시조의 정형성 속에 불교적 사유를 결합시키면서 불교 정신의 바탕 위에 존재론적 성찰을 시조로 표현한 양상, 그의 산문시에 담긴 사상적 형식적 특성 등을 밝혔다. 조오현의 시조는 현대시조의 전개에서 전례를 찾아보기 어려운 개성적이고 독보적인 자리를 개척해 왔다. 그가 걸어온 길은, 불교 정신을 시조에 회통하여, 시조의 새로운 미학을 창안하고 숙련하고 완성한 과정이었다. 이러한 분석을 통해 조오현이라는 창조적 개성에 의해 불교 정신이 시조 창작에 전환의 동력으로 작용하고 미학의 차원으로 승화된 과정을 확인하게 되었다.

2
·
서정의 층위

생명의 변주, 생의 환희

- 황동규의 근작 시

1. 하나의 단서

　　　　　필자는 황동규의 열네 번째 시집 『겨울밤 0시 5분』(현대문학, 2009. 3)의 서평과 열다섯 번째 시집 『사는 기쁨』(문학과지성사, 2013. 1)의 서평도 썼고, 그의 시에 보이는 '사람의 발견'이라는 주제가 어느 한 시기에 갑자기 솟아오른 것이 아니라 오랜 기간 동안 점진적으로 숙성된 것임을 통시적으로 고찰한 글도 써 보았다. 그런데 최근 「겨울밤 0시 5분」을 다시 읽다가 다음 구절에 시선이 멈추며 조금 다른 각도의 생각을 하게 되었다. 이와 함께 그가 『사는 기쁨』 이후 발표한 작품들을 정독히면서 더 논의해야 할 화제가 있음을 깨닫게 되었다. 이 글은 그런 계기에 의해 시작된 것이다.

> 나머지 한 변이 시작되는 곳에
> 막차로 오는 딸이나 남편을 기다리는 듯
> 흘끔흘끔 휴대폰 전광판을 들여다보고 있는 여자,
> 키 크고 허리 약간 굽은,

들릴까 말까 한 소리로 무엇인가 외우고 있다.
그 옆에 아는 사이인 듯 서서
두 손을 비비며 하늘을 올려다본다.
서리 가볍게 치다 만 것 같은 하늘에 저건 북두칠성,
저건 카시오페이아, 그리고 아 오리온,
다 낱별들로 뜯겨지지 않고 살아 있었구나!

「겨울밤 0시 5분」 부분

　인용한 부분은 이 작품의 세 번째 연이다. 시인은 눈발이 날리다 멎은 겨울밤 길을 걸어 버스 종점까지 갔다가 한 여인을 보고 그 옆에 서서 하늘을 올려다보았다. 오랜만에 올려다본 하늘에는 북두칠성, 카시오페이아, 오리온 등 별자리들이 그대로 남아 있다. 시인은 그것을 보고 "다 낱별들로 뜯겨지지 않고 살아 있었구나!"라고 감탄했다. 시인이 감탄부까지 표시하여 강하게 표현한 이 구절의 의미를 그 동안 내가 간과했다는 생각이 든 것이다. 이 시행에 담긴 의미는 무엇인가?

　살아 있다고 감탄한 것은 하늘의 별을 생명체로 인식했다는 뜻이다. 공해로 찌든 서울 하늘, 밤하늘의 별도 제대로 보이지 않는 환경, 그렇기 때문에 우리는 하늘의 별을 제대로 쳐다보지도 않았고, 하늘에 별이 있다는 사실조차 잊고 살아 왔다. 그런데 어느 날 문득 하늘을 올려다보니 뜻밖에도 많은 별자리들이 그대로 모습을 유지하고 있는 것이 눈에 들어온다. 낱별로 뜯겨져 버림받은 외톨이가 되지 않고 별자리의 형태를 그대로 유지하고 있는 모습이 반갑고도 고마웠다. 별들이 살아 있는 생명체라면 그 모습이 얼마나 대견스러웠을까? 아무리 참혹한 상황에서도 자신의 자리를 지키며 이웃 별들과 결속하고 있는 본연의 자태에 시인은 감탄한 것이다.

　별을 생명체로 여기고 공생의 정경에 감탄한 시인의 의식은, 다음 대목에서 세상의 고초를 많이 겪은 듯한, 허리 굽고 안색 파리한 여인에 대한 관심과 자기와의 관계에 대한 명상으로 연결된다. 앞에 별에 대한 언급이 있었기에 5연에 '혜성의 삶' 운운하는 별과의 문답이 자연스럽게 배치되었다. 이것은 시인의 치밀한 미학적 구성의 결과다. 산문적 주제로 요약하면 '평범한 인간들이 나누는 공생적 유대감'이라고 말할 수 있는 이 시의 주제가 복합적인 시적 아우라를 거느리게 된 것은 '별의 생명체적 인식'이라는 모티프가 중요한 기능적 요소로 작용했기 때문이다. 이것이 황동규 시학의 핵심 질료이자 무게 중심을 이룬다는 사실을 새롭게 깨달은 것이다.

요컨대 시인은 인간 세상과 멀리 떨어져 있는 별의 모습에서도 생명의 가치를 인식하고, 낱별로 뜯겨지지 않고 살아 있는 별자리와 개체로 분해되지 않고 공존하는 인간이라는 두 위상을 순조롭게 연결하는 정교한 시적 배치를 한 것이다. 말하자면 별과 인간을 거의 대등한 차원에서 동질적으로 수용하는 방법인데, 이것은 서정 양식의 오래된 기본 문법이기도 하다. 그런데 그 서정적 동일성의 변용이 황동규의 시에서는 전혀 상투적이지 않고 오히려 신선한 감동을 자아내는 작용을 한다. 그러한 작용의 동인은 무엇이고 어떠한 작동 양상을 보이는가? 이 글은 이 문제에 대한 해답을 찾으려는 작업이다.

2. 자연의 변주와 봄의 맛

하늘의 별도 무심히 보지 않고 살아 있는 생명체로 본다는 소박한 사유가 다채로운 생동감으로 육박해 오는 이유는 무엇인가? 위의 시행에 국한해서 말하면, 많은 시인들이 별을 노래하고 별의 상징적 의미를 암시한 적이 있지만, 위의 시구처럼 "낱별들로 뜯겨지지 않고 살아 있었구나!"라고 표현한 것은 최초의 일이기 때문이다. 시는 인식을 어떻게 표현하느냐에 따라 부피와 질감이 달라진다. 시는 표현 미학의 지배를 받는 양식이기 때문이다. 시집 『겨울밤 0시 5분』에서 그런 유형의 시행을 더 찾아보았다.

> 그대가 창을 향해 손을 쳐들었다.
> 물결이 창에 뛰어올라 잠시 숨을 멈췄다가
> 천천히 흘러내리고 있었다.
> 두 눈 질끈 감고 뛰어오른 파도가
> 이처럼 창에 바싹 붙어 서서
> 방 안의 우리를 정답게 들여다보며
> 흐르기 싫다는 듯 싫다는 듯 흘러내리는 모습
> (이보다 더 그립게 지워지는 삶 어디 있으랴)
> 앞으로 또 어디서 보게 될 것인가?
> 후포항이 그대 뜬 항구를 떠나
> 그대 비슷한 모습만 봐도 반가움에 떨며
> 세상 이 구석 저 구석을 기웃거릴 때.

「한여름 밤의 끝」 부분

이 시는 황동규 시인과 그 동료들이 거의 매년 찾던 울진군 후포항의 본가를 처분한 김명인 시인에게 주는 헌사 형식의 작품이다. 일행들이 후포에 들렀으나 늘 머물던 집은 이제 없고, 그래서 이곳을 다시 찾을 가능성도 거의 없는 쓸쓸한 전환의 상황에서 파도치는 바다를 배경으로 한 편의 시를 구성한 것이다. 시에 나오는 '그대'는 김명인 시인일 것이다. 그대가 창을 향해 손을 들자 파도 물결도 그것이 작별의 순간인 줄 아는지 애틋한 아쉬움의 몸짓을 보낸다. 마지막으로 한 번 더 보기 위해서인 듯 "두 눈 질끈 감고 뛰어오른 파도"의 단호한 저돌성, 다시 보기 어려운 우리들을 조금이라도 더 보기 위해 "창에 바싹 붙어 서서/방 안의 우리를 정답게 들여다보며/흐르기 싫다는 듯 싫다는 듯 흘러내리는 모습"의 지속적 점착력을 나타내는 표현은 실로 압권이다. 파도를 의인화하여 감정이입하였다는 설명만으로는 해

명되지 않는 정서의 파랑이 넘친다. 그대의 고향집이 있던 후포항이 그대가 떠난 곳을 찾아 "그대 비슷한 모습만 봐도 반가움에 떨며/세상 이 구석 저 구석을 기웃거릴 때"라는 구절에 이르면, 자연을 포함한 공간 전체가 거기 잠시 깃들던 사람과 교류하며 연정을 나누는 장면이 연상된다. 이것은 자연이 인간에게 보내는 교신을 새롭게 조명한 것이다. 요컨대 시인은 자연의 생명성만이 아니라 공간 전체의 생명성을 독특한 방법으로 전유하고 있다. 이것은 특별히 기록되어야 할 중요한 형상화의 장면이다.

그의 시 「눈의 물」 역시 무생물의 영역에서 생명의 기운을 발견하고 있다. 시인은 물받이 홈에 눈이 쌓여 물이 눈의 턱을 넘지 못하고 머물러 있는 장면을 유심히 들여다보며 물의 흐름과 물받이 홈과 쌓인 눈의 관계를 관찰한다. 물이 홈의 턱을 넘지 못하는 것은 눈 밑에 마른 풀 몇 줄기가 "온몸으로" 눈을 받치고 있기 때문이다. "한 줄기는 허리가 꺾이고도 버티고 있다." 물은 고여 넘치려 하고, 쌓인 눈은 그 형태를 유지하려 하고, 풀 몇 줄기는 그 눈을 온몸으로 떠받치고 있는 것. 이 자연의 정경에서 시인은 생의 축도를 발견한다. 생이란 이렇게 눈물겹고 처절한 것이다. 그리고 각자 그 한 순간을 충실히 견뎌내는 것이 바로 '삶의 맛'이다.

이 팽팽한 긴장의 관계에 변화가 일어난다. 문득 새가 날면서 눈가루를 흩뿌리자 "오래 참았다는 듯" 물 한 방울이 "동그랗게 맺히다가, 크고 동그랗게 맺히다가" 떨어진다. 무생물의 영역이지만 거기서 생명의 미세한 움직임과 변화를, 그 미미한 생명체의 조용한 힘을 인지하는 것이다. 그러자 시인의 마음에도 변화가 일어난다. 마음에 답답하게 얽힌 것들이 천천히 정리되는 느낌을 갖게 된 것이다. 자연 공간이 생명의 교신을 보내고 그것이 인간 마음에 변화를 일으키는 장면이다.

다음의 시도 유사한 관계를 설정했는데, 인식의 국면에서는 조금 다른 맥락을 드러낸다.

엉뚱한 공들이 넘어 다니는
엉성한 서울대 야구장 철책담장 밖에서
4밀리 갸웃 홍자색 꽃잎들을 피우며
있는 듯 없는 듯 몸 낮추고 여름을 나는 이질풀,
눈여겨보니 벌써 꽃잎 떨구기 시작하고
꽃잎 내린 씨앗 주머니 몇은 미니 샹들리에 형상으로
다시 풀 속으로 몸을 숨기고 있었다.
발걸음 멈추고 한참 찾아야
간신히 서로 눈 맞출 수 있는 이질풀꽃,
너도 알고 있는가,
삶의 크기가 좁아들수록 농도가 짙어가는
땀 냄새 침 냄새 눈물 냄새 속에서
시리고 황홀하고 저렸던 몸의 맛을?
우연인 듯 나비 더듬이가 몸을 더듬던 촉감,
벌이 처음으로 몸에 빨대를 대던 순간의 느낌,
온몸의 핏줄 떨게 하던 저 뜨거운 여름비의 노래를?
일단 맛본 삶은 기억이 꽃잎처럼 떨어져나가도
몸속 어딘가 지워지지 않는 결들로 남아 아린 것.
이제 막 꽃잎을 내리는 이질풀,
너도 뇌를 묶은 끈들을 잠시 느슨히 풀고
이 생각 저 생각 머릿속에 담고 펴내다가
삐익 소리와 함께
저 세상 불빛을 한순간 미리 본 적이 있는가?
시간의 바퀴가 삶의 아린 결들만 남기고
우리 몸을 통째로 뭉개려 들 때.

「몸의 맛」 전문

시인이 늘 걸어서 오가던 서울대 야구장 길 담장 밖에서 우연히 이질풀
을 보았다. 눈에도 잘 띄지 않는 미미한 풀꽃이지만, 그것도 분명한 생명
이어서 홍자색 꽃을 피우고 꽃잎 떨어진 곳에는 벌써 "미니 샹들리에 형상

으로" 씨앗 주머니도 매달고 있다. 한여름을 넘기고 가을을 향해 이동하는 시점이다. 시인은 작은 이질풀을 바라보며 "몸의 맛"에 대해 명상한다. 이제 씨앗 주머니까지 매달고 있으니 사람으로 말하면 이 이질풀은 시인과 같은 노년의 위치에 있다. 체액의 냄새 짙어지고 청춘의 생명감은 퇴색하는 지점에 있다. 그러나 생명의 고양된 상태에서 향유했던 "시리고 황홀하고 저렸던 몸의 맛"을 그는 기억하고 있을 것이다. 어디 기억만이겠는가? 그의 몸 어디에 식지 않은 상태로 그것이 간직되어 있을 것이다. 시인은 이질풀의 입장에서 세 가지 몸의 맛을 열거했는데 그 표현은 참으로 황홀하다. 그야말로 "온몸의 핏줄 떨게" 하는 전율을 일으킨다. 이것이 시인 자신을 포함하여 모든 생명이 공유하는 몸의 맛임을 모르는 사람이 없을 것이다.

생명의 절정에서 체험했던 황홀한 삶의 맛은 "기억이 꽃잎처럼 떨어져 나가도/몸속 어딘가 지워지지 않는 결들로 남아 아린 것"이다. 이것이 생명의 법칙이고 몸의 생태인 것. 이질풀의 경우를 들어 시인은 사람의 생리를 이야기하고 있는 것이다. 시인은 이질풀을 시인 자신으로 환치하여 바라보고 명상하고 있다. 자연의 교신이 시인 자신의 실존적 인식으로 전환되는 장면이다. 우리 모두 생생히 기억하고 있는 전율어린 몸의 감각들. 자연을 매개로 표현된 그 아름다운 구절을 다시 읽어 본다. "우연인 듯 나비 더듬이가 몸을 더듬던 촉감,/벌이 치음으로 몸에 빨대를 대던 순간의 느낌,/온몸의 핏줄 떨게 하던 저 뜨거운 여름비의 노래". 이 몸의 감각, 결코 지워지지 않을 기억의 결들을 마음 깊이 새기고 싶다.

이제 시인의 명상은 노년의 고비에 다가올 생의 끄트머리로 연장된다. "시간의 바퀴가" "우리 몸을 통째로 뭉개려 들" 그때를. 그러나 그때 우리 몸에 아린 결로 남아 있던 삶의 맛은 어디로 가는가? "시리고 황홀하고 저렸던 몸의 맛"은? 삶의 끄트머리와 함께 몸과 혼의 모든 것이 소실되는 것인가? 이것은 살아 있는 사람이라면 누구든 궁금해 할 사항임에 틀림없다.

시인의 명상은 이 문제에 초점을 맞추기 시작한다.

3. 생의 온기, 아픔의 맛

　생의 절정의 순간들은 황홀하고 저린 맛을 몸 어디에 박아 두고 시야에서 사라졌지만 노년의 삶이 모든 삶의 맛을 저버린 것은 아니다. 노년은 노년대로 누리고 지켜갈 몸의 맛과 삶의 맛이 있다. 그것은 청춘의 몸이 미처 느끼지 못하는 온화한 생명의 기운, 거기서 촉발되는 오롯한 정밀의 기쁨이다. 『사는 기쁨』에는 생명의 기운과 생의 기쁨을 노래한 시편들이 많이 실려 있다.

　그중 일상의 국면에서 얻은 온기 어린 한 순간의 체험을 노래한 「묵화墨畫 이불」이 인상적이다. 체험의 배경은 구체적이고 명확하다. 2011년 1월 16일 일요일, 기온은 아침 영하 17.8도에서 낮 영하 10도, 혹한의 날씨다. "연고처럼 살에 달라붙는 추위"라고 시인은 독특한 감각 이미지로 표현했다. 오후가 되면 해가 서쪽으로 기울면서 건너편 동 사이의 나무 그림자와 베란다 식물의 그림자가 함께 마루에 깔리는 네모꼴 묵화 형상의 무늬가 생긴다. 그것이 유지되는 시간은 십여 분 정도 시인은 재미 삼아 그 그림자 무늬를 이불처럼 덮고 누웠다.

　　그 속에 들어가 몸을 눕혀본다.
　　내 몸의 넓이와 길이에 얼추 맞는다.
　　이곳에서 스물 몇 겨울을 살아내면서
　　묵화 이불 속에 들어온 건 이게 처음이지?
　　느낌과 상관없이 '따스하다'고 속삭인다.
　　벌레처럼 꿈틀거려본다.
　　지금까지 바른 느낌과 따스한 느낌 가운데 하나를 고르라면

늘 바른 느낌이 윗길이라고 생각하며 살아왔지만
이 허전한 따스함이 지금
식어가는 마음의 실핏줄들을 다시 덥혀주는구나.

「묵화 이불」 부분

이 그림자 무늬의 묵화 이불이 "식어가는 마음의 실핏줄들을 다시 덥혀" 준다고 했다. 시인은 자기 자신을 "벌레처럼 꿈틀거려본다"고 했다. 인간의 정상적 지위에서 벗어나 벌레에게 필요한 따스함을 찾은 것이다. 이러한 아늑한 느낌의 몸의 맛은 겨울 이 시간 십여 분 사이에만 누릴 수 있다. 이것은 귀중한 체험이다. 이곳에서 스무 몇 해를 살면서도 이러한 생의 온기를 느낀 것은 처음이라 했다. 이것은 무엇을 말하는가? 청춘에는 청춘에 어울리는 몸의 맛이, 노년에는 그에 또 어울리는 몸의 맛이 존재한다는 것이다. 인간은 이렇게 환경에 적응하며 새로운 몸의 맛을 찾고 키워가는 존재다.

시인은 이름도 이상한 족저근막염 때문에 한동안 고생을 했다. 발뒤꿈치가 땅기는 통증 때문에 산책도 못하고 외출도 자제하면서 몇 달을 보냈다. 걸을 때에는 통증을 참고 절름대며 걸었다. 아픔 속에서도 밝은 얼굴을 유지하려는 노력은 했다. 그런 어느 날 그가 목격한 생의 온기가 아픔마저 잊게 한 체험을 한 편의 시로 엮어냈다. 몸의 맛의 새로운 발견이다.

몇 시간 전 거리에선 사람들 날듯이 걸어 다니고
그들의 삶이 내 삶보다 더 탱탱하고
이 세상이 생각보다 훨씬 더 탄력 있다는 느낌을 받았어.
틈 내어 힘들게 내려간 사당역 부근 지하서점 '반디앤루니스'에선
닷새 전 나온 내 시집 어떻게 꽂혀 있나 살펴보려다 말고
듬직한 미술책 하나 집어 들고 난간 잡으며 올라왔지.

문 앞에서 걸음을 멈추었다.
젊은 남녀가 수화手話를 하고 있었다.
남자는 턱 높이까지 올린 한 손 두 손 쉬지 않고 움직이고
여자는 두 손 마주 잡고 열심히 쳐다보고 있었다.
다시 발길 옮기려다, 아 여자 눈에 불빛이 담겨 있구나!
여자가 울고 있었다.
참을 수 없이 기쁜 표정 담긴 얼굴이
손 없이 수화하듯 울고 있었다.
나는 절름을 잊고 그들을 지나쳤어.

「발 없이 걷듯」 부분

발뒤꿈치 통증에 시달리는 시인은 날듯이 걸어 다니는 거리의 사람들을 부러워하며 서점에 들렀다가 난간에 몸을 의지하고 올라오던 중에 수화를 하는 젊은 남녀를 보게 되었다. 남자는 손을 움직이며 자신의 의사를 열심히 표현하고 있고 여자는 "두 손 마주 잡고" 남자의 수화를 열심히 쳐다보고 있었다. 남자는 정성을 다해 의사를 표현하고 여자는 성심으로 그 뜻을 받아들이는 중이다. 아픔을 참고 발을 옮기려던 시인은 문득 그 여자의 눈에 담긴 눈물의 빛을 보았다. 여자는 울고 있었는데, "참을 수 없이 기쁜 표정"으로 울고 있었다. 여자의 그 울음은 손 없이 하는 수화였다. 시인은 그 장면에 감동을 받아 아픔을 잊고 그들을 지나쳐 걸었다. 마음의 기쁨과 감동은 몸의 고통을 잊게 하는 것이다. "절름을 잊고 그들을 지나쳤"기에 제목이 「발 없이 걷듯」이다. "수화하듯 울고 있었"던 젊은 여인의 모습과 호응하는 제목이다. 시인은 생의 환희를 목격함으로써 자신의 아픔을 잊을 수 있었다.

이와 유사한 경험이 「브로드웨이 걷기」에 담겨 있다. 시인은 22년 전에 한 해를 보냈던 뉴욕시에 들러 브로드웨이 거리를 걷는다. 옛 추억이 "마음 속에 힘겹게 출몰"한다. 과거의 일들을 떠올리다가 종국에는 자신의 나이를

생각하고 '이게 내 삶의 마지막 브로드웨이 걷기'라는 생각을 한다. 그렇게 생각하고 주위를 둘러보니 모든 것들이 "종점을 내장하고 가고" 있다는 생각이 든다. 갑자기 쓸쓸한 느낌이 들고 "내가 없는 미래가 갑자기 그리워"진다. 그렇게 과거와 미래의 접점에서 이런저런 생각을 하던 시인의 눈에 빨간불 켜진 건널목을 뛰어 건넌 아이와 아이에게 주먹을 흔드는 흑인 엄마가 들어온다. "반은 화내고 반은 웃는" 그 엄마의 얼굴이 매우 낯익은 얼굴이다. 미래에도 이어질 모성의 표정이다. "절름을 잊고" 보았던 바로 그 사랑의 얼굴이다. 이질풀처럼 눈에 잘 띄지는 않지만 지상 어딘가 분명히 존재하며 생명의 기운을 펼치고 생의 환희를 품어내는 살아 있는 존재들의 움직임이다. 시인은 그 표정에서 생의 환희가 시간을 초월하여 이어지리라는 예감을 얻는다. 생명의 표정은 그렇게 오묘하고 다층적인 것이다.

> 오늘 보니 허리께에 띄엄띄엄
> 새 솔잎 몇씩 틔우고 있었어.
> 죽음을 통째로 머리와 어깨에 인 채
> 허리와 넓적다리에 초라한 잎 여남은 내밀다니!
> 개중엔 계속 떨어져 내리는 죽은 머리칼을
> 뒤집어쓰고 벌써 숨 막혀 죽은 잎도
> 넝쿨 잎들이 위를 덮어
> 조그맣고 노랗게 죽어가는 잎도 있었지
>
> 이렇게도 모질게 살아야 하나?
> 안쓰러움이 앞을 가려 그만 지나치려는데
> 잎 틔울 염도 못 내는 그늘진 뒷등 슬쩍 보여주며
> 나무가 조그맣고 낮은 소리로 속삭였어.
> '살고 싶어 그런 거 아냐.
> 병들어 누운 몸, 살던 곳 빼끔 내다보기지.'

「살고 싶어 그런 거 아냐」 부분

이 시는 폭우로 쓰러진 산책로의 소나무를 인부들이 다시 일으켜 세워 뿌리를 북돋고 생흙을 덮어준 다음의 일을 적은 것이다. 겨우내 잎이 마르고 초봄에는 넝쿨 식물만 감아 오르던 그 소나무에 솔잎이 몇 개 새싹을 틔우는 것을 목격했다. 상부는 거의 말라 죽었는데 "허리와 넓적다리에 초라한 잎"을 여남은 개 내밀었다. 전체적으로는 시든 잎들이 흩어져내려 죽음의 기운이 완연한데도 살아 있는 일부 줄기에서 잎이 돋아난 것이다. 생물체의 모습으로 보면 참으로 참혹한 장면이다. 시인은 안쓰러운 느낌이 들어 "이렇게도 모질게 살아야 하나?" 하는 생각을 하며 지나치려는데 나무의 조그맣고 낮은 속삭임이 들렸다는 것이다. 시인의 상상을 문답 형식으로 구성한 것이 흥미롭다. 대답인즉슨, 살아보려고 잎을 내민 것이 아니라 살던 곳이 어떻게 되어 있나 궁금해서 잠시 내다본 것뿐이라는 것이다. 그저 호기심으로 그런 것이지 생에 대한 미련이나 집착 때문이 아니라는 뜻이다. 이것은 시인 자신이 생에 대해 집착하지 않음을 자연의 형상을 빌려 표현한 것이다.

그런데 다음 작품은 이 소나무의 다음 단계의 모습, 즉 죽은 형상을 소개하고 있는데, 삶과 죽음의 관계에 대해 새로운 성찰을 보여주면서 앞에서 과제로 제시한 '죽음 다음에 몸의 맛은 어떻게 되는가'라는 문제에 대해 시인 자신의 독특한 사유를 드러내고 있어서 깊이 음미할 필요가 있다.

지난해 늦장마에 쓰러졌다가 일으켜 세워져
죽은 채 가을 겨울 보내고
봄이 오자 몸살처럼 되살아나
허리 언저리로 쉬지 않고 새잎 내보내던 소나무
이번 큰물에 또 쓰러졌다.
잔뿌리 모두 배에 올려놓고 누웠군!
하며 보니 그 나무였다.
이번에 누가 일으켜 세우려 들지도 않는구나.

엉덩방아 찧으려는 몸짓마저 못 해보고
쿵! 뿌리째 내동댕이쳐졌을 때
봄부터 조심히 새로 엮어오던 삶 일순 공백이 되었을 때
나무의 느낌이 어땠을까?
몰려드는 잠 밀치며 하나하나 새로 연결하던 뿌리의 실핏줄
햇빛 속에 첫 이파리 뾰족이 내밀던 순간의 떨림,
기어오르는 넝쿨 식물들이 새잎 덮어버리거나
위에서 죽은 잎들 쏟아져 내려와 숨통 막으면
다시 조심조심 옆 피부를 찢고 새 이파리 내밀던 마음 조임……

그만 가시라고 실뿌리들이
가볍게 바람에 몸을 흔들었다.

뿌리 뽑혀도 남는 생각이여
나무에게도 추억이 있다고 생각 못 했던 생각이여
나무의 새 삶이 그냥 지워졌다고 생각진 말자.
상처에 새살 돋을 때
상처에 아린 살들 촘촘히 짚어가며 하나씩 꿰매다 확 터지곤 하던
저 아픔의 환한 맛,
이 지구에 생명이, 생명이 묻어 있는 한
지워지겠는가?

「아픔의 맛」 전문

이제 그 소나무가 살던 곳 빼꼼 내다보는 일도 멈추고 완전히 숨이 끊어졌다. "시간의 바퀴가" "우리 몸을 통째로 뭉개" 버리는 그 순간이 오고야 만 것이다. 그 순간 나무의 느낌이 어떠했을까? 우리에게 그런 시간이 찾아온다면 어떤 느낌을 갖게 될까? 그 누구도 이것은 알 수가 없으리라. 시인은 재생의 새순이 돋아나던 그 시간을 떠올리며 이파리를 뾰족이 내밀던 순간의 떨림이라든가 "옆 피부를 찢고 새 이파리 내밀던 마음 조임"

등을 생각한다. 아무리 생각해야 지나간 시간의 주관적 회상일 뿐이다.

시인은 여기서 시상을 전환하여 소나무의 뿌리가 뽑혀도 남는 그 무엇이 있다고 명상한다. 나무에게도 추억이 있고 나무의 새로운 삶이 그냥 지워진 것은 아니라는 느낌을 갖는 것이다. 마른 피부에 상처를 딛고 다시 생살이 돋아날 때 느꼈던 "아픔의 환한 맛"은 결코 사라지지 않을 것이라는 생각이다. 생명이 끝나는 지점을 지나도 아픔의 맛, 몸의 맛은 생명의 어느 틈에 스며들어 지워지지 않으리라는 생각, 영원에 대한 명상이다.

「영원은 어디?」는 그 주제를 다룬 작품이다. 늘 걷는 산책로에서 작은 새의 주검을 보았다. 그 새가 더 추운 곳으로 이동해 갔는지 아니면 따뜻한 곳으로 가서 유채꽃밭 사이를 고개 까닥이며 걷고 있을지 알 수 없다는 상상을 했다. 삶과 죽음이 어떻게 연결되는 것인지는 알 수 없지만, 생각하는 존재인 인간은 삶의 공간에 놓인 죽음의 형상을 통해 영원을 명상해 볼 능력은 있다. 영원이란 무엇인가? 어디에도 기척이 없는 이것이 영원일지 모르고, "지난날의 내가 앞날의 나에게 손을 내밀 때/손끝과 손끝이 닿으려는 찰나/둘의 위치가 확 바뀌기도 하는" 돌연한 전환이 영원의 모습일지 모른다. 그렇다면 영원은 과거나 미래 어느 한 쪽에 고정되어 있는 것이 아니고, "영원 쪽에서 보는 지금 여기도 영원"이라는 생각에 도달한다. 그러나 저 세상에서 이 세상으로 교신이 전해진 일은 없다. 이승과 저승은 단절되어 있는 것이다. 시인은 생각을 바꾸어 "영원이란 가까이 두고 아껴 온 것을/생각이 가닿는 곳보다 더 멀리 보내는 일인가?"라는 현실적인 사고를 한다. 이 생각은 단절을 전제로 하는 슬픈 생각이다. 인간은 영원을 명상하고 꿈꾸지만 영원은 어디에도 존재하지 않는다는 사실을 암시하는 것이다.

영원이 존재하지 않는 세상에서 인간이 어떻게 살아야 하는가? 그것에 대한 답을 모색한 작품이 「사는 기쁨」이다. 현실의 가혹함을 체험하고 있지만 여기서 벗어나 영원한 신선의 길로 갈 것인가? 아니면 기름 냄새 나는 현실 세계에 머물 것인가? 사람들은 이 기로에 서 있다. 가혹한 삶의 소용돌이가 몰아치는 때가 있지만 그 시간이 지나면 아이들의 천진한 웃음이 떠오르기도 하는 것이 우리가 사는 세상이다. 생의 환란에 마주치지만 그것도 언젠가는 사라지는 것이 우리가 사는 세상이다. 시인은 "벗어나려다 벗어나려다 못 벗어난/벌레 문 자국같이 조그맣고 가려운 이 사는 기쁨"을 누릴 수밖에 없다고 조심스럽게 말한다. 그는 평정과 관조의 초월세계 대신에 갑남을녀가 부대껴 사는 세속의 공간을 택한 것이다. 희로애락의 삶 속에서 우리는 잠시 황홀을 만나기도 하고, 황홀이 사라진 적막의 시간에 또 다른 황홀이 다시 찾아오기를 기다리며 산다. 그것이 '사는 기쁨'이 아니겠는가? 육신의 기력이 조금씩 쇠퇴해 가도 거기에 맞는 사는 기쁨, 삶의 맛은 그것대로 존재하는 법이다.

4. 생명의 환희와 전율

『사는 기쁨』 이후 발표한 작품들이 생명의 문제를 어떻게 다루고 있는가가 나의 관심사이고, 그것에 따라 황동규 시의 새로운 방향이 결정될 것이라는 것이 내 주관적 판단이다. 『시인수첩』(2013. 여름호)의 신작 특집 중 「간월암 가는 길」은 새로운 상상의 세계를 불교적 선담의 어법으로 드러내고 있어서 인상적이다. 시인과 어느 무명승의 대화로 엮어진 이 작품은 그의 다른 시와는 구별되는 새로운 세계를 열어 보이고 있는데 고전적 화법 속에 몽상의 즐거움을 맛보게 한다. "산은 없어도 산신각 있는 간월,/한번쯤 들어가 두리번댈 만하이."로 끝나는 마지막 시행은 운율적 낭독의 감흥을 안겨 준다.

특집 작품 중 그의 이전 작업과 연속성을 지닌 작품은 「천남성 열매」다. 자연 사물을 통해 시인의 내면을 드러내고 있기 때문이다.

아파트 채 벗어나지 못한 낙엽들 가슴이 찢겨져
쓰레기 적치장 앞에 쌓이고
엉겨 덩어리 된 생각들 마음 천장에 거꾸로 매달려
석류처럼 가슴이 찢겨지는 계절,
얼음칼로 맨살 얇게 저미듯
아프고 아름다운 모차르트 피아노 협주곡을
두텁게 무겁게 연주하는 러시아 피아니스트 레프 오보린에
귀 기울이다
베란다에 나가 아직 남은 가을 햇볕에 생각들을 살살 달랬다.
어디엔가 매달려 있다는 것만도 다행이지,
그렇고 말고
두텁고 무거운 연주가 속이 허한 자들에겐 축복이 아닐까,
암 그렇고 말고
나도 잘 모를 말을 중얼거렸다.
중얼거림을 멈췄다. 눈앞에서
껍질 벗어던진 맨몸 석류 같은 천남성 열매
붉은 알 하나하나 쵀면 걸듯 빛나고 있었다.
생각들아 가을이 깊으면
겉도 속이 된다.

「천남성 열매」 전문

낙엽이 바람에 찢기듯 가을은 우리 마음을 쓰라리게 한다. 마치 석류가
자신의 가슴을 찢고 붉은 속살을 보여주듯 엉긴 생각들이 마음 천장에 거
꾸로 매달려 있는 것 같다. 그렇게 마음이 허전하고 쓰라린 어느 가을날
모차르트 피아노 협주곡을 들으니 마음이 조금 가라앉는다. 러시아 피아
니스트 레프 오보린은 모차르트의 '아프고 섬세한' 곡을 '두텁고 무겁게'
연주하여 찢긴 가슴을 달래는 역할을 해 준다. 이럴 때는 음악도 하나의
축복이 된다고 생각하며 앞을 보자 천남성 열매가 눈에 들어온다. 천남성
은 석류 같은 껍질도 없이 붉은 색 열매의 맨살을 그냥 내보이고 있다. 강

렬하고 자극적인 붉은 빛이다. 어떻게 겉껍질도 없이 이렇게 속살을 그냥 내보일 수 있는가? 시인은 이것도 레프 오보린의 연주처럼 하나의 위안이 된다고 생각한다. 생각이 깊어지면 껍질이 찢겨 속을 드러내는 것이 아니라 저 천남성 열매처럼 겉이 그대로 속 열매가 되는 변화가 일어난다. 이것이 자연의 교신이 주는 위안이다.

「외등 불빛 속 석류나무」(『유심』, 2014. 3)에도 "둥치 험하게 찢긴 헐벗은 석류나무"가 등장한다. 눈이 내릴 듯 내리지 않은 채 어둠이 깔리고 마당의 외등 불빛 속에 안쓰러운 석류나무의 모습이 들어온다. 시인은 누차 그래 왔던 것처럼 나무에 대한 연민을 표현하며 생명체로서의 동류의식을 표현한다. "그의 잔기침 참는 부정맥이 느껴진다"고 했다. 연민의 동정 때문인지 잠이 오지 않고 술맛도 나지 않는다. "그러나 혼자 깨어 있지는 않는 밤"이라고 시인은 단언한다. 가파르게 뒤틀린 헐벗은 석류나무와 생명의 이웃이 되어 한겨울 밤을 보낸다는 생각 때문이다. 그의 생명의식은 이처럼 꾸준히 이어지고 있다.

「오체투지」(『발견』, 2014. 봄호)에서는 여러 가지 꽃들이 연이어 피어 있는 담장의 아름다운 경관과 "몸보다 큰 소용돌이"를 짊어지고 골목길을 힘들게 기어가는 달팽이의 모습을 병치하여 모든 생명들이 "피고 열고 기고 있는" 역동적인 생의 현장을 보여주었다. 같은 지면에 실린 「부르르 떨다」에도 텅 빈 고요의 공간에서 인식하는 생명의 실존의식, 생의 환희에 대한 각성이 뚜렷이 투영되어 있다.

> 밤새 눈이 내렸다.
> 언덕 오르던 산책길이 능선으로 풀리는 곳에
> 봄 여름 가을, 잠깐씩 걸터앉아 오가는 사람 바라보던
> 모르는 새 나와 거리 좁히던 다람쥐도 만나고
> 점차 눈치 덜 보는 새와 눈 맞추던
> 톱에 잘려 위가 비워진

(그때 뿌리의 신경 얼마나 저렸을까)
나무그루터기 의자
오늘은 햇빛 눈부신 하얀 보를 위에 깔고
새 발자국 몇, 갈색 깃 둘을 올렸다.
신선하고 예쁘다.

어느 누구 새가 깃을 빼놓고 갔지?
혹시 최근에 나와 눈 맞추던 새,
반사되는 햇빛에 눈이 부셔 몸 부르르 떨다가?
뺀 논 깃만큼은 더 떨었겠지.
탁! 지빠귄가 갈색 새 하나 덤불 박차고 뛰어 오른다.
눈앞에 눈가루 막霧 확 펼쳐지며
놀란 무지개들이 너울너울 춤을 춘다.
누군가 몸을 부르르 떤다.

「부르르 떨다」 전문

산책길에 늘 보고 애용하던 나무 그루터기 의자가 있다. 나무의 윗부분이 잘려 밑동만 남은 의자다. 시인은 위가 잘린 그 모습을 보고 톱으로 잘리던 "그때 뿌리의 신경 얼마나 저렸을까"라고 생각한다. 생명에 대한 연민, 동질적 생명의식의 표현이다. 시인은 그 나무 의자에 앉아 사람도 바라보고 다람쥐도 만나고 새와 눈을 맞추기도 했다. 오늘은 그 의자 위에 눈이 쌓여 새 발자국이 몇 개 남고 갈색 깃털도 올라와 있다. 시인은 그 미세한 생명의 기미를 보며 새의 형상과 거동을 상상한다. 생명 있는 것은 무엇이든 관심의 영역으로 끌어안으려는 자세다. 사랑의 정겨운 눈길이다. 햇빛에 눈이 부셔 몸을 부르르 떨다가 깃을 떨어트린 것이라면 깃 떨어진 것만큼 맨몸이 드러나 더 떨었을 것이라는 생각까지 한다. 자애롭고 따스한 사랑의 상상이다.

그 순간 갈색 새 하나 덤불을 박차고 뛰어 오른다. 자신이 새에 대한 생각을 하니 그 새도 마음의 파문을 일으킨 것일까? 새와 사람 사이에 오가는 마음의 교신일까? 시인은 전혀 언급하지 않았지만 시를 읽는 독자들은 충분히 그러한 연상을 할 수 있다. 그것은 생명의 파동이며 생의 전율이다. 새가 날아오르며 흩친 눈가루가 햇빛에 반사되어 무지개의 아름다운 윤무를 펼친다. 생명의 교신, 생의 전율에 호응하는 자연의 은총이고 우리가 받들 자연의 예물이다.

그다음에 나오는 "누군가 몸을 부르르 떤다"는 시행은 자연의 은총과 예물에 대한 미묘한 반응을 표현한 것이다. 왜 몸을 떤 것일까? 누가 몸을 떤 것일까? 추워서 떤 것이 아니라 생의 환희와 전율 때문에 떤 것이고, 한정된 대상이 떤 것이 아니라 그 장면에 동참한 모든 존재가 떤 것이다. 이름 붙일 수 없는 모든 존재의 떨림! 생의 환희에 의한 전율은 이렇게 전파된다. '겉이 그대로 속이 되는' 천남성 열매의 위안, "살아 있는 것들 하나같이 열심히 피고 열리고 기고 있는" 생명의 오체투지, "누군가 몸을 부르르" 떠는 생명의 환희와 전율. 이것이 시인이 갈 길임을 시인은 몇 편의 시로 우리 앞에 분명히 내보였다. 이런 시들로 묶인 그의 다음 시집은 우리에게 더 깊고 넓은 경이의 체험을 안겨줄 것이다. 그 기다림의 시간 속에 '사는 기쁨'이 '몸의 맛'으로 충실히 스며들기를 바랄 뿐이다.

환멸의 습지에 핀 번외의 꽃

- 정진규의 『모르는 귀』

1. 젖과 연꽃의 형상

정진규 시인은 새 시집 『모르는 귀』(세상의모든시집, 2017. 8)의 자서에서 시를 '번외番外의 꽃'이라고 했다. 이 자서는 시집에 수록된 그의 시 「연못」의 연장선상에 있고, 「연못」은 그의 시 「범종」을 인용하고 있다. 두 차례 인용하고 있는 「범종」은 한국 범종의 독특한 양식인 '유곽乳廓'과 '유두乳頭'를 모티프로 한 작품이다. '유곽'은 범종을 매달고 있는 용뉴 아래 종의 상단부에 장식되어 있는 네 개의 사각형 틀을 말한다. 유곽 안에는 9개의 '유두'가 장식되어 있다. 한국의 범종은 유곽과 유두의 독특한 배치로 일본이나 중국과 다른 단정하면서도 우아한 형식미를 지닌다. 유곽이 네 개의 틀로 구성되고 유두가 9개의 문양으로 구성된 것, 둘 다 '젖'의 의미를 지니게 된 데에는 그만한 이유와 내력이 있을 것이다. 정확한 사실을 알 수 없기 때문에 그 모호함이 오히려 상상력을 자극한다. 젖의 형상이 설정된 이유는 무엇일까? 시인은 젖의 의미에 관심을 갖고 시적인 상상력을 펼쳐냈다.

아기 공양 설화가 결합되어 에밀레종이라는 이름으로 전해지는 국보 29호 성덕대왕신종은 그 울림소리가 참으로 미묘하여 슬픔의 여운 같은 것을 아련하게 느끼게 한다. 그래서 시인은 범종의 유곽과 유두를 아기를 달래고 먹이는 모성의 형상으로 상상했다. 어머니가 우는 아이에게 젖을 물리듯 종의 유두가 세상의 슬픔과 아픔에게 젖을 물려 달래주는 장면을 상상해 본 것이다. 그런데 독특한 것은 종에서 슬픔의 소리가 울려나오기 때문에 종이 배고파 우는 아기이자 그 아기를 달래는 어머니의 역할을 동시에 한다고 상상한 것이다. 이것은 매우 독특한 발상이다. 자신의 슬픔과 배고픔을 달래주기 위해 스스로 젖꼭지를 물려 자신을 달래는 형상으로 상상한 것이다. 자신의 슬픔과 아픔을 달래기 위해 젖의 형상을 만들어 자신의 슬픔을 스스로 달래는, 자신의 상처를 확인하면서 동시에 스스로 상처를 위안하는 상징이 범종의 유곽이라고 상상한 것이다.

이러한 상상은 연꽃이 피는 모습에 연결된다. 성덕대왕신종의 유두는 연꽃무늬로 장식되어 있는데 연꽃은 불교의 중요한 상징물이다. 연꽃은 진흙물에서 솟아나 청정한 꽃잎을 피워낸다. 오염 속에 꽃대를 세우면서도 세속의 오염에 전혀 물들지 않는 청정의 꽃잎을 피우는 것이 연꽃의 특징이다. 그것은 슬픔 속에 솟아나 슬픔을 달래주는 범종의 울림소리와 유사하다. 연꽃은 상처 속에 솟아나 상처를 스스로 달래는 범종의 유두와 같은 속성을 지닌다. 연꽃이 피는 모습도 그러한 속성을 보여준다. 연꽃은 연못의 중심에서 꽃이 피는 것이 아니라 연못 가장자리부터 조심스럽게 봉오리가 벌어진다. 그러한 연꽃의 생리는 자신의 상처를 스스로 드러내고 그것을 다시 달래는 유두의 상징을 연상케 한다. 그래서 범종의 유두에 연꽃무늬를 새긴 것일지도 모른다.

2. 시 창조의 근원, 서글픔

그러면 시가 번외의 꽃이라는 것은 무슨 뜻인가? '번외'라는 말은 계획에 들어 있지 않은 예외적 사례라는 뜻이다. '등외'라는 것은 등수에 들지 못했다는 뜻이지만, '번외'는 순번과는 상관없이 특별한 의미가 있는 예외적인 존재를 칭할 때 사용한다. 시가 번외의 꽃이라는 것은 등수에 들지 못한 미달 상태의 소산이 아니요 정해진 계획에 따라 배치된 결과물도 아니라는 뜻이다. 정해진 프로그램과는 상관없이 자신의 상처를 먼저 드러내고 그렇게 상처를 먼저 보여줌으로써 자신과 남의 상처를 동시에 치유하는 기능을 하는 것이 바로 시라는 뜻이다. 그런 의미에서 연꽃과 유곽과 시는 등질적이다. 시는 자신의 속 상처를 먼저 터뜨려 자신과 남을 달래주는 연꽃과 같은 존재이며 세상의 아픔과 슬픔을 달래기 위해 스스로 젖꼭지를 내밀어 자신과 남을 달래주는 범종과 같은 존재다. 그래서 시인은 "시는 서로가 서로를 섬겨야 응답하는 존재의 세계"(「시인의 말—번외의 꽃」)라고 말했다.

자신의 상처를 먼저 드러내고 상처를 드러낸 존재끼리 서로 섬기고 응답하며 상처의 아픔에 젖을 물리고 아픔을 달래준다는 사실은 상상만으로도 아름답다. 우리의 범종이 그런 역할을 하고 연꽃이 그런 상징을 지니고 시가 그런 손길을 갖는다는 것은 인간이 상상할 수 있는 가장 아름다운 장면이다. 그 아름다움의 위안은 자연에서도 오고 사람에게서도 오고 시에서도 온다. 시에서 그러한 슬픔의 공조와 위안을 얻을 때 그 감격은 어마어마하게 클 것이다. 팔순을 앞둔 시인은 그런 감동을 다음과 같이 표현했다.

— 환멸의 습지에서 가끔 헤어나게 되면은 남다른 햇볕과 푸름이 자라나고 있으므로 서글펐다 — (김종삼 「평범한 이야기」, 『신동아』1977. 2. 이숭원 발굴)

이렇게 기인 머리 인용문을 달고 있는 것을 내 시에서 본 적이 있는가 "서글펐다"가 사무치게 좋았기 때문이다 환멸의 습지가 내 시의 자양으로 늘 거기 있었으므로 그걸 헤어나는 게 내 시였으므로 사랑을 해도 늘 그와 같았으므로 그게 늘 햇볕 공터와의 만남이었으므로 왈칵 쏟아지는 눈물이었으므로 번외番外로 오는 남다른 것이었으므로 푸르다기보다는 늘 초록으로 거기 깔려 있던 것이었으므로 그날 이후 꾸역꾸역 몰려오는 충만이었으므로 "서글펐다"가 사무치게 차올랐기 때문이다 황홀과 서글픔은 한 몸이다 눈물이 났다 너와 나만의 보석이었다 "가시내야 가시내야 무슨 슬픈 일 좀, 일 좀 있어야겠다"* 미당은 그걸 벌써 아득히 매만지고 있었다 겨우 더듬거려 말하고 아련히 떠나는 그의 뒷등에 부는 가을바람이었다 아득한 배고픔이 나를 먹여 살렸다

 * 미당 「봄」

「서글펐다」 전문

이 작품은 김종삼의 시 「평범한 이야기」를 새롭게 읽고 얻은 시인의 감동을 고백의 어법으로 표현한 것이다. 김종삼의 이 시는 『한국전후문제시집』(1961)에 수록되었던 「이 짧은 이야기」를 수정하여 『신동아』(1977. 2)에 재발표한 것이다. 이 시구에 대해 나는 다음과 같은 해설을 붙인 바 있다.

> 생은 "환멸의 습지"인데 어쩌다 거기서 벗어나서 "남다른 햇볕과 푸름"을 대하게 되면 오히려 "서글펐다"고 했다. 환멸과 고통이 친숙하고 희망과 평화는 오히려 낯설고 서글프게 느껴진다는 뜻이다. 인간은 세계와 끝내 화합할 수 없는 것이다. (…) 이러한 인식을 담은 시를 「이 짧은 이야기」라고 했다가 나중에는 「평범한 이야기」라고 했다. 인간의 고통과 불행은 지극히 평범한 실존의 조건이라는 뜻이다.
>
> (『김종삼의 시를 찾아서』, 태학사, 2015, 140쪽.)

정진규 시인은 "환멸의 습지에서 가끔 헤어나게 되면은"이라는 구절에 주목했다. 환멸의 습지에서 벗어나 밝은 햇살과 푸름을 보았는데 왜 김종삼은 서글펐다고 썼을까? '환멸의 습지'는 생존의 기본 환경이고 '햇볕과

푸름'은 잠깐 접한 긍정적 장면이기 때문이다. 김종삼에게는 '환멸의 습지'가 친숙하고 '햇볕과 푸름'은 오히려 낯설고 서글프게 느껴진 것이다. 생의 부정적 측면만 보고 살아간다면 불치의 환자처럼 포기의 상태로 지낼 수 있다. 그러나 생의 긍정적 측면을 잠깐이라도 보면 부질없는 희망이 생기고 세상에 대한 욕심이 생길 수 있다. '햇볕과 푸름'을 아예 보지 않았다면 '환멸의 습지'를 숙명으로 받아들이고 생존해 갔을 터인데, "남다른 햇볕과 푸름이 자라고" 있는 것을 보았으니 '환멸의 습지'에 대한 부정적 의식이 강화된다. 여기서 인간의 절망과 생의 비극이 탄생한다. 그것을 김종삼은 "서글펐다"고 표현한 것이다. 인간은 끝내 세상과 화합할 수 없다는 것. 인간은 환멸의 습지를 벗어날 수 없다는 것. 그래서 잠시 목격한 밝음과 푸름은 오히려 서글픔을 일으킨다는 것. 이것이 이 시에 담긴 인식의 내용이다.

정진규 시인이 김종삼에게 공감한 것은 인간의 슬픔과 아픔에 대한 실존적 인식 때문이다. "서글펐다"가 사무치게 좋았다고 그는 고백했다. 서글픔, 환멸의 습지, 왈칵 쏟아지는 눈물, 아득한 배고픔이 시 창조의 근원이고 동력이다. 음주와 담소를 정력적으로 즐기던 50대의 인사동 시절, 서럽게 무너지는 게 있어야 시가 된다고 그는 늘 강조하였다. 서글픔, 아픔, 환멸의 습지가 시의 동력이 되고 자양이 된다. 남다른 서글픔을 인지하여 그 서글픔을 스스로 드러내 고백할 때, 그리고 그 고백을 통해 자신의 슬픔을 달랠 수 있을 때 시가 탄생한다. 시는 환멸의 습지에서 탄생하는 번외의 꽃이고 슬픔의 수렁에서 피어나는 유곽의 연꽃이다.

서글픔 속에 시가 탄생하기 때문에 "황홀과 서글픔은 한 몸"이라고 했다. 서글픔에서 창조된 시가 종국에는 자신과 남을 위로하므로 그것이 황홀한 보석인 것이다. 20대의 서정주가 「봄」이라는 시에서 느닷없이 "가시내야 무슨 슬픈 일 좀 있어야겠다"라고 외친 것은 시의 본질을 본능적으로 터득한 천재 시인의 발성이었다. 정진규 시인은 70대 후반에 그것에 공감하며 "미당은 그걸 벌써 아득히 매만지고 있었다"라고 고백했다. "아득한 배고픔이 나를 먹여 살렸다"라는 구절은 스스로 젖을 물려 제 배고픔을 달래주는 유곽의 이미지와 통한다. 아득한 배고픔이 포만의 충족으로 전환되는 역설의 신화가 탄생하는 것이다. 서글픔 속에 시가 탄생한다는 점에서 "황홀과 서글픔은 한 몸"이라고 했다. 황홀과 서글픔을 한 몸으로 밀고 나가는 독특한 사유의 공간에 정진규의 시가 놓여 있다.

3. '성중천性中天'의 의미

이러한 시적 탐구는 우리 시에서 매우 드문 사례에 속한다. 이것은 시의 원본성에 대한 고전적 탐구의 자세와 관련된다. 그의 시에 한자어가 많은 것도 우연이 아니다. 고전적 탐구라는 말은 근원적 탐구와 통한다. 그는 전통과 역사의 흐름 속에서 시의 근원을 탐구해 간다. 그는 본질과 근원에 시선을 집중하고 거기서 정신의 요체를 얻어내려 한다. 그런 점에서 추사秋史가 사용하고 경산絅山이 인용한 성중천性中天의 의미를 제대로 파악할 필요가 있다.

> 한밤에 혼자서 날아가는 맨 꽁무니 허공 묻은 외기러기 냄새, 별들 건드리고 지나와 별 냄새도 묻어난다 반짝거리는 냄새다 최승자 시인이 점성술에 빠져서 다녀왔다는 특히 그 별의 냄새가 묻어난다 내게는 이런 일들이 매우 큰 사건이 되었다 성중천性中天이다` 외기러기가 외기러기다워지고 별들이 별들다워지는 냄새의, 문향聞香의 시간이다 귀가 열리는 시간이다 내 우주 사업이 첫 로켓 발사를 끝낸 시간이다 한생 내 안에서 실은 이리 일어서고 저리 지워지는 개업과 파업의 우주 사업은 여러 유형으로 출몰하여 왔다 아직도 끝나지 않았다 성중천 맨 꽁무니 외기러기 한 마리 네가 오늘은 바짝 내 곁에 다가와 날고 있다 앞가슴 속털이 날린다 내 온몸이 쓸 만해지고 있다
> *성중천性中天: (우연사출성중천偶然寫出性中天/추사秋史 불이란不二蘭 제발題跋)
>
> 「외기러기 한 마리」 전문

이 시는 한밤에 혼자서 날아가는 외기러기를 시상 전개의 축으로 삼아 시가 생성되는 마음의 기틀을 탐구하고 있는 작품이다. 한밤에 혼자 날아가는 외기러기는 시인의 독자적인 고립의 탐구를 상징하는 표상이다. 외기러기가 풍기는 냄새에는 허공의 기미도 포함되어 있고 별의 냄새도 묻어 있다. 그 냄새를 통해 외기러기건 별들이건 사물의 본성이 더욱 뚜렷이 드러난다. 이것을 문향闘香이라고 한다. 향기를 맡는다는 뜻을 듣는다는 말로 예부터 표현해 온 것이다. 사물의 본성을 파악하려는 노력은 시인의 청춘 시절부터 전력을 기울여 지속해 온 장기 프로젝트다. "이리 일어서고 저리 지워지는 개업과 파업의 우주 사업"은 평생 지속되어 왔다. 어느 때는 성공을 거두어 별의 향기를 맡기도 했고 어떤 때는 뜻을 이루지 못하여 외기러기의 슬픈 울음소리를 내기도 했다. 오늘은 외기러기가 자못 별의 반짝거리는 냄새를 풍기며 내 곁에 바짝 다가와 앞가슴 속털을 지긋이 보여준다. 신비로운 감촉의 순간이다. '성중천'이 모습을 드러내는 순간이다. 희귀한 순간이다. '성중천'이란 무엇인가? 그것은 추사 김정희가 그린 난초 그림의 제발題跋에 나오는 글귀다.

추사 김정희의 삶은 50대 중반 이후 고초로 이어졌다. 55세 때 아버지의 10년 전 옥사에 연루되어 제주도에서 8년간 위리안치의 유배형을 겪었다. 유배에서 풀려나 3년 지났을 때 친구의 옥사에 다시 연루되어 함경도 북청에서 다시 1년간 유배 생활을 했다. 유배에서 풀려난 후에는 경기도 과천에서 향리의 노인으로 살다가 71세에 세상을 떠났다. 추사의 「불이선란도」는 북청 유배에서 풀려나 과천에서 살던 70세 전후의 작품으로 추정하고 있다. 추사는 화폭 하단 오른쪽에 난초를 그린 후 여러 개의 제발을 썼는데 그중 화폭 왼쪽에 가장 크게 써 놓은 글이 가장 널리 알려져 있는 다음 절구다.

不作蘭花二十年
偶然寫出性中天
閉門覓覓尋尋處
此是維摩不二禪

난을 그리지 않은 지 20년,
우연한 기회에 '성중천'이 그대로 드러났다.
문 닫고 찾고 찾아 마침내 이른 곳
이것이 곧 유마의 '불이선'이다

20년이라는 세월을 호명한 것은 자신의 고초의 기간을 나타낸 것이다. 제주도와 함경도의 유배 기간을 합하면 10년이요 과천에 퇴락한 선비로 은거한 기간이 5년이니 대체로 20년이 된다. 그동안 마음을 돌아볼 관조와 평정의 시간이 없었으니 난 그림을 그릴 수 없었다. 그런데 우연한 기회에 갑자기 난의 모습이 떠올라 그림을 그렸는데 '성중천'이 그대로 드러났다는 것이다. '성중천'이란 무엇인가? 한자어 '사출寫出'은 복사하듯이 그대로 베껴냈다는 뜻이다. 우연히 그려진 난초의 그림이 하늘 아래 타고난 난초의 본성을 그대로 베껴냈다는 뜻이다. 그런데 난초의 본성이라고 하는 것은 난초라는 사물을 뜻하는 것이 아니라 사실은 그것을 그린 추사의 마음의 바탕을 의미한 것이다. 난초를 그리되 난초를 통해 자신의 마음의 바탕을 베껴낸 것이다. 바로 그 마음의 바탕이 드러난 경지를 추사는 유마의 불이선이라 칭했다.

유마의 불이선이란 무엇인가? 부처와 중생이 구분되지 않고 성과 속이 구분되지 않는 평등한 깨달음의 경지를 의미한다. 유마는 고타마 부처 당대 최고의 선지식이요 불교 수행자였다. 고타마 부처의 제일가는 제자들도 유마에게 법문으로 망신당할까 겁을 내서 대면하기를 꺼렸던 인물이다. 당대 최고의 선지식이었던 유마는 세속의 거리에서 서민들과 함께 생활하면서도 청정함을 잃지 않았다. 이러한 몸가짐을 당시 노장사상의 용어로 표현하여 화광동진和光同塵이라고 한다. 광채를 온화하게 누그러뜨리고 먼지와 하나가 되었다는 뜻이다. 최고 선지식이라는 먹물 티를 안 내고 중생과 하나가 되었다는 뜻이다. 추사는 자신이 그린 난에 투영된 마음의 바탕이 유마의 그러한 불이선에 해당한다고 감히 말했다. 마음으로는 높은 경지를 추구하면서도 몸은 서민과 하나가 된 소박함을 나타냈다는 뜻이다. 스스로 상처를 드러내 상처 입은 존재와 하나가 되는 연꽃이나 유곽의 형상과 통하는 내용이다.

그런데 추사가 특이한 것은 이러한 마음의 바탕이 드러난 것이 우연히 이루어졌다고 해 놓고 그 다음에 "閉門覓覓尋尋處"를 배치한 점이다. 이 구절에는 찾는다는 뜻의 말이 네 번이나 반복적으로 사용되었다. "문을 걸어 잠그고 찾고 찾고 또 찾아 마침내 이른 곳"이라는 의미가 이 구절의 뜻이다. 그러니까 위에서 난을 그리지 않았다고 말한 20년은 사실 환멸의 현실과 단절된 상태에서 보낸 침묵의 20년을 의미한 것이다. 지리멸렬한 세속과 절연한 상태에서 진정한 마음의 바탕을 찾아 계속 탐구한 결과 비로소 자신의 속마음을 그대로 드러낼 수 있는 자리에 이른 것이다. 그 오묘한 자리를 추사는 유마의 불이선의 상태라고 비유하고 그것을 그림으로 표현한 것이다.

정진규 시인은 추사의 성중천을 이야기하며 "성중천 맨 꽁무니 외기러기 한 마리 네가 오늘은 바짝 내 곁에 다가와 날고 있다 앞가슴 속털이 날린다"라고 적었다. 이것은 마음의 바탕에 접근할 수 있는 가능성을 제시한 진귀한 장면이다. 사물의 본질, 세계의 본질, 마음의 바탕에 근접할 수 있는 희귀한 계기에 조우한 것이다. 유마의 불이선의 경지에 근접할 수 있는 길이 열린 것이다. 근접한 앞가슴 속털이 감각의 전율을 시인에게 타전하고 있다. 그러한 전언을 받은 시인이 "내 온몸이 쓸 만해지고 있다"고 말한 것은 당연한 일이다. 그는 추사처럼 마음의 바탕을 그대로 드러낼 수 있는 기회를 얻은 것이다. '마음의 모옥'(「돌담에 소색이는 햇발같이」) 댓돌 위에 신발을 벗어놓을 수 있는 자격을 얻은 것이다.

4. 창조의 순간

이러한 창조의 순간은 환멸의 습지에서 서글픔을 느낄 때 다가온다. 황홀과 서글픔이 한 몸이 될 때 탄생한다. 아득한 배고픔이 자신을 먹여 살릴 때 이루어진다. 그의 창조의 순간은 다음과 같은 맥락으로 무한히 증폭된다. 그것은 닫힌 그늘인 음예陰翳가 열린 개방의 현관玄關으로 무한히 증폭되어 가는 기적을 실현한다.

천만에, 아내는 날더러 걷지를 않는다고 성화지만 그렇다면 저 지팡이들이 왜 저리 쌓여 있겠는가 그만큼 원거리를 드나드는 사람이 없다고 지팡이들은 말한다 내 지팡이들은 경계를 안다 경계와 경계의 거리가 있다 지팡이는 복고復古의 냄새가 나지만 내 지팡이는 복고復古가 아니다. 내 가장 큰 두 개의 현관玄關을 저 지팡이들이 지키고 있다 지팡이 항아리가 내 첫 번째 현관玄關을 지키고 있다 나의 석가헌 이별 길은 언제나 귀환 길로 되어 있음이 돌아오고 있음이 문제이긴 하지만, 그래서 혁명이 없지만, 원점은 혁명 귀환이 아니지만, 오늘도 표천공 할아버지 산소로 해서 보체 연지蓮池로 해서 봉구재 들녘으로 해서 나의 느티나무 현관玄關으로 그 음예陰翳로 씩씩하게 돌아왔지만 혁명이 보이지 않지만, 두 개의 현관玄關만이 아니라는 걸 다시 알았다 발견이다 그 지팡이들 발바닥을 살피다가 알았다 여러 개의 현관이 묻어 있었다 혁명의 상처가 묻어 있었다 새들의 현관, 구름의 현관, 꽃들의 풀잎 이슬들의 현관, 내 생가生家의 현관, 지렁이들의 현관, 또 한 여자의 현관을 건드리기 시작했구나 입술들의 현관, 원거리였다 나날의 새 현관들 그들 속에 혁명들이 우글거렸다 내 지팡이엔 경계와 경계엔 혁명의 상처들이 물들어 있었다 원점에 당도해 있지만 내 지팡이 잔등엔 진땀이 흐르고 있었다

「내 지팡이는 복고復古가 아니다」 전문

거동이 불편한 시인이지만 그래도 보행과 산책을 거듭하여 운동 신경을 유지해야 한다. 운동을 해야 기력이 유지된다. 산책을 하려면 지팡이를 짚고 현관을 열고 밖으로 나서야 한다. 시인은 자신의 산책로를 그대로 소개했다. 석가헌에서 출발하여 할아버지 산소로 해서 보체 연지로 해서 봉구재 들녘으로 해서 느티나무 현관으로 돌아오는 것이 보행 코스다. 그것은 하나의 현관에서 출발하여 다시 현관으로 돌아오는 순환의 경로다. 자신의 몸을 누이게 되는 처소를 시인은 음예陰翳라고 했다. 어두운 그늘이라는 뜻이지만 이 말은 노자 『도덕경』에 나오는 '현빈玄牝'과 통한다. 어두운 그늘에 생명이 숨 쉬고 그곳에서 생명이 싹튼다. 거기서 생성된 생명은 현관을 통해 밖으로 나간다. 겉으로 보면 자신의 현관에서 출발하여 현관으로 귀환했으니 그것은 단순한 순환 같다. 단순한 순환이라면 거기에 혁명적 변화는 없다.

그러나 시인은 산책의 노정에서 돌아와 자신이 짚었던 지팡이 끝에서 개개 생명이 들고 났던 많은 현관을 발견한다. 지팡이가 거쳐 온 산책로의 곳곳에 여러 생명의 현관들이 즐비하게 놓여 있었던 것이다. 새들의 현관, 구름의 현관, 꽃들과 풀잎 이슬들의 현관, 생가의 현관, 지렁이들의 현관, 또 한 여자의 현관, 입술들의 현관. 무수한 현관을 거쳐 첫 번째 현관에서 느티나무 현관으로 귀환한 것이다. 그 각각의 현관이 생명을 수렴하고 생명을 발산하는 상징의 관문이다. 생명력을 내장하고 있다는 점에서 그 각각의 현관은 혁명의 가능성을 지닌다. 이 혁명의 상징이 있는 한 시인의 창조의 수로는 끊어지지 않는다. 그의 음예는 열린 현관이 되고 환멸의 습지는 황홀한 보석이 된다. 사물의 슬픔과 상처도 능히 달래어 젖을 물릴 수 있다.

이것이 석가헌 은거의 공간에서 이룩한 창조의 상상력이요 신생의 공력이다. 이제 팔질八耋의 전집全集을 앞둔 시인의 성중천性中天이 불이不二의 선란禪蘭으로 피어날 만하다. 그 스스로 "내 지팡이는 복고가 아니다"라고 했으니, 신생의 현관을 열고, "개결의 백비白碑"를 물리치고, "비린내 나는 개칠"(「양철지붕과 빗소리」)을 찾아 지팡이 짚고 나서는 시인의 당당한 모습이 보이는 듯하다. 그의 뒤를 좇을 자격이 있을지 모르지만, 그 탐사의 발끝을 따르고 싶은 마음의 간절함을 귀 열린 세상에 전하고 싶다.

그리움의 파란으로 일렁이는 시간

― 고재종의 『꽃의 권력』

1. 구도자의 표상

고재종의 시에 대해 긍정의 담론을 호기롭게 토로한
지 20년 이상의 세월이 흘렀다. 나는 고재종의 세 번째 시집인 『사람의 등
불』(1992)과 그 이후의 시편들을 주목하였다. 네 번째 시집인 『날랜 사랑』
(1995), 다섯 번째 시집인 『앞강도 야위는 이 그리움』(1997) 등에 실린 다
양한 시편들을 열거하며 생동감 있고 활기 넘치는 「날랜 사랑」의 화법과 묵
중하고 믿음직스러운 「면면함에 대하여」의 기품에 찬사를 보냈다. 그의
시에는 시를 멋있게 써 보겠다는 작위적 기법에 대한 탐닉이 없으며 신기
를 추구하여 대중의 호기심을 끌어 보려는 헛된 욕망이 없다고 말했다. 자
연의 아름다움과 인간의 진실성을 최상의 언어 감도로 형상화해 내려는
시인의 전심 어린 노력이 보일 뿐이라고 언급하고, 우리 주위에 지리멸렬
하고 거짓된 시를 써 사람들 마음을 어지럽히는 시인들이 있다면 고재종
의 시에서 새롭게 배우고 시의 바른 길로 돌아와야 할 것이라고 단언했다.

고재종은 십여 년 전에 낸 일곱 번째 시집 『쪽빛 문장』(2004)의 머리말
에서 시 창작과 생활 양면에 걸쳐 많은 고민을 하며 세계와 우주를 '독학'

하는 처지에 있음을 고백하면서 자신의 고유한 목소리를 내려는 주체 탐색의 과정에 있음을 암시했다. 그로부터 십 년 이상의 시간이 흘러 이제 새로운 시집을 내게 되었다. 그동안 고재종 시인이 어떠한 모색의 도정과 체험의 내력을 거쳤는지 정확히 알지 못하지만 새로 나온 시집 『꽃의 권력』(문학수첩, 2017. 8) 머리에 실린 다음 시 한 편을 통해 그의 행로를 짐작할 수는 있다.

> 나무는 결가부좌를 튼 채 먼 곳을 보지 않는다
> 나무는 지그시 눈을 감고 제 안을 들여다보지 않는다
>
> 메마르고 긴 몸, 고즈넉이 무심한 침묵
> 나무는 햇살 속을 흐른다 바람은 나무를 관통한다
>
> 나무는 나무이다가 계절이다가 고독이다가 우주이다가
> 스스로 아무것도 아닌 나무이기에 나무이다
>
> 제 머리 숲을 화들짝 열어 허공에 새를 쏘아 댄들
> 나무는 거기 그만한 물색의 한 그루 나무로 서 있다
>
> 「구도자」 전문

이 시의 화자는 나무를 바라보고 있다. 화자와 대상이 서로 거리를 두고 있지만 그 관계는 일반적으로 주체가 대상을 관찰하는 양상과는 사뭇 다르다. 이 나무는 단순한 식물로서의 나무가 아니라 사람의 형질이 투영된 나무다. 그렇다고 해서 이 나무가 화자가 추구하는 정신의 어떤 경지를 비유한 것인가 하면 그렇지도 않다. 나무는 나무이되 단순한 나무가 아니라 시인이 사유한 나무다. 다시 말하면 시인이 자신의 눈으로 보고 자신의 마음으로 사유한 객체로서의 나무다. 그 나무는 인간이 아니고 분명히 나무

라는 존재다.

　제목이 구도자로 되어 있어서 '나무는 구도자다'라는 개념 은유에 축을 둔 것이라고 생각할지 모르는데 시인은 그런 고정된 틀을 처음부터 부정해 버렸다. 나무는 우리가 흔히 상상하는 구도자처럼 결가부좌를 하고 먼 곳을 응시하는 일이 없고 눈을 감고 내부를 관조하는 모습도 보이지 않는다. 나무는 그냥 나무로 있을 뿐이다. 메마르고 긴 나무의 모습은 그리 풍요로워 보이지 않는다. 나무가 말을 할 리 없으니 주위에는 침묵이 흐른다. 햇살이 비치고 바람이 분다. 햇살과 바람은 나무 주위에 가장 가까이 머무는 자연 현상이다. 사람의 경우로 말하면 가장 가까운 벗이라고 할 수 있다. 햇살이 나무 주위에 퍼져 있는 것을 시인은 "나무는 햇살 속을 흐른다"고 했고 바람이 나무를 스치는 것을 "바람은 나무를 관통한다"고 했다. 이것은 물론 시인의 상상이다. 문제는 이 상상이 왜 도출되었느냐 하는 점이다.

　사람의 관점에서 볼 때 나무와 햇살과 바람은 분리된 사물이고 현상이다. 그러나 나무의 입장에서는 햇살과 바람이 자신과 분리된 것이 아니다. 나무는 햇살을 흡수하고 바람과 흡입한다. 그러한 수용과 융합의 과정을 통해 나무와 햇살과 바람은 하나가 된다. 나무가 햇살 속을 흐르고 바람이 나무 안으로 흐른다. 이것은 시인의 상상이지만 햇살과 바람이 나무의 일부나 다름없다는 생각을 하면 충분히 수납할 수 있는 상상이다. 햇살과 바람과 나무는 하나가 되어 흔들리고 한 몸으로 흐른다. 사람들은 나무를 보고 계절의 순환을 알고 고독의 표상을 발견하고 우주의 일원임을 알지만 사실 나무는 그냥 나무일 따름이다. 햇살과 바람을 소통하며 스스로 존재하는 나무일 뿐이다. 다른 무엇이 될 수 없는 독립적 존재다.

2. 운명의 초상

나무를 보고 구도자를 연상하는 것은 인간의 주관적 상상이다. 나무는 그저 한 그루 나무로 서서 때가 되면 꽃을 피우고 머리 위로 새를 쏘아 보내기도 하고 다시 때가 되면 나뭇잎을 땅에 떨구기도 하지만 이것은 모두 나무의 실존을 증명하는 생명 현상이다. 나무는 구도자가 아니라 햇살과 바람과 소통하며 계절의 순환에 따라 거기 맞는 모습을 드러내는 독립된 존재다. 요컨대 '구도자'라는 제목의 이 시는 '나무는 구도자가 아니다'라는 명제를 안고 있는 독특한 발상의 작품이다.

이것은 대상에 주관을 섞지 말고 가능한 한 있는 그대로 보자는 논리와 통한다. 이러한 사유가 다음 작품에도 그대로 이어지고 있음을 보면 시인의 오랜 사색 끝에 도달한 숙성의 소산을 짐작할 수 있다.

꽃을 꽃이라고 가만 불러 보면
눈앞에 이는
홍색 자색 연분홍 물결

꽃이 꽃이라서 가만 코에 대 보면
물큰, 향기는 알 수도 없이 해독된다

꽃 속에 번개가 있고
번개는 영영
찰나의 황홀을 각인하는데

꽃 핀 처녀들의 얼굴에서
오만 가지의 꽃들을 읽는 나의 난봉은

벌 나비가 먼저 알고
담 너머 대붕大鵬도 다 아는 일이어서

나는 이미 난 길들의 지도를 버리고
하릴없는 꽃길에서는
꽃의 권력을 따른다

「꽃의 권력」 전문

이 시도 꽃을 무엇에 비유하거나 다른 것의 표상으로 인식하는 태도를 부정하고 있다. 꽃은 꽃일 뿐이지 무엇의 대치물이 아니고 인간적 상관물의 표상이 아니다. 사람이 자신의 권력을 가지듯이 꽃은 자신의 독자적 존재성으로 자신의 권력을 행사한다. 꽃을 그냥 꽃으로 받아들일 때 꽃은 자신의 아름다운 색채의 물결을 순연하게 우리에게 드러내고 자신의 독특한 향기를 자연스럽게 퍼뜨린다. 꽃을 절개의 상징이나 순결의 표상으로 내세우는 것은 꽃의 독자성을 부정하는 것이요 인간의 관념을 억지로 투영한 결과다. 우리가 알 수 없는 생명의 경로 속에서 꽃은 번개 치는 위기의 상황도 보내고 황홀한 아름다움의 시간도 보냈을 것이다. 그러나 그것은 인간과는 무관한 꽃의 영역에 속하는 일이다. 나무가 햇살과 바람과 놀며 경계 없이 친화하던 위의 맥락과 같은 것이다.

많은 꽃들이 다채롭게 피어 있는 꽃밭에서는 그것들의 다양한 빛과 향기를 그대로 받아들이면 된다. 그것이야말로 즐거운 '난봉'의 체험이다. 진정한 난봉은 꽃을 어떤 대리물의 표상으로 받아들이는 것이 아니라 모든 꽃을 각각의 개체로 받아들이는 것이다. 꽃밭의 꽃들은 각자의 특유한 모양과 색깔과 향기를 지니고 있기 때문이다. 이것을 시인은 꽃길에서 꽃의 권력을 따르는 것이라고 표현했다. 꽃의 권력을 따르기 위해서는 "이미 난 길들의 지도"를 버려야 한다. 정해진 선입견과 주관을 버려야 독립된 존재로서의 꽃의 미학을 제대로 감지할 수 있다. 나무를 독립된 자연의 존재로 파악할 때 나무와 햇살과 바람의 관계를 파악할 수 있는 것과 마찬가지 논리다. 전해진 고정 관념에서 벗어나 꽃의 독자적 권리를 인정할 때 꽃

하나하나의 아름다움을 개별적으로 음미할 수 있는 황홀한 난봉의 행로가
열린다.

　이것은 우리와 시인의 생에 어떠한 가치와 의미를 지니는가? 이 사실을
이해해야 고재종 시의 의의를 정확히 파악할 수 있을 것이다. 그리고 삶의
지향이나 전망을 논의하기 위해서는 우리가 살아가는 현실적 삶의 국면을
먼저 파악하는 일이 필요하다. 고재종의 시집에는 우울하고 참혹한 현실
의 국면을 제시한 작품이 여러 편 있다. 정도의 차이는 있으나 「집」, 「길
위의 연대기」, 「황혼에 대하여」, 「산에 다녀왔다」, 「어머니의 집」, 「국외
자」, 「화포별사」, 「텅 빈 초상」 등이 그러한 작품이다. 그중 가장 안타까
운 장면을 극적으로 형상화한 작품을 예로 들어 시인이 인식한 현실의 국
면이 어떠한가를 알아보겠다.

　　　산전수전 다 겪고 돌아와 이제는
　　　요양원 마루 끝에 앉아서 텅 빈 눈을
　　　먼 데 가까운 데 어디에도 두지 않는
　　　노파의 무관심을 무엇이라고 부르랴
　　　입 주변에 파리가 덕지덕지해도
　　　이미 그 눈에 해골의 공허를 품은 채
　　　인간으로부터 소원해져 버린
　　　노파가 잃어버린 것은 무엇이랴
　　　차라리 마음을 재 같이나 만들 걸,
　　　아무것도 보지 않는 노파의
　　　이름 붙일 수 없는 눈을 포착하기 위해
　　　이름 붙일 수 없는 것을 응시하는
　　　나의 눈은 더는 구원받을 수 없으리라
　　　세상과의 어떠한 교류도 차단하고
　　　혼자만의 궁륭으로 떠나 버린 노파의
　　　암전을 무엇이라고 이름 붙일까
　　　생이 삶에게 베푼 마지막 공허를 누리는

노파 앞에서 안절부절, 나의 언어는
마치 한입 먹을거리를 주지 않을까 하고
알랑거리는 작은 애완견처럼
노파를 쏘아보고 쏘아볼 뿐인 것이다

「텅 빈 초상」 전문

이 시에 제시된 텅 빈 초상은 요양원에 입원해 있는 노파와 그 노파를
지켜보는 화자의 형상이다. 이 텅 빈 초상의 모습은 비단 요양원에서 마지
막 삶을 보내는 노파의 공허한 삶을 나타내는 데 국한된 것이 아니라 우
리 모두가 조우하게 되는 삶의 막장을 상징적으로 표현한 것이다. 우리 삶
이 마지막에 봉착하는 무대가 바로 텅 빈 초상 그 자체인 것이다. 그러므
로 이 시의 형상은 우리들 비루한 삶의 도달점을 상징적·압축적으로 표현
한 것으로 이해해도 무리가 없다.

세상의 모든 일을 다 거친 노파가 텅 빈 눈으로 무언가를 바라보고 있
다. 입 주변에 파리가 달라붙어도 쫓지 못한 채 공허하게 앞만 응시하는
그 노파는 살아 있는 사람이다. 그 노파는 인간의 무엇을 잃어버렸기에 그
렇게 공허한 눈길밖에 보내지 못하는 것일까? 인간에게서 무엇을 거두어
내면 저 공허의 궁륭에 도달한단 말인가? 공허한 노파의 눈을 바라보는
화자의 눈에도 구원의 가능성은 없어 보인다. 우리는 모두 속수무책 시간
의 암전에 사로잡혀 무의미의 궁륭으로 빠져들고 있는 것이다. 노파가 할
수 있는 것이 아무것도 없듯 우리가 할 수 있는 일도 아무것이 없다. 우리
는 무의 무대에 오른 허공의 배우일 뿐이다.

생각해 보면 사람이 죽음의 세계로 갈 때 의식의 암전 상태를 거치는
것이 일종의 은혜일 수도 있다. 또렷한 맨 정신으로 몸과 마음이 망가져
가는 것을 의식한다면 그것은 얼마나 고통스러울 것인가? 그러므로 생의
이법이 인간에게 베푸는 마지막 선물이 의식의 암전일지도 모른다. 그래

도 화자인 나는 노파를 바라보며 안타까워하는 눈빛을 보낸다. 그래도 이분이 나를 알아보지 않을까, 내 이름을 부르지 않을까, 마지막 희망을 갖고 노파를 바라보는 화자의 모습은 마치 한입 먹을거리를 바라고 앞을 떠나지 못하는 애완견처럼 굴욕적이고 속돼 보인다. 그러나 그것이 인간의 삶인 걸 어찌할 것인가? 애처롭고 간절한 눈빛으로 노파 주위를 애완견처럼 맴돌며 잠깐 이루어질 소통의 순간을 무작정 기다리는 가족의 연민과 애련을 우리는 무시할 수 없다. 그 애련과 연민과 애상이 우리 운명의 초상이다.

3. 누추와 굴욕을 견디는 방식

그러면 이러한 초상을 지닌 삶의 국면 속에서 우리는 어떻게 살아야 하는가? 어떻게 살아야 그래도 비루한 삶의 바닥에 놓인 공허의 궁륭, 의식의 암전에 잠기지 않고 꽃의 권력을 정시하고 나무의 생태를 바로 대할 수 있는가? 존재의 매 순간 개별적 독자성을 지킨다 해도 저절로 다가오는 정신과 육체의 노쇠를 막을 방법은 없다. 그러나 정신의 차원에서 존재의 개별적 독자성의 자존을 지키는 길은 있을 것이다. 고재종은 그러한 고민과 모색을 몇 편의 작품에서 진지하게 시도해 보았다. 우리는 그의 시 「별의 음계」, 「물의 나라」, 「시간에 기대어」, 「황혼에 대하여」, 「버터플라이피시」, 「애월涯月」 등을 면밀히 음미해야 한다. 거기 우리가 감득해야 할 비밀이 있기 때문이다.

> 마음이 경각에 닿을 듯
> 간절해지는 황혼 속
> 그대는 어쩌려고 사랑의 길을 질문하고

나는 지그시 눈을 먼 데 둔다.
붉새가 점점 밀감 빛으로 묽어 가는
이런 아득한 때에
세상은 다 말해질 수 없는 것,
나는 다만 방금까지 앉아 울던 박새
떠난 가지가 바르르 떨리는 것 하며
이제야 텃밭에서 우두둑 펴는
앞집 할머니의 새우등을 차마 견딜 뿐.
밝고 어둔 것이 서로 저미는
이런 박명의 순순함으로
뒷산 능선이 그 뒤의 능선에게
어둑어둑 저미어 안기는 것도 좋고
저만치 아기를 업고 오는 베트남 여자가
함지박 위에 샛별을 인 것도 좀 보려니
그대는 질문의 애절함을
지우지도 않은 채로 이제 그대이고,
나는 들려오는 저녁 범종 소리나
어처구니 정자나무가 되는 것도 그러려니
이런 저녁, 시간이건 사랑이건
별들의 성좌로 저기 저렇게 싱싱해질 뿐
먼 데도 시방도 없이 세계의 밤이다.

「황혼에 대하여」 전문

　　시인은 마음이 경각에 닿을 듯 황혼이 간절해진다고 했다. 하루가 끝나
가는 시간이기에 짧은 시간의 흐름도 귀중하게 여겨진 것이다. 하루가 끝
나가는 시간에 그대는 문득 사랑의 길을 질문하고 나는 대답을 하지 못한
채 먼 곳을 바라본다. 바로 다음의 일도 알 수 없는 황망한 시간의 흐름
속에서 어떻게 사랑의 질문에 쉽게 답할 수 있겠는가? 저 황황한 암전의
시간이 우리에게 닥치지 않는다고 어떻게 장담할 수 있겠는가? 노을은 점

점 붉어지고 하루해는 저물어 간다. 대답의 시간은 얼마 남지 않았다. 그러나 세상의 일을 모르는데, 사랑의 길에 대해 어떻게 감히 말할 수 있겠는가? 앞을 바라보니 가지에 앉아 있던 박새가 공중으로 날아가고 빈 가지만이 바르르 떨린다. 밭두둑에는 늦도록 허리 굽혀 일하다가 이제 비로소 허리를 펴는 할머니의 새우등이 보인다. 박새의 귀소와 할머니의 휴식이 이어지고 낮과 밤이 교차되는 박명의 시간이다. 시간은 이렇게 흐르고 하루는 이렇게 저물어 간다.

어둠이 깔리자 먼 뒤쪽 능선의 그늘이 앞의 능선 쪽으로 이어져 어둠에 안기는 듯한 느낌이 든다. 베트남에서 농촌으로 시집와 살아가는 여인도 하루 일을 끝내고 아기를 업고 돌아간다. 조금은 서글프지만 희망적으로 받아들일 만한 정경이다. 그 여인의 함지박에는 희망의 샛별이 담겨 있는 것 같다. 사랑의 길을 질문한 그대는 아직 나를 바라보고 있으나 나는 여전히 답변을 하지 못한 채 어둠의 시간을 지켜본다. 답변을 재촉하는 듯 어디선가 범종 소리 들리고, 우두망찰 먼 곳만 바라보는 침묵의 정경은 커다란 정자나무가 우두커니 서 있는 꼴을 연상시킨다. 어쩌면 그 범종 소리가 그대로 정자나무가 되는 것 같기도 하다. 그렇게 되면 청각과 시각이 겹치고 시간과 공간이 겹치는 느낌이 든다.

저녁 어두움의 시간은 흘러 사랑에 대한 대답은 하지 못했지만 별들이 부리로 하늘에 떠 성성한 어둠의 공간을 이룬다. 성성한 밤이 오니 사랑도 시간도 별의 빛남 속에 묻히는 것 같다. 이 세계의 밤은 공간과 시간을 넘어서서 영원히 이어질 것 같다. 먼 곳과 가까운 곳, 지금과 다음은 인간의 인위적 구분의 결과다. 시간이 이어지고 공간이 이어지듯 사랑도 그렇게 나뉨 없이 이어진다. 사랑의 길에 대해 대답은 못 하지만 시공의 연속 속에서 사랑은 지속된다. 시인은 저녁 범종 소리를 들으며 커다란 정자나무로 서 있는 느낌을 갖는다. 시간과 공간의 구분이 없는 세계의 밤 속에서 청각이 시각으로 바뀌듯 사랑은 별들의 성좌로 빛난다. 그렇게 인간의 우주가 깊어 가는 것이다. 이러한 깊은 흐름의 이어짐을 몸과 마음으로 받아들일 때 우리는 삶의 황폐함이 몰아올 암전과 공허의 궁륭을 인간의 지혜로 예비할 수 있을 것이다.

> 강의 면목이라면 면면한 유수와 범람,
> 강물 따라 걷는 마음은 넘치고 또 흐르네.
> 보리숭어며 비오리 떼가 튀고
> 창졸간의 갸륵한 것들이 좋이 울어도
> 순간의 꽃보다는 이야기로 더 유장할 터,
> 금결은결 반짝이는가 했더니 금세
> 그리움의 파란으로 일렁이는 시간 아닌가.
> 한때는 한도 없이 파닥거렸던
> 강변 은백양 잎새와 첫사랑의 흑단 머리는
> 바람의 갈래 갈래로 흩어지고
> 오늘은 강가에 퍼지는 라일락 향기,
> 강섶을 일구는 고라니며 노인장과 함께
> 또 무엇, 그 누구로 흘러드는 구름 떼라니!
> 구름이 깊어지면 강물도 높아져서는
> 서러움 밖의 그 무엇이라도 소환할 듯한 모색,
> 서녘 놀이 비쳐 든 갈대밭 속의 연애 너머
> 썩지 않고 들끓는 고독의 항성으로
> 내가 죽고 네가 사는, 그런 유정의
> 경계 같은 것들을 오늘도 추문하는 것이랴.
> 흐르는 강에 차마 가 닿지 못하고
> 사소한 마음 하나에도 수만 물비늘을 뒤채는,
> 지금은 결락한 꿈의 시간에 기대어
> 제 물소리에 귀 기울이는 강의 명색이여.

「시간에 기대어」 전문

이번에는 강의 사유를 통해 면면한 시간의 흐름과 사랑의 이어짐을 표현했다. 시인은 유수와 범람이 강의 면목이라고 했다. 이것은 매우 중요한 발언이다. 강은 흐르는 것이 본질인데 때로는 범람하여 흐름의 길에서 이탈하기도 한다. 강의 본질이 유수와 범람이라고 본 것은 인생의 과정을 강의 흐름으로 파악한 결과다. 혹은 그 반대로 강의 흐름을 통해 인생의 과정을 표현한 것이다. 편안한 유수의 경로에서는 물고기가 놀고 물새가 튀며 금빛 은빛의 반짝임도 영롱하게 일어난다. 그러나 시간이 변하면 첫사랑의 순수함에 그리움의 파란이 일 듯 강변 수풀이 바람의 갈래로 흩어지고 어두운 구름이 향기를 가리는 혼몽의 시간이 오기도 한다. 구름이 깊어지면 물살도 높아져 서러움을 넘어서는 그 무엇이 강물을 휩쓸기도 한다. 이러한 긍정과 부정의 양 측면을 거쳐서 강은 흐르고 우리는 세상을 살아간다.

그러므로 우리는 삶과 죽음의 경계가 무엇이고 밝음과 어두움의 경계가 무엇이며 유수와 범람의 교차가 어디서 오는지 진지하게 탐문할 필요가 있다. 이 진지한 물음이 사실은 우리가 봉착하게 될 위기의 순간, 그 암전과 공허의 공포를 조금은 완화할 수 있는 마음의 표지가 되는 것이다. 시인은 마지막 대목에서 "사소한 마음 하나에도 수만 물비늘을 뒤채는" 섬세하고 파란 많은 강물의 모습을 보여 주었다. 이 강물의 모습이 삶의 모습이고 우리들 마음의 형상이다. 마음은 그렇게 예민하고 섬세하며 한편으로는 번민이 가득한 것이다.

그러한 번민과 파란의 행적 속에서 강물은 무엇을 하는가? "결락한 꿈의 시간에 기대어"라고 했다. 지금은 사라진 꿈의 시간을 다시 떠올리며 그 꿈의 시간에 기대어 오늘의 파란을 견딜 수밖에 없는 것이다. 어떻게 견디는가? "제 물소리에 귀 기울이는" 자세로 견디어야 한다. 이것이 오늘의 누추한 굴욕의 삶을 견디는 방식이다. 자신의 안에서 울리는 소리를 들을 줄 알아야 인간은 자신의 길을 찾을 수 있고 사랑의 길이 무엇인지 답변할 수 있다. 이것이 고재종이 오랜 진통과 고민과 사유의 과정을 거쳐 우리에게 제시하는 삶의 면목이다. 그가 고심하여 얻어 낸 생의 예지다.

시간에 기대어 얻어 낸 알찬 사색의 열매에 우리는 마땅히 경의를 표해야 할 것이다. 그 귀한 진실이 담겨 있는 마지막 네 행을 다시 제시하고 그 뜻을 새롭게 음미하며 오랜 공백을 깨고 출간하는 고재종 시집에 부치는 마음의 헌사를 여기서 마치기로 한다.

흐르는 강에 차마 가 닿지 못하고
사소한 마음 하나에도 수만 물비늘을 뒤채는,
지금은 결락한 꿈의 시간에 기대어
제 물소리에 귀 기울이는 강의 명색이여.

유기적 공감의 축복

- 김광규의 『오른손이 아픈 날』

1. 일상적 어법의 매력

　　　　　김광규의 대표작을 들라고 하면 대부분의 사람들이 「희미한 옛사랑의 그림자」를 들 것이다. 이 작품은 김광규의 대표작이자, 1970년대 후반 우리 시가 산출한 가장 감동적인 시의 하나다. 많은 사람들이 지금도 애송하는 이 시의 매력은 어디서 오는가? 화자가 이야기하는 내용을 우리가 직접 들여다보듯이 하나하나의 디테일을 사실적으로 그려낸 관찰과 묘사의 치밀성에서 온다. 디테일의 정확한 묘사와 거기서 환기되는 정황의 사실성이 이 시를 거듭 읽게 하는 견인력의 중심을 이룬다.

　　김광규는 1975년 30대 중반의 나이에 등단했지만 늦은 출발을 충분히 만회할 만큼 활발하고 지속적인 시작 활동을 벌여 왔다. 평이한 시어를 구사하면서도 지성과 감성의 조화를 추구한 그의 시는 다른 시인과 구별되는 그만의 독자적 개성을 충분히 드러내어 문단의 중심부에 자리 잡았다. 그는 인생과 사회와 문명에 대한 비판의식을 드러내면서도 지적인 절제와 실험적 형식미를 통해 주제의 유형화를 능숙하게 극복했다. 그의 시를 꼼꼼히 읽어보면 유사한 어법이나 형식을 취한 것이 거의 없다. 요컨대 그는 고도의 지적 견제를 통해 시의 예술적 형식미를 창안하고자 한 것이다.

예를 들어 그의 초기 시 「시론」은 황폐한 세상에서 시가 무엇이며 시인이란 어떤 존재인가에 대한 자신의 견해를 상당히 난해한 구문으로 표현하였다. 거기에 비해 「영산」은 과거사에 대한 평담한 산문적 서술 형식을 취하고 있고, 「나」나 「생각의 사이」 같은 시는 짧은 어구나 단어 하나로 된 시행을 수십 행씩 나열하여 자아와 사회의 정체성을 탐문하고 있다. 그런가 하면 「어느 지사의 전기」, 「묘비명」, 「오늘」, 「상행」 등은 독특한 아이러니의 어법을 구사하여 평범한 삶의 이면에 도사리고 있는 허위와 허망을 폭로했다. 이 시편들은 일상생활에서 우리들이 보람으로 알았던 것이 사실은 무의미한 관습에 불과하며 삶을 치장하는 겉치레에 해당한다는 인식의 전환을 보여주었다. 평범한 일상의 어법을 사용한 것도 일상성 속에 도사리고 있는 삶의 허망함과 인간의 왜소함을 변형 없이 그대로 보여주고자 하는 시적 전략의 일환이다. 그래서 그의 시는 평범한 것을 통해 심오한 의미를 드러내고 비범한 진술을 통해 일상의 진실을 드러내는 교묘한 전위의 구조를 형성한다. 평범과 비범의 전이를 통해 작품의 임팩트를 강화한 것이다.

우리를 사로잡는 김광규 시의 매력은 일상적인 생활의 언어가 창조하는 의미의 다층적 배치와 그것의 통섭에 있다. 그처럼 친근한 어법으로 시 읽는 재미와 삶의 깨우침을 동시에 안겨준 시인은 우리 시사에 흔치 않다. 그런 점에서 그의 시는 분명 우리 시사에 독보적인 자리를 점유한다. 최근 4년간의 시를 모은 그의 열한 번째 시집 『오른손이 아픈 날』(문학과지성사, 2016. 1)에도 언어의 장력과 시의 자장이 독특한 빛을 펼쳐낸다. 나는 이 글에서 다른 시인의 작품과 구분되는 김광규 시의 변별점에 주목하려 한다. 그의 시를 다른 시와 분명하게 구분 짓게 하는 그만의 개성이 무엇인지, 그 개성이 시 창조에 어떤 기여를 하며 독자에게 어떤 효과를 주는지 살펴보려 한다.

2. 여유와 관조의 시선

시인 김광규의 어조는 부드러우며 인상은 온화하고 음성에는 우아한 울림이 있다. 그의 독일어 시 낭송이 원어민의 시 낭송보다 음악적 윤기를 더 자아내는 것은 그의 음색과 어조 때문이다. 그는 독일어의 격음을 유성음에 가깝게 발성한다. 이것은 그의 체질에서 빚어진 것이기에 누구도 모방할 수 없다. 이 독특한 체질이 그의 창작시에도 개성적 향취를 불어넣는다. 이제마의 사상체질이나 히포크라테스의 체액설로 설명할 수 없는 그만의 독특한 개성은 음성과 어조와 인상이 통섭을 이룬 어느 지점에서 발현된다. 그것은 분해될 수 없는 융합이 선사하는 여유와 관조의 자세다. 지구가 두 쪽이 나거나, 삼천리강토가 불바다가 되어도 그의 여유는 뒤로 물러서지 않을 것이다. 여유는 대상과 거리를 두게 하고 심미적 거리는 유머러스한 화법을 만들어낸다.

잃어버린 목도리를 소재로 한 「까만 목도리」를 보면, 그가 애용하는 목도리를 소개하면서 "어디 있나 찾을 때마다/장난삼아 둘째 음절에 악센트를 주었던/나의 부드러운 [목도:리]"라고 하는 구절이 나온다. 이 부분을 읽으면, 화자가 '목도리'를 어떻게 발성했는지 그때의 부드러운 억양과 표정이 충분히 연상이 된다. 이것은 우리 입가에 잔잔한 미소를 머금게 한다. 그의 시가 드러내는 밝은 유머 감각은 삶의 여유와 연결되지만, 때로는 삶의 아쉬움이나 허전함도 감싸 안는다. 그래서 목도리를 잃어버린 아쉬움이 세상사에 대한 각성으로 전환되고 평정한 마음과 결합된다.

어린 시절의 회상은 재미와 아쉬움을 동시에 일으킨다. 「어리석은 새잡이」는 어린 시절 바구니 아래 모이를 뿌려놓고 참새를 잡으려 했던 일을 회상한 작품이다. 지극히 모범적인 어린이가 참새잡이에 성공하는 일은 거의 없다. "빈 바구니만 마구 밟아 못쓰게 만든/어리석은 새잡이/살림꾼 어무니에게 혼쭐나게 야단맞고/그만둔 지 육십 년"이라는 끝 부분은 참새도 제대로 잡지 못한 어리석음이 육십 년을 지속했다는 아쉬움과 함께 천진한 시절을 회상하는 즐거움을 함께 선사한다. 이 부분에서 웃음을 촉발하는 요소는 "살림꾼 어무니"라는 대목이다. 어린 막내아들의 재주 없음을 누구보다 잘 아는 어머니에게 참새잡이 장난이 귀엽기 그지없는 것이었겠지만, 허술한 댕댕이바구니까지 아껴 사용하던 어머니의 입장에서는 따끔하게 야단쳐야 할 행동이기도 했다. 이러한 양면을 다 포괄한 공감의 유머가 위와 같은 시행으로 정착된 것이다.

앞에서도 언급했지만 김광규 시인의 아이러니 어법은 상황의 복합성을 드러내는 데 상당히 중요한 역할을 했다. 그의 시의 반어나 풍자가 온화한 기품을 유지하는 것은 비판의식의 뒤를 유머가 든든히 받쳐주기 때문이다. 문학 심사와 관련된 현실의 문제점을 알레고리 기법으로 비판한 「석불당 새소리」 같은 시도 유머가 전면에 흐르고 있어 풍자의 날카로움이 유연하게 연화된다. 그만이 쓸 수 있는, 재미있으면서도 깊은 주제가 담긴, 그래서 몇 번이나 거듭 읽게 만드는 작품들은 대부분 부드러운 풍자에 반어의 묘미가 결합된, 그래서 유머의 윤기가 잔잔하게 흐르는 정교한 수공예품들이다.

집집마다 동냥 다니다 보면
인심은 나날이 각박해졌다
초인종을 몇 번씩 눌러야
문을 빼꼼히 열고
겨우 잔돈 몇 푼 주거나
쌀 한 공기 퍼 주는 것이 고작이었다
산나물 한 접시를 덜어 주거나
마당의 나무에 매달린 감
몇 개 따 주는 집도 드물어졌다
그런데 오늘은 어느 집에서
책을 한 권 주었다

얄팍한 시집이었다
마음의 보시라 할지라도
먹지 못할 공양 받을 수 없어
합장만 하고 돌아섰다
해어진 옷가지 빨랫줄에 걸린
이 허름한 슬레이트 지붕 아래 그럼
말로 절을 짓는
시인이 살고 있단 말인가
세속의 명성은 알 수 없으나
다시 오고 싶지 않은 집이라고
휴대폰에 저장했다

「고금古今」 전문

이 시의 화자는 탁발승이다. 처음에는 각박해진 인심을 개탄하며 동냥 얻기 어려워졌음을 털어놓았다. 중간에 한 집을 방문하며 이야기의 반전이 온다. 그 집에서는 잔돈이나 곡식 대신에 얄팍한 시집 한 권을 준 것이다. 화자가 원하는 것이 아니기에 그것을 받지 않고 돌아섰다고 했다. 그 집의 허름한 슬레이트 지붕 아래 해어진 옷가지가 빨랫줄에 걸려 있음을 날렵하게 포착했다. 가난한 시인의 집인 것이다. 화자는 "다시 오고 싶지 않은 집이라고/휴대폰에 저장했다"고 했다.

옛날의 풍경을 서술하는 줄 알았는데 끝맺음은 현대의 상황으로 설정 변주되어서 읽는 재미가 진진하다. 시인은 가난하여 탁발승에게 줄 것도 없는 처지다. 말로는 절을 지어도 먹고 사는 일에는 무관심하다. 흥미로운 것은 시집 공양을 사양한다는 점이다. 제목인 '고금古今'은 여기에 의미 한 층을 더 보탠다. 시인의 현세적 효용이 약한 것은 예나 이제나 마찬가지라는 뜻이다. 고금에 한결같은 시인의 위상을 탁발승과 휴대폰을 병치시켜 표현한 데 이 시의 묘미가 있다. 이런 방법은 김광규 시 아니면 다른 곳에서 보기 어렵다. 이런 병치의 기법은 김광규 시의 독특한 개성을 이룬다.

> 50년 전에 왔을 때도 그랬다
> 7층 석탑이 3층으로 줄어들 때까지
> 용맹스런 인왕仁王들은 꼼짝 않고 서 있었다
> 기단基壇 네 귀퉁이에 앉아서
> 1천 3백 년이 지나도록 옛 절터를 지켜온
> 돌사자 네 마리
> 서라벌 비바람에 삭아들어
> 머리가 물개처럼 둥그렇게 마모되고
> 앞발의 사나운 발톱들 모두 닳아빠졌다
> 북쪽의 변경에서 가장 멀리 떨어져
> 신라의 찬란한 역사
> 이처럼 귀여운 모습으로 남았다
> 천년고도를 1박 2일에 보려는
> 관광객들 대릉원 근처에서 붐비고
> 한정식집과 승용차 들 나날이 많아지고
> 아마 50년 후에도 그럴 것이다
> 얼굴 윤곽 사라진
> 돌사자 어깨를 쓰다듬으며
> 석탑을 배경으로 사진 찍는 사람들
> 그 가운데는 아직 태어나지 않은
> 친구들도 많을 것이다

「돌사자 곁에서」 전문

경주 대릉원에는 신라 시대 고분과 유적이 모여 있다. 불탑을 수호하는
역할을 한 인왕상과 돌사자는 오랜 세월 비바람에 마모되어 옛날의 용맹
스러움은 사그라졌다. 7층 석탑은 3층으로 주저앉고 사자의 머리는 물개
처럼 둥그렇게 변했으며 발톱들은 모두 닳아버렸다. 그 변화를 시인은 "신

라의 찬란한 역사/이처럼 귀여운 모습으로 남았다"고 표현했다. 사자의 갈기가 닳아 물개 머리처럼 매끈하게 되었으니 그리 표현할 만하다. 천진해 보이는 이 유머의 이면에는 슬픔의 물살이 흐른다. 그것은 50년이라는 시간의 흐름 때문이다. 천 년이 넘는 시간의 단위에 비하면 50년은 잠깐이겠지만, 인간에게 50년은 일생의 반에 해당한다. 이십 대 청년 시절에 와 보았던 대릉원은 칠십 대 노년의 눈에도 달라진 것이 별로 없는 것 같다. 지금 귀엽게 보이는 돌사자상은 그때에도 그런 모습이었을 것이다. 세태는 무서운 속도로 변하지만 무량한 시간을 견딘 유적은 달라지는 것이 별로 없다.

50년 후에도 이곳에는 사람들이 모여 이와 같은 풍경을 이룰 것이다. 풍경은 달라지지 않으나 50년 후에 시인은 지상에 존재하지 않을 것이다. 그것을 직접 말하지 않고 "그 가운데는 아직 태어나지 않은/친구들도 많을 것이다"라고 돌려 말했다. 50년 후 이 자리에 올 50세 미만의 사람들은 모두 아직 태어나지 않은 사람들이다. 그러나 이 사실을 제대로 인식하는 사람은 드물다. 대릉원 유적이 그대로 있듯 인간도 그 자리에 머물러 있다고 착각한다. 그러나 유적을 보는 사람들은 시간의 흐름에 따라 밀물과 썰물이 교차되듯 바뀌는 것이다. 시간의 흐름과 그것에 따른 인간의 생사전변의 이치를 이렇게 무심하게 지나가는 어조로 언급한 시는 흔치 않다. 이것이 바로 앞에서 말한 김광규 시인의 독특한 개성, 관조와 여유에 바탕을 둔 병치의 시선이다.

3. 섬세한 관찰과 사색

그의 시의 개성적 특징인 여유와 관조가 그것만으로 모습을 나타내는 경우는 아주 드물다. 그것은 대부분 그의 또 다른 특징인 섬세한 관찰과 결합되어 시에 표출된다. 「희미한 옛사랑의 그림자」가 지닌 시대를 초월한 매력이 디테일의 사실성에서 온다는 얘기를 앞에서 했는데, 사실적 디테일을 창조하는 능력이 바로 섬세한 관찰이다. 이것은 위에 인용한 두 편의 작품에서도 충분히 실감할 수 있는 요소인데, 섬세한 관찰이 두드러진 작품을 몇 편 예로 들면 이해가 더 빠를 것이다.

　「빗소리」의 도입부에 여름 나뭇잎들을 묘사하는 장면이 있는데, 그 부분을 시인은 "손가락 마디만 한 대추나무 잎/한 뼘쯤 자라서 반짝이는 감나무 잎/어느새 탁구공만큼 커진 밤송이/쟁반처럼 넓은 후박나무 잎/더위에 지쳐서 떨어져버린/능소화 주황색 꽃잎들"로 표현했다. 잎들의 크기와 생김새에 맞게 보조관념을 대치하면서 운율감 있게 나열한 묘미가 생생히 감촉된다. 「녹색 두리기둥」은 버려진 시멘트 전신주에 담쟁이덩굴이 기어올라가 '녹색 두리기둥'을 만드는 과정을 점착력 있게 관찰하여 표현했다. 장시간에 걸친 관찰의 이력이 없으면 탄생할 수 없는 작품이다. 「가을 소녀」는 어떠한가? 들판에서 양 떼를 지키며 기도하는 소녀의 모습과 스마트폰으로 카카오톡에 열중하는 소녀의 모습을 병치하여 그 두 장면이 다르지 않음을 보여주면서 과거와 현재가 교차하는 미묘한 영상을 창조했다. 디지털 세상의 불모성에 대해 경계심을 느끼면서도 그럼에도 불구하고 소녀의 순정성은 여전히 지속되리라는 조심스러운 낙관적 전망을 치밀한 관찰의 힘으로 표현한 작품이다. 다음 작품에서도 섬세한 관찰이 시의 의장으로 유려하게 승화하는 모습을 볼 수 있다.

　　아침나절 벽돌담 위에 대나무 소반
　　새 모이 주려고 올려놓았다
　　참새들 떼 지어 날아와 짹짹거리며
　　음식 찌꺼기 쪼아 먹는다
　　때로는 박새도 몇 마리 찾아온다
　　유리창으로 그 예쁜 모습 지켜보면

숨죽일 사이도 없이 금방
날아가버리고 산수유 나뭇가지에서
직박구리 한 쌍 내려앉아
날렵한 몸매로 긴 꽁지를 흔든다
한동안 사방을 두리번거리다가
얼른 빵 부스러기 한 쪽 입에 물고
또 여기저기 살펴보다가
단숨에 꿀꺽 삼킨다
주위를 살피는 시간은 꽤 길고
먹이를 삼키는 순간은 아주 짧다
(시 쓰기와 비슷하지 않은가)
뒤이어 산비둘기와 까치가 다녀가고
저녁때는 옆집 고양이가 살금살금 다가와
냄새만 맡고 돌아간다
날이 저물어 새 모이 소반
어둠 속으로 사라지면
밤하늘 날아가는 기러기 행렬
끼룩거리는 소리 들려온다
오늘도 시를 쓰지 못했구나

「새와 함께 보낸 하루」 전문

이 시에도 참새, 박새, 직박구리, 산비둘기가 연이어 등장하면서 그것
에 맞는 상황이 묘사된다. 치밀한 관찰이 없으면 나올 수 없는 구절이다.
새와 함께 하루를 보내야 나올 수 있는 시다. 나 같은 경우에는 사전을 찾
아야 생김새를 짐작할 수 있는 직박구리가 빵 부스러기를 삼키는 거동을
정밀하게 묘사한 대목은 장면이 영상으로 머리에 그대로 떠오를 정도로
사실적이다. 이 대목을 정밀하게 묘사한 것은 직박구리의 동작이 깊은 인
상을 남겼기 때문이다. 그것이 시 쓰기의 과정과 비슷하다는 생각이 들었
기 때문이다. "주위를 살피는 시간은 꽤 길고/먹이를 삼키는 순간은 아주

짧다"로 그것을 간략히 표현했다. 이 시행은 많은 것을 생각하게 한다. 관찰과 사색의 시간은 길고 창작의 순간은 짧다는 뜻도 되고, 창작에 들이는 공력의 시간은 길고 거기서 만족을 얻는 순간은 짧다는 뜻도 담겨 있는 것 같다. 시인이 새의 동작을 관찰하면서 시 쓰기의 과정을 연상했다는 것은 시인의 관심이 시 쓰기에 쏠려 있다는 사실을 알려준다. 그의 관찰과 사색은 시를 쓰기 위해 열려 있다.

그의 밝은 시선은 사소한 대상 하나도 그냥 지나치는 법이 없다. 첫 행인 "아침나절 벽돌담 위에 대나무 소반" 같은 구절도 하나하나의 세목을 그대로 제시했다. 예술은, 그리고 문학은 언제나 구체의 세계를 지향한다. 문학은 구체적 상황을 더욱 구체화하여 감각적 재구성이 가능하도록 디테일의 묘사에 집중한다. 그러한 구체화의 과정은 시에서 매우 중요한 기능을 한다. 시간과 장소를 구체적으로 제시할 때 묘사의 대상이 살아 움직이는 영상으로 우리 머리에 떠오르게 된다. 플로베르가 왜 그렇게 공을 들여 대상을 정밀하게 묘사하려 애를 썼겠는가? 인간의 생동하는 실상을 그대로 그려내고 싶어서 몸부림친 것이다. 시인도 마찬가지.

막연한 어느 시점도 아니고 한정된 한 시점도 아닌, "아침나절"에, 자신의 거주지 "벽돌담 위에", 늘 사용하는 "대나무 소반"에 모이를 담아 올려놓은 것이다. 이 디테일이 선행되어야 그다음의 장면들이 시적 의미를 갖는다. 대상의 생동하는 실상이 시야에 부딪쳐 와야 시가 탄생하는 것이다. 그렇게 공을 들인 관찰과 묘사와 사색의 시간은 길고, 시 한 줄이 탄생하는 순간은 짧다. 한 줄의 시행이 구성되면 또 한 줄의 시행을 얻기 위해 이러한 구체화의 시간을 또 보내야 할 것이다. "오늘도 시를 쓰지 못했구나"라는 마지막 시행은 시 창작을 종심從心의 본업으로 삼은 시인의 아쉬운 탄식이다. 50년 후 그에게 남을 것이 시 외에 무엇이 있겠는가?

4. 유기적 공감의 우주적 화합

여유 있는 유머의 시선으로 대상을 관찰하고 거기서 얻은 사색을 시로 표현할 때 창조의 화학적 변화가 일어난다. 거기서 가장 중추적 역할을 하는 것은 김광규 시인의 경우 공감의 능력이다. 여기서의 공감은 사람과 사람 사이의 공감만을 말하는 것이 아니다. 이것은 사람과 사람, 사람과 자연, 자연과 자연, 주체와 타자 사이의 공감을 전부 포괄한다. 비유해서 말하면 유기적 공감, 거창하게 말하면 우주적 공감이라고 할 수 있다.

새해 초하루에 함박눈 펄펄 쏟아졌다
미끄러운 눈길을 달려
차례 지내러 온 꼬마 손님들이 눈 덮인
뒷마당 풀밭 한가운데
조그만 눈사람 만들고 그 둘레에
눈으로 얕은 성을 쌓아놓았다
설날은 세배객 맞이하며 바쁘게 지나갔고
이튿날 그것을 발견했다
눈 치우려던 넉가래
담벼락 한 구석에 세워놓고
제설작업 그만두었다
한쪽 눈썹 떨어져버린 그 눈사람과
눈으로 쌓은 그 둥그런 성
그대로 두고 보기로 했다
천천히 눈이 녹은 그 자리에서
연녹색 새싹들이 돋아날 때까지
그냥 기다리기로 했다

「설날 내린 눈」 전문

지구 온난화의 영향으로 요즘은 눈도 별로 쌓이지 않고 스마트폰 오락 덕택에 아이들이 모여 시끄럽게 노는 일도 줄었다. 함박눈이 내리는 설날 미끄러운 눈길을 달려 꼬마 손님들이 차례 지내러 왔다니 경이로운 풍경 이다. 부모들의 정성이 갸륵하다. 다행히 마당이 있는 집이라 아이들이 눈을 굴려 눈사람을 만들고, 눈사람을 보호하려는 듯 얇은 성도 쌓아놓았다. 여럿이 모여 차례 지내는 집에서 볼 수 있는 아름다운 장면이다. 집주인인 화자는 이튿날에야 그것을 보았다. 넉가래를 들고 눈을 치우던 화자는 그 아름다운 화폭을 그냥 놓아두기로 했다. 꼬마 손님들의 정성이 담긴 눈사 람과 얇은 성을 언제 다시 보게 될 것인가? 앞으로 얼마나 더 볼 수 있을 것인가? 상대적 가치로는 환산하기 어려운 눈사람 나라의 본래적 가치를 받아들이는 방법은 '그대로 두고 보는 것'이다. "천천히 눈이 녹은 그 자리 에서/연녹색 새싹들이 돋아날 때까지/그냥 기다리기로 했다"는 마지막 시 행은 그야말로 천천히 음미할 필요가 있다. 광속으로 움직이는 스마트한 세상에서 눈이 자연스럽게 녹고 땅의 기운이 풀려 연녹색 새싹이 돋아날 때까지 시간의 속살을 음미하듯이 그냥 지켜보는 것이 우리가 할 일이다. 지켜보지도 말고 그냥 가끔 눈길을 주는 것이 우리가 할 일이다.

이 시에는 여러 겹의 공감이 복합적으로 작용했다. 차례 지내러 온 가족 들과 화자의 공감, 눈을 보고 자진해서 눈사람 나라를 만든 아이들의 자 연과의 공감, 그 눈사람 나라를 만든 손주들의 마음에 대한 할아버지의 공감, 인간과 자연의 합작품인 눈사람 나라를 대하는 화자의 공감, 인간 과 자연을 경계 없는 하나의 울타리로 포용하는 시인의 공감이 이 시를 형성한 다층의 케이블이다. 이것을 나는 인간과 인간, 인간과 자연이 융합 해 이루는 유기적 공감, 우주적 공감이라 부른다. 유기적 공감, 우주적 공 감이 인간사의 회로에 닿으면 다음과 같은 시가 창조된다.

며느리가 입던 재킷

팔소매 걷어 올리고
아들의 해어진 청바지
엉덩이에 반쯤 걸치고
손녀가 신다가 버린 운동화
뒤축 찌그려 신고
재활용 쓰레기터에서 주워 왔나 짝퉁
명품 핸드백을 목에 걸었네
가난에 찌들어 눈빛도 바랬고
온 얼굴 가득 주름살 오글쪼글
지하철 공짜로 타는 것 말고는
늙어서 받은 것 아무것도 없네
견딜 수 없이 무더운 한여름이나
한강이 얼어붙는 한겨울이면
홀로 사는 지하실 구석방을 나와
지하철 노약자석에서 하루를
보내는 쪽방 할머니
땅에서 태어나 땅속으로 돌아다니는
우리의 외로운 조상
어디로 옮겨 가셨나
요즘은 보이지 않네

「쪽방 할머니」 전문

　이 시에도 김광규 시인의 장기인 관찰과 묘사의 역량이 유감없이 발휘
된다. 며느리가 입던 재킷이니 팔이 짧은 할머니는 소매를 올려 입어야 하
고, 아들이 입던 청바지니 엉덩이까지 흘러내릴 수밖에. 쓰레기통에서 주
운 것 같은 짝퉁 핸드백을 목에 걸고 어디론가 가는 할머니가 있다. 사회
에서 이 할머니를 공식적으로 대접해 주는 것은 지하철 무료 탑승 혜택.
할머니는 지하철을 타고 어디든 갈 수 있다. 여기까지는 독거 할머니에 대
해 얘기할 때 누구든 나올 수 있는 사항이다. 다음 대목은 쪽방 할머니의

생활사를 알지 못하면 나올 수 없는 이야기다. 할머니의 소득은 없지만 아들과 딸이 있기 때문에 독거노인 지원금도 받지 못하는 처지일 것이다. 이런 노인이 뜻밖에 많다는 것을 이번 기회에 알게 되었다. 이들이 여름과 겨울에 지하철에서 하루를 보내는 것은 쪽방에서 더위와 추위를 견디기가 어렵기 때문이다. 할머니의 처지에 대해 "땅에서 태어나 땅속으로 돌아다니는"이라고 요약적으로 표현한 것은 절묘한 압축이다. 땅속 지하철이 더위와 추위를 피할 수 있는 할머니의 생활공간이 된 것이다.

다음에 나오는 "우리의 외로운 조상"이라는 표현은 많은 사색을 요구한다. 그 할머니가 어떻게 우리의 조상이 될 수 있을까? 땅속으로 돌아다니니 저 옛날 선사시대에 동굴에서 생활하던 시절을 떠올려 그렇게 표현한 것일까? 아니면 우리도 늙으면 그렇게 외로운 존재가 될 것이라는 생각에 우리의 조상이라고 한 것일까? 어떤 경우든 이 할머니의 모습에 동정과 연민을 느꼈기에 이런 표현이 나온 것은 틀림없다. 그러나 동정과 연민이라고 하기에는 "우리의 외로운 조상"이라는 표현에 커다란 중량감이 있다. 아무리 동정과 연민을 느낀다고 해도 쪽방 할머니를 "우리의 외로운 조상"이라고 여기는 사람은 거의 없다. 내가 유기적 공감, 우주적 공감이라는 말을 쓴 것은 이 중량감을 표현하기 위함이다. 할머니는 우리가 알 수 없는 무선 회로로 우리의 삶과 연결되어 있는 우리의 조상이다. 우리가 인식하지 못해서 그렇지 그 할머니의 숨결에서 우리가 태어나고 그 할머니의 손길로 우리가 자라났다. 이러한 공감에서 나온 연민이기에 이 연민을 유기적 연민, 우주적 연민이라고 읽을 수 있다.

이 할머니처럼 살든 다복한 삶을 살든 언젠가는 검은 죽음의 시간이 찾아와 우리를 알 수 없는 세계로 끌고 가는 것은 차이가 없다. 시인은 몇 년 전 수술 체험을 통해 삶 너머의 공간을 잠시 엿보는 상상을 다음과 같이 하기도 했다.

눈앞의 바깥세상이 덜컥 닫히고
물속에 가라앉은 노란 조약돌이 보였다
조상의 잔해와 같은 색깔
처음 보는 세상의 안쪽
여기까지 오기에 얼마나 걸렸나

「여기까지」 부분

나이가 들면 누구든 우리가 눈으로 보던 바깥세상과는 다른 미지의 죽음의 세계를 예비하게 될 것이다. 죽음의 준비에 있어서도 공감의 축을 지닌 사람과 그렇지 못한 사람은 뚜렷한 차이를 보인다. 누구든 맞아야 할 세계이고 누구든 넘어야 할 벽이라면 두려움 없이 여유 있게 검은 시간을 맞이할 준비를 할 필요가 있다. 어떻게 사는가도 중요하지만 어떻게 죽는가도 중요한 일이다. 시인은 가시적 세계 너머의 상황도 그렇게 어둡게 대하지 않는다. 면례緬禮를 위해 조상의 봉분을 열었을 때 보았던 "조상의 잔해와 같은 색깔", 어린 시절 물놀이할 때 보았던 "물속에 가라앉은 노란 조약돌"의 모습으로 그것을 대하고 있다. 유기적 공감이 우주적 화합으로 확대되는 장면이다.

이런 공감의 축을 지니고 있기에 「오른손이 아픈 날」에서 노모를 바라보는 화자를 설정하여 친정어머니 차례상에 아픈 손으로 술잔을 올리는 늙은 딸의 설날 풍경을 보여줄 수 있었다. 더 나아가 「지나간 앞날」에서 남편을 먼저 보낸 늙은 소녀의 입장이 되어 "남은 길 타박타박 걸어가는" 쓸쓸하면서도 그윽한 뒷모습을 하나의 화폭으로 그려낼 수 있었던 것이다. 이것이 어찌 우연이겠는가? 모두 우주적 공감이 여유 있는 사유와 섬세한 관찰과 결합되어 이룩한 시적 창조의 축복이요 진경이다. 이것이 개인의 성취에 국한된 것이 아니라 우리 시의 진경이자 축복임을 부정할 사람은 없을 것이다.

슬픔의 빙벽에 피어난 독거의 꽃

- 문정희의 『응』

1. 여성적 생명의식

　　5년 전 문정희 시인의 등단 40년을 기념하여 쓴 작품론에서 나는 그의 시가 성취한 세 가지 측면을 뚜렷이 강조한 바 있다. 그것은 '여성적 생명의식', '독창적 표현 능력', '실존적 자아의식'이다. 이 세 측면은 이번에 새로 내는 시집에 더욱 정제된 양식으로 빛을 발한다. 이 중 가장 문정희다운 요소를 하나만 고르라고 하면 나는 주저하지 않고 '여성적 생명의식'을 선택할 것이다. 이 국면에 관한 한 그는 다른 누구와도 비교하기 어려운 독보적인 성채를 구축하고 있기 때문이다. 페미니즘이라든가, 여성시라든가 하는 명칭조차 없었던 1970년대 초에 그는 자신의 독자적인 체험과 자각만으로 한국 여성의 사회적·실존적 조건을 집약적으로 표현한 작품을 선보였다. 그뿐 아니라 여성의 몸과 마음에서 생명의 가치를 발견하고 그것을 시로 형상화하는 선구적 작업을 전개했다. 그러한 작업은 그 후 이론의 보강과 체험의 심화를 거쳐 확고한 자기 영역으로 증축되었다.

　　20대에 쓴 그의 시 「유령」에는 보수적인 집안의 전통적 며느리라면 상당한 파문을 일으켰을 내용이 들어 있다. 그러나 그는 당당히 이 시를 썼다. 이것은 20대에 시댁에서 신혼생활을 시작하는 그 시대 여성의 사회적·실존적 조건을 그대로 형상화한 것이다. 1960년대에서 70년대 중반까지 소위 여성성이라는 것은 모성적 헌신이라든가 현모양처의 순종과 거의 동일한 개념으로 통용되었다. 연모하는 남성에게 간곡한 사랑을 호소하고 그 사랑이 전달되지 못하는 데 대한 절망을 토로하면서 모성적 견인의 자세로 아픔을 감내하는 것이 그 시대 여성의 정서였다. 그런데 문정희는 이 시에서 인간의 가장 기본적인 요소를 유린당하고 유령처럼 떠도는 신혼 여성의 모습을 보여준 것이다.

그 이후 그가 쓴 시 「콩」은 농촌 여성의 삶을 중심 소재로 삼았다. '콩'은 농촌 여성의 은유다. "새끼들만 주렁주렁 매달아 놓고" "흙을 다스리는 여자"가 바로 콩이다. 남정네는 일 년에 한 번 들를까 말까인데 무슨 재주로 몸을 섞었는지 새끼들을 주렁주렁 매달았다. 그런데 이 '콩'이라는 아낙네도 앞의 시 「유령」의 주인공처럼 밤이면 "손을 뻗쳐 저 하늘의 꿈을" 탐내다가 그 몽매한 죄 때문에 후려 쳐지는 도리깨질을 맞는다. 여기에도 동시대의 여성이 겪는 사회적·실존적 고통이 암시되어 있다. 그런데 이 시는 여성의 사회적·실존적 조건을 이야기하는 차원에서 한 걸음 더 나아가 생명의식을 드러낸 데 독창성이 있다. 도리깨가 허공 한 번 돌다 와 후려칠 때마다 마당에는 야무진 가을 아이들이 뒹군다. "야무진 가을 아이들"은 다음 행에서 "흙을 다스리는 여자"로 전환되는데, 이것은 '아이'와 '여자'가 대등한 대상이라는 의식을 표현한 것이다. 아이를 낳는 것은 여자고 세상의 모든 아이들은 여자의 속성을 지닌다는 등식이 창조된 것이다.

2. 망설임 없는 당당한 화법

나는 이러한 문정희 시의 독자성이 관념이나 학습에서 출발한 것이 아니라 그의 체질에서 자연스럽게 발효된 것이라고 생각한다. 그의 활달한 사유와 당당한 화법이 꾸며서 나온 것이 아니듯이 그의 여성적 생명의식 역시 그의 육체와 영혼의 내부로부터 자연스럽게 솟아난 것이다. 그는 누구보다 강인한 정신으로 자신의 약점을 극복하려 하고 자신이 가야 할 방향을 향해 눈치 보지 않고 의연하게 전진하는 추진력을 지녔다. 시적 태도에 관한 한 망설임이 없고 한 점 부끄러움이 없다. 그런 점에서 그는 독자적 개성으로 무장한 창조의 화신이다. 그러기에 자신의 몸을 시의 질료로 내세워 자신이 하고 싶은 말을 거침없이 토로한다. 그의 열두 번째 시집 『응』(민음사, 2014. 9)에 다음과 같은 시가 있다.

시인 M이 뚱뚱한 것은 고독을 과식한 탓이다
슬픔을 쉴 새 없이 갉아먹은 탓이다
자유는 혼탁하고 말에는 고통이 섞여 있어
동굴 속에서 홀로를 파먹은 탓이다

시인 M은 관념으로 꽉 찬 기형의 머리를
늘 의자에 앉히고 의자와 함께 늙어 간다
탱자 가시처럼 날카로운 편견과 편애로
폭양과 폭력에 항거하며
사철 빙벽 속에 산다

그러므로 뚱뚱한 시인 M을
권력의 비호를 받지 못하면 비칠거리는 두루미나
일생 동안 여당與黨만 하는 목이 긴 당나귀 따위나
시시하게 세련된 기린 족속과 비교해선 안 된다

「뚱뚱한 시인」 전문

이 시에 나오는 몇 개의 시어에서 시인이 추구하는 세계가 어떠한 것인가를 추출할 수 있다. 그는 세속의 난기류에 맞서 고독의 빙벽에 독거하는 존재다. 세상은 혼탁하고 사람들은 권력의 뒤를 쫓는데, 그는 고독의 힘으로 거기 맞선다. 자존의 자리를 지키기 위해서는 당연히 고통이 수반된다. 고독과 슬픔과 고통을 과식했기에 시인의 몸이 뚱뚱해졌다는 것이다. 매우 공감이 가는 시다.

혹자는 이 시를 두고 너무 자신감을 드러낸 것이 아니냐고 의혹의 눈길을 보낼 수도 있는데 이 시는 현재의 위상을 드러낸 것이 아니라 시인의 의지를 표명한 것이다. 어떠한 고통이 와도 세상의 혼탁과 타협하지 않고 고독의 빙벽에서 결신의 자세를 보이겠다는 자기 다짐을 노래한 것이다. 그는 결코 자기 미화에 안주하는 시인이 아니다. 그가 자신의 몸을 소재로 내세워 결신의 의지를 드러낸 것은 한국 사회에서 뚱뚱한 여성을 바라보는 시선에 항거하기 위해서이지 자신의 상태를 미화하기 위한 것이 아니다. 「돼지」라는 시에서는 자기 자신을 "지푸라기로 만든 돼지"로 비하하며 자신에 대한 반성적 시각을 드러내고 있다. 그의 반성적 시각은 여성적 삶의 조건과 여성적 생명성에 맞추어져 있다.

3. 여성적 삶의 실상

이 시집의 첫머리에 「조장鳥葬」이 있다. 사막에서 시신을 쪼아 먹는 새를 본 후 시인은 세상의 새들이 자신의 육친으로 보인다고 했다. 더 나아가 스스로 자신의 시신을 쪼아 먹는 새가 되어 자신의 살과 피로 시를 쓴다고 했다. 독특한 상상력이다. 그 연장선상에 다음의 시 「강」이 있다.

어머니가 죽자 성욕이 살아났다
불쌍한 어머니! 울다 울다
태양 아래 섰다
태어난 날부터 나를 핥던 짐승이 사라진 자리
오소소 냉기가 자리 잡았다

드디어 딸을 벗어 버렸다!
고려야 조선아 누대의 여자들아, 식민지들아
죄 없이 죄 많은 수인囚人들아, 잘 가거라
신성을 넘어 독성처럼 질긴 거미줄에 얽혀
눈도 귀도 없이 늪에 사는 물귀신들아
끝없이 간섭하던 기도 속의
현모야, 양처야, 정숙아,
잘 가거라. 자신을 통째로 죽인 희생을 채찍으로
우리를 제압하던 당신을 배반할 수 없어
물 밑에서 숨 쉬던 모반과 죄책감까지
브래지어 풀듯이 풀어 버렸다

어머니 장례 날, 여자와 잠을 자고 해변을 걷는 사내여
말하라. 이것이 햇살인가 허공인가
나는 허공의 자유, 먼지의 고독이다
불쌍한 어머니, 그녀가 죽자 성욕이 살아났다
나는 다시 어머니를 낳을 것이다

「강」 전문

시인이 어머니를 불쌍하다고 여기는 것은 어머니라는 존재가 한국 사회에서 강요된 여성적 질곡의 희생자이기 때문이다. 어머니는 스스로 희생자라는 사실도 인지하지 못한 채 자신의 삶을 표준으로 알고 후손들에게 자신의 길을 권유하기도 했다. 이것이 사실은 더 큰 비극이다. "독성"이 "신성"으로 전도되는 역사의 모순을 누대에 걸쳐 계승해 온 것이다. "죄 없

이 죄 많은 수인들"이라는 말은 수없이 많은 절절한 사연을 절묘하게 압축한 명구다. 현실의 삶을 그대로 수용했으니 아무런 죄가 없는 것이지만 그 차별의 삶에 아무런 문제를 못 느끼고 대대손손 그것을 덕목으로 내세웠으니 사실은 죄 많은 존재들이다. 이 구절은 세계 모든 여성들의 삶에 두루 해당하는 깊은 역사적 통찰을 제시한다.

그런데 죄 없이 죄 많은 수인의 하나인 어머니가 세상을 떠났는데 왜 "성욕"이 살아난 것일까? 이 "성욕"은 무슨 의미를 지닌 것일까? 시인은 어머니를 "태어난 날부터 나를 핥던 짐승"이라고 했다. 여성이 아니면 나올 수 없는 표현이다. 우리 남성이 언제 어미 개처럼 우리 아이들을 핥은 적이 있었던가? 남성적 위엄으로는 취할 수 없는 행동이다. 같은 여성이라고 해도 누구에게서나 나올 수 있는 표현이 아니다. 여성적 생명의식이 육화되어야 나올 수 있는 표현이다.

나를 핥던 짐승이 사라진 자리에 "오소소 냉기가 자리 잡았다"고 했다. "성욕"과 "냉기"는 또 무슨 관계에 있는가? 시인은 사유와 성찰의 결과 도달한 자신의 모습을 "허공의 자유, 먼지의 고독"이라고 일컬었다. 허공의 자유, 먼지의 고독이라니? 시인은 이 표현에 대해 아무런 단서도 내놓지 않았다. 각자 스스로 그 의미를 찾을 수밖에. 죄 없이 죄 많은 수인의 자리로 이어져 온 구속의 연쇄에서 벗어났으니 허공의 자유를 얻은 것이고, 도도하게 이어져 온 역사의 줄기를 부정하고 자신의 삶을 새롭게 살겠다는 결의에 이르렀으니 먼지처럼 작은 존재의 고독에 직면하게 된 것이다.

허공의 자유, 먼지의 고독이 그가 새롭게 얻은 성욕의 실체다. 이제 진정으로 자유로우나 진정으로 고독한 사랑의 길을 가야 하는 것이다. 사랑의 성욕에 의해 그는 "다시 어머니를 낳을 것"이라고 했다. 어찌 딸이 아니라 어머니를 낳겠다고 했는가? 이것 또한 여성적 생명의식의 휘황한 발산이다. 딸은 성장을 필요로 하는 여성이고, 어머니는 생명을 낳을 수 있는 여성이다. 하나의 생명의 탄생이 또 다른 생명의 탄생으로 이어지는 무한

한 역사적 연속성을 염두에 두었기에 시인은 어머니를 낳겠다고 말한 것이다. 그래서 제목도 "강"으로 정했다. 강은 바로 그 무한한 역사적 연속을 상징하는 실체다. 새로운 성욕에 의해 태어나는 어머니는 과거 죄 많은 수인으로서의 어머니가 아니라 생명 탄생의 주체로서의 어머니, 허공의 자유와 먼지의 고독의 실체로서의 어머니, 자신의 삶을 혼자 책임지는 어머니다. 새로운 어머니의 강이 새롭게 흐를 것이다

이 시에 담긴 생각은 얼핏 보면 거창해 보이고 거대 담론을 펼쳐 놓은 것 같다. 그러나 그 출발을 생각하면 그리 거창한 것이 아니다. 관념으로서의 역사가 아니라 현실적 삶으로서의 여성의 실상을 염두에 둔 것이다. 그가 목격하고 체험한 여성적 삶의 실상은 다음과 같다.

일찍이 농촌을 떠나와
그때 막 시작된 산업화 시대의 여직공이 되어
밤낮으로 수출 공장에서 일을 했던
우리 순임이

그녀의 거북 등같이 주름진 손을
오늘 저녁 TV에서 보았다

초로의 할머니가 되어 마을 회관에서
동네 노인들과 복분자 술을 나눠 마시고 있었다
동남아 며느리가 낳은
눈이 약간 검은 손자를 자애로이 품에 안고
글로벌 시대, 뭐 그런 이름은 굳이 몰라도 좋지만
넉넉하고 따스하게 다문화 가족을 이루며
그때처럼 국제화 시대를 먼저 살고 있었다

내가 대학을 나오고
세계 문학을 기웃거리며

흰 손으로 시를 쓰는 동안

「우리 순임이」 전문

앞에서 본 「강」이 여성의 삶에 대해 역사적 성찰이 개입한 것이라면, 이 시는 시인과 같은 시대를 살아온 여성의 현실적 삶을 구체적으로 그려내고 있다. 1960년대부터 지금까지 시인과 동시대의 농촌 여성이 걸어왔음직한 삶을 재구성하여 표현한 것이다. 가난을 넘어서기 위해, 혹은 그저 가난 때문에, 일찍이 농촌을 떠나 도시로 올라와 여직공으로 취업하여 박봉의 공원 생활을 하고 거기서 모은 돈으로 동생을 공부시키고 다시 농촌으로 돌아와 농사꾼의 아내로 일생을 보낸 초로의 여인이 있다. 그 여인을 TV 화면에서 보았다. 국민소득 3만 달러를 넘어섰다지만 환경과 생활은 그대로 대물림되어, 농사꾼의 어머니로 동남아 며느리를 얻어 낯빛이 다른 손자를 품에 안고 웃음을 짓고 있는 여인. 소싯적에는 산업전사로 앞장을 섰고 노년에는 국제화 시대 다문화 가족에 앞장을 선 우리 순임이. 그 여인 앞에 우리가 무슨 말을 할 것인가?

시인은 순임이의 모습을 그냥 보여주면서 슬픔도 아쉬움도 아닌 표정으로 자신의 내력을 소개했다. 대학을 나오고 세계 문학을 기웃거리며 흰 손으로 시를 쓰는 세월을 보냈다고 했다. 이러한 발언을 하는 그의 어투는 앞서 결신의 자존 의지를 드러내거나 여성적 생명의식을 드러내던 활기찬 어법과는 아주 다르다. 연민과 회한이 얽혀 있는 자조의 어법이 저절로 선택되는 것이다. 이것은 인류학자 벤자민 주아노나 퓰리처상을 받은 버클리 시인이 이해하기 어려운 한국 여성만의 아픈 체험의 표현이다. 문정희 시인은 우리 역사의 당대적 아픔을 충분히 내면화하고 있다. 우리 순임이의 삶에 아픔 어린 공존의 감정을 느꼈기에, 빈궁을 극복한 외국 시인의 경우에도 동병상련의 정서를 표현한다.

빗자루 하나가 가진 것의 전부인
페루 소녀!
병균이 우글거리는 빈민가 청소부로 산다
아침부터 밤까지 공동 화장실에서
지린내 땀내로 찌들다가
젖은 신 불어 터진 발로
동전 몇 닢을 쥐고 움막으로 돌아오면
찢긴 거미줄에 얽혀 날개를 버둥거리는
눈알이 까만 네 동생들

할 수 없이 아버지를 삼킨 검은 광산을
손톱으로 깨며
다시 금을 찾아 헤매다가
이게 무슨 일인가
금보다 먼저 캐 버린 시!
그만 청소년 문학 콩쿠르를 석권해 버렸으니

이런 용감한 무기를 소지한 소녀를 보았나
빛나는 시인 세샤르 바예호를
시인의 운명을 그만 사랑하고 만 페루 소녀!

고통아! 더욱 세차게 쳐라
여기가 금세기 뮤즈가 피어나는 벼랑인 것 같다

「페루 소녀」 전문

　우리 순임이가 현실을 수용하여 농촌 가정의 일원이 된 데 비해, 페루의 극빈자 출신 세샤르 바예호는 자신의 열악한 환경을 극복하고 시인이 되었다. 굶주림에서 벗어나기 위해 금을 찾아 헤매다가 "금보다 먼저 캐 버린 시"로 시인이 되었는데, 그는 자신의 모태인 가난을 무시하지 않고 가난과 고통을 노래하는 시인이 되었다. 이 시인의 출신 환경과 성공담을 요약한 후 시인은 자신에 대한 경책을 스스로에게 던진다. "고통아! 더욱 세차게 쳐라". 이것은 앞의 시 「우리 순임이」에서 보여준 연민과 자조의 음성과는 다른 결의의 어조다. 그는 고통 속에 시의 탄생과 부활이 있음을 다시 한 번 새롭게 자각하고 있다.

4. 진정한 자아의 발견

이러한 사색과 명상과 체험은 결국 나 자신의 문제로 귀결된다. 앞에서 세 가지 성취의 하나로 제시했던 '실존적 자아의식'에 직면하게 되는 것이다. 이것은 시인으로서 하나의 필연에 속하는 결과다. 모든 문학의 주제는 '나란 무엇인가'라는 문제로 집약되기 때문이다. 그는 「구걸 명상」이라는 시에서 여행길에서 목격한 장면을 소개했다. 명상을 하듯 구걸하는 여인이 보여준 독특한 행동에서 경이로운 체험을 하고, 시원하게 자신의 것을 잘라 버려야 길 잃은 시간의 길에 나설 수 있음을 자각하게 된 것이다.

또 하나는 남편의 머리 염색을 도와주면서 느낀 정화淨化와 정밀靜謐의 체험이다. 이것은 남편의 머리 염색 체험 이전에 그의 생활에서 먼저 얻은 것이기도 하다. 가령 그의 시 「늑대 여자」를 보면 시 창조의 절대적 경지를 번개나 태풍의 울부짖음이라든가 "번쩍이는 야성의 물결", "핏빛 위험한 노래"로 표현하고 있다. 이것은 야성의 생명력이 약동하는 격정의 육성이다. 여기에 비해 「가을 폭설」은 열망의 시간과 "파란만장과 전전긍긍"의 세월을 돌아 "다시 날아갈 듯 가벼운 날개로" 눈부시게 쌓여 있는 가을 설경의 정화의 이미지를 펼쳐내고 있다. 야성의 육성이 정화의 음조로 전환되어 있는 것이다. 이것은 그의 내면에 이러한 두 방향이 은밀하게 충돌하고 있음을 암시한다. 세월의 연륜을 감안하면 전자가 후자 쪽으로 선회하고 있다고 보는 것이 좋을 것이다. 그러한 정화의 행로에 중요한 단서를 제공하는 작품이 「뒷모습」이다.

머리에 검은 칠을 해 달라며 남편이
송충이같이 꿈틀거리는 염색 솔을 쥐어 준다
계절이 내 앞에다 누렇게 시든 갈대숲을 들이민다

슬픔은 최고의 진리라
이윽고 여기에 도달했다

짐승들 뛰어노는 벼랑에서 살아남아
손바닥 한쪽을 살며시 땅에다 갖다 대기 위해
가을 잎도 바람에 몸을 맡긴 날

위대한 항해의 닻을 여기에다 내린다
이 항구에 이르기 위해
그 많은 해 이글거리고 태풍 울부짖었는가

「뒷모습」 전문

남편의 머리 염색을 도와주며 평소 지나쳤던 세월의 무게를 새삼 마주하게 되었다. "누렇게 시든 갈대숲"을 발견하게 된 것이다. 이 발견에 적실하게 상응하는 말이 오쇼 라즈니쉬가 한 "슬픔은 최고의 진리"라는 잠언이다. 슬픔을 알아야 진정한 지혜를 얻는다. 늙음이 주는 슬픔을 맛보자, 엉긴 인연의 족쇄가 풀리고 모든 것을 용서할 수 있는 마음의 여유가 생긴다. 정화의 맑은 샘이 솟는다. 번개와 태풍의 세월, 그 야생의 울부짖음은 무욕과 정화의 항구에 닻을 내리는 데 필요한 매개물이었다. 가을 폭설에 위안을 얻고 가을바람에 운명을 맡길 때 슬프도록 진실한 세월이 시작된다. 위대한 항해의 도달점은 누렇게 시든 갈대숲의 발견, "뒷모습"의 발견에 있다. 뒷모습을 바로 보는 것이 삶의 진정한 혁명에 해당한다. 핏빛 위

험한 노래에서 벗어나 나의 진정한 모습, 진정한 자아를 발견하는 것이
바로 슬픔이 베푼 진리의 은사다. 그 자아의 발견은 어떠한가?

나하고 나뿐이다
뼛속에 유빙遊氷이 떠다닌다

나는 나이테 없는 식물 같은 동물
피 다 증발해 버린 빙하기를 사는
독거의 꽃

불가해한 선사先史에서 흘러온
소금 기둥이다

불꽃의 순간을 두들기는
허공의 하루살이이다

나하고 나하고 나뿐이다

「독거」 전문

　뼛속에 유빙이 떠다닌다고 했으니 뼈가 저릴 것이고 뼈를 스치는 소리
도 스산하게 날 것이다. 그러나 그 소슬한 유랑의 시간을 혼자 감당해야
할 지점에 이르렀다. 파란만장과 전전긍긍의 세월을 거쳐 핏빛 노래의 열
기가 증발해 버렸으니 정갈한 줄기만 남아 소금 기둥 같은 빙하기의 화석
이 남았다. "불꽃의 순간을 두들기는 허공의 하루살이"라 했는데, "불꽃의
시간"은 스쳐 지나간 시간이요, "허공의 하루살이"는 앞에서 보았던 "허공
의 자유", "먼지의 고독"의 다른 이름이다. 그것은 현실의 모순을 탈각하고
얻은 진정한 자유와 고독, 진정한 자아와의 대면이다. 그래서 시인은 "나
하고 나하고 나뿐"이라고 잘라 말했다. 그는 '나'를 만나 그 실체를 확인한

것이다. 시인은 자신의 몸을 스스로 쪼아 그 살과 피로 시를 쓰는 존재다. 그러니 "나하고 나하고 나뿐"이라고 말할 수밖에 없는 것이다. 시집의 처음에 배치된 「조장」의 상징성이 다시 확인되는 순간이다.

늑대 여인의 열정과 가을 폭설의 정밀을 두루 화해시킬 수 있는 동력은 생명의 근원으로서의 나를 발견하는 데서 온다. 그는 몇 년 전에 쓴 「사람의 가을」에서 "나의 신은 나"라고 선언한 바 있다. 존재하는 모든 것들은 우리가 받들어야 할 존엄성을 다 갖추고 있다는 뜻이다. 홀로 존재하는 '독거의 나'가 무엇으로도 부정할 수 없는 우주의 절대적 존재가 되는 것이다. "독거의 꽃", "허공의 하루살이"가 바로 신이다. 이러한 절대적 생명의식에 도달한 것 역시 여성적 생명의식의 숙성에 의한 것이다. 오직 나, 그리고 또 나. 이 절대적 '나'에서 시가 탄생하고 진정한 생이 시작된다. 이러한 발견만으로도 문정희 시인은 한국 시사의 의젓한 자기 자리를 얻었다 할 것이다.

폐허를 울리는 생명의 노래

– 이은봉의 『걸레옷을 입은 구름』

1. 연초록 웃음의 자연

시집 『걸레옷을 입은 구름』(실천문학사, 2013. 6) 뒤에 실린 「시인의 말」을 보니 올해가 이은봉 시인이 세상에 나온 지 60년, 시단에 나온 지 30년이 되는 해라고 한다. 딱 잘라지는 맛이 있어서 60년, 30년이라는 수치의 어감이 좋다. 30년을 한 세대라고 하니 등단한 지 한 세대가 지나고 태어난 지 두 세대가 간 것이다. 그러고 보니 한창 푸르렀던 총각 시절 대전의 어두운 술집에서 세상의 온갖 상소리를 섞어 열변을 토했던 것이 30년 너머의 일이던가? 뿔처럼 솟았던 머리가 얇게 가라앉았으니 세월만 속절없이 흐른 것인가? 나는 많이 변했지만 이은봉 시인은 그리 변한 것 같지가 않다. 그는 여전히 안경 너머 재치 있는 눈빛으로 천진하게 웃다가 세상에 처음 듣는 쌍말을 섞어 못된 세월을 욕하던 그때 그 모습 그대로 남아 있다.

시론과 시창작을 강의하는 교수답게 그는 「시인의 말」에서 시집의 성격을 간명하게 언급했다. 자연은 다양한 문양으로 기호와 문자를 우리에게 드러내는데, 이 기호와 문자를 읽는 일이 시인의 임무다. 자연의 언어는 신의 언어고 진리의 언어기 때문에 그것을 제대로 포착하기가 쉽지 않다. 그래도 그것을 정성껏 독해하려는 마음으로 시를 쓴다고 했다. 그는 다음과 같이 위엄 있는 말로 글을 끝냈는데, 이 마무리 문장을 보고 그가 회갑에 이르렀음을 확연히 깨달았다. "순수하고, 정직하고, 진실한 마음으로 죽음의 벼랑에 이를 때까지 시의 길을 뚜벅뚜벅 걸어가는 수밖에."

이렇게 당당히 말할 수 있는 사람은 흔치 않다. 나이가 들수록 불순과 허위와 가식이 늘어나는 것이 우리 인생이 아니던가. 나는 시집의 작품을 다 읽고 세상의 불순한 요소에 맞서 그의 당당함을 유지하게 해 준 동력이 바로 자연이라고 생각하게 되었다. 자연이 전해주는 암호의 수신과 그 해독과정을 통해 깨끗하고 곧고 바른 마음이 유지될 수 있었을 것이다. 그런 관점에서 다음 시를 다시 읽으니 자연의 몸짓을 수용하는 시인의 눈길이 예사롭지 않음을 새삼 깨닫게 된다.

농협창고 뒤편 후미진 고샅, 웬 낯빛 뽀얀 계집애 쪼그려 앉아 오줌 누고 있다

이 계집애, 더러는 샛노랗게 웃기도 한다 연초록 치맛자락 펼쳐 아랫도리 살짝 가린 채

왼편 둔덕 위에서는 살구꽃 꽂진 자리, 열매들 파랗게 크고 있다

눈 내려뜨면 낮은 둔덕 아래, 계집애의 엄니를 닮은 깨어진 사금파리 하나 반짝반짝 빛나고 있고

「민들레꽃」 전문

고샅길에 낮게 피어 있는 민들레꽃을 쪼그려 앉아 오줌 누는 낯빛 뽀얀 계집애로 보려면 삶의 천진성이 있어야 한다. 샛노랗게 웃는 뽀얀 낯빛의

계집애를 정겹게 바라볼 수 있는 여유도 있어야 한다. 세속 욕망에 찌든 눈빛으로 쳐다보면 계집아이는 겁을 내고 울음을 터뜨릴 것이다. 오줌 방울을 흘리며 급히 옷을 추스르고 줄행랑을 칠 것이다. 납작하게 주저앉아 어린아이와 하나가 되어 연초록 웃음을 보일 때 아이도 샛노란 미소로 응답할 것이다. 그러한 순연한 교감의 물살 너머로 살구꽃 떨어진 자리에 파랗게 맺힌 살구 열매도 비치고 계집애의 젖니를 닮은 하얀 사금파리도 눈에 들어온다. 지극히 평화롭고 아름다운 정경이다.

2. 문명의 잔혹한 마수

그러나 전체적인 생활의 국면에서 우리가 대하는 자연의 외관이 그렇게 우아한 것은 아니다. 생태계의 전반적인 오염으로 자연의 순연한 생명성이 파괴되어 가고 있음을 우리는 여러 가지 각도에서 목격하고 있다. 북극의 얼음이 녹아 서식지를 잃은 백곰들이 빙산 위에 표류하고 있고, 과도한 개발로 살 곳을 잃은 생명체들이 외계인처럼 변이를 일으켜 떠돌고 있다. 자연의 기호를 예민하게 수신하는 시인이 이러한 사실에 무감할 수 없다. 그는 인간 욕망이 만들어낸 문명의 방자하고 잔혹한 마수를 담쟁이넝쿨로 비유하여 표현했다.

담쟁이넝쿨을 보면 겁난다
손만 닿으면
꾸역꾸역 기어오르는
사람의 역사가 떠오르기 때문이다

담쟁이넝쿨처럼
갈퀴손이 달려 있는

사람의 문명

아무리 높은 담도
갈퀴손만 닿으면
사람의 오늘은 길을 만든다

급기야는 달나라에까지
은하철도를 놓는
사람의 내일……
담쟁이넝쿨을 보면 무섭다.

「담쟁이넝쿨」 전문

　인간은 자연 그대로 있는 것을 그냥 두지 않는다. 숲이 있으면 길을 내
고 강이 있으면 다리를 놓고 하늘이 있으면 위성을 띄우고 달이 있으면
우주선을 앉힌다. 벽에만 닿으면 기어올라 온벽을 뒤덮고 지붕까지 장악
하는 담쟁이넝쿨처럼 인간의 욕망은 끝이 없다. 북극의 얼음이 녹은 차가
운 기류 때문에 봄이 와도 눈보라가 날리고 반대쪽 지역은 무더위와 홍수
로 난리가 난다. "무엇이 봄의 발목을 잡고" 있는 것일까? 죽어도 사라지지
않을 인간의 간악한 욕망이다. 인간은 본래 전적으로 사악한 존재는 아닌
데, 문명의 성취가 가져다준 쾌락이 마음 속 선한 바탕을 훼손해 버렸다.
이것을 시인은 "사람들의 마음 속 벽시계까지/빈대떡처럼 찌그러진 지 오
래다"(「발목 잡힌 봄」)라고 표현했다.
　「달의 가출」과 「걸레옷을 입은 구름」은 생태계 오염과 자연 파괴의 실
상을 우화적으로 표현한 작품이다. 상처투성이의 달이지만 그래도 달은
아픈 몸으로 내 안에 들어와 봄꽃을 피우고 여름 숲을 이루었다. 그러나
달의 병환이 깊어져 생명의 터전을 잃게 되자 내 몸을 떠났고 달이 가출
한 몸은 꽃도 숲도 없는 삭막한 빌딩으로 가득 채워졌다. 생명의 윤기를

잃은 내 몸을 음산한 빛깔의 불안이 장악하고 근심과 걱정이 증식하여 힘을 잃은 다리가 후들후들 떨린다. 내가 병들자 내 몸을 떠난 달도 환한 낮빛을 잃고 찡그린 얼굴로 하늘 한쪽에 팽개쳐져 있게 되었다. "달은 이제 검게 파헤쳐진 마을이나 우두커니 내려다보고 있을 뿐이었다."(「달의 가출」)고 시인은 지나가는 말처럼 적었지만 그 쓰라린 비통함은 이루 말할 수 없었을 것이다.

이제 달과 나와의 교신도 끊어질 위기에 처했다. 달과 나를 이어주던 구름도 중병이 걸렸기 때문이다. 불안한 불면의 밤을 지내며 달과의 교신을 간절히 바라고 있지만 구름은 고름덩어리가 되어 걸레옷을 입고 온갖 중금속을 내장에 감추고 있다. 바람이라도 불어와 오염된 구름의 걸레옷을 벗겨내 주면 좋겠는데 바람도 제 구실을 못하고 "잔뜩 인상을 찡그린 채 도시의 뒷골목을 어슬렁대고 있는 조폭 똘마니 같은" 꼴을 하고 있다. 내 몸의 숨결이 막히고 모든 생명체의 안식과 숙면이 저지된다. "잠들지 못하면 어떤 영혼도 바로 숨을 쉬지 못 한다 그렇게 죽는다."(「걸레옷을 입은 구름」)는 발언은 생태계 파괴의 끝판을 차갑게 예고하고 있다. 생명 현상이 사라져가는 부재의 공허감을 「옛집」과 「빈집」에서 역시 냉정한 시선으로 묘파했다.

이런 마당에 자연이 전해 주는 신의 음성을 해독해 보겠다는 시인의 뜻이 실현될 수 있을까? 자연이 철저하게 유린되고 수탈되어 넝마가 되고 걸레가 되었는데 신의 음성이 남아 있기는 한 것인가? 그 음성이 스며들 우리 영혼이 잔존해 있기는 한 것인가? 시인은 관찰과 사색을 통해 죽음의 단면을 돌파할 수 있는 예지에 도달하는데 그것은 삶과 죽음이 분리된 것이 아니라 공존의 동체라는 인식이다. 삶과 죽음의 이원적 인식을 해체하고 그 둘을 하나로 보는 독특한 인식론의 수립이다. 그것을 표현한 작품이 「살아 있는 죽음」과 「죽음들」, 「시체창고」, 「셋집」 등의 시편들이다.

살아 있다고? 지금, 아직, 정말?
그렇다니까 팽팽하게 살아 있다니까
자, 보라고, 으음 제법 싱싱해 보이는군
말랑말랑 부드럽기도 하고
보라니까 네 몸에도 죽음이
덕지덕지 붙어 있잖아 죽음투성이잖아
어깨 위 하얗게 쏟아져내리는
저 살 비듬 좀 봐 매일같이
시체를 내뱉고 있잖니 몸이라는 게
그렇잖니 자, 보라고
나도 마찬가지라니까 자꾸만 발뒤꿈치에서
각질이 밀려나오고 있잖아
손가락 끝에서는 날카로운 손톱이
발가락 끝에서는 뭉툭한 발톱이
크고 있다니까 자, 나를 좀 보라고
머리에서는 머리카락이 자라고 있잖니
저 주검들 말이야 저 시체들
생의 오랜 껍질들이지 네 몸에도
이처럼 죽음이 살고 있다니까
삶이 곧 죽음이잖아 이미 죽음이
여기저기 도사려 있다니까
색즉시공이고 공즉시색이지
그것들 바로 깨닫고 실천하기까지는
침묵할 수밖에, 그냥 눈 딱 감을 수밖에
천천히 죽음을 살 수밖에 없다니까.

「살아 있는 죽음」 전문

우리 몸에는 이미 수많은 죽음들이 내포되어 있으며 산다는 것은 끊임
없이 죽음과 삶이 반복되는 현상이다. 지금 이 순간에도 우리 몸에는 헤아
릴 수 없이 많은 세포가 죽어가고 동시에 그만한 수효의 새로운 세포가

탄생한다. 죽음과 삶이 공존하며 그 둘의 관계가 무한히 반복되는 것이 생명 현상이고, 죽음과 삶이 결합되어 있는 공간이 바로 생명체다. 우리의 몸 안과 바깥에 무수한 미생물들이 우리와 함께 살고 있다. 이러한 인식은 자연 훼손과 생태계 파괴를 단순한 죽음으로 보는 시각에서 벗어나 '생명의 기원'을 탐색하는 자세를 갖게 한다.

3. 생명의 기원

생명의 기원. 이것은 매우 중요한 말이다. 이것은 보편적이고 궁극적인 철학적 탐색의 출발을 의미하기 때문이다. 고대 희랍의 철학자들은 우주 만물의 근원이 무엇인가를 두고 오랫동안 심각하게 고민했다. 어떤 이는 만물의 근원을 물이라 했고 어떤 이는 불이라 했으며 어떤 이는 원자라 했고 어떤 이는 네 가지 원소라 했다. 이은봉 시인 역시 물이 생명의 고향이라고 생각하여 두 편의 시 「물의 비밀」과 「나는 물이다」를 썼다. 이 시들은 앞의 부정적 자연 현상의 음울한 국면과는 달리 훨씬 밝고 유연한 상상의 화폭이 펼쳐진다. 물의 자유분방한 움직임은 생명의 유연성을 그대로 반영하고 자본의 횡포와 문명의 도발에 저항하고 도전할 수 있는 역동성을 상징하기도 한다. 이 물의 상상은 고대 희랍의 철학자로부터 동양의 제자백가에 이르기까지 숱한 사람들이 공유했던 사유이기에 그리 새롭다고 하기는 어렵다. 그러나 만물의 기원이 돌이라고 한 사람은 없다. 그런 점에서 돌을 "생명의 집"으로 인식한 이은봉의 시 「생명의 집」과 「돌 속의 집」은 누구에게든 독창적이라는 평을 들을 만하다.

돌은 아버지의 집이다 아버지는 처음 돌 속에서 나왔다 아버지의 아버지의 아버지, 아버지, 아버지……

부서져 흙이 되는 돌, 나도 돌의 문을 열고 나왔다

마늘과 양파를 키우는 돌, 벼와 보리를 키우는 돌, 암탉과 칠면조를 키우는 돌, 소와 돼지를 키우는 돌

돌을 먹고 나는 또 하루를 살고 있다 죽음을 먹고 나는 또 한 세상을 살고 있다

돌 속에서 아버지를 꺼낸 것은, 주검 속에서 나를 꺼낸 것은 오랜 바람이다 물이다 햇볕이다 시간이다

시간이 돌을 쪼개, 흙을 으깨 나를 세상에 나오게 한 거다 시간의 부름을 받을 때까지는, 돌로 흙으로 돌아갈 때까지는 눈망울 반짝이며 이 세상 건너갈 수밖에 없다

돌은 생명의 집이다 생명은 돌의 문을 열고 나온다 돌은 생명의 생명의 생명, 생명, 생명……

부서져 흙이 되는 돌, 부서져 식량이 되는 돌, 아들도 손자도 증손자도 돌의 문을 열고 나왔다.

「생명의 집」 전문

여기서 돌은 흙의 원형이자 모태다. 부서져 흙이 되는 것이 돌이기 때문에 돌이 마늘과 양파, 벼와 보리 같은 식물을 자라게 하고, 암탉과 칠면조, 소와 돼지를 기른다고 했다. 시간이 흘러 바람과 물과 햇볕에 의해 돌이 흙이 되지만 태초의 원형은 부서진 흙이 아니라 견고한 고체인 돌이다. 시인은 모든 선조가 돌의 문을 열고 나왔고 모든 후손도 돌의 문을 열고 태어날 것이라고 했다. 그래서 돌은 "아버지의 집"이요 "생명의 집"이다. 우리는 흙과 바람과 물과 햇볕의 세월에 길들어 돌이 생명의 집이라는 것을 잊고 산다. 중금속에 오염되어 불그죽죽 녹슬어 보이는 돌이이만 처음 화산의 용암으로 용출되었을 때는 세상 모든 것을 녹이고도 남을 뜨거운 생명의 도가니로 불타올랐을 것이다.

타오르던 싱싱한 불기운이 사그라졌으므로 인간은 자연의 근원으로 직접 다가가기 어렵게 되었다. 자연은 문명의 폐해로 상당 부분 생명력이 유

실되었고 자연의 병변은 나에게도 여러 가지 질병을 일으킨다. 자연과 우주의 불균형이 내 몸의 이상으로 전달되는 것이다. 그런 의미에서 자연과 내 몸 사이에는 기상대의 역할을 하는 매개자가 있는 것 같다. 비가 내리려 하면 몸이 쿡쿡 쑤시고 구름이 짙게 끼면 심장이 두근거리고 머리가 지끈거린다. 자연의 이상을 내 몸의 통증으로 알려주는 기상대가 자연과 나 사이에 존재하는 것이다. 귀에 이명을 일으켜 매미울음 소리를 연신 울리는 것도 기상대의 작용이다. 자연이 정상을 되찾으면 내 몸도 균형을 잡고 정신도 맑아진다. 까르르 웃기도 하고 기쁨에 젖어 콧노래를 흥얼거리기도 한다. 우리 몸의 일거수일투족이 모두 자연과 연결되어 있어서 내 몸은 자연의 변화를 감지하는 기상대의 역할을 한다. 때로 기상대는 안마사 역할을 할 때도 있다. 내 몸의 흐름을 파악하여 적절한 신호를 보내고 내 몸의 구석구석을 긴 손가락으로 어루만지는 안마사. 자연이 우리 몸에 안마사나 기상대 역할을 맡기는 것은 다행스러운 일이다. 그것은 자연이 우리를 완전히 포기하지 않았다는 증거다. 우리의 과도한 욕망이 자연의 균형을 잃게 했지만 자연은 우리를 버리지 않고 여러 가지 신호로 몸의 병변을 지적하여 더 큰 파국을 막을 것을 경고한다. 이러한 생각을 담은 시가 「안마사」와 「기상대」다. 이런 시적 상상도 자연과 인간의 관계를 깊이 명상한 데서 얻어진 독창적인 발상이다.

4. 신생의 노래

시인은 촉수를 예민하게 세우고 자연에서 전해오는 갖가지 신호를 가능한 한 정밀하게 해독하려 한다. 이미 자연의 순수성이 훼손되었기에 자연의 속삭임이 우리에게 순연하게 도달되지 못하는 일이 많다. 등불 환히 켠

산수유꽃의 아름다움도 "마른버짐 피어오르는"(「저 산수유꽃」) 수척한 얼굴에 제대로 젖어들기가 힘들다. 자연과의 동화가 그렇게 쉬운 일이 아니다. 자유농원 들마루에 온갖 꽃들이 피고 지지만 꽃으로 얼룩진 서책은 "소리 내어 읽어도, 좀처럼 이해되지 않는다."(「봄꽃들」) 때로는 생명의 환희가 아픔으로 다가오고 생명의 찬란한 의미를 완전히 체감하지 못하는 미완의 상태에 머물게 된다. 그만큼 자연은 전일적 생명력을 온전하게 유지하지 못하고 있다. 그렇다고 우리의 노력이 중단되어서는 안 된다. 우리의 생명이 피어 나온 곳이 자연이고 우리의 육신이 돌아갈 곳도 자연이기 때문이다. 여기서 시인은 "생명의 알"을 상상한다. 껍질이 깨어져야 생명체로 태어나는 알. 알에서 태어나는 생명체는 껍질이 깨지는 아픔이 있고 껍질에서 벗어나 홀로 나아가야 할 외로운 슬픔의 길이 있다. 알에서 태어나서 다시 알을 낳는 생명의 순환은 생의 아픔과 슬픔을 숙명의 형태로 끌어안는다.

　　천둥이 치고 번개가 쳐야 生의 껍질은 깨지지 生의 껍질이 깨져야 알은 태어나지
　　生의 알……, 알에서 태어나는 生은 외롭지 슬프지 아프지
　　바퀴가 달려 있기 때문이지
　　바퀴는 돌고, 도는 바퀴의 축에는 '떠돌이'라는 굵은 글씨가 새겨져 있지
　　더러는 '나그네'라는, 더러는 '낙타'라는 글씨가 새겨져 있기도 하지
　　'아버지' 혹은 '고향' 따위의 글씨는 새겨져 있지 않지
　　바퀴가 달려 있는 알의 生, 한번 구르기 시작하면 글씨는 금세 사라지지
　　구르는 알의 生은 하나의 까만 점, 멈출 줄 모르지
　　멈추면 흙 속으로, 대지 속으로 아름답게 미끄러지는 거지 어머니의 자궁 속, 딱딱한 알의 껍질을 뒤집어쓰는 거지
　　껍질을 깨고 다시 밖으로 튀어나올 때까지는
　　미끄러지지 않기 위해서라도 바퀴는 구르지 구를수록 눈덩이처럼 커지며 신화와 전설을 만드는 알의 生,
　　끝내 저를 깨뜨려 밖으로 튀어나오는 알의 生, 때가 되면 그도 멈추게 마련이지 바퀴에 구멍이 나기 마련이지

같으면서도 다른 生이 시작되는 거지 아들의 아들의 아들의 生……
아들의 生도 마찬가지지 그 또한 새로운 바퀴를 단 채 앞으로 달리지
그렇지 모든 생은 다 달리지 달리는 生은 외롭지 슬프지 아프지.

「生의 알」 전문

　우리의 생은 아픔과 슬픔을 태생의 조건처럼 지니고 있다. 천둥이 치고 번개가 쳐야 생명이 탄생하는 것이다. 태어난 생명은 알 수 없는 바퀴를 타고 세상으로 나아가게 되어 있다. 태어난 곳을 떠나 거친 세상을 떠돌고 때로는 태어난 곳도 잊어버리고 어느 먼 세상으로 헤맨다. 떠돌고 헤매다 어느 자리에 이르러 자신이 그러했던 것처럼 알을 낳는다. 새롭게 태어난 알 역시 그 부모가 그러했던 것처럼 보이지 않는 앞을 향해 나아간다. 세상에 태어난 생명체의 순환이 이러하다. 그렇게 생명의 순환이 일어나고 인간의 일이 이어지고 역사가 전개된다. 모든 생은 앞을 향해 달리게 되어 있고 달리는 생은 모두 외롭고 슬프다. 이렇게 생의 아픔과 슬픔을 존재의 징표로 받아들이게 되면 우리 몸에 일어나는 잡다한 변화의 기미를 넘어설 수 있다. 자연 파괴의 실상에 마음이 시달려 우울과 번민에 휩싸이는 데서 벗어나 자연의 내부로 들어가 아직 생명의 온기를 유지하고 있는, 때로는 생명의 불꽃을 키우고 있는 작고 순연한 생명체들의 눈부신 아름다움을 정밀하게 바라보는 눈이 열리게 된다. 「빈집」과 「옛집」의 자폐적 공허감에서 벗어나 빈집을 채우는 텃새의 생명력을 발견한다. 시인은 텃새의 생명의 발성을 "신의 목소리"라고 했다.

　　옛집, 무너진 담벼락 아래
　　함부로 흩어져 있는, 블록 벽돌 속
　　너무도 익숙한 텃새 두 마리
　　번갈아 드나들고 있다
　　날카로운 부리에는

메뚜기, 잠자리, 풀여치 따위
죽어도 좋다, 온몸 파닥거리며
꽈악, 물려 있다
거칠 것 없는 햇살들
두충나무 넓은 이파리를 뚫고
팍팍, 터져 내리는 늦여름 오후,
샛노란 새끼들의 주둥이
드높은 하늘을 향해
쫙쫙, 벌리고 있다
목청을 높이고 있다
짜식들, 발가락까지 샛노랗다
옛집, 허물어진 담벼락 아래
멋대로 나뒹구는 블록 벽돌 속
거기, 집의 집 있다
쪼르르, 찍찍, 쩍쩍
찌르르, 뽀짝뽀짝, 뽀오
어린 신의 목소리 즐겁다.

「집의 집」 전문

　　다 무너진 옛집 깨진 벽돌 사이에 둥지를 튼 두 마리 텃새가 번갈아 먹이를 물어 새끼들의 주둥이에 넣어준다. 겉으로 보면 담벼락 허물어지고 블록 벽돌 함부로 뒹굴고 있어 폐허 같아 보이지만 이 텃새 가족에게는 더없이 아늑하고 소중한 보금자리다. 여기서 우리는 자연을 지금까지 인간의 관점으로만 보아온 데 대해 반성할 필요가 있다. 인간보다 적응력과 생명력이 강한 생명체들은 생명이 깃들 수 있는 곳이면 어디든 스며들어 생명의 기운을 발동시킨다. 눈에 잘 뜨이지도 않는 미물이지만 그 속에 내장된 생명의 신비는 신의 몸놀림을 보여주고 신의 목소리를 들려준다.

　　이제 생명의 무한한 축복을 자신의 온몸으로 받아들이려는 신생의 몸짓이 활기차게 솟아난다. 그는 이제 기상대의 조종을 받는 병든 몸이 아니며 안마사의 조율을 받는 육신의 노예도 아니다. 그는 자연의 벗이며 자연의 이웃이고 자연의 애인이고 자연 그 자체다. 그의 시 「막」은 자귀나무 꽃잎과 자신 사이에 아무런 경계가 없다고 노래한다. 자귀나무 분홍꽃잎과 하나가 되어 건들바람을 따라 살랑대고 겨드랑이 아래로 푸른 꽃망울을 밀어올리고 성숙의 계절을 따라 사랑의 열매가 익어간다. 「참나무들」은 참나무 숲의 미끈한 "초록 선사"들이 푸른 생명의 혀로 절망과 고통, 슬픔과 우울을 정겹게 쓰다듬어 주는 원시 생령들의 한바탕 즐거운 놀이판을 상상한다. 이미 그 자신이 참나무 숲의 일부가 되어 그들의 깊고 아름다운 마음에 동참하고 있음을 암시하고 있다.

이러한 동화와 공감의 장면은 「상수리나무들아」에서 더욱 심화되어 상수리나무를 쓰다듬고 안아 보고 들쳐 업는 상상의 동작을 통해 상수리나무의 온기 속으로 내가 젖어들고 그 숨결이 내 몸으로 스며들어 상수리나무 껍질 속에 살고 있는 작은 풍뎅이나 어린 집게벌레들의 움직임도 환히 눈에 보이는 것 같고 내 몸에 상수리나무 냄새가 그득히 퍼져 흘러넘치는 것 같은 경지를 노래한다. 여기서 더 나아가 「솔바람 소리」는 솔바람 소리를 상상의 축으로 삼아 생명의 무한한 자유와 드넓은 포용력과 집착 없는 초탈과 걸림 없는 조화의 경지를 구가하는 찬란한 교향악을 창조했다. 오감이 총동원된 자유자재의 만다라 앞에 생태계나 문명의 문제를 거론하는 것은 의미가 없는 일이다. 눈부신 우주 교향악의 선율에 몸을 맡기고 우리도 솔바람 소리와 함께 꽃 피고 새 우는 들판과 계곡으로 자유롭게 유영해 가면 될 것이다. 30년 시력에 이런 경지에 이른 것은 결코 우연이 아닐 것이니 잠시도 쉬지 않았을 수행정진에 고개를 숙일 뿐이다. 그의 구도의 길이 더 큰 보람으로 이어지기를 빌며 책 뒤에 붙이는 작은 글을 마친다.

독거의 표상, 애매성의 매혹

- 황학주의 『모월모일의 별자리』

1. 언어의 그늘

모든 말에는 그늘이 있다. 무색투명하고 무미건조한 말은 이 세상에 없다. 우리가 '꽃'이라고 말할 때 그 단어에는 다종다양한 의미의 층이 겹쳐 있다. 꽃이라고 말할 때 머리에 떠오르는 영상은 사람마다 각기 다르다. 똑같은 꽃의 영상이 떠오르는 사람은 단 한 사람도 없을 것이다. 시는 이러한 언어의 그늘을 최대로 활용한다. 하나의 말이 자아내는 다양한 영상을 효과적으로 이용하고 결합하여 말과 말을 연결함으로써 지금껏 보지 못했던 새로운 영상을 창조한다. 이런 점에서 시는 최신 3D 영화보다 더욱 다채로운 영상을 만들어낼 수 있다.

황학주의 시는 언어의 그늘을 최대로 활용하여 새로운 영상을 조성하는 데 주력한다. 그래서 그의 시는 55.5%의 난해성을 견지한다. 그러나 44.5%의 가해성이 나머지 난해성을 해독하는 데 적절한 방향을 제시하기 때문에 전체적인 시상 파악에는 큰 어려움이 없다. 한 번 읽어서 쉽게 알 수 있는 시 중에도 좋은 시가 많지만, 지적 호기심이 강한 사람에게 그런 시는 좀 싱겁게 비칠 수 있다. 몇 번 거듭 읽고 머리를 한참 굴려야 비로소 그 뜻을 어렴풋이나마 짐작할 수 있는 시가 지적인 독자에게는 쾌감을 준다. 황학주의 시는 예민한 독자에게 바로 그러한 지적 호기심과 지적 쾌감을 동시에 안겨준다.

우리 시문학사의 시인 중 이상은 지적 호기심은 불러일으켰지만 지적 쾌감은 주지 못하였다. 김기림, 김경린, 조향 등은 지적 호기심보다는 표현상의 새로움을 조금 보여주는 선에 머물렀다. 정지용은 어느 정도 지적 호기심과 쾌감을 충족시키는 성과를 거두었다. 김수영은 새로운 언어형식에 현실비판의 요소를 결합함으로써 지적 호기심과 지적 쾌감을 함께 전달하는 데 성공했다. 여기에 비해 황학주는 언어를 통해 환기되는 심미적 영상의 창조에 초점을 맞춘다. 순수한 미학주의가 황학주의 시 의식을 이끌고 있다.

2. 시간에 대한 성찰

황학주의 시 의식을 이끄는 또 하나의 지주는 시간에 바탕을 둔 생에 대한 성찰이다. 이것은 그의 아홉 번째 시집 『모월모일某月某日의 별자리』(지혜, 2012. 2)의 「자서」에 명기한 두 단어, 즉 "시간과 사랑"이라는 말에 내재해 있다. 여기서 시간은 역사의 의미가 아니라 생의 흐름을 의미한다. 사랑 역시 아가페적 사랑이 아니라 에로스적 사랑을 의미한다. 이순을 바라보는 나이에 있지만 그의 감각의 촉수는 여전히 이성 간의 사랑을 지향한다. 「달랑 그것 하나」, 「당신 빼고는 다 지겨웠어」에서 보는 것처럼 독거의 공간에 타오르는 격정의 사랑을 꿈꾸고 있다. 요컨대 황학주는 내면에 일렁이는 사랑의 지향과 시간에 바탕을 둔 생에 대한 성찰을 순수한 미학주의의 구성으로 형상화하고 있다. 그의 시간에 대한 상념은 다음 시에 잘 표현되어 있다.

강아지!

왜?

아무 흉허물 없이 부를 수 있는
이름들에 대해
걱정인 시간

부를 때마다 눈에 떨리는 잎사귀 비치고
호명 되는대로 빗방울은 떨어져 내리어
그 위로 구르고

이순耳順은 낼모레나 날씨 봐가며 오는 연인이라 해야겠지만
시간을 스치는 한 화상火傷은 가질 것이다

어느 나뭇가지에서 새끼나무는 자라고
어느 이별은 하루가 짧아진 이별을 달고 가고

말똥가리!

가끔 이름이 생각나지 않는다
그게, 진짜 그 생물 안에 있는 느낌이긴 하지만

「이순」 전문

이순을 앞둔 시인이 시간과 생의 흐름과 사랑에 대해 명상을 펼쳤다. 그
러나 평범한 진술의 방식이 아니라 시적인 비약과 분절의 어법을 취했다.
그는 언어의 미학을 최대로 살리려 한다. "아무 흉허물 없이 부를 수 있는
이름"을 우리는 몇 개나 가지고 있는가? 60년 가까이 살아오지만 아무 흉
허물 없이 부를 수 있는 이름은 다섯 손가락으로 꼽을 정도다. 몇십 년 된

친구들도 이미 적절한 호칭을 잃어버린 지 오래다. 어릴 때의 현식이는 지금 민 교수라고 부르고, 고등학교 시절의 단짝 진경이는 퇴직을 했어도 여전히 송 상무라고 부른다. 아내는 '저기'라고 부르다가 '문기 엄마'라고 부르다가 최근에야 '여보'라고 부르기 시작했다.

60이 다 되어서도 '강아지!' '말똥가리!'라고 부를 수 있는 상대를 가진 사람은 행복한 사람이다. 상대의 이름을 어떻게 부르든 시간은 흘러 잎은 피었다 지고 빗방울은 떨어져 구르다 멈춘다. 시간은 그렇게 흐르고 이별 또한 또 다른 이별을 물고 왔다 간다. 쥐가 쥐꼬리를 물고 풍덩하듯이 생의 흐름은 단절 없이 이어진다. 이순을 "낼모레나 날씨 봐가며 오는 연인"이라고 생각하는 사람은 행복한 사람이다. 설사 시간이 화상처럼 험한 상처를 남긴다 하더라도 날씨 좋을 때 찾아주는 연인이 있는 사람은 행복하다. 날씨가 나빠 찾아오지 않는다 하더라도 이름 부를 수 있는 연인이 있다는 사실은 부러운 일이다. 설사 이별이 또 하나의 이별을 물고 온다 하더라도 우리가 늘 부르던 그 이름이 잠시 떠오르지 않는다 하더라도 이렇게 황학주는 시간의 흐름 속에 이어지는 사랑에 대해 명상하고 있다.

> 도시에서 가장
> 오래된 옛날 극장이었다
>
> 텅 빈 극장 2층 앞줄에
> 한쪽으로 살짝 기운 흰 종이학처럼
> 만나긴 하였다
>
> 어두운 불빛에 물끄러미
> 너무 구겨진 심장 박동이 살았다
>
> 극장에 비치된 담요를 무릎에 덮고
> 둥글고 얇은 아몬드 쿠키

덜 자란 달 같은 그걸 반으로 쪼개먹었다
밝아지다 어두워지다 하는 스크린 불빛에 비추면
상처는 대충 반이 되었다

젖고 얼어터진
인간 세상의 영화榮華,
팔랑개비처럼 릴이 돌아가는 동안
사랑을 들고 뛰어다니긴 하였다

그런 길가
꿇고 앉은 무릎 위에 얹고 싶은 피 묻은 물새의 발이 떠올라
목젖을 밀고 올라오는 갈대밭을 키우기도 하였다

담요를 덮고 앉아 앞을 바라보는
두 조각이 난 얼굴
이제는 옆 사람의 무릎까지 이 담요에 감쌀 수 없는
가장 슬픈 영화를 본다는 생각마저 눈앞에 깜박거렸다
물새가 울듯 영사기가 삐걱이고 귀가 시릴 때까지
불과 두 시간

영화를 보고 나오자
둥글고 흐릿하게 뭉쳐진 흰 종이학
떠 있었다
또 겨울밤이었다 오래된,

「도시에서 가장 오래된 옛날 극장이었다」 전문

이 시는 황학주의 낭만적 유미주의를 가장 잘 드러내는 작품의 하나다.
시의 구성은 추억의 인상화로 채색되었다. "도시에서 가장 오래된 극장"이
라는 구절부터가 예사롭지 않은 생의 항로를 연상시킨다. 그러나 그 생의
여로는 구체적인 현실의 단면에 터 잡고 있는 것이 아니라 영화관 영사기

에 돌아가는 필름 릴처럼, 혹은 영사막에 명멸하는 빛과 그림자의 교차처럼 환영의 형식으로 다가온다. "한쪽으로 살짝 기운 흰 종이학"의 형상이 그런 환영의 형식을 시각적으로 드러낸다. 사랑의 설렘은 "심장 박동"으로 표현되고, 상처받기 쉬운 사랑의 감미로움은 "둥글고 얇은 아몬드 쿠키/덜 자란 달 같은 그걸 반으로 쪼개먹"는 장면으로 형상화된다. 이러한 미학적 구성은 절묘하고 흠잡을 데가 없다. 둘이 나누는 사랑의 위안은 "상처는 대충 반이 되었다"라는 구절로 표현된다. 때로는 격정과 슬픔이 차올라 목이 메기도 하였다. 그렇게 둘로 나뉜 한 얼굴처럼 아픔과 슬픔을 공유하며 영화를 보았지만 생은 여전히 쓸쓸하고 아픈 것. 독거의 운명은 피할 수 없는 형벌처럼 달려든다. 두 시간 동안 영화를 보고 나왔지만 "둥글고 흐릿하게 뭉쳐진 흰 종이학" 그 독거의 영상은 사라지지 않는다. 영화 밖의 현실 속에서 그 둘은 분리될 수밖에 없을 것이라는 예감을 전달한다.

3. 허무의 미학적 변용

도시에서 가장 오래된 옛날 극장을 벗어나면 다시 고독의 시간이 찾아오고 오래된 겨울밤이 이어질 수밖에 없는 것이다. 그것이 시간이 허락하는 생의 모습이고, 한정된 시산 속에 펼쳐지는 유한한 인간의 사랑이다. 이렇듯 고독한 인간의 축도를 이처럼 모호하면서도 매력 있는 영상으로 재구성하는 것이 황학주의 장기다. 생의 허무에 대한 미학적 반응, 허무주의와 미학주의의 찬란한 융합을 다음 시처럼 잘 보여주는 것은 없다.

알전구가 나간
찬 방 안에
파도소리 아물 때까지

별이 빛났다

한때 손이 닿던 기억들은
별자리 속에
나뭇결만 남은 것처럼
높이, 어두운 채로
반질거린다

내가 굴복하기 전에
이미 내 마음을 읽은 사랑들
사랑했다 하여도
떨어져서 빛나야 했을 당신들
한 사람이 한 사람을 위해
일생 속으로 울었을 어머니의 도시들
똑같이 나눌 수 없었던 밥의 슬픔들까지

오늘 저 별자리의 독거,
눈물 많이 지나가
물때자국 선명한
이 모든 모월모일某月某日

「모월모일의 별자리」 전문

　　시간의 흐름이 지워지지 않는 파국과 상흔을 남기는 것 같지만 정작 시간이 지나고 나면 텅 빈 백사장처럼 우리의 생에는 별로 남는 것이 없다. 그날이 그날 같고 이때가 그때 같은 것이다. 오래된 전구가 나가고 어둠은 어둠으로 이어진다. 찬 방 안에 어둠이 깊어가고 파도소리 잔잔해질 때까지 별빛이 전구의 빛을 대신한다. 어둠 속에 파도소리 들리고 별빛만 반짝이니 온갖 기억들이 뇌리에 명멸한다. 손에 닿을 것처럼 가깝던 기억도 멀리 가물거리며 사라지고 가까운 기억과 먼 기억의 시간적 등차도 지워지는 것 같다.

그래도 하늘의 별자리에는 인간의 사랑과 고독과 갈등이 스산하게 스쳐간다. 거기에는 자식에게 헌신적 사랑을 바치는 어머니의 슬픔 같은 생활이 담겨 있고 최소한의 식사조차 함께 나누지 못했던 생활의 비애가 젖어 있다. 그런 많은 사연을 함축한 채 별자리는 홀로 자리를 지키고 있다. 삶의 굽이마다 슬픔의 사연 스며들어 물때자국 선명하지만 우리는 동떨어진 별자리처럼 하루하루의 삶을 이어갈 수밖에 없다. 그날이 그날 같지만 오늘이 내일로 바뀌듯 그렇게 이어지는 생의 단면이 있는 것이다. 어쩌면 생의 항로는 개별적 특정성보다는 만인 공유의 보편성을 향해 진행하는 것인지 모른다. 그래서 다음의 시는 뚜렷한 형상을 매개로 하여 생에 대한 명상을 더욱 선명하게 펼쳐 보인다.

> ······ 까만 구름이 벌어지며
> 금빛이 흘렀다 꿀빛, 이라 말해야 할
> 막 깨뜨려진 밀랍의 촉촉한 밀도를 열고
> 지고 있는 해라고 우리가 부르는
> 그 순간 어딘가를 향해 뜨고 있는,
>
> 나는 멍하니 꿀빛을 핥는다 입술이 벌어지며
> 안나푸르나 설산 위 꿀빛이 스며 나온
> 저물녘 그 5분,
> 까만 구름에 대해 생각한다
> 까만 구름 속 고요를 학습한 꿀빛에
> 맞장구치는 먼 종소리
>
> ······ 흐른다······ 위대한 건 역시
> 허공이다 (생각하면 할수록)
> 허공 아닌 데서 내상內傷이 어떻게 이처럼 스미리

당신의 텅 빈 몸을 쓰다듬는
내 시선의 열 손가락 솜털들까지
꿀빛 정적을 학습한다 모든 빛이 깜깜히 꺼지기 전
충분히 무량한⋯⋯ 꿀빛
⋯⋯ 속으로⋯⋯ 날아가는
나비 한 마리⋯⋯ 아뜩해진다

「그 5분, 꿀빛」 전문

안나푸르나 설산에 해가 질 무렵, 까만 구름이 벌어지며 환한 금빛 해가 잠시 몸을 드러냈다. 시인은 "저물녘 그 5분"이라고 썼다. 심리적인 시간이므로 5분이 맞을지 500초가 맞을지 알 수 없다. 시인은 까만 구름이 벌어지며 나타난 금빛 햇살을 '꿀빛'이라고 표현했다. 그것은 금빛으로 새어나온 정경의 질감 때문이다. 그 질감을 드러내기 위해 시인은 "막 깨뜨려진 밀랍의 촉촉한 밀도를 열고"라고 표현했다. 그렇게 윤기 있는 모습으로 나타난 햇살은 분명 지는 해의 잔영이 틀림없는데 그것은 또 한편으로 "그 순간 어딘가를 향해 뜨고 있는" 모습 같기도 하다. 소멸과 신생이 접합하고 하강과 융기가 교차하는 상상을 시인은 한 것이다. 5분 가까운 시간 동안 허공은 꿀빛의 향연을 연출했다. 어디선가 먼 종소리도 들려오는 것 같았다. 이 모든 것을 연출하는 허공은 위대하다. 그리고 허공은 자연과 인간의 모든 상처를 포용하고 어루만지는 것 같다. 상처를 포용하는 허공을 시인은 위대하다고 상상했다. 암흑의 밤이 오기 전 태양이 마지막으로 연출하는 꿀빛의 축제는 어둠의 전초전으로 충분히 황홀하다. 충분히 무량한 허공의 내막으로 가냘픈 나비 한 마리 현기증을 느끼듯 팔락이며 사라진다. 그 둘의 대비는 생의 두 차원을 연상시킨다. 인간의 상처를 감싸 안는 무량한 허공과 허공에 깃들지 못하고 방황하는 연약한 인간의 자아를 대비적으로 떠오르게 한다.

흰 도화지를 둥글게 오려
벽에 붙였다

집 앞에 떠있는 예쁜 섬들의 이름도 외우지 않는
나는 이제 누구의 마음도 훔치고 싶지 않아
때마침 내 안의 멍울에서 우려 나오는 노을빛을 바라보는 것인데,
내가 훔치고 싶은 건 허공의 내 얼굴
가볍고 낡은 악기 주자의 옷자락을 붙들고
허공을 헛디디며 내려오는 바람이 마른 붓으로 쓰다 지우는

종이로 만든 둥근 거울을
하루 한번 들여다본다

얼굴이 비치지 않는
나의 발굴은 나날이 깊어져가고
기나긴 해안선으로 흘러가는 바람을 그리듯 여전히 난항이지만
누구의 입김도 서리지 않으니
찾기만 한다면 그것은 진짜 나에 가까울 것이다
바래긴 해도 종이 거울은 깨지지는 않을 것이다

이삿짐 중 단 하나 가방에 넣어 직접 옮기는
흰 종이 거울

어떤 얼굴은 이처럼
우리 마음이 가진 몇 개의 둥근 우물의 백지로부터
소리 없이 발효되는 따뜻한 밑바닥으로부터
그리하여 몇 줄의 시로부터……

책꽂이 사이로 밀물 드는 날
하루 한번 종이 거울을 들여다보는
낡아가는 행성이 저만치 비친다

「종이 거울을 보는 남자」 전문

황학주의 거울은 유리 거울이 아니라 종이 거울이다. 종이에 얼굴이 비칠 리 없지만 그는 종이 거울을 벽에 걸어두고 길을 떠날 때는 직접 그것부터 챙긴다. 이것은 그의 귀중한 재산목록이다. 감각적 대상에 대한 애호도 어느 정도 가라앉아 "누구의 마음도 훔치고 싶지 않"을 때 그가 관심을 갖는 것은 "허공의 내 얼굴"이다. 다른 사람이 볼 수 없는 자신의 진짜 얼굴을 거울에 비추어보기를 원하는 것이다. 미학주의의 어법을 잠시 유보하고 그는 "찾기만 한다면 그것은 진짜 나에 가까울 것이다"라고 직선적으로 말했다. 밤이면 밤마다 나의 거울을 손바닥으로 발바닥으로 닦아 보자고 한 것은 참혹한 시대의 윤동주였다. 황학주 역시 독거의 바닷가 집에 앉아 매일 종이 거울을 들여다보며 자신의 실체를 찾으려 한다. 종이 거울은 햇살에 바래기는 해도 구리거울처럼 녹이 슬지도 않고 유리 거울처럼 깨지지도 않는다. 생의 시간이 다할 때까지 종이 거울은 형태를 버리지 않고 거울의 역할을 다할 것이다. 난항의 여로를 거쳐 가면서 황학주는 종이 거울에서 자신의 실체를 찾기 위한 고행을 이어갈 것을 생각한다. 독거의 낡은 행성 안에서.

> 어쩜 사막만을 태우고 달리는 기차
> 고삐를 놓치지 않는 한 실컷 달린다
>
> 재즈 그룹에서 베이스기타를 치는 파란 모자도 있다
> 당장 배가 고파 발자국도 없이 가출한
> 석회 냄새나는 바람이 들어왔다 걸어 나간다
> 얼굴이 얼마나 검은가 물으면 검은콩처럼 검다고 할
> 제일 안 팔리는 여인을 꽁무니에 달고
> 타자라 기차는 달린다
>
> 전기 없는 기차가 캄캄하게
> 밤을 새워 달린다

아침이 돼보면 알겠지만
해가 뜨지 않는 창도 여러 개 붙이고
지평선 백량을 달고 가는 기차
내일 안으로는 도착시간을 맞추지 못할 것이다
깨진 유리병에 꽂힌 여인은 종종 입술을 깨물고
식은땀을 검은색 꽃잎처럼 흘려야 한다 아기가 잠든 밤
모독하듯이, 넓고
오독하듯이, 길게
지구는 돌고
기차를 꿈꾸던 사람들을 질질 끌고서
별들을 깜박이며 기차는 연기를 품고 달린다
물이 마른 신전들 주술이 끊긴 마을들과 회오리바람 수십 개를 태운 사막
그중 아무 소리 없이 철분 냄새 나는 사막을
이 밤 안으로 마침내는 누가 또 떠나가나

오래 바라보는 것으로 연애인 사막은
한없이 정사情死가 많다

「정사」 전문

　　타자라 기차는 아프리카의 탄자니아와 잠비아를 연결하는 열차로 꼬박 2박 3일을 달린다고 한다. 한없이 이어진 사막을 달리니 정말로 사막만을 태우고 달린다고 해도 과언이 아니다. 그러니 그 기차가 실세로 태운 것도 사막의 일부이고 사막 같은 삶일 것이다. "당장 배가 고파 발자국도 없이 가출한" 검은 피부의 난민들이 있고 "제일 안 팔리는 여인"도 꽁무니에 매달려 있다. 아기에게 젖도 제대로 먹이지 못하는 허기진 여인은 입술을 깨물며 식은땀을 흘린다. 이 처연한 풍경을 모른 체하고 지구는 모독과 오독의 자세로 넓고 길게 돈다. 검은 연기를 뿜으며 검은 사막을 달리는 기차는 흡사 죽음의 전령사 같다. 희망의 신화가 사라진 마을 저편 사막의 어두운 공기 속에 죽음의 혼령이 다가서고 길을 잃은 누군가는 철분 냄새

나는 사막 저편에 마지막 숨을 거둔다. 사막에서 할 일이라고는 오래 바라보는 일뿐이며 그 바라보는 연애의 끝판에는 죽음이라는 정사가 있다.

이처럼 황학주는 아프리카의 비극적 삶의 단면을 보여주는 대목에서도 언어의 미학을 빚어내려 노력한다. 이것은 그의 미학주의의 관성이 지속적으로 생동하고 있음을 알려준다. 천성의 고독 속에서 독거의 몸부림으로 그는 미학주의의 심연을 파헤친다. 자신의 생에 대한 성찰이건 가슴 아픈 연애에 대한 상념이건 삶의 비극적 국면에 대한 연민이건, 그의 천성에 도사리고 있는 미학주의의 촉수는 미다스의 손처럼 모든 대상을 몽롱한 심미적 영상으로 변환시킨다. 그리하여 그 몽롱한 아름다움은 지금껏 누구도 성취하지 못한 애매성의 미학을 창조한다. 그 때문에 그의 시는 몽롱한 성채의 우울한 독거 형식을 취한다. 따라서 크고 작은 세상의 변화는 그에게 별 의미가 없다. 그의 구원은 오직 시의 자력에 있을 뿐이다. 그 자력이 유독한 해악을 가한다 하더라도 고독의 성채에 칩거한 시의 사제는 시가 주는 위안을 피할 수 없는 운명으로 받아들일 것이다. 설사 시의 칼날에 가슴이 베인다 해도 그 황홀한 몽상의 매혹이 있으므로 고독한 시의 유미주의자에게 미련은 없으리라.

3

●

매혹과 전율

내 마음의 집시

1. 추억과 축복의 은사

시는 기억의 소산이다. 현재의 상황을 표현할 때에도 시인은 과거의 기억에서 무언가를 끌어온다. 작품에 따라 기억의 내용이 전면에 부각될 때도 있고 기억의 잔유물이 음영만 남길 때도 있다. 어느 경우든 기억은 시의 정서를 촉발하고 확산하는 데 중요한 작용을 한다. 과거의 기억이 현재의 상황으로 연결되어 떠오를 때 서정적 정조가 탄생한다. 여기서 중요한 것은 단순한 과거의 기억만으로는 서정적 정조가 발현되지 않는다는 사실이다. 반드시 현재의 자극이 개입해야 과거의 기억이 서정적 질료로 작동하게 된다. 요컨대 현재의 자극이 중심이 되고 그것을 초점으로 과거의 기억과 미래의 예상이 현재의 상태에 회귀되는 형국이다. 과거의 기억만으로는 서정적 정조가 유발되지 않고 현재의 자극이 중요한 구심점 역할을 한다는 것에 유의할 필요가 있다.

스위스의 문예학자 에밀 슈타이거(Emil Staiger)는 '서정적인 것'의 기본적 특성으로 기억(Erinnerung)을 들었는데, 이 말에는 현재의 자극에 의해 과거의 기억이 현재 상태로 회귀한다는 뜻이 포함되어 있다. 그런 뜻을 살리기 위해 슈타이거의 용어 'Erinnerung'을 회감回感이라고 번역하기도 한다. 이 것은 슈타이거의 독창적인 견해가 아니라 시를 깊이 이해하는 사람이면 누구든 할 수 있는 생각이다. 1910년에 간행된 릴케의 『말테의 수기』에도 이와 유사한 사유가 담겨 있다. 1930년대의 시인이자 평론가인 박용철도 그의 시론 「시적 변용에 대하여」(『삼천리문학』, 1938. 1)에 릴케의 구절을 다 음과 같이 번역해 제시한 바 있다.

> 시는 보통 생각하는 것같이 단순히 감정이 아닌 것이다. 시는 체험인 것이다. 한 가지 시를 쓰는데도 사람은 여러 도시와 사람들과 물건들을 봐 야 하고, 짐승들과 새의 날아감과 아침을 향해 피어날 때의 작은 꽃의 몸 가짐을 알아야 한다. 모르는 지방의 길, 뜻하지 않았던 만남, 오래전부터 생각던 이별, 이러한 것들과 지금도 분명치 않은 어린 시절로 마음 가운 데서 돌아갈 수가 있어야 한다.
> 이런 것들을 생각할 수 있는 것만으로는 넉넉지 않다. 여러 밤의 사람 의 기억(하나가 하나와 서로 다른), 진통하는 여자의 부르짖음과, 아이를 낳고 해쓱하게 잠든 여자의 기억을 가져야 한다. 죽어 가는 사람의 곁에도 있어 봐야 하고, 때때로 무슨 소리가 들리는 방에서 창을 열어 놓고 죽은 시체를 지켜도 봐야 한다. 그러나 이러한 기억을 가짐으로도 넉넉지 않다. 기억이 이미 많아진 때 기억을 잊어버릴 수가 있어야 한다. 그러고 그것이 다시 돌아오기를 기다리는 말할 수 없는 참을성이 있어야 한다. 기억만으 로는 시가 아닌 것이다. 다만 그것들이 우리 속에 피가 되고 눈짓과 몸가 짐이 되고 우리 자신과 구별할 수 없는 이름 없는 것이 된 다음이라야— 그때에라야 우연히 가장 귀한 시간에 시의 첫말이 그 한가운데서 생겨나 고 그로부터 나아갈 수 있는 것이다.

시인이 체험한 모든 것이 기억 속에 용해되었다가 언어를 통해 새롭게 현현되는 것이라는 사실을 강조한 것이다. 시인의 체험과 기억은 시간의 깊은 숙성과정을 거쳐서 현재의 상황에 재구성되어 현현된다. 그러니까 시인이 체험하는 시간은 과거이면서 동시에 현재이다. 과거의 기억을 떠올리지만 그것은 현재의 상황에 융합된다. 슈타이거가 서정시의 시상時相을 현재로 규정한 것도 같은 맥락이다. 시는 기억의 소산인데 시인은 현재의 시점으로 그 기억을 실현한다. 그런 점에서 시인은 과거와 현재를 동시에 체험한다고 할 수 있다.

나의 방은 유빙流氷처럼 흘러
북쪽마을에 이른다
눈에 덮인 봄날
이곳에서 유일하게 따뜻한 건 일몰뿐이다
그리하여 전나무 숲은 태엽처럼 어둠에 감겨
나의 방은 고요한 숲 위를 떠다니는 작은 배

밤의 높은 수면 위에서 물속을 들여다보면
예정에 없이 환해지는 장면들이 있어서
수돗가에서 어머니는 빨래를 하시고
비누 거품들이 날아오르고
어린 누이와 영원히 날아가기만 하는 새와
떠올랐다가 내려갈 줄 모르는 시소 같은 것들이
부풀어 올랐다가는 터져버린다

지금은 추운 계절인데 어디선가 매미가 운다
날아올라 흩어지는 거품들이 멀어진다
눈물보다 작고 아름답다
어느덧 수돗가에 혼자 남은 어린 내가
힐끗힐끗 하늘 위를 쳐다보는데
나는 나와 눈이 마주칠까 봐
수면 속에 넣었던 얼굴을 들어 사방을 살펴보면

꿈도 없이 하늘도 없이
북쪽마을의 작은 방이다
새벽에 뜬 달이 머리맡의 시계처럼

꼬리를 들썩이며 울고 있다

심재휘의 「흐르는 방」

　최근 출간된 심재휘의 시집 『중국인 맹인 안마사』(문예중앙, 2014. 4)에도 추억의 시편들이 가득하다. 그중 「흐르는 방」은 백석의 「흰 바람벽이 있어」(『문장』 1941. 4)와 유사하게 과거의 기억을 통해 현재의 위상을 확인하는 구조로 되어 있어서 백석의 영향권 내에 있는 작품으로 읽어도 좋을 것 같다. 백석이 만주로 이주한 지 일 년이 넘은 시점에 발표된 그 시는 시인 자신을 소재로 하여 자신의 내면을 거의 숨기지 않고 드러내고 있다. 화자는 "좁다란 방의 흰 바람벽"을 통해 자신의 과거를 회상하고 그것과 연관된 현재의 정황을 상상한다. 마치 극장의 영사막과도 같은 흰 바람벽에 화자의 내면에 명멸하는 여러 가지 추억과 회한의 장면을 떠올린다.

　백석이 흰 바람벽에 추억의 영상을 떠올린 데 비해, 심재휘는 자신의 방을 배라고 보고, 밤의 수면 위에서 물 속에 비치는 과거의 영상을 들여다본다. 백석이 공간적 거리를 두고 회상의 장면을 바라본 데 비해 심재휘는 자신의 내면의 우물 속에 떠오른 과거의 기억을 재구성해 본 것이다. 단순히 영사막에 비친 평면적 장면을 그려낸 것이 아니라 비누 거품을 따라 비상하고 팽창하고 산파하는 입체적 영상을 창조했다. 그런 점에서 백석보다 훨씬 감각적이고 심미적이다. 그가 엮어낸 언어의 심미적 구성은 환상의 아름다움과 신비로움을 자아낸다. 이 시만이 아니라 이 시집에 실린 많은 작품이 그러하다.

　첫 시행에 나온 "유빙流氷"이라는 말이 마음을 흔든다. '유빙'이란 물 위에 얼음덩이가 떠도는 것을 말한다. 성분은 물로 되어 있지만 떠도는 얼음덩이에서 연상되는 것은 차갑고 단단하고 날카로운 느낌이다. 덩어리로 떠돈다는 점에서 그것은 고립의 폐쇄성도 연상시킨다. 유빙의 이미지는 자신의 삶과 그것을 유지한 공간이 그렇게 우호적이지 않음을 암시한다. 더군다나 그 방이 "북쪽마을"로 흘러왔다고 했으니 차갑고 날카로운 느낌은 더욱 강화된다. 요컨대 시의 화자는 위기감이 감도는 생의 경계지대로 이동해 온 것이다.

시인은 "밤의 높은 수면 위에서 물속을 들여다"본다고 했다. 시간에 속하는 '밤'이 어떻게 '수면'이라는 넓이와 '높은'이라는 공간적 위상을 지니는 것일까? 이것은 시인의 상상력이 마련한 독특한 공간 형상이다. 시인은 우물 같은 낮은 저장소에 떠오르는 과거의 기억을 들여다보는 것이 아니라 높은 지점에 올라가 수면을 내려다보는 정관靜觀의 상태를 상상했다. 처음 떠오른 인물은 어머니이고, 어머니가 빨래를 하는 장면이 제시되었다. 늙고 쇠약한 어머니가 아니라 어린 날의 추억 속에 남아 있는 정겨운 모습이다. 빨래에서 날리는 비누 거품은 공중으로 날아올랐다가 부풀어 터진다.

여기 병치된 "어린 누이"와 "영원히 날아가기만 하는 새"가 한 시행으로 이어진 것이 이채롭다. "어린 누이"의 청신한 발랄함이 비누 거품의 비상의 이미지와 결합하여 새의 이미지로 전환되고 그 다음에 "떠올랐다가 내려갈 줄 모르는 시소 같은 것들"로 이어짐으로써 경관의 신비로움을 창조한다. "시소 같은 것들"이라고 불확정의 어법을 취함으로써 기억의 불분명함을, 시적 의미의 몽롱함과 신비로움을 동시에 환기한다. 흩어져 멀어지는 거품들을 "눈물보다 작고 아름답다"고 했다. 눈물이 작고 아름답다는 사실을 잊고 지낸 지 얼마던가? 심재휘의 시에서 그 아름다움을 불현듯 느낀다.

시인은 캐나다 북쪽 지역에 일 년 간 체류했다고 한다. 고독의 처소에 머물렀다고 해서 누구나 이런 시를 짓는 것은 아니다. 릴케가 말한 대로 체험의 깊이와 숙성의 발효 능력이 있어야 언어의 결정체가 창조된다. 시인이 시인으로 존재하기 위해서는 이 능력이 필수적이다. 또 하나 중요한 것은 과거의 기억을 현재의 자기 위상에 순조롭고 우아하게 결합하는 능력이다. 심재휘는 이 능력을 최대로 활용했다.

수돗가에 혼자 남아 하늘 위를 쳐다보던 어린 나의 모습을 상상하다가 그 순간 그 '나'와 "눈이 마주칠까 봐" 화자인 '나'는 기억의 물 속에서 빠져나와 자신의 현재의 상태를 둘러본다. 날아오르는 비누 거품처럼 신비롭고 아득하고 아늑했던 유년의 공간은 사라지고, 꿈도 없고 하늘도 없는 막막한 북쪽마을의 작은 방이 시야를 가로막는다. 이 순간 그 누군들 가슴 시리지 않으리오. "새벽에 뜬 달이 머리맡의 시계처럼/꼬리를 들썩이며 울고 있다"고 시인은 썼다.

이 시가 과거의 추억이 중심을 이루는 데 비해 시집의 표제작인 「중국인 맹인 안마사」는 현재의 상황을 이야기하는 것 같다. 그러나 이 시에도 기억의 음영이 상당한 작용을 한다. 이 시의 현재형 서술 어미는 제시되는 정황을 현재의 상태로 받아들이게 한다. 1연에서 4연까지 진행된 현재형 서술은 시인이 현재 맹인 안마사의 주변을 관찰하고 있다는 느낌을 준다. 그러나 5연의 모호한 언술, "간혹 처음 만나는 뒷골목에도/지독하도록 낯익은 풍경 있으니"는 앞에 전개된 현재의 관찰이 상상일 수도 있음을 알려준다. "처음 만나는 뒷골목에" "지독하도록 낯익은 풍경"이 있을 수 있다면, 중국인 맹인 안마사의 모습이 자신에게 아주 친숙한 풍경이라는 이야기가 성립된다. 친숙하다는 것은 무엇인가? 체험을 통해 자신의 내면에 이미 기억의 요소로 저장되어 있음을 의미한다. 체험은 대상을 자신에게 친숙하게 길들이는 과정이기 때문이다.

그의 가게는 상해 "변두리", 시장 "뒷골목"에 있다고 했다. 허술하고 초라한 그의 가게에는 안마용 침상도 하나밖에 없고 손님도 없어서 가을비가 아픈 소리를 내며 누워 있을 뿐이다. 맹인 안마사는 바로 그 "비의 상처"를 헤아리고 있다. 그러니까 이 맹인 안마사는 상상의 존재다. "상해의 변두리 시장 뒷골목"도 허구적 설정일 가능성이 많다. 비의 상처를 어루만지며 하루를 보낸 맹인 안마사의 일과는 곧 끝나게 된다. 이런 무위와 허탈의 장면이 시인에게는 "지독하도록 낯익은 풍경"이라고 했다. 왜 그런가? 중국인 맹인 안마사가 자신의 분신이기 때문이다. 마지막 연에서 시인은 허구의 장막을 걷어내고 사실을 제시했다. "숨을 쉬면 결리는 나의 늑골 어디쯤에/그의 가게가 있다"고

이 마지막 시행을 읽으면 그가 지닌 늑골의 통증과 그것을 스스로 지키려는 고독과 그 모두를 혼자 감당하려는 견인의 내력耐力이 느껴져 가슴이 저릿하다. 그것은 나의 늑골 어디에도 중국인 맹인 안마사의 가게가 있기 때문이다. 중국인 맹인 안마사가 우리 모두의 쓸쓸한 분신이기 때문이다. 그리고 그 분신은 앞에서 본 「흐르는 방」의 주인공의 또 다른 모습이다. 우리 모두 유빙처럼 떠돌다 어느 쓸쓸한 변두리 시장 뒷골목에서 잠시 비를 긋는 존재들인 것. 시인은 이처럼 자신의 추억에서 얻은 진실을 감응의 언어로 만인에게 전파한다. 그 전언이 시간의 단층을 넘어 위안의 파문을 일으킨다. 그것은 분명 축복의 은사다.

2. 언어의 마술사

마른 웅덩이에 봄비는 봄빕니다 지지배배 지지배배 언어 치어떼처럼
제 이름을 부르며 몰려드는
바람의 앞니가 웅덩이 물낯에 잇자국을 만들고 갑니다 딱 그만큼만 떨
뿐 비명처럼 함부로 넘쳐나지 않겠습니다 상처의 구원을 구걸하지 않듯
기억의 반전도 완성하지 않겠습니다 더디더라도 더 더 더 아프고 나면
잎눈들처럼 여름을 품겠습니다 그때까지 낙타 누룩 누르하치 누나 늦
별 기다리겠습니다 해찰하던 오후의 해가 손을 담그면 금세 말랑말랑해지
는 웅덩이는
숨겨진 악기입니다 발군의 바람이 발굴한 한숨 한숨의 소용돌이, 딱 그
만큼의 소란한 소식입니다 그렇게 터져야 할 침묵입니다 웅덩이에 입술을

그려넣고 그 둥근 꽃술 끝에

　하늘을 열어놓겠습니다 잃어버린 일침처럼 천창에 별똥별이 내리꽂히기도 합니다 다르더라도 더 더 더 가까워져야 할 때입니다 북두칠성과 한 몸된

　세상 깊은 당신의 모어입니다 낮게 내려앉은 당신의 물비린내입니다 머나먼 밤을 건너 다시 당신께 닿겠습니다

정끝별의 「시」

정끝별의 다섯 번째 시집 『은는이가』(문학동네, 2014. 10)를 뿌리부터 가지까지 "하나로 꿰는 이치"(「사랑의 병법」)는 '사랑'이다. 진은영이 「발문」에서 "슬픔의 외골수인 내가 도통 잘난 척할 수 없게 만드는 그 오래된 사랑"이라고 한 바로 그 사랑. 아버지, 딸부터 크고 작은 사람을 거쳐 지금껏 본 적 없는 허공의 진흙꽃에 이르기까지 그가 노래한 많은 사랑의 시 중 내가 골라낸 것이 위의 시다. 지극히 단순하고 명료하고 싱겁고 오래되어 제목으로 잘 쓰이지 않는 제목의 시. 그 「시」를 골랐다.

고르고 싶은 시가 많았지만, 이 시를 고를 수밖에 없었던 것은, 첫 구절부터 울려나오는 음악의 선율 때문이다. 다시 들어 보자, 첫 시행을 여는 신묘한 음악을! '웅'과 '덩'이 몸을 비비고 '붐비는'과 '봄밤니'가 허리를 흔드는 별똥별의 노래를. "발군의 바람이 발굴한 한숨 한숨의 소용돌이"에서 들려오는 "세상 깊은 모어母語"의 칸타타를. 언어 리듬의 주술이 의미에 앞서 우리의 혼을 먼저 흔들면, 뒤에 다가오는 의미의 행보는 훨씬 편안하게 공감의 뜨락에 안착한다. 이것이 유사 이래 인간이 만든 시가 음악과 더불어 영원의 반열에 오를 수 있었던 이유다. 리듬을 타지 않은 시가 시간의 가혹한 부식의 힘을 견디어낸 사례가 없고, 망각의 어두운 그림자를 몰아낸 역사가 없다. 음악과 한 몸이 될 때 시는 "취생몽사의 끈"에서 벗어나 "자작나무 너머로 새 획을 그으며"(「새들은 새 획을 그으며」) 날 수 있다.

리듬의 힘을 아는 정끝별은 이 시집을 온통 음악으로 채웠다. 그중에서도 위의 「시」의 음악이 가장 찬란하다.

이 시의 등뼈를 형성하는 의미의 축을 한 문장으로 요약하면 이렇다. 사랑의 상처 속에서도 과거를 돌이키려 하지 않고 새로운 사랑을 열려 노력하며 당신께 가까이 다가가겠다. 이 메마른 개념어들을 늘어놓았다면 절대 시가 되지 않았을 것이다. "첫 꽃술이 아리랑 성냥을 긋듯 신호탄을"(「춘투」) 울려야 비로소 시가 탄생한다. 성냥 이름이 아리랑이 아니라 파고다 아니냐고 따져야 소용이 없다. '첫 꽃술'에는 '아리랑 성냥'이 맞기에 '아리랑'이 선정된 것이다. 의미보다 음악이 선행해야 금수강산을 물들이는 선홍의 꽃바람이 피어난다. 「시」를 관류하는 음악의 병법이 팜므 파탈처럼 우리의 영육을 사로잡는다.

두 번째 이유는 언어의 발견이다. 오스트리아 출신의 영국 철학자 이름을 끌어오지 않아도 언어의 발견이 세계의 발견이라는 사실을 부정하는 사람은 없다. 우리는 사랑에 대해 많은 말을 했고 사랑의 시도 많이 읽었다. 그러나 아버지의 병실 장면을 보여주며 "날 낳은 몸을 내가 낳은 몸처럼 관장할 수 있을 때"(「항문의 역사」) 사랑이 완성된다고 말한 사람은 없다. 시인이 그렇게 말할 때 비로소 새로운 사랑을 발견한다. 그것은 관념으로는 존재했으나 이제껏 실제로는 존재하지 않았던 사랑의 유형이다. 언어의 발견이 세계의 발견이 되는 장면이다. 미개인 마을의 잔혹 먹방에나 나올 만한 피비린내 나는 육식 장면을 통해 아버지의 질기고 더운 사랑을 뜨겁게 구성한 「육식의 추억」 역시 언어를 통해 새롭게 발견되는 사랑의 영역이다. 이 사랑을 부정할 수 있는 사람은 아무도 없다.

굳이 불교를 끌어오지 않더라도, 모든 것이 인연이고 우리는 보이지 않는 무수한 끈으로 이어져 있다고 말하는 사람이 많이 있다. 우리는 인연으로 얽힌 사이인데 이웃에 너무 무심하다고 개탄하는 사람도 많이 있다. 그런데 「목에 걸고」에서 목에 무언가를 걸고 이런저런 일들을 하는 사람들을 많이 보여주자 그들이 모두 사바세계의 동업중생인 것을 알게 된다. 언어의 발견이 가져오는 효능이다. 「끝없는 이야기」에서 무심히 지나쳐 온 일상의 일들을 나열하자 우리 모두가 시작도 끝도 없이 그 많은 일들을 무한히 되풀이하는 우주의 미아들임을 깨닫게 된다. 우리가 신문에서 대하는 비참한 주검의 바로 한 칸 벽 너머에 일상의 삶이 구름처럼 흘러간다는 것을 다음과 같이 말해줄 때 우리는 비로소 사실을 알아차리게 된다. "벽이자 절벽이었던 길 하나만 건너면 매일매일/치킨집 아줌마가 생닭을 치며 오가는 이웃들과 수다와 수작을 주고받고 있었건만"(「원룸」). 이러한 언어의 발견이 「시」에 아주 풍부한 감성과 질량으로 발성되고 있기에 이 시를 선택했다.

보여주는·첫 장면은 마른 웅덩이에 봄비가 내리고 고인 물 표면에 바람이 스친다는 내용이다. 그것을 사람의 형상인 것처럼 의인화하여 표현했다. 그러자 그것은 곧 시인 자신의 일로 환치된다. "딱 그만큼만 떨 뿐 비명처럼 함부로 넘쳐나지 않겠습니다"가 그것. 소리 지르며 어수선 떨지 않고 의연하게 절제의 자세를 지키겠다는 뜻이다. 그런 산문적 줄거리를 봄비 봄비는 웅덩이와 연어 치어떼처럼 몰려드는 바람과 바람의 앞니에 잇자국이 나는 웅덩이의 물낯으로 표현했다. 그러자 절제의 자세가 오롯한 아우라로 승화된다. 지금껏 본 적이 없는 새로운 절도의 발견이다. 절도의 정신은 시간이 걸리더라도 아픔과 기다림의 과정을 거쳐 승화되기를 원한다고 발화한다. 이 발화가 자연스럽게 수용되는 것은 자연의 형상을 통해 자신의 이야기를 들려준 시적 문법 때문이다. 언어의 표현 양식은 느낌만이 아니라 정신의 변화를 자극하고 생성한다.

시간이 흘러 오후의 햇살이 비치자 웅덩이는 더 깊어지고 바람도 소란한 기척을 낸다. 여기까지의 전개를 통해 우리는 이 웅덩이가 단순한 자연물이 아니라 화자의 내면을 표상하는 상상의 산물임을 알게 된다. 웅덩이는 음악처럼 소리를 내는 "숨겨진 악기"이고 "소란한 소식"이기도 하다. 그래도 웅덩이는 여전히 침묵의 절제를 유지하고자 한다. 아픔과 기다림의 시간을 지나 때가 되면 꽃술처럼 머리를 들고 하늘로 피어날 순간이 올 것이다. 은인자중 침묵의 자세를 유지하며 웅덩이에 입술을 그리고 둥근 꽃술 끝에 하늘을 열어놓겠다고 했다. 시인의 상상의 물길은 점점 적극적인 차원으로 진화하여 자신의 내면을 더욱 선명하게 용출하는 방향으로 나아간다. 그 열린 하늘에 "잃어버린 일침처럼 천창에 별똥별이 내리꽂히기도 합니다"라고 했다. 여기서 '천창'을 '천장'으로 읽지 않아야 할 것이다. 하늘의 창에 별똥별이 내리꽂히면 웅덩이는 하늘과 가까워져 북두칠성과 한 몸이 되어 당신의 깊은 모어를 속삭일 수 있게 된다.

모어의 외부적 형상을 "물비린내"로 제시했다. 후각은 감각 중 가장 여성적인 것이다. 그것은 보고 듣고 맛보는 것보다 육체의 가장 내밀한 점막에 접촉한다. "머나먼 밤을 건너 다시 당신께 닿"는 이미지로는 후각이 최적이다. 내밀한 점막에 접촉하여 "한몸된" 영육의 환희를 제대로 감통할 수 있기 때문이다. 시인은 특유의 여성적 직관으로 물비린내를 그대에게 닿으려는 최후의 메신저로 삼았다. 시 전체의 흐름을 다시 보니, 봄비는 치어떼처럼 소리 내는 바람으로, 바람은 잎눈으로, 웅덩이는 악기로, 그것은 다시 둥근 꽃술과 하늘로, 하늘의 별똥별은 북두칠성과 한몸된 모어로, 그것은 당신에게 닿는 물비린내로 변환했다. 이러한 언어의 연금술을 통해 시인이 세계를 새롭게 터득한 것처럼 우리들도 새로운 세계의 '천창'으로 들어선다. 언어의 발견이 세계의 발견이므로. 그것이 언어를 새롭게 부리는 시의 공력功力이므로.

이처럼 언어를 다채롭게 구사하는 시인을 불란서 말로 "le jongleur de mots"(언어의 마술사)라고 한다. 여성 시인이면 "la jongleuse de mots"라고 해야 할 것이다. 그의 시 「저글링 하는 사람」을 읽는 과정에서 조르주 루오(Georges Rouault)의 그림 "Le jongleur"를 검색하다가 발견한 말이다. 이 언어의 마술사 덕분에 "울음이 타는 가을 강을 보겠네"(박재삼)밖에 모르던

내가 서천의 노을을 보고 "사랑이여 너도 쉰 소리를 내는구나"(「노을」)라고
말할 수 있게 되었다. 언어의 발견이 선사한 세계의 발견이다.

3. 육면체 큐브에 담긴 사랑

묵은 접시 위에서 갈색 잠을 자고 있다
묵은 아내가 잃은 자유를 닮았다
묵은 물컹거리는 아내의 속울음이 담긴 육면체 바다
내가 손가락으로 툭 건드리자
묵 속의 침묵이 둔중하게 손을 타고 파도가 되어
내 심장을 울린다

햇살이 가늘고 긴 수십 개의 바이올린 줄이 되어
묵의 지붕에 내리고 있다
내가 젓가락으로 툭, 가장 가늘고 가난한 햇살 하나를 튕기자
아내의 까만 눈망울 닮은 음들이 일렁일렁
찬 물결처럼 퍼져 오고

접시꽃 빈 꽃방에서
저녁이 줄 없는 바이올린을 켜며 오래도록 나를 쳐다본다
쇳덩이 같은 고요가 흐르고
아내의 아픈 속살이 내 입술에 닿는 첫 느낌으로
밤이 온다

묵 속에 밍크고래가 잠들어 있다
묵 속 어두운 바다에서 밤마다 고래의 긴 울음이 울려온다
저 덩치 큰 아내의 울분이 정말로 눈을 떠
묵 밖으로 헤엄쳐 나올 것만 같아 나는 촛불처럼 초조하다

찬 젓가락 빨며 마당을 본다
달빛이 누런 진흙투성이 개가 되어 폴짝폴짝 뛰놀고 있다
내가 짜증을 내며 젓가락 하나를 집어던지자
없는 꼬리를 살랑살랑 흔들며 뒷간으로 도망쳤다가는
대문으로 쏘옥 다시 들어온다

묵은 접시 위에서 고요히 요동치고 있다
묵은 꿈꾸는 혁명가고 항거 중인 상자고 변장한 선인장이다
내가 남은 젓가락을 꽂자
묵은 안으로 젓가락을 삼켜 묵은 나를 삼킨다
아내의 찬 손이 내 울음 우는 등에 닿는 첫 느낌으로
밤이 깊어 간다

함기석, 「아내가 내온 육면체 큐브」

함기석의 시집 『힐베르트 고양이 제로』(민음사, 2015. 7)에 실린 작품들은
음악과 관련된 이미지를 많이 활용하고 있다. 고봉준의 해설에는 시가 쉽
게 읽히지 않는다든가 난해하다는 말이 몇 번 나오지만, 실제로 정독해
보면 그리 어려운 시는 많지 않다. 그의 시가 펼쳐내는 환상의 공간이 현
실과 판이한 이질적 장면이 아니라 음악적 연상을 통해 충분히 재구성할
수 있는 세계이기 때문이다.

시집 첫 장에 나오는 「오르간」도 "바다 한복판에 오르간이 환하게 떠
있다"는 첫 행은 낯설지만, 다음에 나오는 "밀물과 썰물이 반음 차로 울리
고"라는 시행이 시의 이해를 이끄는 길잡이 역할을 한다. 「어느 악사의 0
번째 기타줄」도 제목에 기타가 등장하여 시 전체를 해석할 수 있는 음계
를 잡아 준다. 「밤의 실내악」에도 건반, 연주, 오르간이 나오고 반음 스텝
의 걸음걸이가 나온다. 「종이비행기」에도 "음악을 연주하는 나무들", "음
표 무늬 새", "팔분음표 머리를 한 소녀들"이 등장한다. 이 기표들은 시 해

석의 경로를 알려주는 표시등 역할을 한다. 이외에도 많은 대목들이 음악 이미지에 의존하고 있는 것을 보면 함기석 시인이 음악을 사랑하고 음악에서 얻은 감흥을 언어로 즐겨 표현하는 사람임을 알 수 있다. 내가 감상하려는 「아내가 내온 육면체 큐브」에도 음악 이미지가 중요한 기능을 하고 있다.

아내가 내온 육면체 큐브는 묵이다. '큐브'는 정육면체를 가리키는 말이니 '육면체'라는 말이 필요 없지만, 독자를 위해, 또 한편으로는 운율적 안배를 위해 '육면체'라는 말을 넣었을 것이다. "육면체 큐브"라고 해야 머리에 잘 들어오고 환하게 영상이 떠오른다. 묵이 접시 위에서 갈색 잠을 자고 있다는 말도 어렵지 않게 형상이 머리에 그려진다. 갈색 잠을 자는 묵의 모습은 정서적 중립을 취한다. 좋은 것도 싫은 것도 아닌, 기쁜 것도 슬픈 것도 아닌, 정서의 중립을. 그러나 묵이 "아내가 잃은 자유를 닮았다"는 구절은 화자의 정서를 상당히 짙게 착색한다. 자유를 잃은 아내라니. 이 어구는 아내를 사랑하지 않고는 나올 수 없는 표현이다. 함기석은 시의 첫 부분에 이 문장을 하나의 선언처럼 제시했다. 근래에 보기 힘든 진귀한 장면이다.

다음 행에서 시인은 '자유 잃음'이라는 추상적 관념을 가시적 형상으로 바꾸어, 묵에 물컹거리는 아내의 속울음이 담겨 있다고 노래했다. "물컹거리는"은 묵의 질감이지만 아내 울음의 질감이기도 하다. 물컹거린다는 말은 물렁하지만 완전히 풀어지지 않은 상태를 뜻한다. 아내의 울음은 겉으로 풀어져 나오지 못하고 속에 응어리진 상태로 일렁거린다. 고체도 액체도 아닌 중간 상태에 울음이 머물러 있으니 "속울음"이라고 했다. 시인은 아내의 깊은 속울음까지 체감하여 그에 호응하는 반응을 보인다. 손가락으로 건드리자 묵(속울음)의 침묵의 진동이 파도가 되어 내 심장을 울린다고 했다. 물컹거리는 아내의 속울음이 파도처럼 출렁여 내 심장을 울린다니 이처럼 깊은 아내 사랑의 시편을 나는 지금까지 본 적이 없다. 사자 갈기 같은 곱슬머리에 축구 선수처럼 다부진 체격을 가진 함기석 시인의 마음속에 이렇게 유연한 사랑의 곡선이 있었다는 것을 새롭게 알았다.

다음에는 장면이 바뀌어 새로운 국면을 보여준다. 놀랍게도 묵에 드리운 햇살의 미세한 기색을 정밀하게 포착해 정성껏 표현했다. 햇살을 바이올린 줄에 비유했는데, 바이올린 줄은 질기고 탄력이 있으며 조금만 건드려도 소리를 낸다. 수십 개의 바이올린 줄 같은 햇살이 묵의 표층에 내리고 있다고 했다. 묵에 아내의 사랑을 담았기에 이러한 표현이 가능하다. "가장 가늘고 가난한 햇살 하나"를 젓가락으로 튕겼다고 했는데, 그 가늘고 가난한 햇살은 아내의 분신처럼 다가온다. 가장 가늘고 가난한 바이올린 줄을 튕기자 "아내의 까만 눈망울 닮은 음들"이 찬 물결처럼 퍼져온다고 했다. 여기서 "음들"이라고 한 것이 중요하다. 햇살 한 줄을 튕기자 바이올린 줄의 울림처럼 음의 파동이 연이어 전해지고 또 전해진 것이다.

이제 해는 기울어 저녁이 밤으로 향한다. 햇살은 약해지고 고요한 어둠이 사방에 덮인다. 그 정적의 시간이 마치 "줄 없는 바이올린을 켜는 것" 같다고 했다. 줄을 울리는 바이올린 연주와 줄 없는 바이올린 연주가 병행되는 것이다. 줄 없는 바이올린 연주 다음에는 "쇳덩이 같은 고요"가 놓인다. 쇳덩이는 무겁고 꺼멓고 거칠다. 이제 바이올린 줄의 울림은 완전히 사라진 것일까? 그래서인지 "아내의 아픈 속살"을 이야기했다. 아픔의 가장 깊은 내면, 쉽게 드러나지 않는 비밀스러운 겨드랑이를 이야기하니 그것은 자신의 "입술"에 연결될 수밖에 없으리라. "아내의 아픈 속살이 내 입술에 닿는 첫 느낌으로" 밤이 온다고 했다. 늘 맞이하는 밤이지만 아내의 속울음이 담긴 묵을 놓고 맞는 밤이기에 그렇게 아프고 슬픈 감촉으로 표현한 것이다.

장면은 다시 바뀌어 묵 속에 밍크고래가 잠들어 있다는 상상을 한다. 밍크고래는 7미터 정도 크기의 순한 고래로 이름의 어감이 좋다. 밍크고래를 상상한 것은 "덩치 큰 아내의 울분" 때문이다. 고요한 어둠 속에 묵이 머물러 있는 것은 일견 공포를 안겨주기도 한다. 깊고 어두운 바다에서 고래의 긴 울음소리가 들릴 것도 같고 갑자기 수면으로 솟아올라 나를 통째로 삼킬 것도 같다. 이러한 상상을 하게 된 것은 "덩치 큰 아내의 울분" 때문이다. 아내의 울분이 나를 통째로 삼켜 버릴 것 같은 조바심을 표현하기 위해 어두운 바다의 밍크고래를 상상한 것이다. 밍크고래처럼 커다란 아내의 울분은 도대체 무엇일까? 무엇보다 소중한 자유를 잃었으니 울분과 슬픔이 가득할 것이고, 울분과 슬픔을 감당하지 못하는 남편은 초조할 수밖에 없으리라.

아내가 묵을 접시에 담아 내오기는 했지만, 묵에서 연상되는 아내의 울음 때문에 남편은 묵에 손을 대지 못한다. 젓가락으로 묵에 내리는 햇살을 건드려 보았을 뿐이다. 그 사이에 햇살은 시들고 밤이 왔다. 묵이 어둠 속에 식어가듯 내가 든 젓가락도 식었다. 남편은 묵에 손을 대지 못하고 "찬 젓가락 빨며" 마당을 볼 뿐이다. 아내에 대한 연민, 아내의 울분에 대한 초조감을 지닌 상태로 마당을 보니 밤의 경치가 아름답게 보일 리가 없다. 마당에 비치는 달빛은 폴짝폴짝 뛰노는 "누런 진흙투성이 개"로 비유되었다. 햇살이 가늘고 긴 바이올린 줄로 비유된 것과는 딴판이다. 보통의 경우라면 묵에 내리는 달빛을 아름답게 묘사했을 것이다.

마당에 내리는 달빛은 지저분하고 어수선하다. 저 깊은 아내의 울음과 울분을 감당하지 못하기 때문이다. 어둠이 짙을수록 울분의 강도가 커지기 때문이다. 울분의 덩치가 커지면 밍크고래는 귀신고래로, 귀신고래는 긴수염고래로 변할지 모른다. 귀찮은 달빛의 희롱에 화자가 짜증을 내며 젓가락을 집어던지자 진흙투성이 개는 뒷간으로 도망갔다가 대문으로 다시 들어온다. 종잡을 수 없는 달빛의 조화는 없는 꼬리를 흔드는 듯하다. 원래 존재하지 않는 개이니 꼬리가 있을 리 없다. 여하튼 마당의 정경은 영 마음에 들지 않는다. 무엇보다 마당은 시인의 마음에 가득 담겨 있는 아내의 마음을 전혀 이해하지 못한다. 아내의 마음을 연상시키는 것은 아무 것도 없다.

　쓸데없이 마당을 바라보는 동안 "묵은 접시 위에서 고요히 요동치고 있다." 요동치는 이유는 그 안에 아내의 속울음이 담겨 있고 커다란 울분이 담겨 있기 때문이다. 그러나 속울음과 울분이 외부로 표출되는 경우는 없다. 아내는 정말 자유를 잃은 것이다. "고요히 요동치는" 이중성이 아내가 처한 부조리한 상황을 상징적으로 드러낸다. 이제 시인은 마음을 가다듬고 묵에 대한 장엄한 사상적 단언을 제시한다. "묵은 꿈꾸는 혁명가고 항거 중인 상자고 변장한 선인장이다"라고. 이 말의 의미에 대해 우리는 오래 묵상해야 한다.

　울음과 울분을 응축한 밍크고래 같은 존재가 있다면 그는 분명 혁명을 도모할 것이다. 그렇게 커다란 격정을 어떻게 속으로만 삭일 수 있겠는가? 그러나 묵은 한 번도 자신의 육성을 들려준 바 없고 자신의 행동을 내보인 바 없다. 자유를 잃은 고요한 흔들림만 보여주었을 뿐이다. 그러니 분명 묵은 "꿈꾸는 혁명가"다. 혁명을 꿈꾸기만 하고 행동에 옮기지 않았으니 그 육면체의 사물은 "항거 중인 상자"라고 할 수 있다. 가만히 멈추어 있으나 내부에서는 끝없이 일렁거리고 요동을 치니 항거의 의식이 진행되고 있음에 틀림없다. 그러면 "변장한 선인장"이란 무엇일까? 선인장은 가시가 있다. 표면에 손을 대면 손을 찔리기 쉽다. 묵은 표면이 부드럽고 말랑말랑하다. 그러나 지금까지 관찰한 묵은 혁명을 꿈꾸며 항거를 멈추지 않는다. 혁명의 항거가 언제 솟구쳐 우리를 삼킬지 알 수 없다. 그러니 부드러운 표면으로 위장한 가시 품은 선인장임에 틀림없다.

　이렇게 묵에 대해 명상하는 동안 시간은 흐르고 밤은 깊어간다. 묵상의 시간은 길다. 아내의 묵은 먹으라고 내온 것이 아니라 참선의 화두로 제시된 것 같다. 시인은 묵 앞에서 수행 정진을 하고 있다. 젓가락 하나를 마당의 개에게 던져 버렸기 때문에 묵을 먹을 수도 없다. 남은 하나의 젓가락을 묵의 내부에 꽂자 묵은 나비처럼 날개를 접고 죽지 않고 오히려 젓가락을 삼키고 내 몸을 삼킨다. 이 부분의 서술은 "묵은 안으로 젓가락을 삼켜 묵은 나를 삼킨다"로 되어 있다. 처음에는 두 번째 나오는 "묵은"을 빼는 것이 좋겠다고 생각했다. 그러나 다시 읽으면서 이 구절이 "묵은 나"가 아닐까 생각했다. 많은 시간의 경과에도 불구하고 아무런 행동도 하지 못하고 남아 있는 '묵은 나'를 묵이 삼킨다고 읽어도 좋을 것이다.

내가 묵을 삼키는 것이 아니라 묵이 나를 삼키자 내 존재는 묵 안으로 들어간다. 묵 안에는 아내의 속울음이 있고 밍크고래 같은 아내의 울분이 있다. 앞에서는 아내의 아픈 속살이 내 입술에 닿았다고 했는데 이번에는 아내의 찬 손이 내 울음 우는 등에 닿는다고 했다. "내 울음"은 처음 나오는 구절이다. 그는 이미 묵을 바라보며 울고 있었고, 묵 안에 들어가 아내의 잃은 자유 앞에서 더욱 울었을 것이다. 남편의 울음은 사랑의 표현이다. 울음 외에 무엇으로 아내에 대한 사랑을 표현하겠는가? 아픈 아내의 찬 손이 남편의 울음 우는 등에 닿을 때 사랑의 한 매듭이 완성된다. 밤도 제대로 깊어 간다. 그리고 한 편의 시가 오롯이 완성된다. 참으로 아름다운 광경이다.

4. 성냥개비 언어의 사랑

이현승의 세 번째 시집 『생활이라는 생각』(창비, 2015. 9)은 김수영이 일찍이 가슴 저리게 노래했던 생활인의 비애와 고통을 이현승의 독특한 어법으로 재구성한 사유의 담론집이다. 일관된 주제를 지닌, 알차고 단단한 시집이다. 이 시집에 담긴 '시인의 말'은 그의 어느 시 못지않게 시적이다. 여타의 시집들을 통틀어 보아도 이보다 아름다운 '시인의 말'은 찾기 힘들 것이다. 이 사실을 분명히 기록으로 남기기 위해 여기 이현승의 '시인의 말'을 전문 인용한다.

할머니는 문맹이었다. 그런데도 남다른 총기가 있어서 뭐든 잊는 법이 없었다. 아무개를 언제 어디서 만나기로 했는지, 누구에게 얼마를 빌려주었는지 소상히 기억했다. 글자를 모르는데 어떻게 그런 걸 다 기억하느냐는 물음에 할머니는 낯을 붉히며 답을 피하곤 했다.

할머니의 신통방통한 기억력을 두고 삼촌들은 틀림없이 할머니만의 글자가 있을 거라고 추측했다. 할머니가 돌아가신 뒤에 방 자리 밑과 서랍 속에서 잘게 부러진 성냥개비나 그걸 닮은 그림이 나왔다. 요령부득의 성냥개비 앞에서 우리는 그게 할머니식의 글자일 거라고 추측했다.

할머니는 문맹이었지만, 모든 것을 아는 분이었다. 숫자를 모르지만 수를 알고 셈했으며, 글자를 모르지만 말을 알았고 마음을 읽었다. 성냥개비의 말 앞에서는 할머니가 아니라 우리가 문맹이었다.

사람의 말 속에는 어쩔 수 없이 그 사람이 담긴다. 그 사람의 모든 것이 그 사람 안으로 담기고, 그 사람의 모든 것에는 그 사람이 담긴다. 그 사람의 모든 것이어서 캄캄한 저 부러진 성냥개비의 말들.

사람이 돌아가면 그곳은 땅속이고, 바람 속이라고 믿는다. 바람결에서, 땅에서 솟은 나무의 잎맥 속에서, 다시 화답하는 구름들의 몸짓에서, 아이들의 웃음 속에서, 그렇게 되풀이된다고 믿는다.

이현승의 시집 『생활이라는 생각』은 '시인의 말'만 아름다운 것이 아니다. 뒤표지에 실린 김민정의 단평도 시 못지않게 아름답다. 이현승 시의 정곡을 끌어올려 김민정만의 어법으로 표현했다. 우리 문단에서 흔히 보기 힘든 '표4'이기에 여기 또 전문 인용하여 기록으로 남긴다.

아이인데 아버지다. 소년인데 아버지다. 청년인데 아버지다. 오빠인데 아버지다. 선배인데 아버지다. 박사인데 아버지다. 남편인데 아버지다. 선생인데 아버지다. 참새들에게는 비호감인 허수아비인데 아버지다. 빗방울의 입장인데 아버지다. 에고이스트인데 아버지다. 개그맨인데 아버지다. 여행자인데 아버지다. 소진된 복서인데 아버지다. 아픈 사람인데 아버지다. 처형을 기다리는 자인데 아버지다. 전생을 믿는 심리학자인데 아버지다. 주검의 얼굴인데 아버지다. 술길에 불을 질렀던 방화범인데 아버지다.

아무도 안 아픈데 혼자 다 아픈 척 능력자인 아버지다. 눈을 감고야 그대를 보는 아버지다. 아무도 안 보는 시를 명을 줄여가며 쓰는 아버지다. 만세 자세로 서 있는 아버지다. 역기를 들어 올리는 사람의 얼굴로 간신히, 알았지 아빠? 할 때 그 아버지다. 그렇게 같이 살자, 하는 이현승은 정말이지 아버지다.

이현승의 시집에서 정독의 대상으로 고른 작품은 「이동」이다. 평범해 보이는 이 작품을 선정한 것은 앞의 두 인용문의 내용과 관련이 있다.

제자리란 하나의 강박이다.
켜놓고 온 가스불을 떠올리는 사람의 동공처럼 컴컴하게 열린
저 구덩이 어디쯤에서 돌아온 자리를, 또 떠나온 자리를 보는 것.

불현듯 아내에게 필요한 사람은 아내였다는 생각.
컴컴하게 풀린 구덩이 앞에서
어디를 봐도 돌아보는 오르페우스의 아내여
소금기둥이 된 아내여

수십개의 고개를 돌아 열겹의 문을 따고
결국 꺼진 가스불 앞에 선 사람은 무너진 사람.
폐허에 도착한 사람이다. 폐허에 지져진 사람이다.

눈밭 위로 솟구친 용천수에서 나는 유황 냄새처럼
뚝 떨어진 자리에서 문득 탄내가 난다.
용천수 위로 떨어지는 눈다발들의 표정이 갸웃하다.

우리는 계속 이동 중이다.

이현승, 「이동」

이현승의 시는 독특한 억양이 있다. "제자리란 하나의 강박이다." 같은

시행은 추상으로 추상을 비유한다. 동원된 어휘는 명사다. '강박'이라는 추상 명사를 사용해서 제자리만 맴도는 우리의 삶을 집약적으로 표현했다. 추상 명사의 연결인데도 관념적이라는 느낌이 들지 않고 오히려 어떤 시각적 영상이 머리에 떠오른다. 「빗방울의 입장에서 생각하기」라는 멋진 제목의 시에는 "간절함의 세목 또한 매번 불가능의 물목이다."라는 구절이 나온다. 위의 시행과 같은 형식이다. '간절함'이란 추상이 '불가능'이란 추상으로 연결된다. 간절하게 기도해도 이루어지는 것은 없다는 뜻을 추상 명사의 연결로 표현했다. 명사형 어구의 연결이 관념적이라는 느낌을 주지 않고, 오히려 낭독의 리듬감을 일으킨다. 그는 매우 독특한 어법을 구사하는 시인이다.

우리는 제자리에 있지 못한다. 제자리에 머무는 것은 퇴보라고 생각한다. 이동은 목숨 가진 존재의 숙명이다. 아프리카 동북부에서 기원한 호모 사피엔스는 10만 년 동안 지구 각처로 이동해 왔다. 그 이동의 역사가 DNA에 들어박혀 우리는 잠만 깨면 어디로 몸을 움직일까를 먼저 생각한다. 하루 종일 몸을 이동시키는데, 그것은 어떤 자리를 찾기 위해서가 아니라, 사실은 이동하기 위해 이동하는 것이다. 최후의 정착지는 죽음인데, 그때까지 우리의 움직임은 끝나지 않는다. 어디서 와서 어디로 가는지는 모르지만, 우리는 이동의 숙명을 지니고 호모사피엔스로 살아간다. 평범해 보이는 이현승의 시 「이동」은 사실 존재의 본질을 건드리고 있는 대담한 작품이다. 그런 점에서 "제자리란 하나의 강박이다."라는 아포리즘은 굉장한 장력을 내장한 상징적 어구다.

강박관념의 대표적인 유형은 문단속과 불단속에 관한 것이다. 문이 잠겼는지 몇 번이나 돌아와 확인하는 사람이 있고, 집에서 멀어질수록 가스 불을 껐는지 걱정이 쌓이는 사람이 있다. 크건 작건 불안이라는 컴컴한 구멍이 우리를 붙들고 놓아주지 않는다. 이동이 우리의 숙명이듯 불안도 우리의 숙명이다. 죽음의 심연에 잠길 때까지 불안의 깊은 구멍은 우리를 놓아주지 않는다. 불안의 구덩이 주위를 돌아 우리는 끊임없이 이동한다.

우리는 어디를 떠나서 어디에 이르렀다고 생각한다. 이동은 두 지점을 옮겨가는 동작이기에 분명히 떠난 자리가 있고 도착한 자리가 있다. 그러나 도착한 자리를 가만히 따져보면 그곳은 새로운 자리가 아니라 예전에 내가 머물렀던 자리임을 깨닫게 된다. 그러니 우리가 도착한 자리는 새로운 지점이 아니라 예전에 떠났던 어느 지점으로 돌아온 것이다. 나이가 들수록 그런 느낌과 인식이 더욱 뚜렷해진다. 그래서 이현승은 "돌아온 자리"라는 말을 썼다. 이제 막 사십을 넘긴 이현승이 그러한 기시감을 갖는 것을 보면 김민정의 말대로 '아버지'임에 틀림없다.

아버지인 이현승은 아내가 있다. 아이의 엄마이자 이현승과 같은 체급의 시인 아내를 두고 과감하게 "아내에게 필요한 사람은 아내였다는 생각"을 한다. 참으로 정곡을 꿰뚫은 표현이다. 우리는 모두 상대방이 필요하다는 생각을 한다. 남편은 아내가 필요하고 아내는 남편이 필요하다. 아이에게는 아버지가 필요하고 어머니가 필요하다. 그러나 이 생각은 나라에는 대통령이 필요하고 국민에게는 국회의원이 필요하다는 생각만큼이나 허구적이다. 우리가 살아가는 것이 끝없는 이동이 아니라 정착지를 찾아가는 것이라는 생각만큼이나 허구적이다. 사람들은 모두 살기 위해 사는 것이고, 자기 자신을 위해 사는 것이다. 아내는 아내를 위해서, 아이들은 아이들을 위해서, 대통령은 대통령을 위해서, 김정은은 김정은을 위해서. 김정은에게 필요한 사람이 김정은이듯 아내에게 필요한 사람은 아내다. 이 발견만으로도 이현승은 김수영 이후 새로운 시인의 몫을 다했다. 이 이상 큰 발견이 어디에 있겠는가?

목숨 가진 모든 존재는 불안의 검은 골짜기 앞을 배회하며 세상과 화합할 수 없는 고립의 이미지를 연출한다. 몇 줄 현악기에 의지하여 저승으로 아내를 구하러 간 오르페우스가 구사일생 아내를 데리고 탈출할 때, 돌아보지 말라는 금기를 어긴 아내는 저승의 자장 속으로 견인되어 신기루처럼 사라진다. 소돔을 탈출한 롯의 아내 역시 금기를 어겨 소금기둥이 되었다. 세상과의 소통, 타자와의 소통이 거의 불가능하다는 원초적 사유의 상징들이다. 한 이불에서 잠자고 두 사람의 분신인 아이들을 낳은 아내지만, 그 아내도 실은 멀리 떨어진 소금기둥이나 다름없다. 우리들은 각자 고립의 성에 갇혀 있다. 저승의 뇌옥牢獄, 들판의 소금기둥이 어디 따로 있는 것이 아니라 우리가 바로 소금기둥이고 뇌옥에 갇힌 에우리디케다.

이현승의 자포자기적 자의식은 폐허의식으로 귀결된다. 구절양장, 우여곡절을 거쳐 시야에 포착된 이미지는 "폐허에 도착한 사람", "폐허에 지져진 사람"이다. 이 표현은 조금 과격하다. 불안의 실체를 확인하기 위해 "수십 개의 고개를 돌아 열겹의 문을 따고" 고행의 역정을 펼친 사람은 상당히 있으리라. 이현승을 포함한 많은 예술가들이 그러한 행로에 앞장선 사람들이다. 고난의 행동이 남긴 궤적은 후대의 탐색자들에게 효율적인 이정표 구실은 하지 못하지만 디오게네스의 등불 역할은 할 수 있다. 이현승에게는 아직 어떤 희미한 등불도 비추지 않은 듯하다. 그는 폐허의 어둠 속에 놓여 있다. 던져져 있고 심지어 지져져 있다. 불에 그슬린 아픈 상처가 아직 아물지 않은 듯하다. 그럼에도 불구하고 "폐허에 지져진 사람"이라는 표현은 여전히 낯설다. 폐허에 불의 기운이 없기 때문이다.

이현승은 이 점을 의식한 듯 다음 시행에 불의 이미지를 배치했다. '용천수의 유황 냄새', '탄내'가 그것이다. 폐허에서도 지져질 수 있다는 것을 보여주려는 듯 그는 매우 독특한 정경을 배치했다. 차가운 눈밭 위에 뜨거운 물이 솟아오르는 장면을 설정했다. 이것은 세계 도처에 있는 간헐천 장면이다. 일정한 시간 간격으로 뜨거운 용천수나 수증기가 솟구치는 현상이다. 눈 덮인 벌판에 용천수가 솟아오르는 장면은 장관일 것이다. 그것은 폐허에 솟아오르는 비극적 존재의 몸부림 같다. 그러나 솟구친 용천수는 다시 지상으로 하강한다. "뚝 떨어진 자리"에 유황 냄새나고 탄내도 나겠지만, 그것은 상승의 몸짓이 남긴 종말의 흔적이다. 폐허의식에 접촉하면서도 이현승은 허무에 주저앉지는 않는다. 아직 젊은 아버지이기 때문이다. "용천수 위로 떨어지는 눈다발들의 표정이 갸웃하다."라고 했다. 이 '갸웃하다'라는 말은 그의 시에 '흰다', '스민다', '포갠다', '혼곤하다' 등의 말로 변주된다. 이것은 절망 속에 전유된 희망의 씨앗이다. 그는 눈다발들의 갸웃한 표정에서 폐허에 지져진 사람이 다시 솟아날 가능성의 기미를 감지한다.

이런 이유 때문에 우리는 절망과 기대 사이를 계속 이동 중이다. 세상에 어둠의 골짜기만 있고 솟아나는 용천수가 없다면 이동의 본능도 유지되지 못할 것이다. 아내에게 필요한 사람이 아내이듯 내게 필요한 사람은 나이기 때문에 욕망은 끝이 없고 꿈도 끝이 없으며 이동도 끝이 없다. 이현승의 시를 통해 내 생활도 끝없이 이어지리라는 생각을 하게 되었다. 이현승의 할머니도 성냥개비를 잘라 세상과 소통하며 그만의 이동 경로를 살아갔다. 그분의 고유한 생활을 누가 손댈 수 있겠는가? 그 고유한 성냥개비의 언어를 누가 가벼이 여길 수 있겠는가? 할머니는 성냥개비의 말을 구사하며 이 지점에서 저 지점으로 열심히 이동해 간 사람이다. 폐허의 눈밭에 용천수처럼 솟구치다가 바닥으로 뚝 떨어져 탄내를 남기던 우리 곁의 한 사람이다. 그 사람들을 지켜보는 시인의 갸웃한 눈매가 떠오른다. 공감의 눈길이다.

내 마음의 오로라

1. 황홀한 마법의 수정 구슬

하이데거의 해석으로 잘 알려진 휠덜린(Hölderlin; 1770 ~1843)의 시구가 있다. "그리하여 모든 재보財寶 중에 가장 위험한 재보인 언어가 인간에게 주어졌다"는 구절. 언어를 사용해서 인간은 자신이 무엇인가를 보여주어야 한다고 휠덜린은 썼고, 하이데거는 이 구절에서 "언어는 존재의 집"이라는 입론을 도출했다. 나는 휠덜린의 말에서 "모든 재보 중에 가장 위험한 재보"라는 말에 전율을 느낀다. 언어는 매우 소중한 것이지만 동시에 가장 위험한 것이라는 생각은 음미할수록 많은 깨우침을 준다. 시를 쓰는 시인이 언어를 위험한 재보로 인식했다년 그 '위험'의 의미는 무엇일까? 인간만이 언어를 통해 자신의 존재를 드러낸다는 사실 자체가 위험하다는 뜻일까? 언어를 통해 자신의 실상을 과장되게 드러낼 수 있다는 점을 경계한 것일까?

이런 문제에 대한 사색은, 요즘 시를 쓰는 시인 중 언어는 위험한 재보라는 의식을 가지고 시를 쓰는 사람이 얼마나 될까라는 의구심으로 이어진다. 언어를 재보로 인식하기는 하는 것일까? 언어가 위험한 도구라는 생각을 갖고 있는 것일까? 어떤 시인들은 마치 종을 부려먹듯이 언어를 자기 마음대로 조종하고 남용한다. 언어에 대한 경건함 따위는 구시대의 유물로 여기는 듯 언어 학대와 언어 유린을 장기로 삼는다. 200년 전에 한 시인의 말을 끌고 와 지금의 시인을 욕보이고자 하는 것이 아니라 200년 세월의 흐름에도 빛바래지 않는 명언의 가치를 되새겨 보자는 뜻이다. 하이데거의 어려운 설명을 도입할 것 없이, 언어는 우리의 삶을 드러내는 방식이며 삶 그 자체다.

　　계산대가 덩그렁 하다.
　　회벽에 볼펜으로 써놓은 '삼천리연탄'은 '삼철연탄'으로 써져 있다.
　　쓰다가 지우고 다시 쓴 가스 집 번호는 해안 절벽을 기어오르던 염소들이 잠깐 멈춘 것 같다.
　　시장통 골목 사거리에 있는 삼거리식당 누런 벽에 써놓은 연락처는 하나가 더 있다.
　　맘 주었다가 거둘 때 모질게 대했던 사람들이 일일이 기억될 만큼 식재료상 전화번호는 여러 번 지웠다가 써져 있다.
　　어찌 저리 모자란 글씨로 식당의 시간은 이어져온 것일까.
　　벽에서 작은 동요가 일고 있다.
　　꼬부라지고 뒤틀린 채, 굵게 가늘게 써지고 지워지고 삐쭉삐쭉 튀어나왔지만 남의 속내 한번 대차게 질러보지 못하고 휘어져버린 일들이 고스란하다.
　　몸 한번 제대로 세우지 못하고 확신 없어 몸부림치며 기다렸던 기다림은 정말 기다림이 아니란 말인가.
　　미장일 한다는 바깥양반은 비 온다고 상을 차리고 뭔가 마뜩치 않은 마누라의 심사는 회벽의 글자처럼 뒤틀린 흔적이 따뜻하다.

　　　　　　　장대송, 「삼거리식당」 전문(『시인수첩』, 2014. 봄호)

　이 작품은 삶의 세부를 언어로 온전히 드러내는 믿음직한 모습을 보인다. 대상에 대한 친화감이 없으면 이런 시는 나오지 않는다. 대상과 하나가 되어 거기 자신의 몸을 밀착시킬 때 시의 첫 구절 "계산대가 덩그렁 하다."가 탄생한다. 손님이 없어서 날로 빛이 퇴색하는 식당이 무대다. "회벽"은 석회를 바른 벽이니 그렇게 잘 만든 벽이 아니다. 그런 벽에는 볼펜으로 어설픈 글자가 쓰여 있기 마련이다. 가스 집 번호는 왜 지우고 다시 썼을까? 가스가 떨어지면 장사를 못하니 중요한 번호라 정확히 쓰느라고 지우고 다시 썼을 것이다. 그것을 해안 절벽을 오르내리는 염소의 거동에 비유한 것이 재미있다. 염소들이 해안 절벽을 간신히 오르내리며 풀을 뜯어 먹고 다시 자기 집으로 가는 장면을 본 적이 있다. 미끄러질 것 같으면서도 묘기를 부리듯 네 발로 몸을 지탱하고 절벽을 오르는 것이 신기했다. 약한 것 같으면서도 자신을 잘 지탱하는 생명의 기운을 그 글자에서 감지했을 것이다.

시장통 사거리에 있는데 이름은 삼거리식당이니 개업한 지는 꽤 오래된 것 같다. 삼거리가 사거리가 되도록 장사를 계속해 온 것이다. 오래된 시장통 식당일수록 장사가 잘 안 된다. 드라마에 '치맥'이 나오면 치킨과 맥주만 팔리지 순두부백반은 거들떠보지 않는 것이 우리의 삶이다. 회벽에는 식재료상 전화번호도 적혀 있는데 "여러 번 지웠다가 써져 있다"고 했다. 시인은 "맘 주었다가 거둘 때 모질게 대했던 사람들이 일일이 기억될 만큼"이라고 딘서를 달았다. 삼거리가 사거리 되도록 식당의 시간은 이어져 왔지만 여러 번의 시련이 몰아쳐 온 것이다. 외상으로 들여온 식자재 값을 제때 치르지 못하자 다툼이 일고 식자재 공급이 끊어지고 그래서 번호를 지우고 그래도 구관이 명관이라고 다시 연락을 해서 또 납품을 받았던 세월의 파도가 그 전화번호 자취에 그대로 담겨 있다. 언어만이 삶이 아니라 식당 회벽에 남긴 글자도 삶의 내력을 그대로 드러내는 존재의 숙소다.

꼬부라지고 뒤틀린 채 삐쭉삐쭉 튀어나온 그 글자들이 모두 생의 곡절을 고스란히 담고 있다. 몸부림치고 기다렸던 인고와 파란의 세월이 갈피갈피 어엿하다. 어두운 식당 누런 벽의 엇걸린 글자들. 그러나 그 글자가 풍기는 세월의 느낌은 아픈 것만이 아니다. 삼거리가 사거리 될 때까지 이어져 온 낙관의 인내력이 삶의 힘으로 작용한다. 미장일 한다는 바깥양반이 비 오는 것 핑계로 술상을 차릴 때 투덜거리는 부인의 심사는 회벽의 글자처럼 따뜻하다고 했다. 언제 한번 편안하고 매끄러운 시간은 없었으나 그래도 이렇게 살아온 것이 대견하다고 느끼는 순간 몸부림친 삶이 기적이 되고 뒤틀린 글자가 희망이 되기도 한다. 계산대 덩그렁한 식당을 온화한 삶의 공간으로 전환시키는 시인의 언어가 참으로 따스하다.

백일홍 꽃망울에
눈을 주길 잘 했다

담벼락 아래 스티로폼 상자 속
상추에 발걸음을 멈추고
허리를 숙인 일

어느 집 지붕에 앉은 고양이가 등허리를 쭉 펴며 하품을 하는데
그 하품이 구름처럼 둥둥 떠다니는 걸 공연히 상상한 일

길게 휘감기는 호스를 쥐고
가게 앞 인도에 물을 뿌리는
코끼리 슈퍼 주인과
날씨 인사를 나눈 일

잘했다 사소한 그 일들 모두
창가에서 일 나간 어미 대신
빨래를 개던 내 아비의 일이었으니

아침에 걸었던 빨래가 포슬포슬하게 마르는 동안
빨래에서 떨어진 물방울이 흙을 뭉쳤다 푸는 동안

　　　　　　　손택수, 「어느 하루」 전문(『포지션』, 2014. 봄호)

이 작품을 제대로 감상하기 위해서는 같은 지면에 실린 손택수의 「마지막 목욕」을 먼저 읽어야 한다. 외할머니가 세상 떠나신 지 열흘 후 깨끗이 목욕하고 세상을 하직한 아버지의 사연이 담겨 있다. 돌아가신 후 몸을 보니 평생 지게꾼으로 살아온 그분 등의 굳은살과 손바닥의 못도 부드럽게 풀려 있었다는 이야기를 들려준다. "아들도 해드리지 못한 안마를 죽음이 해드린 것인가"라는 시행에 아들의 마음이 집약되어 있다. 세상과 하직하는 경건한 마지막 의식이 아버지의 목욕이었다고 아들은 생각한다. 그 다음에 이어지는 시가 위의 작품인데, 이 작품에는 육친의 죽음에서 느꼈던 슬픔과 아쉬움이 말갛게 가시고 아련한 그리움이 아름답게 채색되어 있다.

이 작품의 앞부분은 자연과 인간사를 여유 있게 대하는 화자의 모습이 그려져 있다. 5연에 이르기까지는 화자가 관찰한 내용처럼 서술되어 있다. 5연의 "창가에서 일 나간 어미 대신/빨래를 개던 내 아비의 일"이라는 대목에서 비로소 집에서 무료하게 시간을 보내던 아버지의 하루 일과가 드러난다. 아버지는 어머니가 일을 나가시면 하루를 어떻게 보내셨을까? 아들 화자는 아버지가 떠난 빈집을 돌아다니며 아버지가 보낸 하루의 시간을 떠올려 본다. 마당에 핀 백일홍 꽃망울도 지켜보고, 담벼락 아래 작은 상자에서 상추 자라는 것도 들여다보고, 어느 집 지붕에 앉은 고양이의 하품이 하늘의 구름이 되는 상상도 해 보았다. 가게 앞 인도에 물을 뿌리는 슈퍼 주인을 보고 아버지가 하던 것처럼 인사도 해 보았다. 그렇게 그럭저럭 시간을 보내노라면 어머니가 걸어놓은 빨래가 다 마른다. 아버지는 빨래를 걷어 창가에 앉아 빨래를 개었으리라.

마지막 연은 빨래가 마르는 과정을 아무렇지 않게 묘사한 것 같지만 그 사소한 일들이 매우 의미 있는 일이라는 아들의 생각이 정갈하게 포개어져 있다. 그것이 자연의 섭리에 맞는 하루 보내기라는 생각이다. "잘했다"라는 아들의 반응은 그것에 대한 자연스러운 표현이다. 잠깐이라면 잠깐이요 길다면 긴 그 시간의 흐름 속에 빨래는 말라가고 빨래에서 떨어진 물방울도 사라지고 아버지의 하루가 지나간다. 세상에는 그렇게 보내는 하루도 있는 것이다. 그러한 아버지의 하루를 아버지가 떠난 다음 아들이 대신 체험해 보는 것도 아름다운 일이다. 그것이 아름답게 여겨지는 것은 언어의 힘 때문이다. 손택수 시인이 구사한 언어가 아름다운 삶의 윤기를 사소한 일들의 연쇄에 채색했기 때문이다. 언어의 힘에 의해 삶이 은은하게 빛나는 장면을 확인하게 되는 대목이다. 이처럼 시의 언어는 누추한 삶의 공간을 따뜻하게 감싸주기도 하고 사소한 일상의 삶을 아름답게 단장하기도 한다.

> 살 저미는 바람 맞고 피하고 맞다
> 살에 스치는 바람결 살가워지면
> 골목길 담장들 위로 큰 꽃 작은 꽃들 얼굴 내밀고
> 전에는 안 보이던 꽃도 보인다.
> 서커스 하듯 줄 타고 오르는 꽃도 있다.
> 벌써 시들고 있는 꽃은 눈짓으로
> '지금 막 열매를 열고 있습니다.'
> 어느 샌가 새끼손톱 같은 열매 매단 꽃도 있다.
>
> 짧은 비 그치자 밝아진 골목길에 달팽이 하나
> 몸보다 큰 소용돌이를 등에 지고
> 끝에 눈 달린 두 더듬이 좌우로 헤저으며 가고 있다.
> 시멘트 조각 하나를 힘들게 피한다.
> 눈물보다 더 진득한 분비물을 온몸에 두르고
> 오체투지 하고 있군.
>
> 슬그머니 승용차 하나가 앞을 막아선다.
> 바퀴 바로 앞의 오체투지!
> 달팽이가 더듬이 조심조심 내저으며 침착히 기어
> 바퀴 폭을 벗어난다.
> 볼 것 다 봤다는 몸짓을 하며 나도 자리를 뜬다.

볼 것 다 보았다니?
그래, 살아 있는 것들 하나같이 열심히 피고 열고 기고 있는 곳에서
더 이상 볼 게 없다는 거짓말 없이 어떻게 자리 뜰 수 있겠는가?

황동규, 「오체투지」 전문(『발견』, 2014. 봄호)

봄은 다시 보아도 매년 새롭다. 요즘 같은 4월에 볼 수 있는 장면 하나
를 황동규 시인이 미리 보여주었다. 누구나 접할 수 있는 일상의 산책길이
다. 눈에 보이지 않지만 한 치의 어김이 없는 시간은 '살 저미던' 바람을
어느새 '살가운' 바람으로 바꾸어준다. '살갑다'의 어원이 '살'과 관련이 있
는지는 알 수 없으나 이 시행의 구성을 보면 마치 '살 저미다'와 '살갑다'가
친연 관계에 있는 듯한 느낌을 받는다. 이것도 말의 힘의 작용이다.

골목길 담장 위에 여러 가지 꽃들이 연이어 피어 있다. 어떤 꽃은 "서커
스 하듯 줄 타고 오르는 꽃도 있다"고 했다. 줄기가 펴져 올라가며 꽃을
피운 모습을 서커스에 비유했는데 꽃의 모양에서 인간의 서커스를 떠올린
상상력이 새롭다. 그 상상력은 꽃과 인간을 같은 항렬에 놓고 사유하는 데
서 빚어진 것이다. 꽃이 자연의 이치에 의해 수동적으로 피어나는 것이 아
니라 사람처럼 서커스의 묘기를 부리며 피는 꽃도 있다는 상상. 그러한 상
상이 이어지기에 꽃의 속삭임도 들을 수 있다. 피었다가 지는 꽃은 "지금
막 열매를 열고 있습니다."라는 전언을 눈짓으로 송신한다. 자연과 인간에
대한 동일한 존재 인식이 기반이 될 때 이러한 시행이 창조될 수 있다. 그
래서 꽃에 맺힌 작은 열매도 "새끼손톱"에 비유된다. 시의 언어는 시인의
생 체험과 인식의 차원을 숨김없이 드러내는 마법의 수정 구슬이다.

2연은 장면이 바뀌어 골목길을 기어가는 달팽이를 보여주었다. 이제 겨
울 동면에서 벗어나 봄비를 맞고 새 생활을 시작한 달팽이다. 그런데 달팽
이의 등껍질을 "몸보다 큰 소용돌이"라고 했다. "소용돌이"라니. 이 대목에
서 나는 시어가 주는 커다란 전율을 느낀다. 무언가가 팽이처럼 회전하는

모양을 소용돌이라고 하는데 달팽이의 각질을 소용돌이로 묘사한 시행은 여기서 처음 대한다. 소용돌이라고 하자 갑자기 달팽이의 가파른 삶이 연상된다. 우리 모두 삶의 소용돌이를 등에 지고 살아가는데 저 미물에 불과한 길바닥의 달팽이도 등에 소용돌이를 지고 기어가는 것이다. 그것도 자기 "몸보다 더 큰 소용돌이"를. 꽃과 서커스의 연결이 열매와 새끼손톱의 맥락으로 이어지고 달팽이와 소용돌이의 비유로 변환되는 언어의 연쇄 과정은 참으로 놀랍다. 이 비유의 축은 자연과 인간의 동일한 존재 인식에 기반을 두고 있지만 겉으로 표현된 양상은 다른 방향으로 퍼져나갔다. '서커스', '새끼손톱', '소용돌이'는 아주 다른 의미와 질감을 주는 말들이다. 그런데 그 말들이 자연과 인간의 공동 기반 위에 자유롭게 회전하고 유동한다. 참으로 놀라운 시어의 기적이다. 그 기적은 여기서 그치지 않는다.

우리가 흔히 보던 달팽이의 모습이 제시되었다. 더듬이를 좌우로 저으며 무거운 등껍질을 지고 땅 위를 기어가는 달팽이. 달팽이 특유의 분비물도 가늘게 자취를 남겼을 것이다. 작은 몸으로 시멘트 조각을 피하는 것도 힘들었을 것이다. 이것이 달팽이의 생태. 그런데 시인은 달팽이의 분비물을 "눈물보다 더 진득한"이라고 '눈물'에 비유했다. 이 시어 '눈물'은 앞에 나온 '소용돌이'와 호응한다. 몸보다 더 큰 소용돌이를 지고 가는 힘겨운 달팽이의 모습을 보니 그 분비물은 눈물보다 더 진득할 것이라고 상상한 것이다. 미물 달팽이는 우리보다 훨씬 더 진한 눈물을 흘리며 훨씬 더 열심히 살고 있다. 그러한 달팽이의 모습을 시인은 "오체투지"라고 명명했다. 지렁이나 자벌레, 달팽이의 모습을 오체투지에 비유한 시는 여러 편이 있었다. 그러나 이 시의 오체투지는 단순히 달팽이의 동작을 묘사한 것이 아니기 때문에 여타의 시편과 구별된다.

골목길에 승용차 하나가 들어와 달팽이 앞에 다가온다. 달팽이는 "바퀴 바로 앞의 오체투지"의 모양을 취하게 된다. 위기의 순간이다. 이것이 이 시에 제시된 오체투지의 특이점이다. 오체투지란 자신의 몸을 완전히 낮추어 신체의 모든 부분을 땅에 밀착시키고 부처님께 절하는 최고의 예법이다. 자신의 모든 것을 부처님께 바친다는 표현이다. 절대자에게 오체투지를 하듯 승용차 바퀴 앞에 달팽이가 엎드렸다. 이미 모든 것을 바치겠다는 모습을 취했으니 바퀴가 그 몸을 밟고 간다 해도 달팽이는 아무 미련이 없었을지 모른다. 몸보다 큰 소용돌이를 지고 눈물보다 더 진한 분비물을 두르고 가는 생이니 무슨 미련이 남겠는가? 그러나 그것을 보는 시인의 마음은 조마조마했으리라. 다행히 달팽이는 "더듬이 조심조심 내저으며 침착히 기어 바퀴 폭을 벗어"났다고 했다. 참으로 다행한 일이다. 그 다행함이 묻어나도록 시인은 그 대목을 '조심조심', '침착하게' 묘사했다. 이것은 생명의 살아있음에 대해 시인이 바친 또 하나의 오체투지라고 나는 읽는다. 달팽이의 오체투지와 시인의 오체투지가 교감하여 달팽이의 행로가 안전해졌다는 느낌까지도 갖게 된다. 시인은 여기서 이 시를 끝내지 않고 또 하나의 전율을 다음에 배치해 놓았다.

달팽이가 살아났으니 안심이라는 생각이 들어 시인은 그 자리를 뜰 것이다. 그것을 "볼 것 다 봤다는 몸짓을 하며 나도 자리를 뜬다."라고 적었다. 우리들이라도 그렇게 했을 것이다. 꽃구경도 잘 했고 달팽이도 살았으니 볼 것 다 본 것 아닌가? 사실이 그러할 것이다. 그러나 황동규 시인은 참으로 기묘한 구절을 배치하여 우리의 무딘 감각을 눈 뜨게 해 주었다. 볼 것 다 보았다는 말은 사실은 거짓말이라는 것이다. 꽃들은 서커스의 몸짓으로 피어나고, 일찍 핀 꽃은 새끼손톱 같은 열매 열어놓고 시들고, 제 몸보다 더 큰 소용돌이 짊어진 달팽이는 전심전력으로 기고 있는 이 황홀한 생의 공간. 거기 시인도 끼어들어 "피고 열고 기고 있는" 역동적인 삶에 동참하고자 했으나 사실은 구경꾼으로 머물다 떠나는 것. 그 순간 과연 우리 자신은 생을 어떻게 밀고 가고 있나 하는 자책이 든다. 자책과 더불어 찬란한 생의 동력이 또 하나의 소용돌이를 일으킨다. 온몸이 부르르 떨리고 몸부림치고 싶었을 것이다. 시인 자신도 오체투지하고 싶었을 것이다.

그러나 인간은 자연에서 생활의 공간으로 돌아서야 하는 존재. 생의 공간을 떠나 일상의 나른한 공간으로 넘어가기 위해서는 거짓말이 필요하다. 볼 것 다 보았다는 거짓말.

이 모순 어법이 진정한 생과 가식의 생 사이의 건널목을 이어주는 또 하나의 수정 구슬이다. 시의 언어는 이렇게 생에 대한 새로운 인식도 심어준다. 언어는 이처럼 시에서 만능의 요술을 부린다. 그 황홀한 마술을 황동규의 시에서 보았다.

2. 상처와 고백의 고요한 별빛

조숙한 천재 시인 랭보의 유명한 시구, "계절이여, 성곽이여, 흠 없는 영혼이 어디 있으랴"에서 "흠"에 해당하는 원문 어구는 "défauts"다. "défauts"는 결함, 결핍 등의 뜻을 지닌 말이다. 그러니까 "흠 없는 영혼이 어디 있으랴"라는 말은 쉽게 말하면 완벽한 영혼은 없다는 뜻이다. 그런데 그 앞에 왜 "계절이여, 성곽이여"가 들어갔을까? 랭보 주해서를 참고하면 우리를 둘러싸고 있는 시간의 변화로 '계절'을 들고 공간적 구조물로 '성'을 들었다고 해석한다. 원문의 '계절'과 '성곽'은 다 복수로 되어 있다. 그러니까 끝없이 반복되는 계절, 시간의 전변에도 불구하고 그대로 남아 있는 성채를 향하여 잘못 없는 영혼이 어디에 있느냐고 묻는다는 것이다. 영혼을 인간의 환유로 보고 "상처 없는 인간이 어디 있으랴"로 의역한 사례도 있다.

인간은 불완전한 존재다. 우리들은 크고 작은 잘못을 저지르면서 산다. 이것은 지극히 당연한 일이다. 그런데 인간은 반성적 사고 능력을 갖추고 있다. 이것 역시 인간만이 지닌 지극히 인간적인 능력이다. 중요한 것은 자신이 벌인 과오를 어떻게 인식하고 얼마나 반성하느냐에 따라 인간의 수준과 가치가 결정된다는 점이다. 법률에 저촉되는 경우라면 법의 심판을 받으면 된다. 그러나 우리가 저지르는 잘못은 내면적이고 정신적인 경우가 더 많다. 이 경우에는 도덕적 판단과 연결된 윤리의식이 중요한 작용을 한다. 도스토옙스키의 걸작 『죄와 벌』은 바로 이 문제를 다루었다. 법률적 징벌과 윤리적 죄의식은 행복한 일치를 보이는 경우가 거의 없다. 문학은 인간의 내면에 도사리고 있는 미세한 과오의 흔적, 영혼의 상처에 관심을 갖는다. 그 상처는 타인의 것일 수도 있고 자신의 것일 수도 있다. 내면적 묵상의 특성을 지닌 시의 경우 자신의 상처에 더욱 민감한 반응을 보인다.

시량이 곤궁해진 내 은신처의 밤, 마루 밑 내 연장통의 연장들은 녹슬어가고 있다. 어디 일하러 갈 곳이 없다 노숙하고 있다 반쯤은 고장난 사용불가의 것들이다 찾지 마시라 당당했던 내 은빛 몽키스패너도 이미 오래전에 실종 신고를 냈다

날이 밝으면 내가 더욱 보이지 않는다 나를 지운다 오후 세시의 갈증이 비를 부르고 몇 개 남은 삶은 감자를 목메이게 먹으며 공책에 내가 베끼는 어휘들은 계속 어눌하다 반쯤은 내게도 송신되지 않는다 해독되지 않는다 땅거미질 때까지 남은 시간을 지울 연장이 없다 무작정으로 은신중이다

그나마 다시 밤이 오면 내 은신처의 밤은 은신처다워진다 노숙인다워진다 보이지 않는 내가 보인다 은신隱身의 내가 보인다 밤하늘의 별들이 보인다 은신隱身들이 반짝거린다 내 은신처의 밤에 빛나는 별들아, 송구하다 너희들이 내 고장난 연장들이다 밤하늘의 노숙인들이다 성성적적惺惺寂寂이시다

정진규, 「은신처의 밤」 전문(『발견』, 2014, 여름호)

하던 일을 놓치고 자신의 어두운 방에 돌아온 낭패의 은둔자가 있다. 그는 연장을 이용하여 무언가를 만들던 사람이다. 일자리를 잃었으니 갈 곳이 없고 일할 거리가 없으니 연장은 녹슬어간다. 식량마저 곤궁해졌으니 노숙자와 다룰 바가 없다. 자신의 자랑스러운 연장 몽키스패너도 이젠 쓰일 곳을 잃었으니 자기 자신에 대해서도 실종 신고를 낸 지 오래다.

이런 처지이기에 밝은 대낮이 두렵다. 밝은 곳에서는 자신의 낙척落拓과 누추陋醜가 그대로 드러나기 때문이다. 언어의 촉수는 어눌해졌고 타인은 물론 자신에게도 송신과 해독이 잘 되지 않는다. 소통 불능의 독거 노숙인이 되었다. 대낮의 은신은 어쩔 수 없는 방어책의 하나다. 밤이 되어 소통의 회로가 암흑에 묻히면 오히려 자신을 들여다볼 수 있어 견디기가 낫다. 부끄러웠던 노숙의 은신이 오히려 밤에는 그런대로 친근하고 바라볼 만하다. 밤이 주는 축복이라 할까. 자신의 모습만이 아니라 밤하늘의 별들도 바로 보인다. 그것은 유일한 위안이다. 그 별들은 자신의 빛으로 시인의 은신을 비추며 은신의 모범을 보이는 것 같다. 은둔하는 시인의 분신이자 우러러보는 표상이 된다.

시인은 "내 은신처의 밤에 빛나는 별들아"라고 호명했다. 이어서 "송구하다"고 고백했다. 왜 송구한가? 지상에서 잃은 은빛 몽키스패너를 천상의 성좌에서 환영으로 보았기 때문이다. 현실의 사업은 작파되었으나 밤하늘의 환상 속에서 은신의 광채를 보고 있다. 이것은 슬프면서도 아름답다. 그 빛은 살아 있는 것인가? 시인은 그 별들을 "내 고장난 연장", "밤하늘의 노숙인들"이라고 불렀다. 반짝일 뿐 아무 행동도 하지 못하는 무력감을 토로한 것이다. 그러나 그 무력한 존재들은 그래도 밤에 빛을 낸다. 낮에는 침묵을 지키지만 밤에는 한몫을 하는 것이다. 그러니 아직은 절망이 아니다. 완전한 실종이 아니다. 회복의 가능성이 있다. 그래서 시인은 "성성적적惺惺寂寂이시다"라는 말로 끝을 맺었다.

'성성적적'은 불교 용어다. 고요하면서도 맑게 깨어 있는 상태를 말한다.

밤하늘의 별들이 아무런 발언 없이 무기력하게 침묵을 지키는 것 같지만 사실은 맑게 깨어 있는 모습으로 무엇을 드러낸다는 것이다. 이 마지막의 돌발적 전환은 어쩌면 예정되었던 것인지 모른다. 처음부터 '성성적적'을 염두에 두고 이 시를 구성했을지 모른다. 왜냐하면 시란 자신의 상처를 드러내면서 그것을 다스리는 유효한 방식이기 때문이다. 계절이여, 성곽이여, 완전한 영혼이 어디 있겠느냐? 겉으로는 멀쩡해 보여도 모두가 상처 입고 낭패한 존재들. 나만 은신의 노숙인이 아닌 것이다. 무력해 보이는 이 은신의 밤이 깊어지면 얼마든지 창조로 전화될 수 있는 것. 그래서 시인은 '성성적적'이란 말을 생각해 냈을 것이다. 그 말에 시간과 공간의 축복이 담겨 있다.

> 단원의 그림 모구양자도母狗養子圖를 보다가 눈이 흐려졌다. 어미와 새끼 개의 눈. 이 그림은 다 지우고 세 개의 눈만 남겨 놓아도 좋으리. 어미의 눈은 파철지광破鐵之光의 그것이었다. 사람들은 자꾸 인자한 눈빛이라 하는데 내 눈에는 미친 듯한 나선형의 발광으로 보였다. 어린 새끼의 눈이 순진무구라는 것은 동의하겠다. 그러나 어린 새끼를 향한 당당한 미침, 뻗힘, 어떤 도발이 어미의 눈동자에 돌고 있었다. 오로지 하나의 생명만을 향한 인자함이 낭자하게 고여 있었다. 생명이 간혹 잔인하도록 모진 이유도 이 눈빛 언저리 어딘가에 있을 것이다. 발광의 주파수가 희미해질 때 우리는 고아가 된다.

우대식, 「발광의 주파수」 전문(『시인수첩』, 2014. 여름호)

우대식의 시를 제대로 읽기 위해서 김홍도의 그림 '모구양자도'를 찾아 자세히 살펴보았다. 그리고 "발광의 주파수가 희미해질 때 우리는 고아가 된다"는 우대식의 발견에 경탄했다. 나는 이미 고아가 된 지 오래이고 발광의 주파수에 대한 기억도 희미하다. 그러나 '모구양자도' 그림을 통해, 그것을 노래한 우대식의 시를 통해, 그 빛과 파동을 새롭게 인식하여 마음에 담게 되었으니 시를 읽는 기쁨이 이러하며 시에서 얻는 효용이 어떠한지를 확연히 깨닫게 되었다.

이 그림은 상단 오른쪽에 화제畵題가 있고, 그 아래에 어미 개가 새끼 두 마리를 지켜보는 모습이 정면으로 그려져 있고 그 아래에 두 마리 강아지가 노는 모습이 배치되어 있다. 어미 개는 전체적으로 연한 검은색이고 강아지 한 마리는 머리와 등에만 검은 무늬가 있고 또 한 마리는 전체적으로 흰빛이다. 그러니까 전형적인 잡종 개다. 검은 무늬 강아지의 측면이 그려져 있어서 눈이 한쪽만 보이고 흰빛 강아지는 뒷모습만 나와 있어서 눈이 보이지 않는다. 시에 "세 개의 눈"이라고 한 것은 바로 이것을 나타낸 것이다.

전서체로 쓰여진 화제는 "會得箇中意 翻成獅子吼"다. 이것은 선사들의 게송에 흔히 나오는 구절로 "이 안에 담긴 뜻을 알면 그것이 곧 사자후가 되리라"는 뜻이다. 평범한 그림인 것 같지만 굉장한 뜻이 담겨 있다는 말인데 그 굉장한 뜻을 우대식 시인이 찾아냈다. 새끼를 지켜보는 어미 개의 자애로운 눈빛이란 설명은 지극히 평범한 것이고 부모에 대한 효심을 나타낸 것이라는 풀이도 규범에 갇힌 해석이다. 그런 것을 가지고 김홍도가 '사자후'란 표현을 쓰지는 않았을 것이다. 위의 시에 나온 대로 강철을 꿰뚫는 듯한 빛, 그것을 찾아내야 사자후에 버금가는 발견이라 할 것이다.

이 그림을 자세히 보면 어미 개의 눈은 검은 얼굴 가운데 크고 둥글게 보여서 예사로운 모습이 아님을 알 수 있다. 자애로운 어미의 눈빛은 우리의 선입견에 사로잡힌 착시였다. 실상은 새끼를 지극히 아끼고 어떤 잡물도 범접하지 못하게 하려는 무서운 결의가 담겨 있는 것이다. 이것이 모성의 담력이요 생명의 힘일 것이다. 이 모질고 사나운 힘이 지구 생명의 역사 30억 년 동안 생명체를 지켜 온 동력이 아니겠는가? 우대식 시인은 그러한 동력의 발견에 그친 것만이 아니라 그 빛이 사라질 때 생명체는 고아가 된다는 무서운 섭리까지 발견하여 결국 고아로 살 수밖에 없는 우리

의 운명까지 포섭했으니 이 시는 성성적적惺惺寂寂의 한 가운데 폭발한 사
자후라 아니할 수 없다.

3. 엽색적 신기주의의 북방 오로라

심재휘의 시를 촌평하는 글에서 오태환은 "엽색적獵色的 신기주의新奇主義"
(『발견』, 2015. 가을호)라는 말을 썼다. '신기주의'는 기이하게 새로운 것을 탐
하는 태도를 가리키는 말이고, '엽색'이란 여색을 지나치게 밝히는 경향을
뜻한다. 이 둘이 결합하면 색을 밝히되 기이하게 새로운 취향으로 탐하는,
아주 나쁜 뜻의 말이 된다. 오태환은 현재 우리 시단에 엽색적 신기주의가
유행병처럼 창궐하고 있다고 진단했다. 호기심을 자극하는 과도한 고백 시
편이 양산되는 현상을 우려한 표현일 것이다. 심재휘의 시는 당연히 그 반
대편에 있어서 호감이 간다고 했다. 심재휘의 시는 분명 우리 시단에 창궐
한다는 엽색적 신기주의 반대편, 그늘진 북벽北壁에 있다.

　　　국수집 창가에 앉아서도 먼 길을 가는 사람
　　　버스를 놓친 외진 정류장이 둘만의 끼니인 듯
　　　늙은 엄마와 다 큰 아들이 국수를 시켜 놓고
　　　까마득한 두 그릇을 시켜 놓고

　　　국수가 나와도 탁자를 박자껏 두드리기만 하는 아들의
　　　중증 독방을 앓는 손가락에는 먼 길이 숨어 있어서
　　　몸이 굵은 아들에게 면 가락을 물려주는 엄마의 젓가락에는
　　　먼 길이 숨어 있어서

　　　떠나간 버스가 아직도 흙먼지를 날리는
　　　국수집 창가 자리에는

비가 오지 않아도 젖은 길이 있다
놓친 버스를 보며 장화 신는 세월의 옆얼굴들을
말없이 어루만지는 봄볕

주머니에서 손수건을 빼려다
접어 넣은 먼 길까지 와락 쏟아져 나온다
동서남북이 다 닳은 주머니 안으로
구겨진 것들을 도로 집어넣는 엄마
그녀는 결국 숨겨놓은 먼 길을 들키고 만 것인데
다만 오래 걸어가야 하는 것뿐이란다 아들아
먼 길을 가려면 아들아 너도
국수를 잘 먹어야지

심재휘, 「먼 길」 전문 (『발견』, 2015. 가을호)

이 시를 읽으니, 나는 엄마도 아니고, "중증 독방을 앓는" 아들도 없지만, "먼 길"을 가는 사람임에는 틀림없다는 생각이 든다. 우리는 모두 먼 길을 걸어 왔고 먼 길을 갈 것이다. 나는 비교적 평탄한 길을 걸어 왔다. "비가 오지 않아도 젖은 길"은 걸은 적이 없다. 국수집 창가에 앉은 엄마는 "앉아서도 먼 길을 가는 사람"이라 했다. 이 구절을 읽으니 가슴이 저릿하다. 먹는 것을 앞에 놓고도 먼 길을 가고 있다니. 이 한 구절에 엄마의 모든 것이 담겨 있는 듯하다. 아픔과 슬픔과 가엾음과 허전함과 그리고 끝모르게 이어진 가냘픈 희망의 신기루가. "까마득한 두 그릇을" 시켰다고 했으니, 과연 이 모자는 국수를 제대로 먹을 수 있을까? "탁자를 박자껏 두드리기만 하는 아들"의 손가락에 젓가락이 쥐어질 수 있을까? 떠난 버스가 흩날린 흙먼지 가라앉으면 다음 버스를 탈 수 있을까? "동서남북이 다 닳은 주머니 안" 잡동사니 속에 노잣돈이 제대로 담겨 있기는 한 것인가?

시인은 어느 시골 정류장 옆 국수집에서 이런 장면을 보았다. 우리 주변에서 흔히 대하기 어려운 정경이지만, 결코 신기하지는 않고, 엽색과는 너무나 거리가 멀다. 오히려 빛이 다 바랜 무색의 정경을 보는 듯하다. 그 무색의 정경에 "숨겨놓은 먼 길을 들키고 만" 엄마의 무색함이 안타깝다. 구십 리가 될지 구만 리가 될지 앞길을 알 수 없는 모자의 국수집 풍경의 마무리를 어떻게 지을까가 자못 궁금한 일인데, 시인은 끝까지 빛바랜 언어로 끝을 맺었다. "먼 길을 가려면 아들아 너도/국수를 잘 먹어야지"는 너무 싱거운 결말이 아닐까? 엽색의 반대편에 나른한 회색이 놓이는 것도 그리 달가운 일은 아닌 것 같다.

　　　소나무 아래 서 있다
　　　비를 맞고 서 있다

　　　어떤 싸움이 지나갔는가

　　　시커멓게 탄 짐승 뼈 같은
　　　나뭇가지들, 만지면
　　　재가 되는 울음들

　　　또 무엇이 오고 있는가

　　　어스름이 우산처럼 펼쳐져도
　　　제 목을 찌를 듯 번쩍이는
　　　침엽의 눈들

　　　사랑은 부서졌다
　　　나는 나를 속였다

　　　독바위, 혼자인 저녁은 끝없고
　　　몇 천 리씩 가라앉고
　　　흩어지고

젖이 퉁퉁 분 흰 개가 지나갔다 헛것처럼

이글이글
빗줄기만 서 있다

전동균, 「독바위」 전문 (『시인수첩』, 2015. 가을호)

'독바위'란 지명이 여러 곳에 있는데, 독처럼 생긴 바위를 지칭하는 말이라고 한다. 어찌 보면 홀로 있는 바위란 뜻 같기도 하고 돌출된 바위란 뜻 같기도 하다. 전동균 역시 독바위에서 고독의 음영을 읽고 있다. 소나무 아래 비를 맞고 서 있는 것은 독바위이자 자기 자신일 것이다. 그는 독바위를 자신의 존재론적 표상으로 설정했다. "혼자인 저녁"이란 말에서 독바위가 자신의 고독을 투사한 대상임이 뚜렷이 드러난다. 격렬한 싸움이 지나갔는지 나뭇가지들은 시커멓게 탄 짐승 뼈 같다고 했고, 그 나뭇가지를 만지니 재가 되는 울음이 느껴진다고 했다. 어찌 독바위 옆의 나무가 그런 모양이겠는가? 독바위 옆에 선 자기 자신이 그러했으리라.

시인은 싸움을 경험한 아픈 마음을 갖고 있다. 그 싸움이 어떤 것이었는지 우리는 알 수 없지만, "사랑은 부서졌다/나는 나를 속였다"라는 구절에서 그 싸움과 아픔이 사랑과 관련이 있고 자기기만과 관련이 있음을 짐작할 수 있을 따름이다. 재처럼 부서지는 울음의 파편 속에서 시인은 눈을 들어 어둠 속에 다가오는 것을 지켜본다. 무엇이 오고 있는가? 어스름이 주위를 감싸고 있지만 소나무의 날카로운 "침엽의 눈"이 "제 목을 찌를 듯" 선연하게 모습을 드러낸다. 사랑 상실과 자기기만의 상처가 만만치 않음을 알 수 있다. 시인은 늘 상처받는 존재이니 사랑과 양심의 문제로 자신을 가책하는 민감한 자의식을 드러낸 것이다. 침엽의 눈이 자신의 목을 찌른다고 했으니 가책의 강도가 매우 높다. 엽색과 신기와는 다른 삶을 산 전동균 시인이니 이렇게 예민하게 자책의 길을 걸을 만하다. 때로는 자책의 성실함이 오로라의 빛으로 피어나기도 한다.

어둠이 깊어도 사랑의 부서짐과 내가 나를 속였다는 자의식의 낭패감은 사라지지 않는다. 그것을 시인은 다시 저녁의 깊은 침잠에 투여했다. "몇 천 리씩 가라앉고/흩어지고"가 그것을 나타낸다. 그러나 여기서 '씩'은 잘 못 쓰인 말 같다. '몇 천 리'의 깊이가 되풀이됨을 나타내기 위한 표현일 텐데 '몇 천 리'의 아득한 거리가 되풀이되는 경우는 거의 없기 때문이다. 여하튼 이렇게 저녁이 가라앉고 다시 흩어지는 아득한 어스름의 시간에 비는 계속 내리고 거기 헛것처럼 한 움직임이 스쳐간다. "젖이 퉁퉁 분 흰 개가 지나갔다"고 했다. 어째서 시인은 젖이 퉁퉁 분 흰 개를 떠올린 것일 까? 젖이 불었으니 새끼를 낳았을 것이고 흰 개이니 눈에 잘 띌 것이다. 젖이 퉁퉁 불었다면 새끼를 잃고 헤매는 개일 가능성이 크다. 가련한 개 다. 거기다 흰빛을 지녀서 슬픔의 빛깔은 더 짙게 다가온다. 그것은 침엽 의 눈을 지닌 소나무 숲의 외로운 독바위의 또 다른 표상 같다. 그리고 스스로를 가라앉히지 못하는 시인 자신의 표상 같다. 자식을 잃고 빗속을 헤매는 순결한 어미의 표상을 떠올린 것인데, 이 구절은 앞에서 본 심재휘 시의 그 엄마를 떠오르게 한다. 엽기적 신기주의의 북벽에 선 시인들은 유사한 상상을 한다. 그리고 유사한 빛깔의 오로라를 펼쳐낸다.

이번 분기 오로라의 가장 아름다운 광휘는 다음 시에서 대할 수 있다.

> 늦가을 잔광 속으로 느릿느릿 애벌레 간다
> 저 길이 지어낼 고치의 생生은
> 곧 닥쳐올 겨울의 예감에나 매달릴까?
> 언 날개가 헤매게 될 눈보라 속이
> 나비 환등 같아서
>
> 잎자루에서 잎 끝까지의 석양
> 몇 가닥 안 남았다
> 해 안으로 닿는다

목마른 갈바람이 잎 몸째 져 내리지만 않는다면
늦가을의 슬하여, 광채가 견디므로
더 느릿느릿

김명인, 「늦가을이면 광채 속에」 전문 (『시애』, 2015. 8)

제목은 김종삼의 시 「라산스카 'F'」에서 따온 것으로 주가 붙어 있다. 「라산스카 'F'」는 김종삼의 같은 제목의 시 중 "녹이 슬었던 두꺼운 철문 안에서"로 시작하는 작품으로 『신동아』(1967. 10)에 발표되고 『김종삼 전집』(나남출판, 2005)에 수록되었다. 이 전집에 여섯 번째로 수록된 「라산스카」여서 「라산스카 'F'」라고 구분한 것 같다. 이 시에 늦가을 광채 속에 기어가는 벌레를 보는 장면이 나온다. 애벌레는 여름에 많이 나오고 늦가을에는 거의 보이지 않는다. 김종삼은 때를 잘못 만난 벌레가 자신의 모습 같다고 생각했을 것이다. 그 불우한 벌레가 "광채 속에" 기어간다고 한 데서 시의 순수한 광휘에 마지막 희망을 건 김종삼의 안간힘이 느껴진다. 김명인은 김종삼의 시에서 모티프를 따 와 자신의 언어로 새로운 장면을 창조했다.

애벌레는 어디론가 기어가 번데기가 되고 동면에 들어갈 것이다. 누에처럼 고치를 엮을 수도 있다. 늦가을 마지막 빛에 의지하여 어디론가 기어가는 벌레는 곧 닥쳐올 겨울의 추위를 예감하며 필사적으로 기어가는 것 같다. 만일 이 헐벗은 몸으로 그대로 나비가 되어 겨울을 맞는다면 언 날개가 눈보라 속을 헤매게 될 것이다. 김종삼이 늦가을 광채 속에 기어가는 벌레를 자신의 분신으로 보았듯 김명인 시인도 이 애벌레를 나이든 인간의 표상으로 설정했다. "고치의 생生", "곧 닥쳐올 겨울의 예감" 등의 시구가 그러한 해석의 단서를 제공한다.

해는 이미 기울어 벌레의 잔등을 비추어 줄 양광의 양이 얼마 남지 않았다. 시인은 그것을 "잎자루에서 잎 끝까지의 석양"이라고 표현했다. 인간이라면 거의 생의 막판에 이른 것이다. 그러나 잔광의 시간이 길지 않더라도 기어가는 것이 애벌레의 운명이고 살아남는 것이 인간의 길이다. 해가 지기 전까지는 줄기에 닿아 어느 가지 속에서 안식을 취할 수 있으리라. "목마른 갈바람이 잎 몸째 져 내리지만 않는다면"은 예기치 않게 닥쳐올지 모르는 불길한 종말을 표현해 본 것이다. 생의 굽이에는 그런 돌연한 추락이 얼마든지 있는 것이기에.

그 다음에 나오는 "늦가을의 슬하여"라는 말은 참으로 시적이다. '슬하'란 원래 무릎 아래란 한자에서 온 말로 부모의 보살핌을 받는 상황을 뜻한다. 자식은 부모님의 슬하에서 성장한다. 지금 이 애벌레에게는 늦가을의 잔광이 부모다. 그러니 늦가을의 슬하에서 느릿느릿 기어가는 것이다. 아직은 늦가을의 광채가 생명이 견딜 수 있도록 비추어 주므로 조금 느긋하게 "더 느릿느릿" 기어간다고 생각한 것일까? 우리들도 나이 들면 지친 몸을 이끌고 늦가을 잔광 속을 느릿느릿 걸어갈지 모른다. "목마른 갈바람이 잎 몸째 져 내리지" 않기만 바라며.

이 벌레의 영상은 다시 처음에 본 심재휘의 「먼 길」을 떠오르게 한다. 앞에서 본 전동균의 「독바위」도 생각난다. 철없이 덩치만 큰 아들에게 국수를 먹이며 먼 길을 가야 한다고 생각하는 엄마나, 젖이 퉁퉁 불어 빗줄기 속을 횡단하는 흰 개나, 늦가을 잔광 속에 진행하는 애벌레와 다름이 없으리라. 이 세 시인의 작품이 이렇게 같은 문맥으로 엮이는 것은 그들이 모두 엽기적 신기주의의 북벽에 서 있기 때문이다. 거기서 피어나는 오로라의 광채와 광역은 다르지만.

4. 보이지 않는 그 무엇의 금환일식

인류의 역사를 거시적으로 보면, 수렵채집 시대와 농경유목 시대를 거쳐 고대 왕국이 형성되면서, 보이지 않는 어떤 존재에 대한 관심과 그것이 지닌 힘에 대한 믿음이 뚜렷하게 솟아나기 시작했다. 이것은 종교의 발생을 의미한다. 애니미즘이건 다신교건 일신교건, 보이지 않는 어떤 신령스러운 것이 인간보다 더 큰 힘을 가지고 있다는 생각이 인간 세상을 지탱하는 기틀이 되었다.

16세기 서유럽에 과학혁명이 일어나자 보이지 않는 초자연적 현상까지 물리적으로 파악하는 놀라운 변화가 일어났다. 신이 창조한 지구가 중심에 있고 천체가 그 주위를 도는 것이 아니라, 지구가 태양 주위를 돈다는 사실이 밝혀졌다. 지구가 태양 주위를 빙빙 돌 뿐만 아니라 지구 자체가 매일 스스로 뱅뱅 돈다는 것이다. 지구가 돈다는 사실을 인정하더라도 뱅뱅 도는 지구에서 어떻게 사물들이 그 자리에 붙박여 있는지 사람들은 그것을 이해할 수 없었다. 1687년 아이작 뉴턴은 만유인력과 운동의 법칙을 기술한 책을 냈다. 이 세상 모든 물체의 운동의 법칙을 수학적으로 설명한 책이었다. 그 책의 제목은 『자연철학의 수학적 원리』(라틴어 제목을 영어로 바꾸면 Mathematical Principles of Natural Philosophy). 눈에 보이지 않는 자연의 진리를 수학적으로 설명한다는 뜻이다.

만유인력이란 영적인 존재가 아닌 평범한 사물들이 모두 보이지 않는 힘을 가지고 있다는 이론이다. 망원경과 현미경이 발전하면서 보이지 않는 영역에 대한 발견은 더욱 확대되었다. 진화론은 볼 수 없는 과거를 재구성하게 했고, 유전학은 보이지 않는 미래를 예측하게 했다. 우리는 현재 보이는 것보다 보이지 않는 것의 막강한 위력과 드넓은 네트워크 속에 살고 있다.

문학은 종교와는 다른 차원에서 보이지 않는 것에 관심을 가지고 출발했다. 가시적 세계 너머의 그 무엇, 현실적 삶의 영역 너머의 어떤 것에 관심을 갖는다. 영적인 존재에 의존하지 않으면서도 보이지 않는 것이 가시적 사물보다 더 큰 힘을 가질 수 있다고 믿는다. 문학인이 인정하는 보이지 않는 것의 힘은 역학적으로 설명할 수 없다. 이것이 과학과 다른 점이다. 종교와 예술 전 영역에 작용하는 보이지 않는 에너지는 질량을 갖지 않기 때문에 아인슈타인도 그 에너지의 작동 원리를 수식화할 수 없다. 그래서인지 뉴턴은 시를 교묘한 난센스(ingenious nonsense)라고 했다. 천재적 사유에서 시가 탄생하지만 그 의미를 논리적으로 구명할 수 없다는 뜻이리라.

몇 번의 일식이 지나고
몇 개의 검은 구멍이 분화구처럼 남았다
빛이 희박해진 것은 그래서였다

이십 년이라는 시간이
몇 번의 일식과도 같은 것이라니

그녀는 자신의 삶을
부드러운 월식에 빗대고자 했으나
아주 격렬한 일식이 되어버렸다고 중얼거렸다

효冬의 나날 속에서 웃고 있는 얼굴,
그녀는 인생의 한 계절이
사라졌을 뿐이라고 믿고 싶었는지 모른다

서랍에 처박혀 있는 반지는
빛을 잃은 지 오래

흑과 백이 분명한 사건,
검은 해 뒤에서 뿜어져나오는 광선,
그 둥근 빛을 누군가는 금환이라고 불렀다
시간이 건네준 반지였다

다행이다, 다음 금환일식은 159년 뒤에나 찾아온다고 한다

나희덕, 「금환일식」 전문 (『현대시학』, 2016. 1)

이 시의 일식과 월식을 자연현상 그대로 받아들일 필요는 없다. 화자의 문맥에 의하면 월식은 부드럽고 일식은 격렬하다고 한다. 월식은 달이 가려지는 것이고 일식은 해가 가려지는 것이니 규모로 보자면 일식이 더 강렬한 현상임에 틀림없다. 이십 년의 시간 동안 몇 번의 일식이 다녀가 화자의 삶에 검은 분화구를 남겼다. 그래서 삶의 빛도 퇴색했다. 일 년에 네 계절이 순차적으로 교차되지만 인간은 카이로스의 시간 속에서 겨울이 유달리 길다고 느낀다. 세상을 힘들게 살아가는 사람들은 더욱 그렇다. 일식과 월식의 둥근 모양은 반지를 연상시킨다. 자신의 삶이 빛을 잃었듯 서랍 속의 반지도 빛을 잃은 지 오래다. 사람이 아닌 반지도 몇 번의 격렬한 일식을 앓은 것이다.

우리는 여기서 다시 시간의 보이지 않는 흐름과 그것이 남기는 자취를 목도한다. 빛 잃은 반지, 검은 분화구, 상처 받은 얼굴, 흑과 백이 분명한 사건은 눈에 보이지만, 그것에 대한 회상이나 연상은 내면의 것이므로 보이지 않는다. 그것은 전적으로 마음속의 작용이다. "검은 해 뒤에서 뿜어져나오는 광선"을 우리가 본 일이 있는가? 사실은 실체를 본 적이 없고 그것에 대한 전언만 접했을 뿐이다. 둥근 해의 검은 그림자 뒤에서 광선이 반지처럼 퍼져 나오는 현상을 금환일식이라고 한다. 아픈 시간의 흐름은 금환 같은 광채를 남기기도 한다. 그러나 그 마지막 빛도 사실은 자취를 남기지 않는다. 시간의 아픔도 보이지 않고 광채도 보이지 않으며 검은 분화구도 보이지 않는 것. 모든 것이 마음이 만들어낸 신기루인 것. 그것이 우리의 생이다. 그러나 그것에 대한 우리의 인식은 또렷하여 사라지지 않을 듯하다. 159년을 넘어서서 그 뒤에도 이어질 것이다. 반지는 사라져도 금환의 기억은 지속될 것이다.

> 받고 싶은 피가 있습니다 아프리카의 산전수전입니다
> 케냐의 피가 흐르는

한 지도자를 압니다 그분의 과업은 모르지만 눈매와 미소는
기억합니다

대자연의 자유로움 탄력 색감 열대우림을 섞어서 즙을 내서
마시고 싶습니다

선사시대의 동물 존재하지 않는 동물 멸종 동물들까지 내 안에서
한시적으로 살아 움직일지도 모릅니다

나는 평생 이쪽에서만 삽니다 그날 이후 저쪽을 꿰뚫는 총알이
내 안에 장전될지도 모릅니다

박라연, 「원합니다」 전문 (『시작』, 2016. 1)

아프리카라는 외래어 명사에 산전수전山戰水戰이라는 한자어가 결합하니 새로운 빛이 탄생한다. 아프리카에도 산에서도 싸우고 물에서도 싸운 온갖 고난의 역사가 있을 것이다. 아프리카야말로 인간과 동물 포함해서 세상의 온갖 고난을 다 겪은 공간이다. 케냐 출신 아버지에게서 태어난 버락 오바마 2세에게도 아프리카의 산전수전의 고난의 피가 흐르고 있을까? 그것 또한 보이지 않는 어떤 것이다. 화자는 아프리카의 고난만이 아니라 대자연의 자유로움과 열대우림의 원시적 생명력을 흡입하고 싶어 한다.

아프리카는 인간(Homo) 속(屬, genus)이 처음 발생한 곳이자 현생 인류의 조상인 호모사피엔스가 발생한 곳이기도 하다. 인간 속이 생겨나기 전에 자취를 감춘 수많은 동물들이 있고 호모사피엔스가 등장한 이후 멸종한 동물들도 무수하다. 화자는 무량무변한 동물들의 생명력에 접촉하고 싶어 한다. 그는 자신의 한시적 생명의 울타리에서 벗어나 보이지 않는 어떤 세계로 도약하고 싶은 것이다. 그러나 그럴 수 있겠는가? 시인은 우울히 탄식한다. "나는 평생 이쪽에서만 삽니다"라고. 그러나 산전수전의 상상 끝에

어느 보이지 않는 '그날'이 온다면 "저쪽을 꿰뚫는 총알"이 자신의 내부에 장전될지 모른다는 희망을 갖는다. 이 총알 역시 보이지 않는 것이다. 보이지 않는 총알에 대한 희망이라도 있어야 열대우림의 드넓은 대륙을 수용할 수 있는 것이 아닐까? 그 힘이 '교묘한 난센스'에서 나온다는 점을 뉴턴도 인정할 것이다.

들판을 가득 채운 개망초꽃 찰랑찰랑 어깨 부딪치는 소리, 모였다가 아무렇지도 않게 다시 흩어지기를 반복하는 구름 가족들, 방금 물뱀 지나간 자리 풀물 든 개개비 울음소리, 나붓이 떠 날아가는 민들레 꽃씨의 은빛 무게, 저만큼 어린 황조롱이의 어색한 공중부양, 누가 오래도록 보고 버린 귀때기 허연 낮달, 막 독이 오르기 시작한 성깔 붉은 개옻나무, 깃털을 나부끼며 목을 움츠리는 해오라기의 부드럽고 긴 곡선, 야외 카페에서 들리는 젊은 가수의 암흑 같은 노래, 쉬지 않고 나를 운반해온 내 이백 삼십 개의 크고 작은 관절들이여, 경사진 행간을 지나온 스무 켤레 뒷굽 닳은 신발이여,

유재영, 「스무 켤레의 신발」 전문 (『발견』, 2015. 겨울호)

유재영의 시는 길이가 짧지만 언어의 파장과 장력이 훨씬 넓고 강하다. 70을 앞둔 나이에도 유재영 시어의 탄력은 마라톤 선수의 대퇴근처럼 싱싱하다. "이백 삼십 개의 크고 작은 관절"이 살아 움직이는 것 같다. 찬란한 일이다. 개망초꽃이 어깨를 부딪치고, 개개비 울음소리에 풀물이 들고, 어린 황조롱이가 어색하게 공중부양을 하고, 성깔 붉은 개옻나무에 독이 오르고, 젊은 가수의 암흑 같은 노래가 들리는 장면의 묘사는 가시적 현상의 나열이 아니다. 그것은 상상 속에 재구성된 허구적 창조다. 어찌 개망초꽃이 어깨를 부딪치고 개개비 울음소리에 풀물이 들겠는가? 이 모두가 교묘한 난센스요, 천재의 헛소리다.

사실의 서술은 대상 사물의 질량과 운동량에 해당하는 에너지를 갖지만, 보이지 않는 현상을 표현한 언어의 장난은 김수영의 "달나라의 장난"

처럼 시간을 초월한 에너지를 갖는다. 김수영이 썼으되, "팽이는 지금 수천 년 전의 성인과 같이 내 앞에서 돈다"(「달나라의 장난」)고 했다. 보이지 않는 것에 대한 명상은 우주의 금환일식 같은 신비로운 힘을 갖는다. 황동규가 썼으되, "이 세상에 함께 살아 있는 그 무엇의"(「퇴원날 저녁」) 무게를 가벼이 여길 사람은 이 세상에 아무도 없다. 물리학자가 측량할 수 없는 보이지 않는 그 무엇의 무한 에너지를.

5. 사랑의 절도는 열렬하다

예술(art)은 본래 기술을 뜻하는 말이었다. "예술은 길고 인생은 짧다"로 알려진 히포크라테스의 말에서 art는 의술醫術을 의미한다. 히포크라테스는 의술가였다. 어떤 것을 다루고 무엇을 만들어내는 기술이 예술로 전이되려면 '새로움'이라는 요소가 들어가야 한다. 남이 만들지 못한 새로운 것을 만들어낼 때 단순한 기술과 구분되는 예술의 개념이 성립된다. 그 새로움에 아름다움이 결합되면서 예술의 개념은 한 단계 더 진화했다. 예술은 아름다움의 새로운 창조를 의미한다.

만든다는 말에서 파생된 시(poetry)도 창조의 의미를 지니고 있다. 발견과 창조가 시의 생명이다. 만인이 두루 사용하는 언어를 가지고 남이 말하지 않은 그 무엇을 새롭게 창조해야 한다는 데 시인의 고민이 있다. 세상에 이미 존재하고 남들도 체험하기는 했으나 아직 아무도 말하지 못한 그 무엇을 자신의 언어로 새롭게 표현할 때 진정한 시가 탄생한다. 새로운 것을 창조하되 언어의 기본 틀이 흔들려서는 안 된다. 여기 시인의 또 하나의 고민이 있다. 김수영은 「사랑의 변주곡」에서 "사랑의 절도는 열렬하다"고 했다. 참으로 절묘한 말이다. 절도 있는 열렬한 사랑! 이 모순어법 속에 시의 긴장이 있고 비밀이 있다. 너저분한 것은 시가 아니고 뜨겁지 않은 것도 시가 아니다.

　　프라이팬 위에서 버터 한 덩이가 녹아내리듯, 서서히 어둠속으로 스며
드는 방 안에서, 생각은 끓고 있는 내 몸을 가만히 더듬기 시작합니다. 그
러면 머리부터 발끝까지 빨갛게 핏줄이 켜지는 것이 느껴지다가, 어느새
내 몸은 그 끝이 지워진 것처럼, 흥건히 고이는 것처럼…… 아무것도 보
이지 않는 캄캄한 밤에 펑펑 내리는 하얀 눈처럼, 내 몸은 생각을 꿈에게
넘겨줍니다. 어둠 속에서 어떻게 불안은 문을 찾아서 두드립니까? 아니,
불안이 두드리면 어디든 문이 됩니까? 똑똑, 두 번이었다가 똑똑똑, 세 번
이었다가 무수히 그러나 단 한 번으로도 밤을 끓일 수 있는 불안처
럼…… 꿈이 내 인생을 다녀간다고 하면, 나를 아는 모든 사람들이 한꺼
번에 나를 잊은 것 같은 아침 하얀 눈 위에 뿌려진 붉은 피를 따라 걸으
며, 나는 한번은 나였던 사람이 되어 조금씩 멀어져야 할 것 같습니다.
　　　　　　　　　신용목, 「빨간 그리고 나」 전문 (『현대시학』, 2016. 4)

　　신용목의 불안한 명상은 자기를 잊거나 자기를 잃은 중생들에게 위안을
준다. 그 위안의 점액은 "프라이팬 위에서 버터 한 덩이가 녹아내리듯" 고
체에서 액체의 형태로 서서히 스며든다. 이 시행은 시 전체를 통섭하는 중
심 이미지가 된다. 어둠으로 스며드는 방에 내 몸이 프라이팬처럼 끓고 거
기 생각이 버터처럼 녹아내려 스며든다. 내 몸은 더욱 달구어져 빨갛게 핏
줄이 켜지고, 스며들던 생각은 꿈으로 전이된다. 그 전이되는 양상을 "캄
캄한 밤에 펑펑 내리는 하얀 눈"으로 표현했다. 몽상의 신비감을 표현하는
장면이다. 그러나 어둠은 흰 눈 같은 꿈만 허락하는 것이 아니다. 사람의
마음에는 문이 없는데, 불안이 문을 두드린다. 불안과 몽상이 교차하는 밤
의 시간 속에 '나'라는 존재에 대해 생각해 본다. '나'는 모든 타자로부터
격리되어 있는 느낌을 받는다. 한밤의 정적 속에 '나'는 어디 있고, '나' 아
닌 존재는 어디 있는가? 지금 생각하는 내가 진정한 '나'인가? 모든 사람들
이 한꺼번에 나를 잊은 백지의 상태에서 진정한 나로 새롭게 태어나고 싶

다. 한번도 나였던 적이 없었다면 한번은 나였던 사람이 되어 첫 새벽의 보행로를 걷고 싶은 것이다. 모든 사람들이 겪었음직한 사념의 순간을 신용목이 자신의 언어로 표현했다. 신용목이 창조한 예술이다.

> 망가지는 것들은 아무 소리도 내지 않는다
> 조용히 오래오래 망가져 간다
>
> 다 망가지고 나서야
> 누군가에게 발견이 되는 것이다
>
> 기억에만 귀를 기울이며 지나간 소리들을 명상하느라
> 조용히 오래오래 내 귀는 멀어버렸다
>
> 한밤중에 눈을 뜨면 내가 키우는 식물이
> 자객처럼 칼을 뽑아 나를 겨누고 있다
>
> 칼날 아래 목을 드리우고
> 매일매일 무화과처럼 나를 말린다
>
> 시원하게 두 동강이 나서
> 벌레가 바글대는 내부를 활짝 전개할 날을 손꼽는다
>
> 오늘 아침 나의 식물은
> 기어이 화분을 두 동강 냈다
>
> 징그럽고 억척스럽고 비대해진 뿌리들이
> 그 안에 갇혀 있었다

김소연, 「손아귀」 부분 (『시로 여는 세상』, 2016. 봄호)

김소연의 이 시는 길이가 길다. 세 페이지 분량의 작품 중 뒷부분만 옮겨 적었다. 앞부분에 물건이 부서질 때 나는 소리에 대한 자의식이 제시된다. 탁상시계 같은 물건은 물론이고 편지나 종이도 찢어지면 소리를 낸다. "고백이 적힌 편지"나 "맹세가 적힌 종이"를 찢을 때 가벼운 종잇장이지만 "찢고 있는 내 귀에 기어이 각인되겠다는 듯 날카롭게/높은 소리를 냈다"고 했다. 무너지는 것들은 함성처럼 웅장하게 큰 소리를 낸다. 소리에 대한 예민한 자의식은 소리 없이 주저앉는 무엇을 말하기 위함이다.

조용히 오래오래 망가져 가는 것들이 있다. 나의 내부에 있는, 감지하기 힘든 그 무엇도 소리 없이 망가져 간다. 그러나 그것이 망가져 가는 것인지 성장해 가는 것인지 사실은 판별할 수 없다. 시인의 자의식 속에는 "자객처럼 칼을 뽑아 나를 겨누는" 불길한 내면이 있지만, 나를 가학하는 그것이 사실은 낡은 나를 탈각시키고 새로운 나로 변환시키는 진화의 동력일 수 있다. "시원하게 두 동강이 나서"라는 말은 그러한 무의식의 기대감을 암연히 드러낸다. 무너지는 듯 성장하여 나를 두 동강낸 내면의 실체는 "징그럽고 억척스럽고 비대해진 뿌리들"이다. 그것은 욕망의 뿌리일 수 있고 정동情動의 뿌리일 수 있다. 우리의 내부에서 더 이상 고요히 다스릴 수 없게 된 자신의 분신들. 팽창한 뿌리의 힘이 화분을 깨뜨리듯 내적 충동의 덩어리가 분출하는 때가 있다. 그것이 긍정적인 것인지 부정적인 것인지는 판별할 수 없지만, 그 용출이 내 생의 변곡점 노릇을 하는 것은 틀림없다. 김소연은 그 착잡 미묘한 순간을 이채롭게 표현했다.

> 모래 먼지 덮인 흙구덩이는
> 핏물을 빨아들일 수 없을 만큼 메말랐다
>
> 신을 짓밟은 원수의 머리가 두건 속에서 떨어지고
> 용암처럼 총구에서 울컥울컥 토해내는 빛
>
> 구덩이를 묻고 총을 메고

열 살 남짓 소년 병사들 담배를 물고
흘끗흘끗 뒤돌아보며 돌아갔다
팔을 치켜들더니 무너진 건물 뒤로 사라졌다

그 소년들 훗날,
평화가 오고 성인이 되고 그리고
세상은 시시콜콜해지고 삶은 혼란스럽고
민주주의는 질척질척하고 가진 자들은 야비하고
권력은 추악하고

칼로 도려내고 싶었던 그 기억
피를 얼리던 그 기억
안간힘을 다해 지워버리려고 했던
그 전쟁,
그 참혹한 전쟁이 갑자기
갑자기 그리워질지도 모른다
피를 끓이게 할지도 모른다

백무산, 「사막의 소년 병사」 전문 (『현대문학』, 2016. 3)

인간 세상은 악의 충동으로 가득 차 있다. 그래서 불가에서는 세상을 아수라장이라 했고 아귀지옥이라 했다. 백무산의 이 시는 악의 근원에 대해, 악의 진원지에 대해, 그리고 인간의 실존적 근거에 대해 깊이 성찰하게 한다. 아랍 어느 지역에서 세계로 전송된 잔혹한 참수의 처형 영상이 있었다. 거기 소년 병사도 끼어 무표정한 얼굴로 서 있던 것을 우리는 기억한다. 소년이건 어른이건 죄의식이 있으면 그런 행동을 보이지 않는다. 그들의 마음에는 "신을 짓밟은 원수"를 처형했다는 당당함이 있었기에 행동에 조금도 부끄러움이 없다. 이 모두가 관념의 장난이요, 망집의 소산이라는 것을 깨닫는 데는 시간이 필요하다.

세월이 흐르고 평화가 오고, 과거의 행위는 칼로 도려내고 싶은 기억으로 자리 잡게 된다. 그리하여 일상의 자잘한 나날이 끝없이 이어져, 세상사가 비속한 진흙밭이요 그 비속한 삶이 무한히 연장되리라는 갑갑한 느낌이 밀려들 때. 그 나른한 시간 속에, 옛날 피를 끓게 하던 이념의 시간이, "그 참혹한 전쟁"이 갑자기 그리워질지도 모른다고 시인은 말한다. 악은 저항에서 싹튼다. 비속한 삶에 대한 저항이든 진정한 삶을 향한 저항이든, 현재의 상황에 환멸을 느끼고 저항할 때 폭력이 발생한다. 폭력은 언제나 악으로 이어진다. 그러나 저항으로 폭력을 선택하고 그것을 행동으로 옮기는 자는 자신의 행위가 정당하다고 생각한다. 이래서 폭력이 순환 반복되고, 인간은 죄악과 회한의 연쇄에서 벗어나지 못한다.

이것을 막으려면 어떻게 해야 하는가? 세상이 시시콜콜해지면 안 되고, 민주주의가 질척질척해지면 안 되고, 가진 자들이 야비해지면 안 되고, 권력이 추악해지면 안 된다. 이 방어벽이 무너지면 평범한 소시민이 폭력의 집행자가 된다. 백무산의 시가 이것을 우리에게 가르친다.

우두커니
문 열린 세탁기야
때 묻은 하늘이나 넣을까
기다림이나 넣을까
커피나 한잔 내려 마시고
시골 빨래 서울 빨래
겨울 빨래나 넣을까

매일매일 덕을 쌓는 세탁기야
헤 입 벌린 바보야

천사야

봄아

장석남, 「세탁기」 전문 (『현대시학』, 2016. 3)

이 시를 제대로 음미하기 위해서는 우두커니 문 열린 세탁기처럼 한동
안 우두커니 있어야 한다. 스스로 세탁기도 되어 보고 세탁기를 바라보는
사람도 되어 보아야 한다. 그러면 세탁기에 대한 이 시의 상상이 얼마나
핍진한(사물의 실상에 근접한) 것인가를 알게 될 것이다. 세탁기는 말없이 문
을 열고 있다. 언제든 세탁물이 들어오면 때를 뺄 준비를 하고 있는 것이
다. 적당한 빨랫감이 없으니 때 묻은 하늘을 넣어볼까 하는 생각을 했다.
문 열린 세탁기를 보고 할 수 있는 상상이지만 누구나 할 수 있는 상상은
아니다. '열렬한 절도'가 있어야 나올 수 있는 상상이다. 온몸으로 뜨겁게
다가가 세탁기와 하나가 되었다가, 곧 그것과 분리되어 냉정한 절도를 유
지해야 나올 수 있는 상상. 시적 상상의 탄생이다.

그 다음에 이어진 "기다림이나 넣을까"는 "때 묻은 하늘"과 아주 다른
상상 같지만, 조금 달리 생각하면 두 어구가 연결된다는 것을 알 수 있다.
텅 빈 하늘을 향해 문을 열고 있는 세탁기는 무엇을 기다리는 모습 같다.
그러나 기다려도 올 것이 없으니 기다림마저 세탁기에 넣어 때를 빼는 것
도 흥미로울 것 같다. 온갖 빨래를 넣는다는 뜻으로 "시골 빨래 서울 빨래"
다 넣는다고 했다. 이 언어의 유희가 "겨울 빨래"로 넘어가니 더욱 유쾌해
진다. "겨울 빨래"를 빨면 봄이 올 것이다. 그러나 봄을 바로 뒤에 배치하
지 않고 맨 끝에 배치했다. 그렇게 함으로써 세탁기가 봄의 상징이 되는
것을 의도적으로 지연시켰다. 겨울 빨래 다음에 봄이 바로 오면 진술
(statement)이지만 바보와 천사 다음에 늦게 나오면 시(poetry)가 된다. 데리
다가 차연(différance)이라고 말한 의미의 불확정성이 증가하기 때문이다.

모든 사물의 때를 씻어주는 세탁기는 덕을 쌓는 선인이요 그러면서도

아무 말이 없으니 "혜 입 벌린 바보"다. 그런 존재를 우리는 "천사"라고 부른다. 그 천사에 의해 겨울의 때가 씻기고 봄이 온다. 매일매일 봄을 선사하는 천사를 우리는 저마다 집에 두고 있으면서도 지금껏 무심했다. 오래 썼으니 새것으로 바꾸어 볼까 생각했던 저 미물이 덕을 베푸는 천사임을 장석남의 시가 알려 주었다. 열렬한 절도가 안겨 준 사랑의 선물이다.

시의 매혹과 진실

1. 몽상 속의 사랑

미남 배우 존 개빈(John Gavin)이 나오는 『사랑할 때와 죽을 때』를 중학교 때 보았다. 이 영화는 1958년에 제작되었고 우리나라에는 1959년과 1967년 두 차례 수입 상영되었다. 내가 본 것은 1967년 봄 어느 재개봉관에서였을 것이다. 휴가 기간에 사랑을 나누고 결혼까지 한 여인에게서 임신했다는 사연이 적힌 편지가 왔다. 전쟁의 참혹함에 넌더리가 난 병사는 그 편지를 구원의 표지처럼 떠받들고 읽는다. 그때 총알이 날아와 병사를 쓰러트린다. 병사는 강물에 떠내려가는 편지를 잡으려다 물에 잠겨 죽고 편지는 덧없이 강물에 떠내려간다. 이 라스트 신이 너무나 허망하고 애처로워서 기분이 아주 좋지 않았다. 더군다나 총을 쏜 사람이 주인공이 위험을 무릅쓰고 풀어준 러시아 유격대원인데 아무리 전쟁의 비정함을 그린 영화라 하더라도 은혜를 원수로 갚는 그 설정이 너무나 원망스러워서 도저히 용납할 수가 없었다. 그 우울한 결말은 다시 떠올리기도 싫었다. 그런데 그 영화와 같은 제목의 시집 『사랑할 때와 죽을 때』(창비, 2014. 3)가 우송되어 와서 깜짝 놀랐다.

황학주 시인이 공들여 엮은 시집인데, 송재학의 발문에도 나와 있지만, 그가 최근 병중이라고 해서, 내가 가장 속상해 하는 영화와 제목이 같다는 사실에 마음이 불편했다. 책을 열어 보니 황학주의 독특한 감성의 시편들이 구슬처럼 펼쳐진다. 작품 하나하나가 발산하는 몽롱한 아름다움은 가히 매혹적이다. 그 시들은 송재학의 말대로 "기존의 어법과는 판이"한 비유를 구사한다. 그 독특한 "시어들은 아직 우리 시가 제대로 경험하지 못한 날것의 체험이라고 나는 믿는다."고 송재학은 썼다. 매우 정확한 지적이다. 황학주의 시집 『모월 모일의 별자리』(지혜, 2012. 2)를 해설하면서 나는 그의 시의 특징인 "생의 허무에 대한 미학적 반응, 허무주의와 미학주의의 찬란한 융합"을 상찬했다. 그의 시의 "몽롱한 아름다움은 지금껏 누구도 성취하지 못한 애매성의 미학을 창조한다."고 적었다. 전혀 교정할 필요가 없는 사실 그대로의 진술이다. 그 글을 다음과 같이 끝맺었는데 왜 이런 문장으로 마무리를 했는지 다시 읽어보니 의아하다. "설사 시의 칼날에 가슴이 베인다 해도 그 황홀한 몽상의 매혹이 있으므로 고독한 시의 유미주의자에게 미련은 없으리라." 내가 범접하지 못할 아스라한 창조의 경지를 나타내기 위해서였을 것이다.

침대처럼 사실은 마음이란 너무 작아서
뒤척이기만 하지 여태도 제 마음 한번 멀리 벗어나지 못했으니
나만이 당신에게 다녀오곤 하던 밤이 가장 컸습니다
이제 찾아오는 모든 저녁의 애인들이
인적 드문 길을 한동안 잡아둘 수 있도록
당신이 나를 수습할 수 있도록
올리브나무 세 그루만 마당에 심었으면

진흙탕을 걷어내고
진흙탕의 뒤를 따라오는 웅덩이를 걷어낼 때까지
사랑은 발을 벗어 단풍물 들이며 걷는 것이었습니다

사랑이 아니라면 어디 사는지 나를 찾지도 않았을
매 순간 당신이 있었던 옹이 박힌 허리 근처가 아득합니다
내가 가고,
나는 없지만 당신이 나와 다른 이유로 울더라도
나를 배경으로 저물다 보면
역 광장 국수 만 불빛에 서서 먹은 추운 세월들이
쏘옥 빠진 올리브나무로
쓸어둔 마당가에 꽂혀 있기도 할 것 같습니다

당신이 올리브나무로 내 생에 들려주었으니
이제 운동도 시작하고 오래 살기만 하면,

「저녁의 연인들」 전문

그의 시집 『저녁의 연인들』(랜덤하우스, 2006. 10)의 표제작이다. 10년쯤
전에 쓴 시지만 황학주 시의 매력을 그대로 담고 있다. 지금 이 시집의 작
품들도 이 시의 연장선상에 놓여 있다. 놀랍게도 그는 10년 동안 거의 나
이 들지 않은 상태를 유지하고 있는 것이다.

나는 이 시의 마지막 구절의 여운을 참 좋아하는데, 이 시의 매혹은 어
디에서 오는 것일까? 이미지의 엇갈림과 그 엇갈림에도 불구하고 공교롭
게 이어지는 사랑하는 마음의 고백에서 온다. 끊어질 듯 이어지는 정서의
연쇄에서 오고, 시적인 비약과 분절의 어법으로 사랑이라는 친숙한 감성
을 노래하는 데서 온다. 인식의 내용을 다 드러내지 않는 애매성의 미학에
서 온다.

이 시의 첫 세 시행, "침대처럼 사실은 마음이란 너무 작아서/뒤척이기
만 하지 여태도 제 마음 한번 멀리 벗어나지 못했으니/나만이 당신에게 다
녀오곤 하던 밤이 가장 컸습니다"의 의미는 무엇인가? 내가 당신을 사랑하
지만 침대에서 뒤척이며 당신을 생각하는 것이 전부이니 마음이 침대처럼

작다고 했으리라. 그런데 아주 오랜 세월 당신을 생각하며 불면의 밤을 보냈으니 그 밤은 아주 크다고 말한 것이다. 마음은 침대처럼 작고 당신을 생각하는 밤은 아주 크다. 화자의 사랑은 이 모순 속에 있다. 이것은 스마트한 요즘 세상의 사랑이 아니라 중년을 넘긴 세대가 사춘기 시절에 했던 사랑이다. 아주 구식의 사랑이기에 시인은 이런 사랑을 나누는 사람들을 "저녁의 연인들"이라 했다. 저녁의 사랑을 위해 화자가 세운 것은 세 그루의 올리브나무. 왜 세 그루인지 그것은 묻지 말기로 하자. 그것이 환기하는 균형의 아름다움만 감지하기로 하자.

   화자는 사랑하는 사람을 위해 진흙탕과 웅덩이를 다 건어낼 것이라고 했다. 그 과정은 매우 힘들 것이다. 발이 부르트고 피가 맺힐지도 모르는 그 노역을 "사랑은 발을 벗어 단풍물 들이며 걷는 것"이라고 미화했다. 이렇게 진정한 사랑을 바쳐도 세상에 영원한 것은 없으니 언젠가는 우리가 헤어지는 날이 올 것이다. 내가 먼저 당신 곁을 떠나는 날에 대비하여 올리브나무를 세 그루나 심어 놓지 않았는가? 설혹 당신이 슬픔에 잠겨 눈물 흘리는 그런 시간이 온다 해도 곱게 쓸어 놓은 마당가에 청신한 올리브나무를 보며 슬픔을 달래기를 소망한다. 생각 같아서는 그 올리브나무를 나의 분신으로 알아주었으면 좋겠다는 말을 하고 싶지만 시인은 그 생각을 뒤로 감추기 위해 갖은 노력을 다 했다. 내가 그렇게 당신에게 무엇인가 해 주고 싶어 하는 것은 "당신이 올리브나무로 내 생에 들려주었"기 때문이다. 당신이 원하지 않았고 당신은 그럴 의사조차 없었다 하더라도, 당신은 나의 올리브나무가 된 것이다. 이것이 몽상 속에 사랑을 나누며 꿈을 키워가는 저녁의 연인들의 특권이다.

2. 사랑의 환각

　지극히 소박하면서도 신비로워 보이는 황학주의 사랑의 구상은, 슬픈 일이지만, 현실에서는 실현될 수 없을 것 같다. 몇십 년 전에야 볼 수 있었던 이러한 사춘기적 사랑의 감성은 스마트한 시대의 즉물적 욕망 속에 완전히 사라져 버렸기 때문이다. 요컨대 그는 잃어버린 사랑의 환각에 매달려 있다. 그것은 인간의 마지막 한계를 지키려는 안간힘 같기도 하다. 이 안타까운 몸짓은 이룰 수 없는 꿈이 주는 아련한 슬픔에 휩싸이게 하면서 떨칠 수 없는 시의 매력으로 부상된다. 그 사랑의 환각은 10년이 지나도 변함없이 그의 시를 추동하는 동력으로 작용하고 있다. 이번 시집의 표제작을 보면 그것을 확인할 수 있다.

　　나는 겨울을 춥게 배우지 못하고
　　겨울이 모일 때까지 기다리지도 못했지만

　　누가 있다 방금 자리를 뜨자마자
　　누가 있다 깍지 속에서 풀려나와 눈보라 들판 속으로 들어가는

　　사랑이란
　　배빈 고드름이 달리려는 순간이나 녹으려던 순간을 훔치려던 마음이었다
　　또한 당신은 눈부처와 마주 보고 달려 있었다

　　이제 들음들음 나도 갈 테고
　　언젠가 빈집에선
　　일생 녹은 자국이 남긴 빛들만
　　열리고 닫힐 것이다

　　그때에도 겨울은 더 있어서
　　누가 또 팽팽하게 매달려 올 것이다.

자유를 춥게 배우며
그 몸 얼음 난간이 되어

「사랑할 때와 죽을 때」 전문

이 시에서 겨울과 사랑은 무슨 관계에 있는가? 이 물음이 이 시 해석의 열쇠가 된다. 이제 황학주는 '저녁의 사랑'이 아니라 '겨울의 사랑'을 이야기하고 있다. 진정으로 겨울의 사랑을 하려면 "겨울이 모일 때까지" 기다려 "겨울을 춥게" 배워야 한다. 겨울의 혹독한 추위를 자신의 전신으로 껴안을 때 진정한 사랑이 가능하다. 그런 철저함과 치열함이 있어야 겨울을 넘어서는 사랑을 할 수 있다. 그런데 우리는 어떠한가? 겨울을 춥게 배우지도 못하고 겨울이 모일 때까지 기다리지도 못한다. 누가 자리를 뜨면 깍지에서 풀려나 금방 눈보라 들판 속으로 들어가는 경망함을 보인다. 치열함이라곤 없는 이 경박한 마음을 과연 사랑이라 할 수 있을까? 겨울을 춥게 배워 긴 고드름으로 당당하게 버티는 그런 순간을 우리는 갖지 못했고 체험하지 못했다. 고드름이 달리거나 녹는 그런 순간을 훔쳐 사랑이라고 내세우는 어설픈 삶을 우리는 살고 있다. 시인은 이 누추한 삶에 대해 「얼어붙은 시」에서 다음과 같이 조금 더 구체적으로 서술했다.

숨 가쁘게 사랑한 적은 있으나
사랑의 시는 써본 적 없고
사랑에 쫓겨 진눈깨비를 열고
얼음 결정 속으로 뛰어내린 적 없으니
날마다 알뿌리처럼 둥글게 부푸는 사랑을 위해
지옥에 끌려간 적은 더욱 없지

「얼어붙은 시」 2연

사람들이 생을 마치고 떠나면 그가 남긴 삶의 자취가 이런저런 모양으로 드러날 것이다. 그러나 정말 치열하게 사랑에 몸 바친 적 없으니 그 자취가 남기는 빛을 과연 빛이라 할 수 있을까? 우리의 삶은 허망하였으나 모두가 그렇다고는 할 수 없을 것이니, 우리 떠난 다음에 겨울을 향해 팽팽하게 달려올 사람 있을 것이며, 겨울을 춥게 배워 "그 몸 얼음 난간이" 되는 그런 존재가 있을 것이다. 삶에 대한 사랑이 치열하지 못했으니 죽음 이후의 시간 또한 허전할 것이지만, 우리와는 다른 어떤 존재가 치열한 빛을 발하기를 원할 뿐이다. 이것이 사랑할 때와 죽을 때에 대한 황학주의 명상이다. 60의 나이에 펼친 매우 쓸쓸한 명상이다. 그러나 그 에누리 없는 자인自認은 오히려 매혹적이다. 우리 모두 겨울을 춥게 배우지 못하고 경거망동하고 있기에 내 자신의 벗은 모습을 보는 것 같아 심히 부끄럽고 그래서 더욱 매혹적이다. 매혹적이기는 하지만 애련하기 짝이 없는 이 유미적 허무주의의 기원은 무엇인가? 나는 다음의 시를 읽게 되었다.

> 송아지를 팔고 가는 눈길이 있었다
> 눈 녹은 물 속에
> 작은 식물 같은 그늘이 있고
> 울먹임이 길에 고여 흘러내렸다
>
> 담쟁이넝쿨에 기댄 담벼락이 있었다
> 멀리 노을 사이로
> 한 눈송이가 한 눈송이를 안고 있다가
> 담벼락에 와 부딪혔다
>
> 그냥, 넘어진 자가 있었다
> 멍이 든 채 담벼락 밑에
> 눈 녹은 물이 고였고
> 오래된 그늘이 제 속을 비추었다

슬레이트 지붕 밑엔
세숫대야에 더운물을 타 발을 씻기는
낡고 늙은 당신이 있었다
울먹임이 나이테처럼 간간이 넘쳤다

「고향-고사목」 전문

황학주의 시로서는 의외롭게도 모호한 비유가 거의 없어 교과서에도 수록될 만한 이 시는 그의 내면에 담겨 있는 유미적 허무주의의 기원을 우리에게 비쳐준다. 왜 그의 시에 겨울 이미지가 빈번하게 나오고 슬픔과 사랑과 상처와 독거獨居가 인광처럼 착색되어 있는지 알려준다. 그는 무릎을 펴고 세상으로 나아가기 전에 넘어져 멍이 든 자를 먼저 보았고 흰 눈이 덮인 설경의 아름다움을 보기 전에 눈송이가 담벼락을 치는 장면을 먼저 접한 것이다. 소설가 김훈은 황학주의 당호를 남만南蠻이라고 지어 주었다는데, 남만 족인지 시베리아 족인지 알 수 없으나 왜 그가 일생을 떠돌이로 살았는지 이해할 만하다. 예순이 넘어서까지 왜 그토록 사랑을 찾아 헤매었는지 이제는 이해할 수 있겠다. "세숫대야에 더운물을 타 발을 씻기는" 어머니의 손길이 못내 그리웠기 때문이다.

나는 지금까지 삶과 일을 중시하고 살아왔으나 그는 사랑과 죽음에 대해 늘 성찰했다. 그의 삶과 나의 삶의 기원이 다르기 때문이다. 설경의 매혹과 일어선 자의 기쁨을 나는 체험했으나 그는 그렇지 못하였다. 생의 그늘에서 출발했지만, 언어의 배합으로 이루어지는 신비한 아름다움을 추구했기에 그는 나와 다른 길을 걸었다. 그는 어두운 세상에서 애매성의 매혹을 향해 매진하고 있다. 사랑하다가 죽을 때까지.

3. 시의 진실

문학은 허구의 담론이다. 작품에 담긴 내용이 실제의 사실 그대로라고 할 수는 없다. 그러나 문학은 실제 사실이 담고 있는 진실 이상의 진실을 드러낸다. 우리가 사실이라고 알고 있는 내용도 문학적 형상화를 거칠 때 더욱 생생한 영상으로 우리에게 다가온다. 이것을 문학의 핍진성(verisimili -tude)이라고 한다. 문학이 불러일으키는 생생한 사실감은 소설이나 희곡에서 쉽게 느낄 수 있지만, 시에서도 시 고유의 특성에 의해 독특한 양상으로 발현된다. 시에 담긴 상황은 고도로 정제된 압축의 화법에 의해 소설보다 더욱 강렬한 인상을 남기게 된다.

내가 대학에 다니던 시절 대학신문을 무대로 시를 쓰던 학생 문사가 몇 명 있었다. 나성린, 윤정룡, 황재우, 이성복, 이인성, 김사인이 그들. 그 중 김사인이 가장 젊은데, 일면식도 없었지만 나는 그의 시를 좋아했다. 그는 과작의 시인이다. 등단 5년 후 첫 시집을 냈고, 그로부터 19년 후 두 번째 시집을 냈다. 두 번째 시집 『가만히 좋아하는』(창비, 2006)의 머리글에 남긴 말은 내게 깊은 감동을 주었다. 그는 "시 쓰기는 생을 연금鍊金하는, 영혼을 단련하는 오래고 유력한 형식"이며, "금욕과 고행이 수반되지 않으면 보람을 이룰 수 없는" 구도의 과정이라고 했다. 그의 작품 발표가 뜸할 때 나는 혼자 생각한다. 아, 그가 영혼을 깊이 단련하고 있겠구나. 금욕과 고행의 시간을 보내고 있겠구나. 이런 생각만으로도 사는 것이 흥겹다. 패륜과 욕설이 난무하는 시대에 이러한 경건한 자세를 유지한다는 것은 얼마나 기쁜 일인가? 그의 말에 힘입어 나도 예술가의 창조 과정이 종교적인 구도와 수행의 길과 유사하다고 생각하게 되었다. 그가 최근 몇 편의 작품을 잇달아 발표했고 그 작품들이 시가 지닌 독특하고 고유한 힘에 의해 세상살이의 진실을 드러내고 있기에 그의 작품을 통해 시의 진실에 대해 이야기하지 않을 수 없게 된 것이다.

그는 작년 가을에 「김태정」(『창작과비평』, 2013. 가을호)을 발표하였다. 김태정은 1963년에 서울에서 태어나 1991년부터 시를 썼고 2004년에 창비에서 시집 『물푸레나무를 생각하는 저녁』을 냈고 해남 미황사 아래 산골마을에서 농사를 지으며 살다가 2011년 9월 6일 암으로 세상을 떠났다. 나는 부끄럽게도 김태정 시인에 대해 전혀 몰랐는데, 김사인의 시를 읽고 여러 자료를 찾아 알게 되었다. 시 「김태정」은 그야말로 시적인 방식으로 한 인간의 생의 진실을 드러내면서 죽음에 대한 가장 간절한 애도를 침묵의 어법으로 표현한 작품이다. 침묵이라니? 그 시는 세 쪽에 이르는 긴 시여서 지면의 제약 때문에 여기 인용할 엄두도 내지 못할 정도의 분량을 갖고 있는데, 침묵의 어법이라니? 내가 보기에 그 시는 수행 정진하는 김사인이 시적인 어법으로 작성한 침묵의 애도문이다. 사실이 궁금한 사람은 이 시를 직접 찾아 읽기 바란다.

이 시는 네 단락으로 구성되어 있는데 첫 단락은 그녀가 살았던 장소와 그 주변에 대해 이야기한다. 텃밭의 채소와 기둥 서까래 쪽마루, 천장을 달리던 쥐, 살 부러진 검정 우산, 귀 어두운 옆집 할머니, 늦여름 햇살 등, 보일 듯 말 듯 미미한 사물들에 눈길을 주고 그것이 그녀가 남긴 것임을 알려준다. 두 번째 단락은 갑작스러운 죽음의 막막함을 이야기했고, 세 번째 단락은 그녀의 순하고 환한 특징 몇 가지를 소개했다. 그 말미에 약간의 감정 노출이 있다. "태정 태정 슬픈 태정/망초꽃처럼 말갛던 태정" 어떤 비유로도 표현하기 힘든 사별의 슬픔을 이렇게 소박한 말로 나타냈다. 네 번째 단락은 그의 삶을 조금 구체적으로 이야기하는 것으로 시작하여 그에 대한 침묵의 조문으로 끝을 냈다. 그녀는 "겁많은 귀뚜라미처럼 살다 갔을 것"이라고 했다. "길고 느린 시간이 천천히 흘러가는 것을" 보았을 것이라고 했다. "시를 써 장에 내는 일도 부질없어" 했을 것이라고 했다. "바닥의 초본식물처럼 엎드려 살다 갔을 것"이라고 했다. 어떻게 이런 말들을 엮어낼 수 있었는지. 정말로 구도와 수련의 과정에서 이 말들이 솟아났을 것이다. "이제라도 가만히 조문해야 한다/새삼 슬픈 시늉은 할 건 없겠으나"라고 시를 끝맺었다. 그 다음에 깊은 침묵이 있다. 그 침묵의 언어가 내 마음에 파동을 일으켜 김태정의 시집을 정독하게 했다. 거기서 진실과 진실이 교감하는 감격의 기쁨을 얻었다. 새삼 슬픈 시늉은 할 것 없으니 진실한 삶에 조문할 밖에.

4. 진실을 위한 생의 연금

김사인은 올 봄에 여러 편의 시를 발표하여 시적 진실에 대한 나의 갈증을 풀어주었다. 『포에지』에 「적」과 「에이 시부럴」을, 『문학청춘』에 「어린 봄」과 「보살」을, 『시작』에 「삼천포 2」와 「겨울잠」을, 『현대문학』 4월호에 「60년대 – 매미」를 한꺼번에 발표했다. 이전의 그의 작품 발표 이력에 비하면 가히 폭발적이다. 우리를 규제에서 풀어놓는 인간적 여유와 거기서 풍기는 방일의 유머가 우러나는 「에이 시부럴」도 좋고, 사랑의 진심을 짜르르하게 전해 주는 「보살」도 좋고, 사소한 사람의 도토리 같은 일상을 증정용 티슈처럼 곱게 옮겨 놓은 「겨울잠」도 좋지만, 시의 진실에 대해 말하려면 「삼천포 2」가 딱 맞을 것이다.

> 할망구는 망할 망구는
> 그 무신 마실을 길게도 가설랑
> 해가 쎄를 댓발이나 빼물도록 안 온다 말가
> 가래 끓는 소리 캘캘 하면서
> 담배는 뽁뽁 빨면서
> 화투장이나 쪼물거리고 있것제
> 널어논 고기는 쉬가 슬건 말건
> 손질할 그물은 한 짐 쌓아 놓고 말이라

칼칼 웃으면서 말이라
살구낭개엔 새잎이 다시 돋는데
이런 날 죽지도 않고 말이라
귀는 먹어 말도 안 듣고
처묵고 손톱만 기는 할미는 말이라
안즐뱅이 나는 뒷간 같은 골방에 처박아 놓고 말이라

올봄엔 꽃잎 질 때 따라갈 거라?

「삼천포 2」 전문

　소월과 백석은 평안 방언을 시에 썼고 영랑과 미당은 전라 방언을, 목월은 경상 방언을 시에 활용해서 문학사의 풍경을 이루었다. 자기 지역의 말을 시에 끌어들이는 것은 시적 기교라고 할 수 있다. 그러나 경상도 사람이 아닌 시인이 경상도 어투를 시에 끌어들여 감칠맛 나게 활용하는 것은 분명 예술적 창조다. 그것은 예술 창조를 위한 수행과 실천에서 온 것이다. 충청도 출신인 김사인이 경상 방언을 이렇게 적절하게 구사한 것이 바로 생을 연금한 고행의 결과다. 생의 연금이라. 누추하고 비속한 삶도 잘 연금하면 순금이 될 수 있는가? 풍속과 인정과 말이 어우러진 삶의 실상을 면밀히 관찰하고 체험하면 풍속과 인정과 말이 하나가 된 순금의 풍경이 창조된다. 이 셋 중 어느 하나라도 빠지면 삶의 진실은 드러나지 않는다. 이것이 바로 시가 창조하는 진실이다. 이것이 시가 보여주는 핍진한 생이다. 이것을 창조하기 위해 영혼을 단련하는 연금술이, 금욕과 고행이 필요하다는 말이 어찌 과장이겠는가? 한 치의 과장이 없는 예술 창조의 진실이다.
　이 시의 화자는 누구인가? 끝부분에 가서야 모습을 드러낸다. 허름한 골방에 앉은뱅이로 처박힌 노인이다. 거동을 못하기에 독백으로 할망구 욕을 하고 있는 것이다. 화자의 정체를 뒤에서 밝힌 것도 시인의 의도다. 처음부터 거동 못 하는 노인을 보여주었으면 감동의 질량이 많이 달랐을 것이다. 호기심을 자극하고 긴장을 유지하다가 끝부분에 사실을 드러내야 시의 진실이 주는 감격을 맛본다. 삼천포(지금은 사천으로 지명이 바뀌었다지만, 우리들의 감각의 체험 속에서는 삼천포가 생생하게 살아 있다. 사천시라고 하면 너무 대처 같고 삼천포라고 해야 풍속과 인정과 말이 어우러진 삶의 정경이 떠오른다.)의 어느 어촌 어두운 골방에서 하루 종일 무료하게 마누라를 기다리고 있는 노인의 푸념이 귀에 들리는 것 같고, 마치 직접 옆에서 우리가 그 말을 듣는 것 같다. "해가 쎄를 댓발이나 빼물도록"이라든가 "살구낭개엔 새잎이 다시 돋는데"라든가, "안즐뱅이 나는 뒷간 같은 골방에 처박아 놓고 말이라"에 보이는 방언의 채용은 실로 연금술적이다. '혀'가 아니라 '쎄'라고 하니 녹슨 구리가 황동으로 변하고, '살구나무'를 '살구낭개'라고 하니 평범한 청동이 순금으로 변한다. '앉은뱅이'에 'ㄹ'이 들어가 '안즐뱅이'가 되니 백통이 금강석으로 변하는 기적이 일어난다.

여기까지는 인정과 말의 차원이다. 풍속의 차원은 어떠한가? 거동 못 하는 노인은 할망구 욕을 해 대는데 이것은 시골 노인들이 평생 해 오던 말버릇이다. 그 말투를 그대로 보여주었으니 시골 마을 풍속을 적실히 드러냈다. 할망구 흉을 본 내용은 어떠한가? 가래 끓는 소리 캘캘 내고, 담배는 뻑뻑 빨고, 화투장이나 쪼물거리고, 칼칼 웃는 것이 그의 일이라는 것이다. 매우 밉상스럽고 게을러빠진 할머니의 거동이 눈에 보이는 것 같다. 거동 못하는 노인이 걱정하는 내용은 무엇인가? 밖에 널어놓은 고기를 돌봐야 하고 던져놓은 그물도 손봐야 한다는 것이다. 평생 해 온 어촌 마을 사람들의 일이다. 비록 거동을 못하고 누워 있지만 평생 해 온 걱정은 절대 포기하지 않는다. 일도 안 하고 경망스럽게 놀기만 하는, 거기다 귀까지 먹은 할머니가 이 봄에 혹시 죽지 않으려나? 혹시 그렇게 되면 일어서지도 못하는 나는 우짤꼬? 여기까지 생각이 미치자 마누라에게 평생 해 오던 그대로 반어의 어법이 튀어나온다. "올봄엔 꽃잎 질 때 따라갈 거라?"

이것이 죽음을 눈앞에 둔 시골 노인의 진실한 어투다. 이것을 알아차린 것이 어찌 우연이나 재치의 소산일 것인가? 오랜 수행과 실천의 결과일 것이다. 생을 연금한 결과일 것이다.

예술사의 걸작은 하루아침에 탄생하는 것이 아니다. 그 작품을 이루기 위한 수없이 많은 계기들이 긴밀하게 상호작용을 해온 결과 비로소 한 편의 걸작이 탄생하는 것이다. 오랫동안의 숙련과 각고의 과정을 거쳐 집결된 정신의 총체가 창조의 동력으로 작동한다고 말해야 옳다. 그런 점에서 보면 예술가가 작품 창조를 위해 바치는 노력은 일종의 구도적 수행과 방불하다. 종교 수행자가 구도의 정점에 도달하기 위해 끝없이 수행과 염원을 반복하는 것처럼 예술가들도 자신이 원하는 작품을 창조하기 위해 가혹한 자기 단련의 시간을 보낸다. 모든 창조는 예술가가 벌인 수행과 실천의 결실이다. 그리고 예술가는 그런 창조를 통해 자신의 내면을 조금씩 충일하게 완성해 간다. 예술가의 현세적 삶이 구도적 경건함을 보여주지 못한다 하더라도 그와는 다른 차원에서 그의 창조의 정신은 예술적 수행의 과정을 대신 거쳤다고 이해해야 옳다.

불안과 치욕과 치유

- 강기원, 허연, 송찬호의 시집

1. 불안한 독서인의 갈증

　　강기원의 시집 『지중해의 피』(민음사, 2015. 11)를 제대로 읽기 위해 구글 지도를 검색했다. 시인이 그려낸 장소의 풍경을 이해하기 위해 구체적 형상을 눈으로 확인하는 일이 필요했기 때문이다. 시집에 노출된 바, 시인의 자아는 어둠 속에서 스스로 우는 일이 많고, 불안이 마음의 문을 잡고 흔든다. 「나는 불안한 샐러드다」라는 제목은 두 가지 속성을 드러낸다. 불안은 그의 마음의 토대를 드러내고, 샐러드는 그의 가정적 위상을 알려준다. 예민한 체질로 인해 소화불량의 체증에 시달리지만, 그 체증의 힘으로 산다고 그는 말한다. 고통이 그를 지탱시키는 동력이 되는 것이다. 그의 시에 자주 나오는 쓸개즙(담즙)은, 쓰고 검고 냄새나는 액체로, 사물을 무력하게 하는 연화제 역할을 한다. 「백색의 진혼곡」에서 밤의 서재에서 풍기는 담즙 냄새를 "묘지 속 관들의 쾨쾨한 입냄새"로 비유했다. 밤의 서재는 사자(死者)의 공간이다. 유령 저자들이 시인의 의식을 흔들지만, 시인은 백지에 한 글자도 적지 못한다. 여기서 오는 고통이 불안을 가중시킨다. 그 고통을 "크레바스처럼 두개골이 열리는" 상태로 표현했다.

이 상황에서 그의 피는 검은 피다.

　그의 고통은 그의 끊임없는 기투(企投, project)에서 온다. 그는 정체의 교
란자요 모험의 제왕이다. 새가 아닌데 날고 싶어 하고, 지느러미도 없는데
헤엄쳐 가려 한다. 몸에 연자 맷돌을 달고 있는데도 하늘로 비상하려 한
다. 바다 속의 고립된 섬인데도 우화 등선을 꿈꾼다. 그러니 어찌 고통이
없겠는가? 불안과 우울이 담즙처럼 고인다. 다행스러운 것은 그가 표현한
불안과 우울이 그의 시를 읽는 사람들에게 치유 효과를 안겨준다는 점이
다. 시인 역시 자성적 발화를 통해 심리적 평형과 자기 정화에 이를지 모
른다. 사실이 그러하다면 그것은 매우 다행스러운 일이다.

　시인이 지닌 발군의 언어 능력은 자유자재로 시어를 구사하여 적조적소
에 배치함으로써 언어를 통한 관능적 쾌감을 맛보게 한다. 표제 시 「지중
해의 피」에는 수유授乳의 이미지가 나온다. 에게 해에서 이오니아 해에 이
르는 굽이진 해안과 수많은 섬들이 수백 개의 젖무덤을 당당히 풀어헤친
모습으로 표현된다. 그 풍만한 젖가슴은 빛깔도 다양할 것이다. 젖무덤 끝
에 검은 유두가 있고 유두 끝에 부연 젖물이 고인다. 시인은 자신을 아무
리 먹어도 허기지는 아귀 같은 존재라고 했다. 갈라 터진 입술을 젖멍울에
대고 폭풍처럼 유즙을 흡입하여 "내 피 전부를 지중해의 피로" 바꾸리라
소망한다. 여기에는 담즙의 쾨쾨한 악취가 없고 그것이 용해시키는 불안
의 부산물이 없다. "천둥벌거숭이/크레타의/파랑波浪, 파랑, 파랑"이 출렁일
뿐이다. 이 장면에서만은 검은 피가 푸른 피로 변한다.

　지중해의 환한 열린 공간에서 어스름을 거쳐 깊은 밤에 이르면 붉은 피
가 다시 검은 피로 변한다. 이 시간은 순종의 개가 야성의 늑대로 변하는
시간이다. 이 시간에 다시 가슴 속 독수리들이 날개를 들어 올리고 "끈적
끈적한 뱃속의 잉크로" "야생의 우렁우렁함을" 적어내는 일을 진행한다.
그의 영혼이 운영하는 다른 차원의 시간이다. 이로 보면 그의 자아는 대체
로 세 층위로 나누어진다. 불안한 마음을 가라앉히고 샐러드를 요리하는

가정 속의 내가 있고, 환하게 열린 공간에서 푸른 생명력을 흡입하려는 내가 있고, 밤의 침묵의 공간에서 내면의 육성을 자동기술하는 내가 있다. 피의 색깔로 말하면 붉은 피, 푸른 피, 검은 피의 세계다. 또 하나, 바람처럼 떠도는 "유목의 흰 피"(「흰 낙타」)도 나오는데, 이것은 극히 제한적이다. 그는 매우 컬러풀한 지도를 그려낸다.

2부에 있는 여러 유형의 시들은 읽는 재미와 언어유희의 즐거움을 안겨준다. "가장 가난한, 가나안의 자리", "소리의 활어회", "뽕나무에 오른 삭개오에게 손짓하던 예수", "피투성이 주먹 같은 석류", "히잡에 가려진 여인의/첩첩비밀 같은/석류", "네 사랑의/조롱 속엔/조롱도 모르는/조롱이 산다/죽은 듯" 등. 이러한 재미와 유희의 저류에는 물론 슬픔과 아픔이 있다. 산문시 「코끼리」는 콩트 한 편을 대하듯 생의 서늘한 단면을 완벽한 구성으로 압축한다. 서늘한 두 눈 사이 "성기처럼 늘어뜨린 긴 코"의 설정은 천재적이다. 이 시편들은 다양한 형식으로 시인의 개인기를 구사했다는 느낌을 준다.

3부에서 그는 다시 "앙상한 미라"가 감지하는 "삐걱거리는 붕괴의 소리"로 돌아온다. 담즙 체액의 검은 피의 세계다. 「사라진 도서관」을 읽으면, 앞의 「백색의 진혼곡」에서 감지했던 대로, 그의 사유의 진원지가 도서관임을 알 수 있다. 그는 지중해의 젖무덤에 입술을 파묻고 유즙을 흡입하듯, 도서관 서책에서 지식을 탐식한다. 그 지식의 편린들이 그의 시 도처에 별과 이슬로 반짝인다. 빙하기 식물의 이름으로부터 온갖 여울의 이름까지. 그래서 그의 시를 제대로 읽기 위해서는 구글 지도도 필요하고 네이버 사전도 필요하다. 다행스러운 것은 그 지식이 시의 문맥에 유려하게 녹아 있다는 점이다. 그럼에도 불구하고 그는 지식의 저장고인 도서관 파라다이스를 돌무더기의 폐허라고 표명한다. 자신이 파먹은 지식의 부장품들이 아직 입 속에서 우물거리고 있다고 고백한다. 정직한 고백이다. 검은 피가 푸른 피로 바뀌는 날, 폐허의 유물들이 날개 편 독수리로 승화할 것이다.

사람의 시선은 사람마다 차이가 있고 나는 내 시선으로 강기원의 시를
보았다. 내 마음에 가장 편안하고 선명하게 들어온 것은 다음 작품이다.
여기에는 시인의 생활 체험이 담겨 있고, 시인의 살아 있는 갈증과 식욕
이 있고, "거무튀튀한 바다의 조르바"라는 멋진 비유가 있고, 시적인 언어
의 윤기가 생동하기 때문이다.

바다의 남근이 배달돼 왔다
상자를 열자
걸쭉한 향내가 풍겨 나온다
무정자증의 사내들
물컹한 뿔 세우고
어슬렁거리는 대도시 가로질러
내 안으로 성큼 들어선 캄브리아기 바다
거무튀튀한 바다의 조르바
도마 위에서 꿈틀거린다
토막 내도 토막대로 다시 살아나는
고생대의 영혼
바다를 구워 먹으랴
바다를 삶아 먹으랴
날것인 채
널 삼키니
내 깊은 허기로 극피의 밀물이 든다

강기원, 「해삼」 전문

2. 불멸의 치욕, 봉쇄된 기억

허연의 『오십 미터』(문학과지성사, 2016. 2)는 잊지 못하는 병에 걸린 자아의 고단한 내면을 범람하는 강물처럼 보여준다. 강물은 넘치지만 자아는 견고한 제방에 갇혀 있다. 그는 가시 돋친 고통의 제국에 결박된 음울한 단독자다. 그 나라의 주민들은 모두 슬픔을 안고 사는데, 어떠한 기도도 그들의 슬픔을 덜어주지 못한다. 그들의 몸을 실은 트럭은 느리게 움직이고 힘겹게 멈춘다. 트럭조차 "슬픔을 흘리며" 움직인다. 트럭에 타지 못한 낙오자들은 세월의 등에 올라타 이미 어두운 골목으로 사라졌고, 어둠이 깔리자 트럭도 그 자리에 주저앉아 버린다. 이러한 환멸의 풍경은 시집 끝까지 이어진다. 이것은 그의 초기 시집부터 이어온 흐름이기도 하다. 김수영의 표현대로 그의 시에서 환멸의 전통은 유구하고 그의 정서로 가로놓여 있다. 가시에 찔리는 불면의 밤이 그의 일상이다. 강기원이 '체중의 힘'으로 살듯, 그에게는 '가시'가 그를 지탱하는 동력인 것 같은데, "그 말만은 끝내 하지 않았다"(「가시의 시간 2」)고 그것을 다시 부정한다. 그의 내면을 가장 잘 드러내는 시는 다음 작품이다.

> 내 온몸에 가시가 있어 밤새 침대를
> 찢었다. 어제 나의 밤엔 아무것도 남지
> 못했고 아무것도 들어오지 못했다.
> 가시는 아무런 실마리도 없이 밤마다 돋아
> 나오고 나의 밤은 전쟁이 된다.
> 출구를 찾지 못한 치욕들이 제 몸이라도
> 지킬 양으로 가시가 되고 밤은 길다.
> 가시가 이력이 된 날도 있었으나 온당치
> 않았고 가시가 수사修辭가 된 적도 있었으나
> 모든 밤을 다 감당하진 못했다. 가시는
> 빠르게 가시만으로 완전해졌고 가시만으로

남았다. 가시가 지배하는 밤. 가시의 밤

허연, 「가시의 시간 1」 전문

가시로 점철된 전쟁의 밤이란 매우 참혹하다. 낮에는 일상의 생활이 진
행되어 가시가 드러나지 않으나 자기만의 시간인 밤이 오면 온몸이 가시
가 된다. 이것은 붉은 피가 검은 피로 변하는 강기원의 경우보다 훨씬 끔
찍한 상황이다. 그 가시는 어디서 온 것인가? "출구를 찾지 못한 치욕"이라
고 암시가 되어 있다. 그의 내면에 치욕의 기억이 가득 차 있고 밤이 되면
그것들이 온몸에 가시로 돋는 것이다. 그 치욕은 「오십 미터」에서 "죄책
감"으로 달리 표현된다. 남들은 "잊어버리는 축복"이 있다고 하는데, 그에
게는 치욕과 죄책감이 떠나지 않는다. 아무리 노력해도 "잊어버릴 재주는
없었다"(「조개 무덤」)고 고백한다. 치욕이나 죄책감의 원인인 '당신'이 사라
져도 그 상처는 사라지지 않는다. 경계를 넘어 도망치고 싶으나 국경은 철
벽 같고, 트럭은 낡고 병들어, 나는 치욕의 가시에 갇혀 있다. 질식할 것
같은 폐쇄감이 다시 가시로 솟아난다.

아름다운 꽃 피는 봄은 그의 시에 없다. 단풍잎 물든 청량한 가을도 그
의 시에는 없다. 그의 봄은 목련 몇 개 힘들게 매달려 있다가 피 냄새를 풍
기며 죽어가는 계절이다. 그 "몹쓸 봄"(「석양에 영웅은 없다」)에 새는 지상을
떠날 노인처럼 졸고, 세월은 뿌리부터 썩어간다. 하늘을 날아야 할 새도 그
에게는 "죽으라고 만들어진 모양"으로 보인다. 「봄산」은 그의 도저한 환멸
감과 폐허의식을 선명히 드러낸다. 그에게 산은 우연히 모습을 드러낸 "도
태된 짐승들의 유해"이고, 그 짐승들을 쫓다 실족하여 죽은 가장의 "초라한
등뼈"다. 이 폐사지에 싹을 틔우려는 봄의 씨앗은 불온한 허물에 불과하다.
원죄를 뒤집어쓴 채 영면에 들어야 마땅한 산에 봄이 되어 싹이 돋아난다
는 사실이 그에게는 견딜 수 없는 모순이다. 매일 가시의 밤을 지내는 그에

게 잠시 다른 쪽 등을 보여주는 봄이 무슨 의미가 있겠는가?

　결코 사라지지 않는 치욕과 죄의식, 견딜 수 없는 그리움, 경계를 넘을 수 없는 봉쇄된 기억들, 찌그러지고 병든 트럭, 모든 것을 허무로 쓸어가는 강물, 시신과 동행하는 역병의 세상, 벌레가 벌레를 잡아먹는 적의로 가득 찬 광장. 이러한 상황에서 택할 수 있는 생의 장르는 무엇인가? 여기서 나올 수 있는 시의 장르는 무엇인가? 허연의 시는 그러한 상황에서 선택할 수 있는 생과 시의 가능성을 가시 돋친 육체로 보여준다. 일관된 음조로 이어지는 그의 가학적 고백은 우리 시대 시적 전율의 유니크한 풍경을 이룬다. 이 시집에서 내가 가장 좋아하는 시는 가학의 주류에서 조금 벗어난 다음 작품이다. 좀처럼 드러나지 않던 그의 생활사가 조금은 윤곽을 드러내고 가시 사이에 은폐된 사랑의 기류가 아지랑이처럼 피어나기 때문이다.

　1

　　오랜만에 동생을 만나러 가는 길
　　빗물은 점점 부담스럽게 아스팔트를 때렸고

　　반복되는 정체 속에서
　　나는
　　덮어버린 것들과
　　그렇지 못한 것들에 대해 생각했다.

　　"조금 더 비싼 관으로 할 걸 그랬어"

　　삼십여 년 전
　　이른 나이에 상주가 됐던 우리가
　　어머니에 대한 자책을 안고
　　그 길을 걷던 날도

비는 내렸었다

2

체중이 많이 불어난 동생과 마주 앉은
입김으로 뿌연 저녁 감자탕집.

빗물 흘러내리는 유리창 밖은
차갑고도 먼 나라.

늘 함께 걸었던 등굣길에 대해
나름대로 이름 지어 불렀던 잡초와 새 들에 대해
우리는 뭔가 책임지고 싶어 했다.

묘지 이장 이야기를 하다 불쾌해진 동생은
잠시 말을 잇지 못했다.

"그날 참 비 많이 왔지, 형"

3

돌아오는 길

모욕으로 기억된
몇 가지 아픈 과거들에 대해
단 한마디도 꺼내지 않은
우리의 어른스러움을
다행이라 생각하며

지친 포유류 같은
동생의 등을 떠올리며

하루에 기차가 여덟 번쯤 지나갔던 그 둑방 길에서
우리가 함께 날아오르는 상상을 했다

허연, 「그날의 삽화」 전문

3. 불후의 순수에 대한 연가

송찬호의 『분홍 나막신』(문학과지성사, 2016. 3)의 세계는 앞의 두 시집과
사뭇 다르다. 어쩌면 앞의 시들에 대한 불만을 토로하는 것 같고, 눈을 크
게 뜨고 그것을 비판하는 것 같다. 두 시집의 불안과 치욕이 어디서 오는
것인지를 조용히 일러주는 것 같기도 하다. 아무런 선입견 없이 그의 시집
을 읽으면 도입부의 몇 편은 무슨 의미인지 감이 금방 잡히지 않는다. 싱
거운 이야기가 무심히 펼쳐졌다는 인상을 받을 수도 있다. 그러나 대체로
3분의 1쯤 되는 지점을 넘어서면 시인의 사유와 지향과 세계관을 파악하
게 되고 도입부의 모호한 작품들이 무엇을 의미하는 것인지 그 뜻을 알아
차리게 된다.

그는 일 초에 수십 번씩 바뀌는 디지털 제국의 초고속 회로 속에서도
느긋하게 거위의 걸음을 뒤따르며 "백 년 동안 오직 한 걸음만 앞으로" 내
딛는 나무가 되기를 꿈꾸는 시인이다. 토끼와 염소의 온기가 남아 있는 숲
길에 버려진 불상의 미미한 표정을 살피며 "헐거운 사모思慕의 거미줄"을
쳐 놓고 "오래 변치 않을 불후"의 사랑을 도모하는 시인이다. 이 시집을 관
류하는 것은 우화적 상상력인데, 알레고리의 두 축이 보통 1:1의 대응관
계를 보이는 데 비해 이 시의 시니피에는 다층적 포괄성을 유지하고 있어
서 상징에 해당하는 특성을 보인다.

그는 우리의 삶이 피폐해진 원인이 우리 자신에게 있다고 굳게 믿는다.

사람과 자연 사이에 화살이 난무하고, 세상은 피 흘려 폭력이 서정을 구덩이에 묻고, 어둠이 우리의 눈을 찔렀다. 시인은 원래 "물의 보석"인 "이슬을 잡으려" 다녔고, "불과 흙과 공기의 조화로운 건축을" 꿈꾸었다. 세상은 망가져 "흙은 무한증식의 자본이 되고/불은 폭력이 되고"(「이슬」) 자신의 꿈은 슬픔의 거품으로 사라졌다. 자연의 청동시대도 저물고, 녹색 의자도 시야에서 사라졌지만, 해마다 오뉴월 한낮이면 "꽃 모서리까지 환하게/펼쳐놓는 모란보자기"(「모란이 피네」)의 마지막 종소리는 여전히 시인의 귀를 울린다. 어둠과 벽을 넘어 "죽거나 썩지도 않고" "끊임없이 초록의 말로 중얼"거리는 자연의 서정은 멈추지 않는다. "붉은 돼지들"이 날뛰는 세상에서, "납과 수은의 씨앗을 만드는" "북쪽 사막으로 미친 듯이 달려가는" 일방 질주의 세상에서 외롭게 자연의 서정을 보고 듣는 시인은 스스로를 "미친 복숭아나무에서 태어난 털 없는 짐승"(「복숭아」)이라고 말한다. 님이 준비한 분홍 나막신에 발을 맞추기 위해 "발뒤꿈치와 복숭아뼈를 깎고" "발이 부르트고 피가 배어 나와도"(「분홍 나막신」) 자연에 호응하는 춤을 멈출 수 없음을 노래한다.

시인은 「이상한 숲 속 농원」에서 자신이 거주하는 보은 구병산 농원의 청량한 순애보를 감미롭게 들려준 바 있다. 이것은 북쪽 사막에서 멀리 떨어진 이상의 공간이다. 그러나 전면적인 무한 고속 질주의 세상에서 이 정겨운 웃음의 공간이 오래 지켜지리라는 보장이 없다. 붉은 돼지들의 "면도날처럼 날카로운 후각"이 초록의 서정 공간을 그냥 놓아둘 리 없는 것이다. 그럼에도 불구하고 나는 시인이 펼쳐낸 환상의 서정이 노래로 불리고 춤으로 퍼져나가기를 소망한다. 내 마음의 줄을 가장 정겹게 울린 것은 다음 작품이다. 이 시의 선율에 맞추어 시인과 더불어 춤추고 싶다.

오늘도 거위는 쑥부쟁이밭에 놀러간다야
거위 흰빛과

쑥부쟁이 연보랏빛,
그건 내외지간도 아닌 분명 남남인데

거위는 곧잘 쑥부쟁이 흉내를 낸다야
쑥부쟁이 어깨에 기대어 주둥이를
비비거나 엉덩이로 깔아뭉개기도 하면서
흰빛에서 연보랏빛으로 건너가는 가을의 서정같이!

아니나 다를까, 거위를 찾으러 나온 주인한테
거위 그 긴 목이 다시
고무호스처럼 질질 끌려가기도 하면서

그래도 거위는 간다야
흰빛에서
더욱 흰빛으로,
한 백 년쯤은 간다야

　　　　　　　　송찬호, 「쑥부쟁이밭에 놀러가는 거위같이」 전문

현대시와 공감

1. 시의 원초적 형태

　　현재 문예지에 발표되는 시작품을 보면 한 번 읽어서 쉽게 이해되지 않는 난해한 작품들이 상당히 많다. 고급 독자들이 선호하는 문학계간지의 경우는 난해성의 수준과 빈도가 더 높은 것으로 나타난다. 현대시의 난해성이 거론될 때마다 소통과 공감의 문제가 제기된다. 그러면 독자와 소통하고 독자에게 공감을 주는 것이 시인의 의무이거나 시가 지켜야 할 기본사항이라도 되는 것일까? 이 문제는 간단히 답변할 수 있는 사항이 아니다. 좀 더 넓은 관점에서 이 문제를 이해하기 위해서 시의 원초적 형태와 통시적 전개 과정을 살펴볼 필요가 있다.

　　소설은 서사 양식에 속하고 시는 서정 양식에 속한다. 서사는 사건을 서술하는 양식이기 때문에 거기에는 사건을 이야기하는 사람과 이야기를 듣는 사람이 존재한다. 이야기를 들어주는 사람이 없는데 혼자 이야기를 늘어놓을 수는 없는 일이다. 거기에 비해 서정은 감정을 드러내는 양식이기 때문에 감정표출의 내용을 들어주는 사람이 없어도 혼자서 자신의 감정을 발설하는 것이 가능하다. 시의 원초적 형태는 한 순간의 감정의 표출, 일종의 가벼운 탄식이나 감탄의 어사였을 것이다. 독자(청자)가 필요 없는 독백의 형식에서 시가 싹텄다고 말할 수 있다.

지금 남아 전하는 우리 쪽의 고대 시가는 이러한 사정을 잘 말해 준다. 「공무도하가公無渡河歌」의 유래를 살펴보면 우리는 거기서 시의 발생을 설명할 수 있는 중요한 단서를 발견하게 된다. 조선 나루터의 뱃사공 곽리자고가 강가에서 배를 손질하고 있는데 갑자기 머리 흰 미친 사람白首狂夫이 술병을 들고 강으로 달려들었다. 그 뒤에 그의 아내가 울부짖으며 쫓아와 말렸으나 결국 남편은 물에 빠져 죽고 말았다. 그러자 그 아내는 구슬픈 노래로 자신의 심정을 토로한 후 남편을 따라 물에 몸을 던졌다는 것이다. 그 노래의 내용은 "그대여 물을 건너지 마오. 기어이 그대는 물을 건넜네. 물에 빠져 죽어버렸으니, 그대를 어찌할거나."로 되어 있다. 이 장면을 목격한 곽리자고는 집에 돌아와 아내인 여옥에게 이 사실을 전했다. 그러자 여옥은 감격하여 공후를 끌어안고 그 노래를 불렀고 이웃의 친구에게도 노래를 전했다고 한다.

백수광부의 아내는 남편을 잃은 비탄의 심정을 스스로 노래했다. 어쩌면 그 노래는 처절한 절규와도 같았을 것이다. 그 노래를 하는 순간에는 옆에 누가 있다는 사실도 인지하지 못했을 것이다. 그는 남편을 잃은 걷잡을 수 없는 슬픔을 넋두리처럼 노래로 펼쳐낸 것이다. 곽리자고는 그 장면을 목격하고 노래를 들었으며, 집에 돌아와 아내에게 사건을 이야기했다. 이러한 사연을 전해들은 여옥은 마치 자신이 백수광부의 아내가 된 듯 공후를 연주하며 구슬프게 노래를 불렀고 그것을 이웃의 친구에게 가르쳤다. 여기서 백수광부의 아내는 남의 존재를 의식하지 않고 자신의 감정을 토로한 원초적 서정시인의 모습을 보여준다. 그는 자신의 슬픔을 독백하듯 노래했고 곽리자고는 그것을 엿들었다. 곽리자고가 아내에게 그 사연을 이야기한 것은 바로 서사적 행위를 한 것이다. 서사는 반드시 이야기를 듣는 대상이 필요한데, 여옥이 청자가 되어 곽리자고의 이야기를 들었고 그 이야기에 대한 반응을 보였다. 그 사연을 듣고 악기를 연주하며 노래를 지어 부른 여옥은 백수광부 아내의 모습을 대신 보여준 연희자(배우)의 역할을 한 것이다.

이처럼 서사나 극은 반드시 이야기를 듣거나 어떤 행동을 보는 사람을 필요로 한다. 그러나 시는 그러한 대상 없이 말하는 사람 혼자만으로 존재한다. 백수광부의 아내는 저 혼자의 감정을 스스로 노래한 것이다. 이처럼 시의 원초적 형태는 어느 한 순간의 감정을 혼자서 토로하는 것이다. 시가 문자로 정착되어 사람들에게 대량으로 전파될 때까지 그러한 시의 속성은 크게 달라지지 않았다. 고려 시대의 노래로 전하는 「청산별곡」의 다음 구절을 보면 한 순간의 감정을 혼자 토로하는 독백의 성격이 그대로 유지되는 것을 알 수 있다.

이렇게 저렇게 해서 낮은 지내왔지만
올 사람도 갈 사람도 없는 밤은 또 어찌 하리오

어디에 던지던 돌인가, 누구를 맞히려던 돌인가?
미워하는 사람도 사랑하는 사람도 없는데, (그 돌에) 맞아서 울며 지내
노라.

「청산별곡」 4연과 5연

4연에는 현실을 떠나 아무도 없는 곳으로 떠나온 사람이 겪게 되는 외로움이, 5연에는 사람과 격리되어 혼자 사는데도 어쩔 수 없이 겪게 되는 삶의 괴로움이 표현되어 있다. 주체할 수 없는 외로움과 괴로움이 자신도 모르는 사이에 표출되어 노래로 음송된 것이다. 이 노래를 누가 들어주건 말건 그것은 중요한 일이 아니다. 만일 누군가가 이 노래를 듣고 노래를 부른 사람에게 당신의 사연을 이야기해 달라고 하면 그 사람은 상대에게 자신의 사정을 이야기해 줄 수 있다. 이런 경우라면 말하는 사람과 듣는

사람이 분명히 존재하는 서사 양식이 성립된다. 그러나 서정 양식에 속하는 시의 경우에는, 듣는 사람이 없어도, 다시 말해서 청자(독자)에 대한 소통이나 공감을 전제로 하지 않고서도 얼마든지 감정이 언어로 표출될 수 있는 것이다.

2. 시와 독자의 문제

모든 서정 양식이 다 청자를 무시하는 것은 아니다. 주술적인 고대가요나 민요의 경우에는 청자를 분명하게 설정하고 있다. 같은 서정 양식에 속하는 다음과 같은 시조의 경우에도 분명 청자(독자)가 설정되어 있고 소통과 공감이 당연히 전제되어 있다.

> 마을 사람들아 옳은 일 하자스라
> 사람이 되어나서 옳지곧 못하면
> 마소를 갓 고깔 씌워 밥 먹이나 다르랴.
>
> 어와 저 조카야 밥 없이 어찌 할꼬
> 어와 저 아자바 옷 없이 어찌 할꼬
> 머흔 일 다 일러사라 돌보고자 하노라.

정철, 「훈민가」 8수와 11수

인용한 두 수의 시조는 정철이 강원도 관찰사로 부임하여 백성들을 교화하기 위해 지었다는 「훈민가」의 일부다. 이 작품은 단순한 서정이 아니라 자신의 생각을 상대에게 전하고자 하는 의도가 앞선 것이어서 소통과 공감을 창작의 전제로 삼고 있다. 이렇게 독자에게 어떤 영향을 주려는 의도에서 창작되는 시 양식이 시조에만 있는 것이 아니다. 개화기의 우국저

항적인 시가나 일제강점기의 카프 계열의 시, 목적성을 앞세운 현대시에도 이런 양상이 나타나고 있다. 신동엽의 「껍데기는 가라」가 그러하고 1980년대의 민중시 계열도 그렇다. 그러나 목적의식을 앞세운 문학의 경우, 정철이나 개화기의 우국인사들처럼 시대가 추구하는 방향이 정해져 있을 때에는 문학작품을 통해 목표에 도달하는 것이 어느 정도 가능한 일이었지만, 사회 환경이 다양해질수록 문학의 목적성은 약화될 수밖에 없다. 어느 시대나 문학이 현실을 개혁하는 데 힘을 발휘할 수 있다고 믿었던 문학운동가들이 존재했다. 그들은 문학이 인간의 정신을 일깨우고 새로운 의식을 갖게 함으로써 현실을 변화시킬 수 있다고 생각했다. 물론 문학에는 그런 능력이 있다. 그런데 묘한 것은 그러한 목적성이 창작의 전제가 될 때에는 정작 그런 능력을 행사하지 못하고, 정해진 선행의식 없이 창작의 절정을 향해 작가가 전력투구할 때 자연스럽게 그런 능력이 발휘된다는 사실이다.

시의 난해성을 언어 사용의 측면에서 설명해 볼 수도 있다. 언어 사용의 일차적인 목적은 의사 전달이지만, 시는 지식이나 정보가 아니라 주관적 감정을 전달하는 양식이다. 주관적 감정을 언어로 표현할 때 감정 자체가 모호하고 다층적이기 때문에 시의 언어 역시 함축적인 방향으로 제시될 수밖에 없다. 더군다나 체험이나 감정의 양태가 일상적인 것과 아주 다른 경우라면 그것을 표현하는 시의 언어는 한정된 의미의 틀에서 벗어나려고 한다. 여기서 시의 애매성이 발생하고 애매성이 극대화될수록 대중과의 소통은 어려워진다. 더군다나 그 체험이 가시적 현실의 일면성을 넘어 환상의 다층적 세계로 확대될 때 시의 언어와 표현은 기존의 안정된 형식을 벗어날 수밖에 없다.

2000년대에 들어서서 시는 개별 작품의 독자적 미학을 중시하는 방향으로 전개되었다. 이런 상황에서는 거대담론의 엄숙함보다 소수담론의 발랄함이 의미 있는 덕목으로 제시되었다. 독자적 미학의 추구가 환상적 일

탈과 엽기적 몽상으로 강화되어 나타났다. 소위 미래파로 호칭되던 시편들은 이미지의 현란한 변주를 넘어서서 돌발적이고 비약적인 자유 연상과 엽기적 위악성이 결합하면서 기존 시 문법에 익숙한 사람들에게 상당히 큰 충격을 주었다. 이때 문단에 소통의 단절이라는 주제가 하나의 화두로 크게 떠올랐다.

그런데 흥미로운 것은 이러한 경향을 대변한 황병승이나 김민정의 시가 상당히 많은 독자를 확보했다는 점이다. 이것은 이들 시집의 판매 부수가 다른 시들보다 월등 높은 데서 확인되는 사실이다. 표면적으로는 소통이 단절된 것처럼 보이지만 선호하는 독자층과의 소통에는 성공한 것이다. 이것은 그들의 시가 독자와의 공감에도 성공했다는 설명을 가능케 한다. 이것은 물론 그들의 문학적 성취에 대한 평가와는 다른 문제다.

3. 공감의 층위

우리 주위에는 복잡한 체험을 다층적인 언어로 표현하는 시만 있는 것이 아니다. 쉽게 이해되면서 깊고 넓은 공감을 주는 시들도 많이 있다. 그러나 그런 시들도 처음부터 공감을 예상하고 창작된 것은 아니다. 시인은 고립의 자리에서 자신의 생각과 감정을 펼쳐내는 데 주력한 것인데, 독자들이 그 시의 의미에 공감하게 된 것이다. 그러면 어떤 시들이 많은 사람들에게 공감을 주고 또 어떤 시들이 소수의 전문 독자층에게 호응을 일으키는가? 구체적인 작품을 대상으로 공감의 영역이 넓은 작품에서 출발해서 공감이 제한된 작품으로 거슬러 올라가면서 공감의 층위를 검토해 보기로 하겠다.

강릉고속버스터미널 기역 자 모퉁이에서
앳된 여인이 갓난아이를 안고 울고 있다
울음이 멈추지 않자
누가 볼세라 기역 자 모퉁이를 오가며 울고 있다

저 모퉁이가 다 닳을 동안
그녀가 떠나보낸 누군가는 다시 올 수 있을까
다시 돌아올 수 없을 것 같다며
그녀는 모퉁이를 오가며 울고 있는데

엄마 품에서 곤히 잠든 아이는 앳되고 앳되어
먼 훗날, 맘마의 저 울음을 기억할 수 없고
기역 자 모퉁이만 댕그러니 남은 터미널은
저 넘치는 울음을 받아줄 수 없다

누군가 떠나고, 누군가 돌아오는 터미널에서
저기 앳되고 앳된 한 여인이 울고 있다

이홍섭, 「터미널 2」(『터미널』, 2011) 전문

이 시는 버스터미널에서 흔히 볼 수 있는 장면을 평담한 시어로 표현했기 때문에 많은 사람이 쉽게 이해하고 공감할 수 있다. "앳된 여인"이 '앳되고 앳된' "곤히 잠든 아이"를 안고 운다는 설정이 가슴을 짠하게 하고 "누가 볼세라 기역 자 모퉁이를 오가며 울고 있다"는 설정도 상황의 사실성을 높여주면서 감정의 강도를 상승시킨다. "저 모퉁이가 다 닳을 동안" "그녀가 떠나보낸 누군가는" "다시 돌아올 수 없을 것 같다"는 감상적인 예감도 이 시의 공감대를 넓히는 요소가 된다. 그런 대중적 감상성이 있어야 많은 사람들에게 공감이 전파된다. "기역 자 모퉁이만 댕그러니 남은 터미널은/저 넘치는 울음을 받아줄 수 없다"고 하여 세상의 무정함을 내비치는 것도 감상적 공감의 폭을 넓히는 구실을 하며 "누군가 떠나고, 누군가 돌아오는 터미널에서/저기 앳되고 앳된 한 여인이 울고 있다"고 한 것은 개인의 슬픔을 인간의 보편적 비애로 확대하는 구실을 하여 공감의 깊이를 확보하게 한다. 대중적 감상성과 인간사의 보편성이 결합될 때 시적 공감의 영역이 가장 넓어질 수 있음을 확인케 하는 사례다.

> 어머니가 들려보낸 수박을
> 해마다
> 외할머니는
> 툇마루 청술레 그늘에서 갈랐다
>
> 수박을 앞에 둔 외할머니의
> 부엌칼은
> 슥,
> 편지봉투 뜯는 도구처럼 지나갔다
>
> 수박은 외할머니의 갑골胛骨이었다
> 칼이 지나는 소리와
> 빛깔의 청탁
>
> 갈라진 수박을 앞에 놓고 딱 한번 물으셨다
> -- 에미가 한번 안 온다더냐
> -- 할망구가 노망이 났등갑다
> 어머니의 말끝이 벼랑처럼 깊었다
>
> 그 해 가을 외삼촌이 편지를 보내왔다
> 아버지가 안채에 들이지 않고
> 문간의 고비 가녘에 다시 꽂았다
>
> 집 안팎 먼지 두루 닦아내시고

마을 공동우물가에서
걸레를 헹궈
꼬옥 비틀어 짜던 그 동작에서

숨을 거두셨다 했다
그 동작 그대로 기울어지셨다 했다

외할머니의 임종은
아영면 월산리 구지내기쪽 노을이 했다

장철문, 「편지」(『서정시학』, 2012. 봄호) 전문

이 시에 공감을 얻기 위해서는 몇 단계의 공부와 노력이 필요하다. 우선 청술레, 갑골, 고비, 가녁, 아영면 월산리 구지내기 등에 대한 사전적, 지리적 이해가 필요하다. 이것은 사전을 찾아보고 알 수 있는 사실적 차원의 이해다. 그 다음에 필요한 것은 시에 명확히 제시되지 않고 암시만 되어 있는 사항에 대한 상상적 이해다. 어머니는 외할머니에게 왜 직접 들르지 않고 아들을 시켜 수박만 보냈는가? 외할머니는 자식이 있는데도 왜 아영면 월산리에서 혼자 사시다가 임종도 없이 돌아가셨는가? 외삼촌의 편지를 아버지는 왜 안채에 들이지 않고 문간의 고비 가녁에 꽂아두었는가? 이러한 전후 사정은 제시되지 않았기 때문에 우리는 상상력을 동원하여 문맥의 이면을 추측해 갈 수밖에 없다. 이러한 사실 정보와 상상적 추정을 통해 시를 조금씩 이해하게 되는데 그러한 이해의 과정이 시 읽는 재미를 안겨주기도 한다. 그런데 이러한 이해의 과정이 없다고 해서 공감이 전혀 불가능한 것은 아니다. 전후의 문맥을 통해 우리는 할머니의 정갈하고 의연한 삶과 침묵 속에 오고가는 인정의 갈피에 대해 어느 정도 이해할 수 있다. 문제는 이 시에 제시된 독특한 시어와 상황들이 공감을 확대하는 데 필요한 요소인가 하는 점이다.

'툇마루 청술레'라는 말은 외할머니의 삶을 효과적으로 떠올려주는 소도구의 역할을 충실히 하고 있다. 할머니의 방 앞에는 덧붙여진 작은 툇마루가 있고 그 바깥쪽에는 청술레 나무가 있어 툇마루 쪽으로 그늘을 드리우고 있는 것이다. 한여름의 더위를 피해 바람이 솔솔 부는 툇마루 청실배나무 그늘에서 수박을 갈랐을 것이다. 지금은 점점 사라져 가는 청실배나무를 통해 남원의 토속적 정취를 함께 드러내는 효과도 있다.

수박을 할머니의 어깨뼈로 비유한 것은 그 다음에 나오는 "칼이 지나는 소리와/빛깔의 청탁"에서 연상되는 빠른 손동작의 속도감과 경쾌한 음감, 순식간에 드러나는 수박의 붉은 속살과 푸른 외형을 함께 나타내기 위해서였으리라. 외할머니와 어머니의 갈등의 실체가 무엇인지는 알 수 없으나 외할머니는 "딱 한 번" 어머니의 안부를 물으셨고, 그것에 대한 어머니의 반응은 "벼랑처럼 깊었다"는 말로 표현되었다. 그러한 사연을 잘 아는 아버지인지라 외삼촌의 편지를 잠시 문간 고비 가녘에 꽂아 두었을 것이다. 그 편지에 담긴 내용이 마지막 세 연에 서술된 그 내용이리라. 언제나 꼬장꼬장하시던 할머니는 평소처럼 의연하고 정갈한 모습 그대로 죽음을 맞으신 것이다. 이 장면에서 다시 할머니의 갑골과 송연한 손짓과 소리와 빛깔의 청탁이 떠오른다. 이러한 여러 가지 요소가 결합되어 정연한 짜임새 속에 한 편의 시가 구성되었고 그러한 시적 결구를 우리는 온몸과 마음으로 받아들이게 된다.

> 아랫목에 여자 둘이다
> 웃는데, 서로의 등짝을 때려가면서다
> 30분 거리 슈퍼에 가 투게더 한 통을 사서는
> 아이스크림에 숟가락 3개를 꽂아올 때까지
> 웃는데, 서로의 허벅다리를 꼬집어가면서다
> 순간 나 터졌어 하며 일어서는 여자 아래
> 콧물인 줄 알고 문질렀을 때의 코피 같은 피다

너 아직도 하냐? 징글징글도 하다 야
한 여자가 흰 양말을 벗어 쓱쓱 방바닥을 닦으며
웃는데, 피 묻은 두 짝의 그것을 돌돌 말아가면서다
친구다

"~다"로 끝나는 이 시의 방관적인 어미는 인상적이다. 너저분한 것은 제쳐놓고 본인이 말하고 싶은 것만 말하겠다는 어투다. 이것은 배제의 어조이자 자유의 어법이다. "아랫목에 여자 둘이다"로 시작해서 "친구다"로 끝나는 단호한 화법의 울타리 안에는 허용되지 못할 것은 아무것도 없다. 친군데 무슨 말을 못하겠는가? 같은 중년의 여자끼린데 무슨 말을 감추겠는가? 친근하게 다 말해 놓는 천진한 어법이 이 시에 생동감을 부여하고 공감의 물결을 일으킨다. 50대의 갱년기 여자 둘이 등짝을 때려가며 웃고, 허벅다리를 꼬집으며 웃는데, 그 즐거운 장난은 동네 슈퍼에 가 아이스크림을 사 오는 30분 동안 멈추지 않는다. 그러다가 터진 코피 같은 피. 시인이 여성이기 때문에 정확히 묘사했다. "콧물인 줄 알고 문질렀을 때의 코피 같은 피다." 오랜 동안 친구로 지냈으니 거리낄 것이 없다. 그 자리에서 "흰 양말을 벗어 쓱쓱" 닦는다. 그러고는 그것도 재미있어 못 견디겠다는 듯 피 묻은 양말 두 짝을 돌돌 말아가며 웃는다. 이래야 진짜 친구라 할 수 있으리라. 대명천지에 웃음꽃을 피우는 이 부러운 친화의 장면 앞에 덧붙일 사설은 필요 없다. 이 이상 가는 공감은 다른 시에서 본 적이 없다. 이런 시로 한 묶음의 시집을 엮어내니 많은 독자들이 달려들 수밖에 없다.

　2층 사는 남자가 창문을 부서져라 닫는다, 그것이 잘 만들었는지 보려고

　여자가 다시 창문을 소리 나게 열어젖힌다, 그것이 잘 만들어졌다는 걸

알았으니까

　서로를 밀쳐내지 못해 안달을 하면서도 왜 악착같이 붙어사는 걸까, 더
큰 집으로 이사 가려고

　바퀴벌레 시궁쥐 사마귀 뱀 지렁이 이 친구들은 자신들이 얼마나 미움
받고 있는가 알기나 할까, 파티에 초대받은 적이 없어서

　아줌마 아저씨들은 '야 야 됐어' 그런다, 조금 더 살았다고

　그러면 다리에 난간은 뭐 하러 있나 입을 꾹 다물고 죽은 노인네에게
밥상은 왜 차려주나

　그런 게 위안이 되지

　두리번 두리번거리며, 빵 주세요 빵 먹고 싶습니다 배고픈 개들이 주춤
주춤 늙어가는 저녁

　춤추는 언니들, 추는 수밖에

황병승, 「춤추는 언니들, 추는 수밖에」 전문

　김민정의 시보다는 대상에 대한 애정의 정도가 약하고 좀 더 드라이한,
그만큼 빈정대는 어조가 전면에 나서 있는, 이 시는 우리 삶의 실상을 리
얼하게 잘 드러낸다. 젊은 부부의 싸움 소리가 크다. 싸움의 횟수도 많아
서 하루가 멀다 하고 싸우는 것 같다. 그렇게 싸움을 하면서도 붙어사는
이유는 아무도 모른다. 싸우면서도 한 가족으로 지내는 한 공통적으로 확
인되는 것은 집을 늘리려 한다는 사실이다. 자본주의 사회의 실상을 시인
은 정확히 파악했다. 그렇게 싸움을 벌이면서도 그들이 싫어하는 상대는

한 번도 집안에 들인 적이 없다. 아군과 적군을 명확히 판별하는 선천적인 능력을 지니고 있다. 인생을 조금 더 산 중년 부부들은 싸우면서 정이 드는 거라고 인생의 심오한 진리를 깨달은 듯 이야기한다. 그렇게 이해하고 위로하는 듯한 표정으로 그럭저럭 세상을 살아가게 될 것이다. 그러나 진정한 이해와 위로는 애초부터 불가능하다. 저마다 자기의 울타리에 갇혀 자기 재산과 식량에 집착하여 하루하루를 살고, 그렇게 늙어갈 뿐이다. 그러니 우리 모두는 저마다 춤추는 사람들이다. 어찌 언니뿐이겠는가? 모두들 시류에 맞추어 그렇게 춤추며 늙어갈 수밖에.

이렇게 해석하면 이 시는 삶의 실상을 제법 리얼하게 표현한 작품으로 읽을 수 있다. 시구 사이에 감추어진 내용만 재구해 내면 어려울 것이 없는 시다. 충분히 공감할 수 있는 시다. 이 공감의 요소와 감추어진 것을 찾아 읽는 재미 때문에 다수의 독자들을 끌어들여 현재 10쇄를 돌파했다. 작품에 대한 가치 판단을 하자면 자신이 받아들인 서적과 영화와 음악의 단편들을 조악하게 엮어놓은 황병승의 시보다 진실한 체험을 솔직하게 표현한 김민정의 시가 더 윗길에 놓이지만, 『여장남자 시코쿠』로 알려진 황병승이란 이름이 독자들을 끌어들이는 역할을 했다.

물론 김민정과 황병승의 시집에는 이보다 어려운 시도 많다. 그러나 그 시들이 소통 불가능해한 작품은 아니다. 조금 더 정성을 기울여서 우리의 지성과 감성을 동원하여 읽으면, 닫혀 보이던 문을 열어주는 작품들이다. 시인들이 공감의 문턱을 높이고 그 문을 좁은 문으로 만들어 놓은 것은 자신의 체험과 감정이 예사스럽지 않기 때문이다. 독특하고 특별한, 기묘하고 애매한 체험과 감정을 표현하려 할 때는 그만큼 일상의 어법에서 멀어지게 된다. 예술에서 내용과 형식은 긴밀하게 결합되는 법이기에 복잡 미묘한 체험과 감정이 단순하게 표현될 수는 없는 일이다. 그러니 그들에게 소통과 공감을 내세워 쉽게 쓰라고 주문하는 것은 예의가 아니다. 그들에게는 그렇게 쓸 수밖에 없는 필연적 동인과 근거가 있는 것이다.

사정이 이러하니 그들의 시를 이해하고 싶다면 독자 쪽에서 지성과 감성을 넓히는 수밖에 없다. 마음의 문을 활짝 열고 '젖과 좆이 공평하게 공존하는 세계', '두 짝의 젖퉁과 두 쪽의 불알이 나란히 누워 있는 세계'(김민정, 「젖이라는 이름의 좆」)로 들어갈 준비를 해야 한다. 'sick fuck sick fuck 하고 돌아가는 회전목마'(황병승, 「회전목마가 돌아간다 Sick Fuck Sick Fuck」)에 동승할 준비를 해야 한다. 그럴 준비가 되어 있지 않거나 그럴 마음이 없다면, 굳이 소통이나 공감을 거론하지 말고 자신이 느낄 수 있는 시에 다가가 마음을 터놓고 유익한 시간을 보내면 될 것이다.

4

·

열정과 논리

비평의 열정과 지성의 논리
- 장경렬의 비평

1. 장경렬 비평의 개성

장경렬은 매우 열정적인 비평가이다. 그의 비평은 40
대 이후 더욱 고양되어 최근에는 거의 매년 평론집을 간행할 정도로 뜨거
운 열의를 보인다. 문학 발표회장에서 접하게 되는 그의 느린 어조와 비평
텍스트의 만연체 문장은, 타오르는 문학적 열정을 논리로 치환하려는 데
서 우러나온 자연스러운 생리 현상이다. 북받치는 정열을 이성의 사유로
정돈하고 논리적 설득의 담론으로 승화하기 위해 그의 말투는 느려지고
문장은 길어진다. 문체의 잔 멋을 거의 부리지 않는 그의 검박한 문장은
술이부작述而不作의 객관성과 강의목눌剛毅木訥의 정직성을 추구하는 데서
온 물리적 결과다.

그에게는 다른 비평가에게서 찾아보기 힘든 몇 가지 독특한 특징이 있
다. 그는 영문학 전공자인데 일찍이 우리의 시조문학에 관심을 갖고 시조
의 이론적 탐구와 현대 시조 비평에 중요한 업적을 남겼다. 현대 비평가
중 그만큼 시조의 장르적 본질에 관심이 깊고 시조 비평에 전문성을 지닌
사람은 거의 없을 것이다.

두 번째 특징은 박람강기와 해박함이다. 영문학자이기 때문에 영어 전적에 밝은 것은 물론이지만 불어와 일본어도 자득을 하여 외국의 서적을 능숙하게 독해할 수 있는 어학 능력을 갖추었다. 그뿐 아니라 한문과 우리 고전에도 상당한 전문성을 갖추었다. 거기에 한 번 읽은 것은 잊어먹지 않는 비상한 기억력이 부가적으로 작동하여 많은 영어 서적을 우리말로 번역하고 또 우리 문학 작품을 영어로 번역하는 작업을 했다. 첫 번째 특징과 두 번째 특징은 한국의 시조와 일본의 하이쿠를 대비적으로 독해하는 작업에 성공적으로 결합하여 독자적인 성취를 보였다.

세 번째 특징은 논리적 분석력이다. 상당수의 비평가들이 문학적 감수성이 앞선 나머지 문학 작품의 논리적 분석보다는 주관적 해석에 치중하는 경향을 보이는 데 비해, 그는 자신이 논증하려는 문제의 초점을 절대로 놓치지 않고 사태의 흐름을 정밀하게 분석하여 문제의 핵심을 구명하는 일에 매진한다. 이러한 논리적 분석의 자세는 그의 비평에서 점착력 있고 치밀한 탐색의 문체로 구현된다.

2. 독자적 시조 비평

장경렬의 시조 비평은 1991년에 쓴 한 시조론[1]에서 시작되었다. 이때는 그가 미국에서 학위를 받고 귀국하여 서울대에 부임한 지 얼마 안 되는 시기였다. 이 글은 한 영문학 교수가 시조에 대해 쓴 시험적 논문이라는 선입견을 완전히 떨쳐버리게 할 정도로 고도의 전문성과 해박한 조직력과 심오한 통찰력을 보여주어 시조문단에 놀라운 충격을 안겨 주었다. 시조 비평이라는 장르가 작품에 대한 소박한 감상과 해석 정도 수준에 머

---

[1] 장경렬, 「시간성의 시학─문학 장르로서 시조의 가능성」, 『현대 시조 28인선』, 청하, 1991.

물고 있던 당시 상황에서 이 학술적·비평적 담론이 전해 준 파장은 크고 여진 또한 깊었다. 그는 어찌하여 시조에 관심을 갖고 이렇게 조리 있는 시조론을 집필하게 되었을까? 이우걸 시인과의 진솔하고도 진지한 담화에서 촉발되었다고 했지만 사실은 그 이전에 그의 유아의식에 각인된 시조의 울림이 있었다. 그는 그것을 다음과 같이 술회했다.

> 외할아버지는 어린 외손자의 입을 탄 막걸리 주전자를 앞에 두고 이미 어두워진 방에서 시조창을 하시곤 했다. (……) 나는 마당에서 피마자 열매를 따거나 봉숭아 꽃잎을 따며 할아버지의 시조창에 귀 기울이곤 했다. 끊어질 듯 이어지던 외할아버지의 유장한 시조창 가락에, 느리게 이어지던 고즈넉한 가락의 시조창에 귀 기울이며 나는 저물어 가는 날의 고적한 분위기에 젖곤 했다.
> 외할아버지의 시조창이 '시조창'임을 안 것은 나이가 들어서였다. 하지만 무언지 모르면서 귀 기울이던 외할아버지의 시조창 가락은 내 마음 깊은 곳에 남아 있다. 어쩌다 스쳐 지나가는 바람을 기다리는 이올리안 하프(aeolian harp)가 그 안에 감추고 있는 영롱하고 신비로운 가락처럼. 또는 고적한 산사山寺의 처마 끝 풍경이 그 안에 머금고 있는 그윽하고 낮은 울림처럼.[2]

이 회고에 의하면 시조와의 만남은 그에게 거의 숙명적인 일이었다. 그의 혈액과 세포 속에 시조의 가락이 이미 녹아들고 스며들어, 바람만 불면 울리는 풍명금風鳴琴처럼, 고즈넉한 산사의 풍경風磬처럼, 시조의 여운이 다가오면 언제든 울릴 준비를 하고 기다리고 있는 형국이었다. 이러한 마음의 흐름으로 인해 미국 텍사스 대학에서 영문학 박사 학위를 받고 귀국한 30대 후반의 영문학 교수가 어떤 시조학자도 시도한 적 없는 시조 시학을 모색할 수 있었던 것이다.

그 시조론의 첫 장은 '옛 시조와 현대 시조'다. '고시조'라고 하지 않고

---

2) 장경렬, 『시간성의 시학』, 서울대학교출판문화원, 2013, 머리말(v~vi).

'옛 시조'라고 한 것이 우선 새롭다. '고시조'라고 하면 아득한 옛날의 시조 같은데 '옛 시조'라고 하니 '현대 시조' 이전의 시조를 통칭하는 것 같아서 친근한 느낌을 준다. 그는 "20세기 초엽 시조 부흥 운동 이후에 창작된 시조를 '현대 시조'로, 그 이전에 창작된 시조를 '옛 시조'로 부르기로 한다."3)라고 잠정적인 견해를 밝혔다. 이처럼 용어의 개념을 분명히 한 후에 옛 시조와 현대 시조의 차이를 밝혔다. 옛 시조는 노래의 노랫말로 존재했는데 현대 시조는 노래에서 분리되어 독자적인 시로 존재하는 것이 중요한 차이점이다.

일반적으로 노래로 가창되는 노랫말의 경우 노래에 중점이 놓이고 노랫말은 이차적인 의미밖에 지니지 못한다. 그런데 옛 시조의 경우 노래가 독립적으로 존재한 것이 아니라 시조의 창법이 고정되어 있고 시조라는 노랫말은 그 창에 얹어 부르기만 하면 되는 것이어서 창법과 노랫말이 대등한 관계에 놓였다고 본 것은 사태의 정곡을 찌른 탁견이다. 이런 관점에서 시조가 가창되기는 했지만 그것이 단순한 노랫말이 아니라 독자적인 '시'로서의 기능을 갖고 있었다고 본 것이다. 여기서 더 나아가 "일급의 시조가 되기 위해서 창법과 관계없이 노랫말 역시 일급이어야" 했다고 언급한 것은 그때까지 어느 시조론에서도 나온 바 없는 탁월한 독립적 견해다. 이런 까닭에 시조 곡조와 노랫말의 분리가 쉽게 이루어질 수 있다고 보았고, 시조 부흥 운동 이래 창곡 없이 시조가 독자적으로 창작될 수 있는 이유도 자연스럽게 구명되었다. 이것을 근거로 현대 시조를 논의할 때 후렴처럼 따라붙던 일련의 논지를 비판했다. 즉 "음악을 포기함으로써 메워야 할 빈자리가 생기게 되었다는 논리라든가, 그 자리를 다른 무언가로 채워 넣어야만 현대 시조가 시조다워질 수 있다는 논리는 지나친 단순화일 수 있다"4)고 비판했다. 이러한 비판 역시 현대 시조 논의에 처음 개진된 것으로

---

3) 위의 책, 3쪽.
4) 위의 책, 6쪽.

오랜 고질적 오류를 일거에 해소하는 후련한 논지였음을 특별히 강조하고 싶다.

장경렬은 시조가 노랫말이지만 시로서의 독립성을 유지할 수 있다는 전제 하에 시조의 특성을 구명하는 작업을 했다. 시조도 서정 양식에 속하는 이상 시간성의 제약 속에서 순간의 감정을 표현한다는 조건을 벗어나지 못한다. 그러면서도 시조는 양식의 명칭에서도 암시되는 것처럼 '시류성'을 포용하는 특성을 지닌다. 이것은 옛 시조의 내용을 보면 바로 이해되는 사항이다. 대부분의 옛 시조가 자연을 노래하건 자신의 감정을 드러내건 현실 세계와의 관련성을 확보하고 있다. 이것은 시조가 시간의 초월을 지향하는 상징의 양식이 아니라 시간의 일회성을 지향하는 우의(allegory)의 양식임을 의미한다. 시조가 현대에도 시조로 존립하기 위해서는 시조 고유의 특성인 우의의 기능을 회복하여 "우의로서의 시조의 가능성을 모색하는 일"[5]이 중요하다고 보았다. 이것은 매우 중요한 제안이다. 그는 자신의 취지에 부합하는 현대 시조 작품을 선별하여 그 작품이 지닌 다양한 의미와 가치를 평설했다. 현대 시조의 실험성도 우의의 세계 속에서 발현되어야 함을 역설했다. 이러한 그의 제안은 현대 시조를 창작하는 사람들에게 큰 자극이 되고 창작의 지침이 되었다.

이후 그는 많은 시조 평론을 발표했다. 우의에 입각한 시조 본연의 절제미를 보여주는 것은 역시 단시조라고 판단하여 단시조 작품의 깊이와 아름다움을 분석하고 단시조에 시조의 진정한 미학적 가능성이 있음을 밝혔다. 그러나 현대적 실험 양식에도 관심을 갖고 사설시조 형식 작품의 우의적 특성을 분석하고 그 실험이 시조 고유의 양식적 특성과 결합되어 있음도 밝혔다. 그러나 현대에 많이 창작되는, 자유시와 구분이 안 가는 연시조 형식에 대해서는 우려의 목소리를 냈다. 현대인의 복잡한 감정을 담는다는

---

5) 위의 책, 19쪽.

명분으로 형식을 길게 연장하는 것은 시조 고유의 긴장감을 깨뜨린다는 뜻이다. "시조란 본래 형식의 제약을 견디어 내는 가운데 완성되는 예술"[6]이라는 것이 그의 세포와 혈액 속에 형성되고 내장된 선험적 진리다.

3. 시조 장르론의 확대

장경렬은 해박한 지식의 폭과 박람강기의 기억력을 소유한 비평가이기 때문에 다양한 방면으로 그의 사유의 폭을 확대하였다. 컴퓨터 과학에도 조예가 깊어서 컴퓨터 시대의 글쓰기와 인터넷 문학에 대해서 견해를 밝히기도 했고 환상 문학에 대해서도 가능성과 한계를 진단하는 중요한 글을 발표했다.[7] 모더니즘과 포스트모더니즘에 대한 국내 논쟁의 오류를 밝히고 담론의 흐름을 정리하는 일련의 글을 발표했고,[8] '문학이란 무엇인가'라는 주제를 중심으로 에이브람스가 『거울과 등불』에서 제안한 도식을 넘어서는 새로운 시안을 제시하기도 했다.[9] 이 모든 작업이 문제의 근원을 진단하고 새로운 차원을 모색하는 그의 비평적 탐구력에서 나온 업적들이다. 모든 성취가 값진 것이지만 나는 그가 시조를 대상으로 벌인 다양한 사유의 확대야말로 다른 사람은 성공을 기약하기 힘든 그만의 득의의 영역이라고 생각한다.

그는 캐나다 온타리오 주의 작은 도시에서 1995년에 출간된 엘리자베스 세인트 자크의 한국 시조집 *Around the Tree of Light*를 소개했다.[10] 캐나다의 한 여성 시인이 시조 형식을 익혀 자신의 모국어인 영어로 시조를

6) 위의 책, 40쪽.
7) 장경렬, 『예지와 무지 사이』, 문학동네, 2017, 19-124쪽.
8) 위의 책, 287-374쪽.
9) 장경렬, 『보이는 것과 보이지 않는 것』, 문학과지성사, 2016, 19-64쪽.
10) 장경렬, 「시조의 세계화, 또는 세계 속의 시조」, 『시간성의 시학』, 255-268쪽.

창작하여 시집을 간행한 것이다. 그녀의 시조는 다양한 주제를 표현하고 있는데, 장경렬은 그녀의 시조 여러 편을 번역하여 원문과 함께 소개했다. 원문은 시조의 3장 6구 형식을 고려한 듯 6행으로 구성되어 있고 음절수를 계산하면 시조의 음수율을 고려한 듯 한 장(두 행)이 15음절 내외로 구성되어 있을 뿐만 아니라 시상의 전개가 기승전결로 되어 있어 시조 형식과 일치함을 볼 수 있다. 요컨대 엘리자베스 세인트 자크라는 캐나다의 여성 시인은 시조 형식을 충실히 파악하여 그 형식에 맞는 영어 작품을 창작한 것이다. 이러한 놀라운 사실을 발견하고 그것을 제대로 국내에 소개할 수 있는 비평가는 장경렬 교수밖에 없다. 그는 세인트 자크의 영어 원문 시조를 여러 편 소개하고 그것을 자신이 번역하여 내용과 형식에 대해 충실히 설명했다.

이 설명을 읽으면 영어를 모르는 사람도 시조 원문의 내용과 형식적 특징을 소상히 파악할 수 있다. 장경렬은 세인트 자크의 시조만 소개한 것이 아니라 북미 지역을 중심으로 전개되는 시조 운동의 중심인물과 그들의 활동을 소개했다. 나는 이 목록을 보고 경이의 충격을 받았다. 장경렬 교수가 지적한 대로 "우리는 시조를 낡고 퇴색한 과거의 유물, 이제 그 의미와 기능을 상실한 유물, 따라서 조만간 청산해야 할 유물로 보고 있는 것은 아닌지?"[11]라고 시조에 대해 불안한 시선을 보내고 있는 사람이 적지 않은 상황에서 "시조는 이제 한국을 벗어나 적어도 북미 지역에서 자생적인 자기 활동 영역을 구축해 나가고 있다"[12]라고 구체적인 자료에 입각해 밝힌 점은 매우 놀라운 일이다. 나는 그의 작업에 경탄의 눈길을 보냈다.

그의 작업이 여기서 멈추었다면 내가 그토록 경이감을 느끼며 그에게 찬사를 보내지는 않았을 것이다. 그는 여기서 더 나아가 시조 번역의 가능성을 모색하는 작업을 하고 그것을 실천에 옮겼다. 그는 우리가 잘 아는

11) 위의 책, 268쪽.
12) 위의 책, 267쪽.

옛 시조 이색의 작품을 예로 들어 영어로 번역된 사례를 네 가지 제시하고 문제점을 진단한 후 자신의 번역을 두 유형으로 제시했다. 이색의 작품과 그의 최종적 번역문 두 편을 제시하면 다음과 같다.

백설이 잦아진 골에 구름이 머흐레라
반가운 매화는 어느 곳에 피었는고
석양에 홀로 서 있어 갈 곳 몰라 하노라.[13]

In the valley of melted snows,
      the clouds are gathering deep;
The heart-gladdening plum flowers-
      where are they blooming now?
Standing alone at sunset,
   I do not know where to go.

In the valley of melted snows, the clouds are gathering deep;
The heart-gladdening plum flowers- where are they blooming now?
Standing alone at sunset,
   I do not know where to go.[14]

여기 제시한 두 번역 중 앞의 것은 3장 6구 형식을 고려하여 6행 변형 형식으로 번역한 것이고, 뒤의 것은 종장에서 전과 결이 동시에 이루어진다는 점을 나타내기 위해 종장을 두 구로 배치하여 4행에 가깝게 구성한 것이다. 이러한 형식에 대한 고민에 시조 형식에 대한 그의 통찰과 외국인을 위한 번역상의 배려가 담겨 있다. "반가운 매화"를 'The heart-gladdening plum flowers'로 독립하여 번역한 것이나 종장의 주어를 '나'로 설정하되 "갈 곳 몰라 하노라"에 핵심을 두어 'I do not know where to go'를 주어절로 처리한

---

13) 장경렬 교수는 『시조 문학 사전』의 표기로 인용했지만 편의상 현대 표기로 인용함.
14) 장경렬, 『시간성의 시학』, 281-282쪽.

것은 원시의 정서를 충분히 이해한 데서 나온 빛나는 번역이다. 감히 말하건 대 이러한 번역을 할 수 있는 사람은 장경렬 교수 외에는 거의 없을 것이다.

장경렬 교수의 시조 탐구는 여기서 멈추지 않았다. 많은 사람들이 시조와 하이쿠의 유사성을 이야기하고 일본에 하이쿠가 있듯이 우리에게는 시조가 있으니 시조를 국민문학으로 확대하고 시로서의 현대 시조는 그것대로 전문성을 갖춘 예술 창작으로 발전시키자는 주장을 내세운다. 그러면서도 하이쿠와 시조가 무엇이 같고 무엇이 다른지 명확하게 설명하지 않는다. 그러나 장경렬 교수는 앞의 시조 번역에 대한 논의에서 하이쿠와 시조의 차이를 명확히 하여 하이쿠가 이미지의 병치를 통해 순간의 초월적 사고를 드러내는 데 비해 시조는 시적 사유 과정에 전개와 반적을 담고 있는 극적 구조의 시 형식임을 밝힌 바 있다.15) 그러한 논의를 더욱 발전시켜 하이쿠는 이미지의 병치를 통해 상징의 방법을 활용하는 축소 지향의 시이고, 시조는 기승전결의 구조를 통해 우의의 방법을 활용하는 확대 지향의 시임을 여러 가지 논거를 활용하여 자세히 밝혔다.16)

이러한 시도와 발견 또한 장경렬 교수가 아니면 이루기 어려운 독보적인 경지다. 그러한 이론적 탐구의 기반 위에 하이쿠와 시조를 병렬적으로 감상하는 일반문학적 고찰을 펼쳤으니 이 방면의 작업 역시 그가 아니면 시행되기 어려운 독창적인 성과다. 그는 기행문을 쓰듯이 감각 대상으로서의 풍물과 풍경을 소개한 후 거기서 연상되는 일본의 와카나 하이쿠를 제시하고 그것과 관련된 한국의 시조를 감상하는 작업을 벌였다. 이것은 양국 문학에 통달한 지식인 산책자의 화려한 문화 답사고 문학 편력이다. 와카나 하이쿠를 번역 소개할 때는 일본 음의 음절수에 우리말 음절수를 맞추어 번역하는 성의를 일관되게 보였다. 가령 가키노모토-노-히토마로[柿本

---

15) 위의 책, 282쪽.
16) 장경렬, 「한일의 정형시, 비교문학적 이해를 위하여」, 『꽃잎과 나비, 그 경계에서』, 서정시학, 2017, 49-111쪽.

人麻呂라는 헤이안 시대 사람의 와카는 5-7-5-7-7 음으로 번역하고 마쓰오 바쇼松尾芭蕉의 하이쿠는 5-7-5 음으로 번역하여 다음과 같이 제시했다.

깊고 깊은 산
꿩의 늘어진 꼬리
그 꼬리처럼
기나긴 밤을 홀로
보내야만 하는가17)

한적함이여
바위로 스며드는
매미의 소리18)

이런 일본의 시가에 대비하여 황진이의 시조 「동짓달 기나긴 밤」을 소개하고 이호우의 「바위 앞에서」를 소개한 후 양자의 특성을 대비적으로 감상한 후 "우의가 새로운 의미 이해로 언어의 문을 열어놓는 것을 본질로 한다면, 상징은 더 이상 가감이 불가능한 의미 세계로 언어의 문을 닫는 것을 본질로 하기 때문이다."19)라고 양자의 서정의 차이를 읽어낸다. 일본의 정형시를 음수율에 맞게 우리말로 번역하는 것도 대단한 솜씨지만 그 짧은 시에서 파생되는 의미와 시적 기능을 간명하게 대비해 내는 것도 보통 어려운 일이 아니다. 장경렬 교수는 이러한 어려운 일을 스무 차례 넘게 지속적으로 해냈다. 참으로 초인적인 끈기와 유연한 감성의 소유자라 아니할 수 없다.

내가 특히 경탄해 마지않은 것은 「기차를 타고 온 남자」(Man on the Train)라는 영화에 나오는 바쇼의 하이쿠에 대한 소개다. 이 영화는 2002년에 프

---

17) 위의 책, 119쪽.
18) 위의 책, 127쪽.
19) 위의 책, 131쪽.

랑스에서 제작된 영화 "L'homme du train"을 2011년에 아일랜드와 캐나다 합작으로 만든 영화로 우리나라에는 「맨 온 더 트레인」이라는 제목으로 2014년에 잠깐 개봉되었다. 은퇴한 문학 교수와 은행 강도를 하려는 젊은 남자가 우연히 만나 처음에는 서로 경계하다가 나중에 친근감을 느끼게 되면서 스승에게 배운 시 한 편을 읊조리는데 그 시가 바로 바쇼의 하이쿠다. 그것은 영어로 "Summer grasses are all that remain of soldiers' dreams."로 번역되고 우리말로는 "여름풀이여/그 옛날 무사들의/꿈의 흔적들"로 번역된다. 하이쿠에 워낙 몰두해 있으니 한 편의 외국 영화를 보다가 바쇼의 하이쿠가 나오자 그것을 바로 알아본 것이다. 이 영화에서 촉발된 하이쿠 탐사는 바쇼의 기행문을 거쳐 미국 시인 윌리스 스티븐스의 「눈사람」(The Snow Man)을 거쳐 두보의 「춘망」과 길재, 원천석의 회고가를 경유하여 이상범의 현대시조 「작은 행복」에서 마무리된다. 이러한 마음의 탐사 과정은 아기자기한 시의 진경을 펼쳐 보이는 산악열차의 여로를 연상시킨다.

4. 치밀한 탐구의 문체

비평가 장경렬은 하이쿠와 시조에 대한 감성적 체험을 언어로 서술할 때나 한 편의 시작품의 의미를 평설할 때나 자신의 감정을 일방적으로 드러내 주관적인 감정에 호소하는 법이 없고 자신의 생각이 이러하다고 처음부터 단정적으로 제시하는 경우도 없다. 그는 어느 경우에든 객관적이고 분석적인 절제의 어조로 자신의 사유 궤적을 논리적으로 전개하려는 노력을 보인다. 그의 문체는 마치 수학 문제를 풀어가는 과학자의 연산 과정을 연상시킨다. 그것은 객관적 입론에 도달하려는 비평적 지성의 찬연한 몸부림이다. 일본 근대의 하이쿠 시인 마사오카 시키[正岡子規]의 하이쿠 "메꽃의 꽃잎/위서 마르는구나/지나가는 비"를 해설하는 다음 문장은 그의 글쓰기의 흐름과 문체의 특성을 잘 나타내는 예다.

> 명백히 이 하이쿠에서 시인이 일깨우는 것은 여름날의 한 정경이다. 그
> 것도 지극히 미시적인 시선이 포착한 한 찰나의 정경이다. 그 이상도 그
> 이하도 아닐 수 있다. 따라서 이 하이쿠에서 시키 자신의 삶에 대한 비유
> 를 읽는 일은 가당치 않을 수 있다. 하지만 아침에 피었다가 한낮의 무더
> 위와 소나기를 견디고 저녁에 지는 메꽃에서, 나팔꽃처럼 화려하고 요란
> 하지 않지만 삶의 끈을 좀처럼 놓지 않는 메꽃에서 병고를 견디며 삶을
> 이어가는 시인 자신의 모습을 읽을 수는 없을지? 아울러, 소나기에서 시
> 인을 돌연히 찾아와 그의 의식을 맑게 깨워주는 역할을 했을 것으로 믿어
> 지는 '시심詩心의 방문'을 읽을 수는 없을지? 나아가, 꽃잎 위에서 마르고
> 있는 빗물에서 흔적처럼 남아 있다가 순간에 사라지는 시적 영감, 시인의
> 시심이 일깨운 시적 영감을 읽을 수는 없을지? 있는 그대로의 세계가 드
> 러내는 어느 한 순간의 모습을 객관적으로 포착하는 데 그 본질이 놓이는
> 것이 하이쿠일 수 있거니와, 그런 점에서 본다면 이 같은 외재적인 비유
> 적 의미 덧붙이기 식의 읽기는 옳지 않을 것일 수 있다. 하지만 유혹을 뿌
> 리칠 수 없으니 어찌할 것인가.[20]

마사오키 시키의 하이쿠 한 편을 놓고 이어지는 이 사색과 해석의 연쇄
는 그의 사유와 문체의 특징을 잘 드러낸다. 장경렬은 한 송이 메꽃에서
시인 자신의 모습을 읽을 수 있는 독해의 가능성이 있음을 극도로 조심스
럽게 제시하고 있다. 의문문으로 반복되는 문장의 종결은 그 자신의 의구
심의 표출이면서 독자에게 이런 해석이 가능하지 않겠느냐고 조심스럽게
타진하는 권유의 어법이다. 그는 자신의 생각을 먼저 제시하지 않고 독자
에게 먼저 이런 해석을 시도해 보라고 권유하는 듯하다. 하나를 이야기하
고 그것을 다시 부연하고 거기서 더 나아가 또 하나를 제시하는 해석의
과정은 어느 경우에도 자의적 강변에 발을 들여놓지 않겠다는 강력한 의

---

20) 위의 책, 306쪽.

지의 표현이다.

몇 차례의 망설임과 해석 가능성의 제시와 이어지는 유보 끝에 그는 시에 설정된 비유의 내포적 의미를 외재적으로 덧붙이는 것이 상징의 기법을 생명으로 하는 하이쿠에는 적절치 않은 방법임을 알면서도 그러한 해석의 유혹을 뿌리칠 수 없음을 고통스럽게 내비치고 있다. 시의 어구를 놓고 비유적 의미를 해석하는 것이 원론적으로 당연하다고 주장하는 것이 아니라, 자신의 입론과 어긋난다고 스스로 고백하면서 그 모순의 불합리성과 모순의 정당성을 동시에 자인하는 자세를 취하고 있다. 지극히 논리적이면서도 논리를 뛰어넘는 이 화법에 비평가 장경렬의 진실이 담겨 있다.

이러한 특징은 김종철의 시 「모기 순례」를 분석하는 다음 문장에서도 그대로 드러난다.

> 이런 식으로 읽는 경우, '시인의 피를 빼는 모기'의 이미지와 '순교한 성자의 샘물에 목을 축이는 시인'의 이미지가 병치 관계에 놓이게 된다. 그리고 이를 통해 양자는 서로를 규정하고 그 의미를 밝히는 역할을 하게 된다. 다시 말해, '시인의 피를 탐하는 모기'와 '성수를 탐하는 시인'은 서로가 서로에 대해 기표(記標, signifier)의 역할을 하는 동시에 기의(記意, signified)의 역할을 한다. 결국 "흡혈귀처럼"을 '모기처럼'으로 읽는 과정에 우리는 시인이 모기의 모습에서 자신을 감지하고 자신의 모습에서 모기를 감지하고 시작했음을 암시하고 있는 것은 아닐까 하는 추론에 이르게 된다. 하지만 이 같은 추론은 말 그대로 추론에 불과한 것일 뿐이다. 시인의 마음이 그런 방향으로 움직이고 있다는 추정을 할 수 있을 뿐 확실한 증거가 없기 때문이다. 아무튼, 시인이 시에 동원하는 언어는 더할 수 없이 경쾌하고 자연스럽지만 이를 통해 시인이 시도하는 자기 탐구 또는 반성은 이처럼 교묘하고 은밀하다.[21]

이 단락의 거의 모든 문장 앞에 붙어 문장과 문장을 이어주는 부사어들

---

21) 장경렬, 『예지와 무지 사이』, 문학동네, 2017, 168쪽.

은 비평가의 해석적 자의식과 논리적 강박감과 그 망설임을 그대로 드러낸다. '~ 경우', '그리고', '다시 말해', '결국', '하지만', '아무튼' 등의 말은 하나의 해석을 제시하고 그것에 대해 다시 반추하며 또 한편으로는 독자에게 그 해석의 양해를 구하는 집필자의 지성적 고뇌를 반영한다. '의미', '읽는', '암시', '추론', '추정', '증거' 등의 단어는 부분적인 시구 해석을 통해 시의 진실에 근접하려는 비평가의 집요한 노력과 해석의 정당성을 확보하려는 마음의 번민을 그대로 드러낸다. 인용 단락 앞뒤에 배치된 모든 문장들이 이런 구성으로 연결되어 있다. 이것은 시의 진실에 다가가기 위해 그가 얼마나 치밀한 추론과 탐색에 자신의 열정을 바치는가를 단적으로 알려주는 사례다.

우리는 여기서 이미지와 상징으로 봉합된 애매성의 성곽을 뚫고 들어가 문학의 비밀을 찾아내려는 탐색자(quest-hero)의 형상을 본다. 이 탐색자는 마법의 칼과 요술 구슬을 쥔 것이 아니라 지성의 지침과 논리의 척도를 지니고 있다. 마치 과학자가 복잡한 회로를 분석하고 수학자가 미해결의 난제를 풀어가듯이, 그는 아름답지만 모호한 문학의 성채를 향해 논리의 석계를 하나씩 쌓으며 실마리를 풀어가는 노련한 탐사의 주인공이다. 이러한 그의 위상은 다른 비평가가 거의 모방할 수 없는 귀한 지점에 놓여 있다. 그의 개성적 탐구가 북극 하늘을 밝히는 오로라처럼 더욱 경이로운 빛을 발하기를 바란다.

평생을 읽고 쓰고 생각하다

-김윤식의 문학론

1. 학문적 열정과의 만남

김윤식은 1936년 경상남도 진영에서 태어나 서울대학교를 졸업한 후 문학비평과 문학연구에 전념하여 1962년 『현대문학』에 평론을 발표하고 1973년 『한국근대문예비평사연구』를 출판한 후 지금까지 200권이 넘는 저서를 간행했다. 그는 2015년에도 네 권의 저서를 출간하고, 만 80의 나이인 2016년에도 『거울로서의 자전과 일기』, 『문학사의 라이벌 의식 2』 등 두 권의 저서를 출간했다. 출간된 저서의 수량만이 아니라 수준과 밀도에 있어서도 남이 넘보지 못할 역량을 보여주었다. 이런 사례는 현대문학 역사에서 다시 만나기 어려운 일이어서 그의 업적을 짧게 개관하는 것 역시 매우 어려운 작업이다. 어쩔 수 없이 나의 경험의 축 위에서 그의 문학론의 흐름을 추적해 보려 한다.

내가 그의 책을 처음 읽은 것은 1973년 대학에 들어와서다. 김현과 함께 쓴 『한국문학사』를 처음 읽었는데, 서로 다른 두 사람의 문체와 서술 방법에 매력을 느끼면서도 내 마음의 편향은 김윤식 쪽으로 기울었다. 문법적으로 정확하고 유려한 문장미를 갖춘 김현의 서술보다 때로 문법이

어긋나고 비약이 느껴지지만 자신만의 독특한 주장을 거침없이 토로하는 김윤식의 서술이 마음에 더 깊은 각인을 남겼기 때문이다. 그의 글에 흥미를 느낀 나는 그때 연이어 출판된 그의 책 몇 권을 정독했고, 『한국 근대문학의 이해』(1973)와 『한국문학의 논리』(1974)의 서문에 한껏 매료되어, 그 몇 구절을 외워 두기까지 했다.

내가 그를 직접 대한 것은 1975년 대학 3학년 2학기 비평론 강의 시간에서다. 그 강의는 나의 삶에 하나의 전기를 만들어 주었다. 그는 특유의 침통한 표정으로 강의를 시작하며 한 마디 말을 던졌는데, 그 한 마디는 나이 육십이 넘은 지금까지 내 가슴에 박혀 지워지지 않는다.

"학문에 대한 열정은 고독을 동반하는 동시에 광기를 동반하는 것이다. 학문은 혼자 하는 것이고 미쳐야 하는 것이다."

스무 살 젊은 나이에 들었던 그 말의 충격은 지금도 내 귀에 생생하다. 그때 불혹의 나이에 막 접어든 김윤식 교수는 스무 살의 젊은 나에게 학문의 엄정함과 문학의 열정을 가르쳤다. 그로부터 40년의 세월이 흐른 지금 보행이 불편한 상태에서도 책읽기와 글쓰기로 하루를 보낸다고 하니 그는 자신의 말과 글에 충실한 초월의 삶을 살고 있는 것이다. 첫 평론집인 『한국문학의 논리』 서문에 썼으되, "혼자있음의 초월이 나의 황잡한 문자행위였던 셈이다. 그리고 그것은 죽음만이 막게 해 줄 따름이리라."

고은은 『만인보』에서 김윤식에 대해 다음과 같이 썼다.

> 저 교양과정부가
> 태릉에 있던 시절 이래
> 그곳 전임 이래
> 날이 날마다 읽고 썼다
> 밤마다 읽고 썼다
>
> 혼자서 영화 보러 가는 일 말고는

읽었다
썼다

온통 그의 의식 속에는 박물관 지하실 같은 명제들이 줄 서 있다.

고은, 「김윤식」 전문

　김윤식이 서울대학교 교양과정부 조교수로 재직할 때 고은과 최인훈이 가끔 방문하여 술 마시고 토론했음을 여러 자료를 통해 알 수 있다. 음주와 토론은 고은이 열심히 했을 것이요, 김윤식은 연구실에서 읽고 쓰는 모습을 주로 보여주었을 것이다. 내가 보기에 이 시에서 수정해야 할 부분은 두 군데다. 밤마다 읽고 쓴 것이 아니라 주로 오후에 읽고 아침에 썼으며, 박물관 지하실 같은 명제가 아니라 만수산 드렁칡 같은 명제가 줄 서 있다고 해야 옳다. 그는 어지럽게 얽힌 문학사의 명제 중 매듭이 굵은 것을 가려내 분석했고, 그가 다룬 명제는 박물관 지하 수장고에 저장되지 않고 언제나 후진 학자들에게 새로운 과제로 제시되었다.

　이승하는 김윤식의 『현대문학』 추천완료 소감(1962. 8)을 읽고 감동을 받아 「문학평론가 김윤식」(『시와 사상』, 1997. 가을호)이라는 시를 썼다. 이 시는 세 개의 단락으로 구성되어 있는데, 첫 단락은 문학평론가 김윤식의 천료 소감을 전문 인용했고, 두 번째 단락은 김윤식의 글이 자신에게 준 깨우침, 그의 학문적 열정에 대한 경탄과 존경의 마음을 담고 있으며, 세 번째 단락에서는 스스로에 대한 자성의 질문을 던지고 있다. 이승하가 감동한 천료 소감의 핵심적 어구는 "노예선의 벤허처럼 눈에 불을 켜야만 나는 사는 것이었다"이다. 허무와 고독을 뚫고 자신의 길을 찾기 위해서는 노예선에 끌려온 벤허처럼 눈에 정신의 불꽃을 당겨야 한다는 것이다. 이 구절을 제대로 이해하기 위해서는 영화 「벤허」의 이 장면을 보아야 한다. 이 영화는 1959년에 제작되어 58년이 지난 지금까지 아카데미상 최다

수상작 랭킹 2위의 자리를 지키고 있다. 감독인 윌리엄 와일러가 시사회장에서 "오, 주여, 이 영화를 정말 제가 만들었습니까?"라고 스스로 감탄했다는 이야기가 전설처럼 전해 온다. 영화의 원작은 종교적 구원을 주제로 한 소설인데 영화는 한 인간의 파멸과 극복과 복수와 성취의 과정에 초점을 맞추어 전개된다. 주인공 역을 맡은 배우 찰턴 헤스턴은 마치 자신이 그 인물이 된 것처럼 파란만장한 삶의 곡절을 실감나게 연기했다.

유대 귀족인 벤허는 로마의 사령관으로 부임한 메살라의 음모로 가족과 재산을 잃고 함선의 노예로 끌려간다. 살아 돌아갈 가능성이 없는 종신 노예 생활 속에서도 벤허는 인간의 위엄을 지키며 생의 의지를 잃지 않는다. 함선의 제독은 벤허의 눈빛에서 비범한 기운을 감지하고 일부러 벤허의 등을 채찍으로 갈기고 함선을 고속으로 전진케 하여 벤허를 시험한다. 숨이 멎을 것 같은 육체의 시달림 속에서도 벤허는 이글거리는 증오의 눈빛을 버리지 않는다. 벤허의 불타는 의지를 간파한 제독은 전쟁이 시작되자 벤허의 발에서 쇠고랑을 풀어준다. 김윤식은 이 장면을 염두에 두고 "노예선의 벤허처럼 눈에 불을 켜야만 나는 사는 것이었다"라고 쓴 것이다.

2. 메뚜기의 벗에서 일급의 문학사 연구자로

김윤식은 1936년 8월 10일 경상남도 김해군 진영읍 사산리 산촌에서 태어났다. 8월 10일은 호적에 적힌 날짜고, 실제 생일은 음력 윤3월 12일이라고 한다. 쥐띠 오시午時 생으로 윤달에 태어나 19년 만에 생일이 돌아오는 아이라는 운명적 불안감을 자전에서 소상히 밝히기도 했다.[1] 부친은 안동 김씨 부민공파의 후손으로 책력으로 농사를 짓는 보수적인 인물이었

---

1) 김윤식, 『내가 살아온 20세기 문학과 사상』, 문학사상사, 2005, 90-105쪽.

다. 위로 누이가 셋 있었는데, 큰누님은 이미 시집가 있었고 둘째, 셋째 누님과 유년기를 보냈다. 까마귀와 까치, 메뚜기와 붕어를 벗 삼아 지내다가 둘째 누님의 일본어 교과서에서 새로운 세계를 접하게 되었다. 읍내의 초등학교를 마치고 마산동중과 마산상고를 기차로 통학하여 졸업한 그는 교장이 되라는 부친의 권유를 따라 1955년 서울대학교 사범대학 국어과에 입학했다. 명문 마산상고 출신의 동문 16명이 종암동의 서울대 상과대학에 입학해 다니고 있었기 때문에 동향 친구들과 경기도 양주군(현재 서울 성북구) 하월곡동에서 자취 생활을 시작했다.

문학을 할 생각으로 대학에 왔던 그는 국어학 중심의 수업에 염증을 느끼고 군 입대를 지원했다. 재학 중에 입대하면 병역 기간을 1년 6개월로 단축해 주는 학보병 제도에 의해 1957년 7월 20일 서울고등학교 운동장에 집결하여 논산 훈련소로 출발했다. 전방에 배치되어 탄약고 보초로 6개월을 근무하고 12월 초순에 첫 휴가를 얻었다고 했다. 그러나 제대 날짜에 대해서는 정확한 기록이 없고 귀휴병에 대한 언급이 잠깐 나올 뿐이다. 추측컨대 1958년 여름 전국적인 수해 때문에 귀휴병으로 학교에 복귀한 것으로 짐작된다. 귀휴병은 일시적인 휴가 조치이지 정식 전역이 아니기 때문에 공식적인 전역은 1960년 12월 20일에 이루어졌다고 한다.2)

군복무와 학제가 어떻게 연결되었는지 알 수 없지만 그는 1959년에 대학을 졸업하고 1960년에 대학원에 입학하여 1962년에 석사과정을 마치고 박사과정에 바로 진학하여 1966년에 박사과정을 수료했다. 석사논문은 "The Structural Properties of Poetry"로 시의 구조적 특성을 신비평의 관점에서 정리한 논문이다. 박사과정을 수료하던 1965년부터 한국 근대비평사 연구에 뜻을 두고 자료 수집에 몰두했다. 1968년 서울대학교 교양과정부 전임강사에 임명되어 생활의 안정을 찾으면서 더욱 연구에 전념했고 등단

---

2) 위의 책, 478쪽.

이후 손을 대지 않았던 평론 활동도 이 시기부터 활발히 전개했다.

그에게 큰 전기를 안겨준 것은 1970년부터 1년 가까이 체류했던 동경 유학이었다. 그는 하버드 옌칭 프로그램의 지원을 받아 일본 동경대학교 동양문화연구소에서 유학 생활을 하게 되었는데, 하네다 공항에 닿은 것이 1970년 11월 22일이고, 서른네 살의 국립대학 조교수 신분이었다. 동경에 머물면서 접한 여러 가지 경험 중 가장 임팩트가 컸던 것은 루카치와의 만남이었다. 동경대학 정문 앞 서점에서 우연히 발견한 독일어판 루카치의 『문학사회학』을 보고 국내에서 대하기 어려운 루카치의 원본을 읽는다는 생각에 밤잠을 설쳤던 것이다. 그가 지금도 독일어로 외운다고 하는 『소설의 이론』의 첫 줄을 숨을 죽이고 읽었다고 했다. 지금은 너무나 잘 알려진 그 첫 줄을 김윤식은 늘 다음과 같이 옮긴다.

> 우리가 갈 수 있고 가야 할 길을 하늘의 별이 지도 몫을 하여 그 빛이
> 우리의 갈 길을 비추어 주던 시대는 복되도다.

루카치 문학론에 대한 접촉과 별도로 그는 일본 프로문학에 대한 자료를 수집하여 1971년 8월에 귀국한 다음 그의 중심 과제인 한국 근대비평사 연구에 몰입하여 1972년에 원고를 완성했다. 이 논문을 책으로 내고자 했으나 워낙 방대한 분량이고 월북 문인들을 많이 다룬 작업이어서 출판사를 구하기 어려웠다. 『동아일보』 기자 김병익은 「산실」이라는 칼럼에 김윤식의 연구 결과를 소개하며 출판을 걱정하고 있다는 기사를 썼다.[3] 이 기사를 본 일지사 김성재 사장이 김윤식을 찾아 와 책을 내겠다고 했는데, 그때는 이미 원고가 한얼문고로 넘어간 다음이었다. 김성재 사장은 앞으로

---

3) 「문학평론가 김윤식 씨」, 『동아일보』, 1972. 10. 23.
　김윤식은 『내가 읽고 쓴 책의 갈피들』(푸른사상, 2014), 47쪽에서 이 기사를 1971년 8월 말 여름방학 특집으로 회고했는데, 이것은 기억의 착오다. 다른 문인도 마찬가지지만 그의 저술에서도 이러한 기억의 혼란이 자주 보인다.

김윤식의 책은 자신이 내겠다고 약속을 했고 그 이후 대부분의 책은 일지사에서 간행되었다. 『한국근대문예비평사연구』는 한얼문고에서 1973년 2월에 간행되었다. 비평사 연구의 기념비적 저작인 이 책은 문교부 우량도서로 선정되었고 673쪽의 방대한 분량의 고가의 책인데도 이듬해 재판을 찍을 정도로 호응이 높았다. 한얼문고가 문을 닫자 1976년에 일지사에서 개정신판이 출판되어 지금까지 간행되고 있다. 이 책은 1985년 『신동아』에 '현대 한국의 명저 백 권'에 선정되었고, 1999년 『출판저널』에 '21세기에도 빛날 20세기의 책들'에 선정되었다.

김윤식은 1980년 9월 1일 이광수 전집 10권을 들고 두 번째 일본 체류를 떠났다. 이광수 관련 자료를 찾아 이광수 평전 원고를 집필하기 위함이었다. 그는 이광수의 일본 유학 시절의 자료와 일본어 작품 「만영감의 죽음」(『개조』, 1936. 8)을 찾아내서 이광수 평전을 쓸 수 있는 지평을 확보했다. 1980년 12월 29일 귀국하여 바로 집필에 들어가 1981년 4월부터 『문학사상』에 연재를 시작해 1985년 8월 15일에 탈고했다. 『문학사상』에 5년 간 연재되었고 책으로 나온 것은 1986년 2월이었다. 전력을 기울인 노작이 완성된 것이다. 이 책에서 그가 밝히고자 한 것은 "글과 사람의 관계, 사람과 시대의 관계"라고 했다. 이로써 이광수라는 인간과 그가 살았던 시대, 그리고 그가 남긴 글의 관계를 총체적으로 살핀 평전다운 평전이 한국문학 최초로 완성된 것이다.

그의 2차 도일의 연구 결과는 이광수 평전 쓰기로 끝난 것이 아니다. 그가 이때 접한 동경대학 법학부 세미나 교재로 쓰인 리처드 미첼의 *Thought Control in Prewar Japan*은 일제하 사상 통제와 검열, 지식인의 전향 문제에 대한 새로운 시각을 갖게 해 주었다. 이 책은 당시의 객관적 자료에 의해 통치자의 관점에서 사상 통제를 연구한 것이다. 김윤식은 이 책을 번역 출판하고 거기서 얻은 아이디어를 활용하여 프로문학 작가의 전향 문제를 중점적으로 다룬 『한국근대문학사상사』(1984)를 출간했다. 이 책은 2차 도

일 전에 간행한 『한국근대문학사상비판』(1978)의 연장선상에 놓인 작업이다. 『한국근대문학사상비판』은 헤겔의 낭만적 아이러니(romantik Ironie)에 근거하여 일제하에 전개된 프로문학과 모더니즘과 민족주의 문학이 방향은 달랐지만 내적 공허감을 넘어서기 위한 병적인 열망의 하나라는 점에서 등가임을 구명한 것이다. 여기서 잠시 언급된 전향의 문제가 미첼의 저서를 통해 하나의 관점을 얻으면서 사상사적 비판의 논리로 확장된 것이다. 그는 일제하 정치적 활동이 봉쇄된 상황에서 문학을 통해 정치적 담론을 쏟으려 했던 문학자들의 내면풍경을 상세히 분석했다.

3. 연구자의 논리와 표현자의 감각

김윤식의 중요 업적을 시대 순으로 언급하면서 연구의 의의를 검토해 보겠다. 우선 김현과 함께 집필한 『한국문학사』(1973)는 현대문학의 역사적 전개를 보는 새로운 시각을 제공했다는 점에서 매우 중요한 의의를 지닌다. 이 책은 『문학과 지성』에 1972년 봄 호부터 1973년 겨울 호까지 연재한 것을 보완하여 책으로 묶은 것인데, 근대문학의 기점을 영·정조시대로 올려 잡은 것에 당시 학계의 시선이 집중되었지만, 사실은 문학 작품과 문학사를 보는 시각이 전대의 문학사와 뚜렷이 구별된다는 점이 더욱 문제적이다. 그 이전의 업적인 백철, 조연현, 전광용, 송민호의 문학사는 자료를 수집하고 정리하여 문학적 비중에 따라 가치를 부여하며 문학 현상을 서술했다는 점에서 대동소이한 면을 보인다. 그것은 문학 자료와 문학 현상을 자신의 관점에 따라 정리한 것이다.

그러나 김윤식과 김현의 『한국문학사』는 문학을 보는 시각 자체가 현저히 다르다. 우선 근대적 각성에 의해 창조된 문학 작품, 즉 근대문학 작품이라고 하는 것은 무엇인가에 대해 이 책은 물음을 던지고 있다. 근대문학 작품은, 시대를 관류하는 정신(시대정신 혹은 집단의식)을 어떤 창조적인 개인이 독특한 방법으로 언어로 표현한 결과라고 하는 관점을 일관되게 유지하고 있다. 그렇기 때문에 작품은 시대의 변화를 반영하면서 시대의 변화를 자극하기도 하고 때로는 시대의 변화를 추동하기도 한다는 점을 암묵적으로 드러낸 것이다. 이것은 문학이 사회의 산물이면서 사회 변화를 촉구하기도 한다는 점을 수용한 것이다. 젊은 연구자들이 이 저서에 새로움을 느낀 것은 영·정조 기점론이 아니라 바로 이 점, 문학이 사회 변화에 기여할 수 있다는 관점 때문이었다. 이것을 직선적으로 표명하지 않고 실증주의 정신과 실존적 정신분석의 결합이라고 돌려 말한 것은 이러한 시각이 도식적인 문학참여론으로 오인되는 것을 피하기 위함이었을 것이다.

　김윤식을 문학 연구자로 뚜렷이 세운 기념비적 저작은 『한국근대문예비평사연구』(1973)다. 이 책을 기념비적 저작이라고 하는 것은 이 책이 카프 비평을 전면적으로 다루었기 때문이 아니다. 카프 비평을 근대문예비평의 중심에 두고 일제강점기 문학사 전반을 그것과의 관계 속에 조명한 최초의 저작이기 때문이다. 실증적인 자료 조사에 바탕을 둔 방대한 분량만으로도 당시의 연구 성과를 압도하는 중량감이 있었지만, 그보다는 카프 비평을 중심에 설정한 독자적인 방법론이 선구적이었다. 이 책은 후속 세대에게 카프 문학 연구 및 리얼리즘 소설 연구를 촉발시키는 뚜렷한 기폭제가 되었다. 거의 동시에 간행된 『근대 한국문학 연구』(1973), 『한국문학사논고』(1973) 등은 이 저서의 자매편으로 문학사의 개별 연구를 보완한 것이다. 이들 저서는 현대문학 논저에 수시로 인용됨으로써 현대문학 연구의 필독서로 간주되었다.

　이 시기에 간행한 책 중 문학입문서에 해당하는 『한국 근대문학의 이해』(1973)는 독창적인 구성과 내용으로 학계와 학생들의 주목을 받았다. 기존의 문학개론서와는 달리 그의 연구와 실제 강의에서 체득한 문학에 대한 관점이 새롭게 제시되었기 때문이다. 특히 이 책의 서문은 강한 흡인력과 광폭의 영향력으로 많은 학생들에게 자극을 주었다. 이 서문이 월간조선사에서 편찬한『한국의 명문』(2001)에 수록되기도 했지만, 사실은 앙드레 지드의『지상의 양식』, 토마스 만의『토니오 크뢰거』, 라이너 마리아 릴케의『말테의 수기』에 나오는 해당 구절을 적절히 재구성하여 윤색한 글이다. 저자 스스로 이 사실을 글의 중간 부분에 애매하게 밝혀 놓기는 했다. 여하튼 서구 명사의 명문을 적절히 조합하여 문학론의 서두에 배치하여 문학적 호기심을 자극하는 기능을 충분히 발휘했다.

작가 연구에 있어서도 김윤식의 업적은 단연 선두에 섰고 연구의 영역도 넓었다.『한국근대작가론고』(1974)부터 시작된 그의 작가 연구는 오랜 준비 과정과 집필 과정을 거친 문학적 평전『이광수와 그의 시대』(1986)로 또 하나의 새로운 전범을 창조했다. 이런 유형의 저술이 없었던 시대에 출간된 이 책은 그의 연구사에 또 하나의 기념비적 저작을 이룩한 것이어서 그 의의에 대해서는 몇 번을 강조해도 지나침이 없다. 그는 이광수 연구에 몰두하면서도 그와 같은 시대에 활동했던 작가에 대한 연구도 병행하여『염상섭 연구』(1987),『김동인 연구』(1987),『임화 연구』(1989)를 잇달아 출간했다. 이광수와 대조적인 자리에서 가장 강한 개성을 발산한 이상에 대해 집중적인 검토를 하여『이상 연구』(1987),『이상 소설 연구』(1989)를 출간했다. 그의 작가 평전에 대한 관심은『김동리와 그의 시대』(1995),『백철 연구』(2008)까지 이어졌다.

1980년대에서 90년대에 걸쳐 끈질기게 이어진 김윤식의 중요 관심사는 근대란 무엇이며 근대성이란 무엇인가라는 질문이었다. 그는 자신의 전공이 한국근대문학이라고 몇 번이나 힘주어 말했다. "제 전공은 한국근대문학입니다. 처음부터 그러하였고 중간에도 그러하였고 지금도 그러합니다."[4]라고 했고, "네 전공이 무엇이냐고 질문 받을 때 서슴지 않고 '한

---

4) 김윤식,『바깥에서 본 한국문학의 현장』, 집문당, 1998, 머리말.

국근대문학'이라 했다."5)라고 밝혔다. 근대라고 하면 먼저 떠올리는 것이 국민국가의 형성이요, 그것과 관련된 자본제 생산양식의 성립이다. 그러나 한국은 국민국가나 자본제 생산양식이 성립되기 전에 반제투쟁과 반봉건투쟁이 전개되었다. 이것은 식민지시대라는 역사적 조건이 펼쳐놓은 우리의 특수한 상황이었다. 한국의 근대문학을 논하기 위해서는 이 두 국면의 모순된 충돌을 스스로 감당하고 돌파하기 위한 논리가 수립되어야 한다. 김윤식의 고민은 바로 여기에 있었다. 그의 사상 형성에 영향을 준 헤겔과 루카치는 역사 전개의 필연성에 의한 인류사의 유토피아를 상정했기 때문에 그의 근대 논의에도 항상 이 문제가 사유의 중심에 놓이게 되었다. 이것도 그가 해결해야 할 난제의 하나였다. 한국 근대문학을 연구한 학자는 많았지만 이렇게 철저한 문제의식을 갖고 사태에 직면한 학자는 그 외에는 없었다.

이성의 힘으로 사회를 변혁시킬 수 있다는 헤겔적 사유의 도식에 돌파구를 마련해 준 것이 그의 끊임없는 소설 읽기였다. 그는 90년대 이후 어느 한 시기도 소설 월평을 멈추지 않았다. 그것이 근대성 연구에 함몰되어 있던 그의 추상적 도식에 유연한 균형을 취하게 해 주었기 때문이다. 소설은 진정한 자아의 자리를 찾는 대서사 양식에 속하지만, 동시에 시정에서 일어나는 잡스러운 이야기를 담고 있는 담화 형식이기도 하다. 헤겔주의자의 엄숙성에서 벗어나 바흐친적 사유에 숨통을 열어주고 근대 이후를 조망하는 포스트모던적 사유로 그를 이끈 것이 바로 소설 읽기와 소설 월평이었다. 그는 매달 발표되는 소설에 눈멀고 귀먹어 화상을 입으면서도 현장 비평을 멈출 수 없었다고 고백했다.6) 그는 소설의 현장 비평을 통해 근대성의 억압에서 벗어나 문학의식의 균형을 취할 수 있었다.

근대성이란 무엇인가라는 자의식을 가지고 근대문학 연구를 진행한 것

---

5) 김윤식, 『내가 읽고 만난 일본』, 그린비, 2012, 25쪽.
6) 김윤식, 『혼신의 글쓰기, 혼신의 읽기』, 강, 2011, 머리말.

처럼 비평이란 무엇인가라는 자의식을 끝까지 견지하고 비평 작업을 진행한 것도 독특한 사례다. 이 비평가적 자의식은 그가 탐독한 고바야시 히데오와, 평전『고바야시 히데오』를 쓴 에토 준에게서 영향 받은 것이다. 고바야시 히데오는 이미 20대의 출발기에 사람은 시인이나 소설가가 될 수 있지만 비평가가 된다는 것은 무엇을 의미하는가에 대해 의문을 던진 바 있다. 한국에서는 조연현이 해방 후 이 문제를 제기했는데, 김윤식은 조연현의 언급이 고바야시의 고민을 재연한 것이라는 사실을 알면서도, 그것을 비평의 독자성을 추구한 의미 있는 사유로 평가했다. 그것이 김윤식 자신도 고민하는 문제였기 때문이다.

그는 비평을 시나 소설과 대등한 하나의 독자적인 글쓰기로 올려놓고자 했다. 도서관의 자료 더미에서 벗어나 "표현자의 감각"을 드러내는 자리로 조금씩 이동했다. 그는 자신의 글쓰기를 "연구자의 논리", "표현자의 사상", "표현자의 감각"으로 구분했는데,7) 후기로 올수록 "표현자의 감각"을 드러내는 쪽에 기울었다. 자신의 내면을 드러내는 독자적인 글쓰기를 지향한 것이다.

"연구자의 논리"에 해당하는 그의 후기의 중요 업적은 이중어 글쓰기와 관련된 문학 연구다. 임종국의『친일문학론』(1966) 이후 일제 말에 일본어로 글을 쓴 작가는 당시 체제에 영합한 인물로 취급되는 것이 일반적이었다. 김윤식의『일제 말기 한국 작가의 일본어 글쓰기론』(2003)은 그런 점에서 매우 시사적이다. 이 책의 머리말은『친일문학론』의 저자 임종국에게 주는 글로 되어 있다. '부왜문학' 연구의 폭을 넓혀 실증문헌 확보에 더힘을 기울여 철저히 조사해야 한다는 주장이 제기되는 마당에 '이중어 글쓰기'를 작가의 선택으로 인정한다는 것은 불온하게 보이기도 한다. 그러나 "사상 선택은 가능한가"라는 제1장의 물음처럼 사상의 상대성을 인정할

---

7) 김윤식,『김윤식 문학기행-머나먼 울림, 선연한 헛것』, 문학사상사, 2001, 머리말.

때 일제 말의 글쓰기 선택을 윤리적 가치로 재단할 수 없다는 그의 관점은 의미가 있다. 그는 일제 말기를 살았던 한국 작가들을 글쓰기 형태에 따라 세 형식으로 분류하고 대상 작가의 글쓰기의 실제 양상을 분석하고 있다. 친일에 대한 선악의 이분법적 논리에서 벗어나 이런 작업을 통해 그 시대 작가의 내면과 표현 양상을 섬세하면서도 객관적으로 이해할 수 있다면 일제 말기 문학을 보는 우리의 눈이 확대될 수 있을 것이다.

이 연구는 『해방공간 한국작가의 민족문학 글쓰기론』(2006), 『일제말기 한국인 학병세대의 체험적 글쓰기론』(2007)의 3부작으로 정리되었고, 『20세기 한국작가론』(2004), 『문학사의 새 영역』(2007), 『최재서의 국민문학과 사토 기요시 교수』(2009) 등에서 추가 논의가 이루어졌다. 이러한 작업은 해방 전에 태어나 일본어 교육과 한글 교육을 받고 일본에 유학하여 일본어를 구사할 수 있는 김윤식 세대가 독자적으로 행할 수 있는 연구 분야다. 그러나 이 방면의 연구를 전개하여 후학에게 과제를 던진 연구자도 김윤식 외에는 없다.

금년에도 그의 저작이 출판될지, 몇 권이 나올지 알 수 없다. 최근의 저작은 그의 이전 저술을 회고하고 반추하고 재연하는 경향을 보이는 것이 사실이다. 그러나 그것은 그가 지금까지 보여준 독창성의 높이에 비추어 본다면 사소한 문제일 것이다. 그것을 따지는 것보다는 평생을 연구와 비평에 바친 노학자에게 모자를 벗고 경의를 표하는 일이 앞서야 할 것이다. 그것이 평생 읽고 쓰고 생각하고 살아온 문학사의 증인에게 바치는 우리의 예의가 아닐 것인가.

정명의 정신
– 김용직의 문학론

1. 중용의 문학론

      일반적으로 대학에서 정년퇴직을 하고 나면 연구나 저술의 본궤도에서 거리를 두는 것이 상례다. 그러나 향천 김용직 교수는 정년 이후에도 지속적으로 집필 활동을 전개하여 학문 연구를 평생의 업으로 알고 쉬지 않고 탐구에 매진한 학자의 사표가 되었다. 정효구 교수의 조사에 의하면 정년 이후 간행한 저서가 22권으로 일 년에 한 권 이상의 저서를 출간한 것으로 되어 있다. 이는 우리 주변에서 흔히 보기 어려운 진귀한 사례다. 이러한 열정과 노력과 의지가 우연히 얻어지는 것이 아니기에 김용직 교수의 문학 정신이 배양된 삶의 터전을 돌아볼 필요가 있다.

    그는 문학의 독자성을 중요하게 여기면서도 문학이 시대나 현실과 절연되어 상아탑의 백옥처럼 고고한 자태만 유지하는 것에 대해서는 탐탁하게 여기지 않았다. 그는 문학 작품이 시대적 환경 속에 생성되기는 하지만 제대로 된 문학은 일정한 시대를 초월하여 보편적 가치를 지닌다고 믿었다. 위대한 문학은 특수한 시대적 가치와 보편적인 영속적 가치를 동시에 지닌다고 본 것이다. 그가 문학 현상의 역사적 연구에 전념하고 시대적·문화적 상황과 관련지어 작품의 정신적 가치를 탐색하는 작업을 지속해 온 데에서도 그러한 문학관을 엿볼 수 있다.

그가 가장 경계하고 혐오한 것은 작품을 사회구조의 결정물로 보거나 현실 비판의 수단으로 해석하는 방법이다. 문학도 사회 변혁에 기여해야 한다는 급진참여론의 시각에서 보면 그의 문학관이 보수적인 미학주의에 머문 것으로 보일지 모르지만, 그의 문학론을 읽어보면 순수한 미학주의에 머문 글이 거의 없다는 사실을 발견하게 된다. 문학은 시대적 상황에서 생산되고 현실을 비판할 수 있지만 그것이 문학인 이상 문학작품이 갖추어야 할 구성적 요소를 충실히 갖추어야 한다고 주장했을 뿐이다. 이것은 문학 정신의 순수성을 강조하면서도 문학의 효용성을 동시에 중시했던 유학 정통파의 문학관을 연상시킨다.

그는 1960년대 초부터 현대시에 대한 학술 논문과 실천 비평을 다른 누구보다 많이 발표했는데, 그 대부분이 학계나 문단에서 관습적으로 유지하고 있는 고정된 시각을 바로잡는 작업이었다. 쉽사리 감정을 드러내지 않는 중후한 문체로 중립적 시각에서 한 시대의 문학 현상과 시인의 시세계를 짚어가는 그의 필치는 중용의 덕목을 중시하는 유가적 기품을 지녔다. 그가 활용한 방법론은 주로 신비평의 분석주의 이론이었다. 그는 신비평의 방법론을 축으로 해서 주관적 감상 비평이나 전통적인 역사 비평에서 벗어나 객관적인 문학 이해의 시평을 모색하고자 했다. 작품의 특성을 분석하는 데 있어서는 신비평의 방법론을 원용했지만 작품의 문학사적 의의를 구명하는 데에서는 건전한 역사주의적 태도를 유지했다. 문혜원 교수가 잘 지적한 대로 신비평적 작품 분석과 역사주의적 시각이 김용직 비평의 두 축을 이루고 있다.

그는 이 시기에 현대시의 비교문학적 연구에서부터 서지적 연구, 문학적 유파 연구, 시인 연구 등 다양한 각도에서 현대시의 전개 양상을 고찰하는 논문을 발표했다. 풍문으로만 전파되던 문학 현상을 직접적인 자료 조사를 통하여 원전에 입각해 재조명함으로써 현대시사의 중요 국면을 실증적으로 정리하는 작업을 했다. 이 논문들은 대부분『한국현대시연구』(1974)와『한국문학의 비평적 성찰』(1974)에 집약 수록되었다.

2. 시문학사 정리의 열정

1970년대 중반 이후는 문학사 기술의 시대였다. 김용직은 이 시기에 현대시의 역사적 전개 과정을 체계적으로 정리하여 한국현대시사 연구의 틀을 세우려는 계획을 수립하고 그것을 실천에 옮겼다. 1980년 9월 월간『한국문학』에 근대시문학사를 연재하기 시작하여 2년에 걸친 연재 끝에 개화기 시가로부터 1920년대 중반에 이르는 근대시사 정리를 완성했다. 그는 다시 연구를 계속하여 1984년 1월부터 월간『현대문학』에 1920년대 중반 이후의 시 문학사를 연재하기 시작하여 20개월 만에 연재를 끝내고 1920년대 후반까지의 시사를 정리한 작업을 완료하고『한국근대시사』상, 하 두 권의 책을 출간했다.

그는 근대시의 기점에 대해 당시 유행하던 18세기 소급론을 따르지 않고 1878년 개항 이후 근대시가 형성되었다고 보았다. 사설시조나 잡가가 선행 시가의 정형성에서 벗어난 것은 사실이지만, 근대시로 인정받기에는 질적 조건이 미달인 점을 들어 개항 이후 근대시가 형성되었다고 본 것이다. 서구의 충격에 의해 근대문학이 시작되었지만 그것을 주체적으로 소화하여 민족문학으로 승화시킨 점이 더욱 가치 있다고 평가한 것이다. 1920년대 중반 이후의 시사 집필에서 프로문학의 시를 어떻게 처리할 것인가 하는 문제 앞에서 당혹감을 표현했다. 이데올로기의 측면에서건 문학의 측면에서건 "아주 잘못된 논리의 전제" 위에 놓여 있는 문학을 어떻게 기술할 것인가가 문제였다. 그는 부끄러운 과거도 사실 그대로 기록하여 거기서 "시행착오의 교훈"을 얻을 수 있다는 생각에서 프로문학의 시를 비판적으로 검토했다. 이러한 그의 태도는 몇 년 후 해방기의 좌파 시문학을 다루는 데에도 그대로 유지되었다. 이것이 세상 범사에서 올바른 것을 추구하는 정명의 정신에서 나온 것임은 두말할 나위가 없다.

그의 문학사 탐구는 여기서 그치지 않고 1930년대 이후의 시사 탐구로 이어져 이 시기에 대한 개별 논문을 발표하는 외에 월간 『현대시』에 1991년 12월부터 연재를 시작하여 그 결과를 『한국현대시사』(1996) 상, 하 두 권의 방대한 저술로 출간했다. 『한국근대시사』가 시의 유파적, 문단적 흐름을 중심으로 기술된 데 비해 이 책은 시인론 중심으로 편성되어 있다. 이 책에서는 30년대 전후에 나온 계급주의 성향을 지닌 시를 '현실주의 시'라는 명칭으로 묶어 기술했다. 『한국근대시사』가 경향문학에 대해 시종 일관 비판적 자세를 취했듯 이 책 역시 그들의 문학에 대해 비판적 논평을 가했다. 그러면서도 북쪽의 문학사에 나오는 부당한 서술에 반박을 가하기도 하고 사실에 어긋난 왜곡된 진술을 실증적 자료에 의해 바로잡기도 했다. 임화의 후기 시에 대해서도 기존의 일반적인 서술과 다른 각도를 취했다. 임화의 시를 현실주의적 시각으로 볼 때, 단편 서사시에 나타나는 현실인식의 단면이 카프 해산 이후로는 희석되어서 낭만적 열정이 추상화되었다고 보는 것이 일반적이다. 그러나 김용직은 이념적 성향의 전작보다 후기 서정시가 지닌 문학적 가치를 인정하고 있다. 이것 또한 시를 보는 센스에 바탕을 둔 정명의 시각이 반영된 결과다.

근대시사 연구와 현대시사 연구의 연장선상에 놓인 『한국현대시인연구』(2000) 상, 하 권은 한국 현대시사에 빛나는 자취를 남긴 중요 시인의 작품 세계를 심도 있게 탐구한 시인 연구의 집대성이다. 네 권의 시사와 두 권의 시인 연구는 한 명의 현대시 연구자가 펼쳐낼 수 있는 최대량의 업적을 성취한 것이라고 평가해 마땅하다. 그러나 그는 정년퇴직 이후에도 북한의 문학사를 정리한 저서, 해방 직후 한국시단의 형성과정을 고찰한 연

구서, 몇 권의 시집 주해서를 연이어 펼쳐냈으며, 경성제대 출신의 국문
학자 김태준을 중심으로 일제강점기에서 해방공간에 이르는 한국의 지성
사와 문화사를 조감한 방대한 저술『김태준 평전』(2007)을 출간했다. 이러
한 정력적인 저술 활동은 문학의 실상을 제대로 알고 올바로 평가해야 한
다는 정명의 정신이 육체의 노화와는 무관한 것임을 확연히 깨닫게 하는
국면이다.

3. 문학적 진실의 탐구

2009년에 출간한『한국 현대문학의 좌표』는 한국 현대문학사에 중요한
획을 그은 문학인들의 작품세계와 문학적 업적을 고찰한 논문을 모은 책
이다. 이 책에서 다룬 문학인들은 대부분 한국현대문학사에서 문학적 정
리나 평가가 거의 완결된 사람들이다. 그러나 김용직은 기존의 논의를 반
복하지 않고, 지금까지 거론되지 않았거나 중요하게 논의되지 않았던 새
로운 사실을 제시하여 이해의 폭을 심화·확대했다. 그는 객관적인 문학사
적 사실을 통해 그 이면에 놓인 원인이나 동기를 추론함으로써 사실의 배
면에 숨어 있는 문학적 진실을 밝혀내는 작업을 벌였다. 그러한 논증과 추
론에 의해 우리가 지나쳤던 중요한 문학적 진실이 포착되고 그 의미에 대
한 새로운 성찰이 제시되었다.

한용운의 시집『님의 침묵』이 나오기까지 작용한 창작의 동인들을 검토
하여 몇 가지 요소가 긴밀하게 결합하여『님의 침묵』창작의 원천으로 작
용했음을 논리적으로 밝힌 작업이라든가, 단순한 애상의 시로 오인하기
쉬운 김소월의「왕십리」,「삭주구성」,「산」등의 시적 문맥을 세심하게
분석하고「초혼」의 처절한 상실감을 두보의 시「춘망」번역본과 관련지어
정밀하게 해석함으로써 그 작품의 배면에 역사, 현실, 민족적 감정이 내

포된 것임을 규명한 작업은 새로운 국면을 통해 작품의 진수를 맛보게 한 감동적인 분석이다.

이상화에 대한 고찰에서 북한의 연구자 엄호석의 오류와 왜곡을 바로잡은 것, 양주동에 대한 고찰에서 양주동이 지닌 남다른 긍지와 자존심에 초점을 맞추어 그가 문학을 버리고 다른 문화 활동으로 방향을 바꾸게 된 심리적 과정을 추적한 것, 사재를 털어 문학지를 간행한 박용철이 작품의 수준을 높이기 위해 시도한 다양한 노력을 가감 없이 그대로 기술하여 그 의미를 평설한 것 등은 객관적 사실 분석의 전범으로 삼을 만하다.

일제 말에 친일 활동을 벌인 문인에 대한 연구가 기피되고 있다는 상황에서 그는 일체의 선입견을 배제하고 최남선의 민족 문화 운동과 이광수의 1920년대 논설에 담긴 민족의식에 대해 객관적인 자료에 의해 사실을 분석하고 사실 사이의 인과관계를 추론함으로써 문학사의 진실에 도달하려는 노력을 벌였다. 최남선과 이광수가 벌인 문학 활동에 대한 진지한 탐구는 젊은 연구자들이 쉽사리 다가가지 못하는 중후한 작업이다. 오랫동안의 숙련과 숙고가 온축된 이러한 연구는 문화론적 분석이라는 미명 아래 신문이나 잡지의 토막 기사에 의존하여 생활의 단면을 검토하는 최근의 경박한 현대문학 연구 행태와는 질적으로 구분되는 작업이다. 그것은 우리의 연구 태도를 반성하게 하고 문학적 진실의 본령으로 우리를 안내하는 기능을 한다. 정명의 시선으로 사태를 바로 보게 히는 작용을 하는 것이다.

2010년에 나온 『님의 침묵 총체적 분석연구』는 앞의 저술을 능가하는 총체적인 작품 연구서로 한용운 문학 연구사에 길이 남을 명저다. 한용운의 시를 불교의 유심철학을 기반으로 하여 총체적으로 분석하는 한편 한국 시문학사의 흐름 속에서 한용운 시의 위상을 온당하게 조망함으로써 기존의 성과를 포괄하면서 또 한 단계 전진한 모습을 보이는 연구사적 성취를 거두었다.

이 책은 기존의 시집 해설서와는 아주 다른 구조를 지니고 있다. 단순하게 시어나 구절의 뜻을 축자적으로 풀이하는 단계에서 벗어나 각각의 어휘와 구절들이 어떠한 문화체계에 속해 있는가를 검토하고 문화사적·정신사적 흐름 속에서 의미의 맥락을 분석하는 방법을 취하였다. 그 결과『님의 침묵』에 실린 각 시편들이 불교적 신앙시의 측면에서, 반제 저항시의 측면에서, 단순한 애정시의 측면에서 어떠한 위상에 놓이는가를 구명하여 한용운 시의 세 계열이 전개된 양상을 구체적으로 드러냈다.

수천 년의 전통을 지닌 불교의 유심철학과 그것의 문학적 표현인 선시와 게송이 한용운의 시에 미친 영향을 분석하고 한용운의 한시 창작 체험이 자유시 창작에 어떻게 전이되었는가를 고찰하였다. 비교문학적 차원에서 타고르 번역시와 관련이 있는 작품에 대해서는 해당 영어 원시와 번역시를 함께 소개하여 타고르의 시와 한용운의 시가 어떤 점이 유사하고 어떤 점이 다른가를 분명히 서술함으로써 불필요한 오해를 막고 한용운의 독자적 개성이 무엇인가를 분명히 밝혔다. 또 유심철학에 바탕을 둔 한용운의 시, 또는 반제 항일의식에 불타오르는 한용운의 시가 미학적 차원을 획득해 간 양상을 섬세하게 분석하여 사상과 관념이 장미의 향기처럼 느껴지게 되는 문학적 승화의 과정을 서술했다.

그 결과 선불교의 공空사상 일변도로 만해의 시를 일관되게 해석하는 경향이나 만해의 시 전체를 반제 항일의식의 표현으로 도식적으로 해석하는 비평적 오류를 극복하고, 한용운이라는 개성적 자아의 인격과 사상과 문학성이 총체적으로 작용하여 이룩된 언어 구조물로서 개별 시작품을 읽고 해석해 갔다. 그렇다고 한용운의 시에 대한 일방적인 찬사로 일관한 것은 아니다. 이렇다 할 문학 수련 과정을 거치지 않은 상태에서 47세의 나이에 현대 자유시 시집 원고를 집필한 원로 승려 시인의 작품상의 한계를 지적하는 것도 잊지 않았다. 한용운의 시에 대한 문학적·사상적 우월성이 작품 해석의 기조를 이룬 것은 사실이지만, 한용운의 시에 대한 일방적인 찬사로 일관하지 않고, 이렇다 할 문학 수련 과정을 거치지 않은 상태에서 47세의 나이에 현대 자유시 시집 원고를 집필한 원로 승려 시인의 작품상의 한계를 지적하는 것도 잊지 않았다. 예컨대 「고적한 밤」의 "한 가닥은 눈썹에 걸치고 한 가닥은 적은 별에 걸쳤든 님 생각의 금실은 살살살 걸힙니다" 같은 구절에 대해 "이런 표현은 통속 수사에 그친 느낌이 있어 그 나름의 한계를 가진다"(72쪽)고 지적한 것이라든가, 「이별」의 "시간의 수리바퀴에 이끼가 끼도록"이라는 구절에 대해 "시간개념을 강조하기 위해 이끼가 비유로 쓰인 것은 적절하지 않다"(94쪽)고 잘라 말하는 경우가 그것이다. 그뿐 아니라 같은 작품의 "주검이 밝은 별이라면 이별은 거룩한 태양이다" 같은 구절에 대해 "만해는 이런 비유가 시라고 생각할 정도로 소박한 면도 가지고 있었다"(95쪽)고 우회적으로 문학적 비판을 가하기도 했고 석가, 모세와 함께 잔 다르크를 제시한 점에 대해서는 "한용운의 기법에는 다소간 논리의 착시 현상이 내포되어 있다"(97쪽)라고 문학적 불만을 표시하기도 했다.

「길이 막혀」에 "산넘고 물 넘어"라는 구절이 나오자 "산넘고 물건너"로 썼으면 더 좋았을 것이라고 지적하면서 "한용운의 작품에는 때로 이와 같이 언어에 대한 무신경이 출몰하기도 한다"(101쪽)고 비평가적 논평을 주저하지 않는다. 「사랑의 존재」에 과도한 수사가 반복되는 것을 지적하고는 "한용운의 수사벽이 다시 꿈틀대고 있다"고 말하면서 이것은 "수사를 위한 수사에 지나지 않는다"(195쪽)고 비판한다. 「잠꼬대」에 대해서는 한용운 시로서는 드물게 남성 화자가 등장하여 대자대비의 차원을 노래한 형이상시이기는 하지만 "기법이 그것을 밑받침하지 못한 작품"(344쪽)이라고 단적으로 논단한다.

그리고 분석자로서 의미가 충분히 파악되지 않는 경우에는 그러한 사정을 솔직하게 밝히고 있다. 「타골의 시(GARDENISTO)를 읽고」를 해석하면서 "그가 무슨 이유로 이 부분과 같은 행동을 하는 것인지는 그 까닭이 잘 포착되지 않는다. 따라서 '절망인 희망의 노래'도 의미의 외표나 내연이 적실하게 잡히지 않는 표현이다."(397쪽)라고 솔직하게 밝히고 있는데, 분명히 파악되지 않는 대목은 애매하게 넘어가는 요즘 젊은 사람들의 학문 풍토와 비교하면 연구자로서의 정직성이 드러나는 대목이다.

이러한 제반 사항을 종합적으로 분석하여 김용직은 한용운 시에 대한 최종적 해석의 결론에 도달한다. 그것은 "그는 인생과 세계, 일상사와 영성의 영역이나 무명無明, 법공法空의 세계를 다루었다. 이런 의미에서 한용운은 우리 현대시사 상에서 유례가 없을 정도로 폭넓은 내면공간을 개척해낸 시인이다."(387쪽)라는 결론이다. 이러한 종합적 보고는 1920년대 한용운 시의 넓이와 깊이를 나타냄과 동시에 오늘날까지도 그 시적 생명이 윤기 있게 지속되는 연원과 동력을 총체적으로 요약한 것이다.

이 책의 분석에 따르면 한용운 시의 흐름은 크게 세 가지 계열로 나뉜다. 불교적 형이상학이나 신앙의 차원을 노래한 작품, 반제 항일의식을 드러낸 작품, 사적인 애정을 노래한 작품 등의 세 계열이다. 이 중 가장 많은 작품이 첫 번째 계열의 작품이요, 그 다음이 두 번째 계열, 가장 적은 수를 보이는 것이 세 번째 계열이다. 불교적 신앙시에 속하는 작품을 논의할 때 여러 불교 전적과 이론서를 참고하여 매우 깊이 있는 종교적 해석을 시도한다. 그러면서도 그의 불교신앙적 해석은 추상적 교리에 입각하여 개개의 시어를 공이나 무아의 표상으로 축자적으로 해석하는 일은 없다. 바로 이 점이 선학인 송욱 유의 본체론적 획일주의와 구별되는 이 책의 미덕이다.

한용운의 시를 올바로 꿰뚫어보는 정명의 시각을 철저하게 유지한 것이다. 그런 의미에서 이 저서는 불교 이론에 대한 해박한 천착, 한국시사에 대한 엄정한 인식, 작품분석을 위한 섬세한 통찰력 등이 종합적으로 작용하여 이룩된 21세기 한용운 시 연구의 금자탑이라고 평가할 수 있다. 앞으로 한용운 시를 연구하는 사람은 이 결집물의 형세와 질량을 면밀히 살피지 않으면 안 될 것이다.

4. 문학사와 문학적 해석

그로부터 4년이 지난 2014년 그는 다시 두 권의 책『문학사의 섶자락』과『시각과 해석』을 출간하여 학문의 엄정함과 탐구의 열정이 어떠한 것인지를 후학들에게 깨닫게 했다. 그 사이에 한 권의 주해서와 두 권의 수상집을 간행하였으니 정년퇴직을 하면 연구에서 손을 놓는 풍토에 경종을 울리는 일이다.

『문학사의 섶자락』에는 문학사 연구와 관련된 사항들에 대해 저자의 관점을 제시한 글, 새로 찾은 자료와 정보를 통해 문학사의 빈터를 새롭게 설명하는 글들이 모여 있다.『문학사의 섶자락』의 서문에서 저자는 이 책에 담긴 글이 본격 담론이 아니라 통속적인 한담 정도라고 낮추어 말했으나 사실은 문학 연구에 소중한 자료로 활용되어야 할 예지의 담론이 가득하다. 문학사 연구와 관련된 사항들에 대해 저자의 관점을 제시한 글, 새로 찾은 자료와 정보를 통해 문학사의 빈터를 새롭게 설명하는 글들이 모여 있다.

첫머리에 실린「식민지 체제하 한국시의 민족적 저항」만 보아도 저자의 그러한 태도를 한눈에 파악할 수 있다. 이 글은 김소월과 이육사의 저항성 문제를 다룬 것인데, 김소월은 민족의 정한을 표현한 시인이라는 선입견에 의해 그의 시「초혼」도 무조건 연모의 시로 해석하는 경향이 있고, 이육사는 저항시인이라는 선입견에 사로잡혀「청포도」에 나오는 '고달픈 몸으로 찾아오는 손님'을 무조건 민족해방의 상징으로 해석하는 경향이 있음을 지적한 후 이러한 고정된 관점에 의한 오독 현상을 바로잡고 올바른 작품 이해를 수립하기 위한 논의를 전개했다.

논의의 서두부터 잘못을 바로잡고 올바른 시각을 마련하겠다고 방침을 정했으니 이것이 바로 정명의 자세가 아니고 무엇이겠는가? 두보의 시 「춘망」을 번역한 김소월의 「봄」을 고찰하여 빼앗긴 나라에 대한 비분강개의 어조를 검출하고, 더 나아가 식민지하 유린된 조국의 터전을 노래한 「나무리벌 노래」와 「팔베개 노래조」를 보조 자료로 활용하여, 「초혼」이 지닌 민족적 상실감의 극대화된 표현의 의미를 해석함으로써 김소월을 정한의 시인에서 국민시인의 자리로 올려놓는 작업을 했다.

이육사의 경우 그의 시가 처음부터 조국 해방 의지를 표현한 것이 아니라 1940년 1월에 발표된 「절정」에서 비로소 일제강점기의 극한상황에 맞서려는 의지가 드러났고 그것이 구체적인 행동의 차원으로 승화된 작품이 「광야」라고 보았다. 이러한 논의를 통해 1939년 8월에 발표된 「청포도」에 나오는 '손님'이 조국광복의 상징으로 도식화될 수 없다는 점도 자연스럽게 해명되었다. 이것은 우리 문학 연구 도처에서 발견될 수 있는 해석상의 오류를 표본적 사례로 제시한 것이다. 문학사의 실사구시實事求是에는 옳고 그른 것의 판별이 있을 뿐 작고 큰 것의 구분은 없다. 작은 오류를 바로잡는 일이 중대한 문제를 바로잡는 전제가 된다는 것이 바로 공자의 정명사상의 본질이다.

제2부에 실린 글에 대해 저자는 서사여적書舍餘滴에 속하는 것이라고 말했지만, 앞에서 말한 대로 문학사의 진실 탐구에는 큰 것과 작은 것의 차등이 없고 바탕과 가두리의 구별이 없는 법이다. 여기서 밝힌 내용들은 모두 우리 문학 연구의 소중한 자료로 흡수될 것들이다. 님 웨일스의 『아리랑』에 담긴 김산의 전기를 고찰하면서 그 상황을 당시 상해임시정부 실제 요원들과의 관계 속에 파악하려 한 점, 특히 안창호와 이광수와 관련지어 김산의 삶의 행로를 추정한 대목은 『독립신문』을 중심으로 한 상해임시정부의 분위기를 이해하는 데 큰 도움이 된다.

소설가 나도향이 경북 안동 땅에서 교편을 잡고 있다는 『백조』 권말의 짤막한 언급에서 출발하여 고성 이 씨가 세운 동흥학교 교사 명단에서 나도향의 이름을 찾아내고 다른 자료에서 이 시기의 사진까지 찾아낸 것은 매우 이채로운 작업이다. 그뿐 아니라 이병각의 산문에서 다시 나도향의 행적을 찾아내고 그때 나도향과 함께 거닐었던 이병각의 매형이 이세형이라는 사실까지 분명한 증거와 함께 밝힌 것도 각별한 일이다. 또 정지용의 『문학독본』에 나오는 'C랑娘'이 최귀동이라는 사실을 밝힌 점, 최남선의 만주 건국대학 교수 시절 민족사 연구 작업과 그가 일관되게 전개한 단군 옹호론 등을 통해 그를 단선적인 한일동조론자로 보는 것의 부당함을 설파한 점 등은 모두 우리 문학 연구의 귀중한 자료로 수용되어야 할 논의들이다.

『시각과 해석』은 한국연구재단에서 주관한 석학인문강좌의 강연 원고를 보완한 책이다. 저자의 현대시 연구 과정을 정리하면서 현대시 연구의 중요한 개념과 이론을 설명하고 그러한 분석의 틀이 우리문학 연구에 얼마나 활용될 수 있었는가를 반성적으로 점검한 작업이다. 이 책의 중심부를 이루는 것은 신비평의 수용과 그 적용에 관한 내용이다. 그는 신비평의 기본 텍스트를 정독하고 그것을 우리 시에 적용하는 작업을 전개한 과정을 여러 가지 예를 들어 자세히 소개했다. 그 결과 소월 시를 애매성의 차원에서 구명하는 성과를 올렸고, 윌라이트의 치환은유와 병치은유 개념을 도입하고 그것을 다시 넘어선 맥스 블랙의 상호작용론을 적용해서 한용운의 시를 복합적인 차원에서 설명하는 작업을 했다. 여기서 더 나아가 분석비평의 한계를 넘어서기 위해 작품 분석의 기본 토대를 유지하면서 역사의식을 수용하는 복합적인 연구 태도를 수립하게 되었다. 이런 바탕 위에서 서정주의 작품과 이육사, 김소월의 작품을 더 넓은 차원에서 해석할 수 있게 된 것이다.

이러한 김용직의 시 연구 과정은 한국 근대문학의 전개 과정과 유사한 점이 있다. 우리 근대문학이 서구 문학의 충격을 흡수하여 전통의 흐름 속에 문학적 독자성을 성장시킨 것처럼 김용직도 서구 이론을 수용하면서 그것을 적절히 변용하고 재구성하여 우리 문학 연구에 적용할 수 있는 방법을 모색했다. 아무리 그럴 듯해 보이는 이론이라 하더라도 우리 문학에 적용될 가능성이 없는 것이면 고려의 대상에서 제외했다. 그것 역시 잘못된 사례는 배제하고 올바른 것을 추구하는 정명의 태도에 속하는 것이다.

여기까지 그의 문학 탐구의 과정을 두루 살펴볼 때 일관되게 흐르는 큰 줄기가 정명의 정신임은 자명하다. 이 태도는 그가 문학연구에 임한 60년 세월 내내 지속된 것이다. 항설巷說과 잡보雜報에서 벗어나 사태의 실상에 마주쳐 올바른 이치를 추구하는 학문 탐구의 기본 태도를 그는 문학연구의 중심으로 삼았으며 그 정신은 그의 모든 저서에 그대로 관류하고 있다. 그의 학문적 탐구는 60년의 세월 동안 한시도 멈춘 적이 없고 정명의 궤도에서 벗어난 일도 없다. 이 엄정한 정신의 자취를 되돌아보는 일은 숙연하고 또 아름다운 일이다. 문학과 학문에 뜻을 둔 사람이라면 이렇게 일관되게 이어진 외롭고 높고 드맑은 정명의 정신 앞에 머리 숙일 수밖에 없을 것이다.

이숭원 李崇源

1955년 서울에서 태어나 서울대학교 국어교육과, 대학원 국어국문학과를 졸업하고 문학박사학위를 받았다. 충남대, 한림대 교수를 거쳐 현재 서울여자대학교 교수로 재직 중이다. 1986년 『한국문학』으로 등단하여 『현대시와 삶의 지평』(1993), 『현대시와 지상의 꿈』(1995), 『서정시의 힘과 아름다움』(1997), 『초록의 시학을 위하여』(2000), 『폐허 속의 축복』(2004), 『감성의 파문』(2006), 『세속의 성전』(2007), 『시 속으로』(2011) 등의 평론집을 간행했고, 김달진문학상, 편운문학상, 김환태평론문학상 등을 받았다.

이숭원 문학비평집
몰입의 잔상

초판 1쇄 인쇄 2018년 4월 10일
초판 1쇄 발행 2018년 4월 16일

지은이 이숭원
펴낸이 이대현

책임편집 문선희 | **편집** 이태곤 권분옥 홍혜정 박윤정 추다영
디자인 안혜진 홍성권 | **마케팅** 박태훈 안현진 이승혜
펴낸곳 도서출판 역락 | **등록** 1999년 4월 19일 제303-2002-000014호
주소 서울시 서초구 동광로46길 6-6(반포4동 577-25) 문창빌딩 2층(우06589)
전화 02-3409-2060(편집부), 2058(영업부) | **팩시밀리** 02-3409-2059
전자우편 youkrack@hanmail.net
홈페이지 www.youkrackbooks.com | **블로그** blog.naver.com/youkrack3888

ISBN 979-11-6244-214-2 03810
정가는 뒤표지에 있습니다.